연애의 기억

THE ONLY STORY

The Only Story

연애의 기억

JULIAN BARNES

줄리언 반스 장편소설 · 정영목 옮김

일러두기

1. 주석은 모두 옮긴이주다.
2. 본문 중 고딕체는 원문에서 이탤릭이나 대문자로 강조된 부분이다.
3. 책 제목은 겹낫표(『 』)로 표시했고 단편, 시, 노래, 영화, 연극, 오페라, 신문 기사 제목은 홑낫표(「 」)로 표시했으며 잡지나 신문 이름은 겹화살괄호(≪ ≫)로 표시했다.

허마이어니에게

소설:

작은 이야기, 일반적으로 사랑을 다룬다.

새뮤얼 존슨, 『영어 사전』(1755)

차례

하나

사랑을 더 하고 더 괴로워하겠는가, 아니면 사랑을 덜 하고 덜 괴로워하겠는가? 그게 단 하나의 진짜 질문이다, 라고 나는, 결국, 생각한다.

당신은 그게 진짜 질문이 아니라고 지적할지도—정확한 지적이다—모르겠다. 왜냐하면 우리에게는 선택의 여지가 없으니까. 선택을 할 수 있다면 질문이 성립하겠지. 하지만 선택의 여지가 없으므로 질문이 되지도 않는다. 얼마나 사랑할지, 제어할 수 있는 사람이 어디 있는가? 제어할 수 있다면 그건 사랑이 아니다. 대신 뭐라고 부르면 좋을지는 모르겠으나, 사랑만은 아니다.

우리 대부분은 할 이야기가 단 하나밖에 없다. 우리 삶에서 오직 한 가지 일만 일어난다는 뜻은 아니다. 헤아릴 수 없이 많은 사건이 있고, 우리는 그것을 헤아릴 수 없이 많은 이야기로 바꾸어놓는다. 그러나 중요한 것은 단 하나, 최종적으로 이야기할 가치가 있는 것은 단 하나뿐이다. 이건 내 이야기다.

하지만 첫 번째 문제가 있다. 만일 이것이 당신의 단 하나의 이야기라면 수도 없이 하고 또 한 이야기일 것이다, 설사—이 경우와 마찬가지로—자기 자신에게 했다 하더라도. 따라서 질문은 이것이다. 그렇게 되풀이함으로써 당신은 벌어진 일의 진실에 더 다가갔는가, 아니면 진실에서 멀어졌는가? 나는 잘 모르겠다. 세월이 흐르면서, 그 이야기에 등장하는 자신이 점점 나아지고 있느냐, 아니면 나빠지고 있느냐, 하는 것이 기준이 될 수도 있겠다. 나빠지는 것이 더 진실해지고 있음을 보여주는 것일 수도 있다. 반대로, 과거를 돌이켜보면서 반反영웅적 태도에 빠질 위험도 있다. 그러니까 자신이 실제보다 더 나쁘게 행동한 척하는 것은 자기 자랑의 한 형태일 수 있다는 것이다. 따라서 나는 조심해야 할 것이다. 하긴, 세월이 흐르면서 나는 조심하는 법을 배우게 되었다. 그때 방심했던 것만큼이나 지금은 조심스럽다. 아니, 그때 무심했던 만큼이라고 해야 하나? 한 단어에 반대말이 둘 있을 수 있을까?

시간, 장소, 사회적 환경? 사랑에 관한 이야기에서 그게 얼마나 중요한 것인지 잘 모르겠다. 사랑과 의무, 사랑과 종교, 사랑과 가족, 사랑과 국가 사이에 전투가 벌어지던 옛날이라면, 고전에서라면 혹시 모르겠다. 그러나 이것은 그런 이야기가 아니다. 그럼에도 굳이 알고 싶다면야. 시간은 50여 년 전. 장소는 런던에서 남쪽으로 25킬로미터 정도. 환경은 이른바 증권 중개인 지대*—그렇다고 내가 거기 살던 긴 기간 내내 증권 중개인을 한 명이라도 만난 적이 있다는 이야기는 아니지만. 단독주택, 일부는 반목조, 일부는 타일 장식. 쥐똥나무, 월계수, 너도밤나무로 이루어진 산울타리. 아직 노란 선이나 거주자 주차 구역 표시로 거치적거리지 않는, 배수로를 낀 도로. 런던까지 차를 몰고 가 거의 아무 데나 주차를 할 수 있던 시절이었다. 교외로 뻗어나가던 주택 지구들 가운데 우리가 살던 지역은 귀엽게도 "더 빌리지"**라고 알려져 있었으며, 수십 년 전에는 아마 실제로도 그런 이름이 어울렸을 것이다. 그러나 이제는 역이 들어서, 그곳에서 월요일부터 금요일까지 양복을 입은 남자들이 런던으로 통근했으며, 일부는 토요일에도 반일

* 교외의 고급 주택 지구를 가리키는 말.
** 마을이라는 뜻.

근무를 하러 갔다. '그린 라인' 버스 정류장, 벨리샤 신호등*이 세워진 줄무늬 횡단보도, 우체국, 흔해빠진 성 미가엘이라는 이름이 붙은 교회가 있었고, 술집, 잡화점, 약국, 미용실이 있었고, 경정비도 해주는 주유소가 있었다. 아침이면 우유 배달차의 전기 엔진이 윙윙거리는 소리가 들렸다—익스프레스와 유나이티드 데어리스 둘 중의 하나였다. 저녁이면, 또 주말(일요일 아침에는 절대 아니었지만)이면 휘발유로 가는 잔디깎이가 칙칙 소리를 냈다.

빌리지의 녹지대에서는 시끄럽기만 하고 수준은 보잘것없는 크리켓 경기가 벌어졌다. 골프 코스와 테니스 클럽도 있었다. 토양에는 정원사들의 마음에 들 만큼 모래가 많았다. 런던의 진흙이 이렇게 멀리까지는 뻗어 나오지 못한 것이다. 그 무렵 조제식품점이 문을 열었는데, 어떤 사람들은 그곳에 내놓은 유럽 물품이 파격적이라고 생각했다. 훈제 치즈, 띠 주머니 속에 당나귀 좆처럼 늘어진 마디가 많은 소시지. 하지만 빌리지에서 젊은 축에 속하는 부인들은 과감하게 그런 재료로 조리를 하기 시작했고, 남편들은 대체로 좋아했다. 볼 수 있는 텔레비전 채널 두 개 가운데 ITV보다 BBC를 많이 보았고, 술은

* 횡단보도를 알리는 표시.

대체로 주말에만 마셨다. 약국에서 발바닥 무사마귀 반창고와 튜브가 달린 작은 병에 든 드라이 샴푸는 팔았지만 피임 기구는 팔지 않았다. 잡화점에서는 읽으면 바로 졸음이 오는 지역판《애드버타이저 앤드 가제트》는 팔았지만, 누드 잡지는 아무리 수위가 낮은 것이라도 팔지 않았다. 섹스 관련 물품을 구하려면 런던까지 가야 했다. 하지만 거기 살던 시절 내내 나는 이 가운데 어느 것도 성가시게 느낀 적이 없었다.

자, 이로써 나의 부동산 중개업자로서의 의무는 끝이 났다(진짜 부동산 중개업자는 15킬로미터 떨어진 곳에 있었다). 하지만 한 가지 더. 날씨에 관해서는 나에게 묻지 마라. 나는 평생 어느 때든 날씨가 어땠는지 잘 기억하지 못한다. 물론 뜨거운 태양이 섹스를 더 부추겼다는 기억은 있다. 갑자기 내린 눈에서 기쁨을 느끼고, 차갑고 습기 많은 날들 때문에 결국에는 좌우 고관절 동시 대치 수술을 받게 되는 질환의 초기 증상을 느꼈다는 기억도. 하지만 내 인생에서 날씨 때문은 말할 것도 없고, 어떤 날씨에 의미 있는 일이 일어난 적은 없었다. 따라서 당신만 괜찮다면, 내 이야기에서 기상에 어떤 역할을 부여하는 일은 없을 것이다. 내가 잔디 코트에서 테니스를 치는 모습이 등장할 때, 그 시점에는 비도 눈도 오지 않았겠구나 하고 연역하는 것은 읽는 당신의 자유지만.

테니스 클럽. 그게 거기에서 시작될 수도 있다고 누가 생각이나 했겠는가? 자라면서 나는 그곳을 '젊은 보수당원들'의 야외 지부에 불과하다고 여겼다. 나도 라켓이 하나 있었고 테니스를 좀 치기는 했다, 크리켓에서도 오프스핀*으로 몇 번 효과적인 오버**를 할 수 있었고, 축구에서도 견실한, 그러나 이따금씩 무모한 기질을 드러내는 골키퍼가 되었듯이. 나는 운동에 재능이 대단히 많지는 않지만 그렇다고 남에게 크게 뒤지지도 않았다.

대학 첫 해가 끝났을 때 나는 석 달 동안 집에 있었는데, 눈에 보이게 또 전혀 뉘우치는 기색 없이 따분함을 드러내곤 했다. 그때의 내 나이 또래인 요즘 사람들은 당시 연락이 얼마나 고된 일이었는지 상상하기 힘들 것이다. 내 친구들은 대부분 넓게 퍼져 있었으며—노골적이지는 않지만 분명하게 느껴지는 부모의 요구에 따라—전화는 어지간하면 사용하지 않았다. 편지를 하고, 그러면 답장이 왔다. 모든 게 느리게 움직였고, 그래서 외로웠다.

* 크리켓에서 손가락으로 공에 거는 스핀의 한 종류.

** 한 사람이 계속 던지는 여섯 개의 연속 투구.

어머니는, 아마도 멋진 금발의 크리스틴이나 발랄한 검은 고수머리의 버지니아—어느 쪽이나 지나치게 드러내지는 않으면서도 견실한 보수당 경향인 아가씨—를 만나길 바라서였겠지만, 나에게 테니스 클럽에 가입하고 싶지 않으냐고 떠보았다. 심지어 대신 가입해 주려고까지 했다. 나는 어머니의 동기에 소리 없이 웃음을 터뜨렸다. 내가 나의 삶에서 하려고 하지 않는 일이 한 가지 있다면, 그것은 테니스 치는 아내와 자식 2.4명을 거느리고 교외에 눌러앉는 것으로 인생이 결판나, 나이가 들어서는 자식들이 나처럼 테니스 클럽에서 자기 짝을 찾는 것을 지켜보는 것, 그렇게 길게 늘어선 채 서로를 비추는 거울을 들여다보듯 쥐똥나무와 월계수 산울타리로 둘러싸인 끝도 없는 미래로 들어가는 것이었다. 나는 어머니의 제안을 받아들이기는 했지만, 그것은 오로지 풍자의 정신으로 한 일이었다.

나는 하라는 대로 했고, "뛰어보라"는 권유를 받았다. 이것은 나의 테니스 실력만이 아니라 전체적 행동거지와 사교적 적합성을 영국식으로 예의를 갖추어 조용히 살펴보는 테스트였다. 내가 부정적인 것들을 드러내지 않으면, 저쪽에서는 긍정적인 것들을 가정하게 된다. 이런 일은 그런 식으로 이루어졌다. 어머니는 잊지 않고 하얀 테니스복을 세탁하고, 반바지의 양쪽 주름이 또렷하게 평행선을 그리도록 다려두었다. 나는 코트에서 욕을 하지도, 트림을 하거나 방귀를 뀌지도 말아야 한다고 혼자 되뇌었다. 내 테니스는 주로 손목만 이용하고, 낙관적이고, 대체로 독학으로 배운 것이었다. 나는 그들이 예상했을 만한 방식으로 게임을 했으며, 내가 아주 즐기던 비열한 공격을 생략했고, 상대의 몸을 향해 공을 날리지 않았다. 서브를 하고, 네트로 달려가고, 발리를 하고, 두 번째 발리를 하고, 드롭 샷을 하고, 로브를 하고, 그러는 동안에도 상대의 실력을 재빨리 평가해 주고—"너무 잘 치시는데요!"—파트너를 적절히 배려했다—"내가 칠게요!" 나는 멋진 샷을 넣은 다음에는 겸손한 표정을 보여주었고, 경기에서 이긴 다음에는 조용히 흡족한 표정을 지었으며, 아슬아슬하게 한 세트를 내주었을 때는 고개를 저으며 애처로운 표정을 지었다. 나는 그런 모든 것을 가장할 수 있었으며, 그래서 여름 멤버로 환영받았고, 1년 내내 죽치는 휴고들과 캐럴라인들 사이에 끼어들 수 있었다.

휴고들은 내가 클럽의 평균 아이큐는 높이는 동시에 평균 연령은 낮추었다고 말하기를 좋아했다. 한 사람은 줄곧 나를 "클레버 클로그스"*와 "헤어 프로페서"**라고 불러 내가 서식스 대학에서 1년을 공부했다는 사실을 솜씨 좋게 암시했다. 캐럴라인들도 친근하게 다가왔지만 방심하지 않았다. 늘 휴고들의 기분이 어떤지 잘 파악하고 처신했기 때문이다. 나는 이 무리 사이에 있을 때면 타고난 경쟁심이 녹아버리는 것을 느꼈다. 최선의 샷을 치려고 노력은 했지만, 이기는 데는 흥미가 없었다. 심지어 반대로 속이곤 했다. 공이 5센티미터 정도 밖으로 나가면 달려가며 상대에게 엄지를 들어 올리면서 "너무 잘 치시는데요!" 하고 소리치곤 했다. 마찬가지로, 서브가 2~3센티미터 길게 들어오거나 옆으로 들어오면 들어온 걸 인정한다는 뜻으로 천천히 고개를 끄덕이고 다음 서브를 받으러 터벅터벅 걸어갔다. "괜찮은 녀석이야, 저 폴이라는 놈." 한번은 한 휴고가 다른 휴고에게 그렇게 인정하는 소리가 귀에 들렸다. 패배하고 나서 악수를 할 때면 일부러 상대의 잘한 면을 찾아내 칭찬하곤 했다. "그 서브 백핸드에는 취약이던데요—아주 고생했어요." 그렇게 솔직하게 인정하곤 했다. 나는 거기에 두어 달 있으면 그만이었고, 그들이 나를 알기를 바라지 않았다.

* 똑똑한 나막신이라는 뜻으로 영리한 사람을 약간 경멸적으로 부르는 말.
** 교수님을 가리키는 독일어.

임시 회원이 되고 나서 3주 정도 지났을 때 '추첨식 혼합복식' 대회가 열렸다. 제비로 짝을 결정했다. 나중에, 이런 생각을 했던 게 기억난다. 제비란 운명의 다른 이름이잖아?* 나는 수전 매클라우드와 짝이 되었는데, 분명한 것은 그녀가 캐럴라인이 아니라는 점이었다. 그녀는, 내 짐작으로는, 마흔몇 살쯤으로 보였고, 머리를 뒤로 넘겨 리본으로 묶어 귀가 드러나 있었는데, 그때는 미처 귀를 눈여겨보지 못했다. 하얀 테니스 원피스는 가장자리가 녹색이었으며, 몸통 앞부분에는 녹색 단추가 한 줄로 달려 있었다. 키는 나와 거의 맞먹었는데, 내 키는 거짓말을 약간 보태면 175였다.

"어느 쪽을 좋아해요?" 그녀가 물었다.

"어느 쪽요?"

"포핸드, 아니면 백핸드?"

"아, 네. 아무거나 상관없어요."

"그럼 처음에는 포핸드로 하세요."

우리의 첫 경기—한 세트 단판 승부 방식이었다—상대는 몸집이 떡 벌어진 편인 휴고와 땅딸막한 편인 캐럴라인 조였다. 나는 공을 더 많이 받아내는 게 내 일이라고 생각하여 종종거

* 영어에서 lot은 이 두 가지 의미로 다 쓰인다.

리며 많이 돌아다녔다. 또 처음에는, 네트에 붙어 있게 되었을 때, 파트너가 어떻게 대처하는지, 공이 넘어가는지, 넘어가면 어떻게 넘어가는지 보려고 몸을 뒤로 사분의 일쯤 돌리고 있었다. 하지만 한 번 튀긴 다음 부드럽게 받아친 공은 어김없이 넘어갔기 때문에 나는 마음을 놓고 돌아보기를 멈추었으며, 나도 모르게 정말로, 정말로 이기기를 바라게 되었다. 그리고 이겼다, 6 대 2.

레몬 향 보리차 잔을 들고 앉았을 때 나는 말했다.

"어벙하게 쳤는데 뒷감당을 해주셔서 감사합니다."

공을 가로채려고 여러 번 네트로 허겁지겁 달려들었다가 공을 놓치는 바람에 미시즈 매클라우드에게 방해만 된 일을 가리키는 말이었다.

"그럴 때는, '잘 치시던데요, 파트너' 하고 말하는 거예요." 그녀의 눈은 잿빛을 띤 파란색이고, 웃음은 차분했다. "그리고 라인 쪽으로 조금 더 가서 서브를 해봐요. 그러면 넣을 공간이 넓어질 거예요."

나는 고개를 끄덕이고, 자존심을 슬쩍 건드린다는 아픈 느낌 없이 충고를 받아들였다. 만일 그 말이 휴고 입에서 나왔으면 달랐을 것이다.

"다른 건 또 없나요?"

"복식에서 가장 취약한 지점은 늘 정가운데예요."

"감사합니다, 미시즈 매클라우드."

"수전."

"캐럴라인이 아니라 다행입니다." 나도 모르게 그렇게 말하고 말았다.

그녀는 내 말이 무슨 뜻인지 정확히 안다는 듯이 작게 깔깔거렸다. 하지만 어떻게 알 수 있었을까?

"남편분도 치시나요?"

"내 남편? 미스터 E.P.가?" 그녀는 웃음을 터뜨렸다. "아뇨. 그이의 게임은 골프예요. 나는 정지해 있는 공을 치는 것은 명백히 정정당당하지 못한 일이라고 생각하지만. 그렇게 생각하지 않아요?"

그녀의 말에는 내가 단번에 분석해서 이해할 수 없는 많은 것이 담겨 있었기 때문에, 나는 그냥 고개만 끄덕이고 작게 어정쩡한 소리를 냈다.

두 번째 경기는 더 힘들었다. 계속 경기를 중단하고 마치 결혼 준비를 하듯이 조용히 작전 회의를 하는 조가 우리 상대였다. 경기를 하다가, 미시즈 매클라우드가 서브를 하고 있을 때, 나는 서브를 받는 사람의 주의를 산만하게 할 심산으로 중앙선에 거의 다가가 네트보다 낮게 몸을 숙이는 싸구려 책략을 시도했다. 이것이 두 번은 효과를 보았으나, 30 대 15에서 탕 하는 서브 소리를 듣고 일어났는데 그게 너무 빨라 뒤통수 한가운데 공을 맞고 말았다. 나는 연극처럼 쓰러져 네트 하단 밑으로 굴러들어갔다. 캐럴라인과 휴고가 걱정하는 척하며 앞으로 달려왔지만, 내 뒤쪽에서는 웃음이 터지는 소리와 함께, 소녀 같은 말투로 "네트 맞고 들어간 걸로 할까요?" 하고 묻는 말이 들려왔고, 우리 상대는 당연히 반발했다. 그럼에도 우리는 그 세트를 7 대 5로 간신히 이겼고, 준준결승에 진출했다.

"다음 경기는 까다로움." 그녀는 내게 경고했다. "군郡 대회 참가 수준. 지금은 내리막길. 하지만 경품 탈 수 있다고 생각하면 착각."

과연 경품으로 거저 받는 선물이 아니었다. 내가 열심히 종종걸음을 쳐댔음에도, 우리는 제대로 두들겨 맞았다. 가운데를 지키려고 하면 공은 옆으로 갔다. 구석을 지키려고 하면 중앙선에 쿵 떨어졌다. 우리가 따낸 두 게임이 우리가 정당하게 얻어낼 수 있는 최대한이었다.

우리는 벤치에 앉아 라켓을 프레스에 집어넣었다. 내 라켓은 던롭 맥스플라이였고, 그녀의 라켓은 그레이스였다.

"실망하시게 해서 죄송합니다." 내가 말했다.

"누구도 누굴 실망하게 하지 않았어요."

"전술적으로 순진하다는 게 내 문제 같기도 해요."

그래, 너무 젠체하는 말투이긴 했다. 그렇다 해도 그녀의 킥킥거리는 웃음소리에 나는 놀랄 수밖에 없었다.

"그쪽은 연구할 만한 사례case로군요." 그녀가 말했다. "앞으로는 케이시라고 불러야겠어요."

나는 웃음을 지었다. 내가 연구할 만한 사례가 된다는 게 마음에 들었다.

밖으로 나가 각자 샤워를 하러 가야 할 때 내가 말했다. "태워다드릴까요? 차 있는데."

그녀는 곁눈질로 나를 보았다. "음, 차가 없다면 태워다달라고 할 수가 없겠죠. 그러는 건 비생산적인 일이 될 테니까." 그녀가 그 말을 하는 방식에는 도저히 기분 나빠할 수 없는 뭔가가 있었다. "하지만 그쪽 평판은 어떻게 한담?"

"내 평판요?" 나는 대답했다. "나는 평판 따위는 없는 것 같은데요."

"오 이런. 그럼 하나 생기게 해드려야겠네. 모든 젊은 남자에게는 평판이 있어야 하거든요."

이렇게 다 적다 보니, 당시에 실제로 그랬던 것 이상으로 저의가 깔려 있었던 것처럼 보인다. 그러나 '아무 일도 없었다'.

나는 미시즈 매클라우드를 더커스 레인에 있는 그녀 집까지 태워다주었고, 그녀는 내렸고, 나는 집에 갔고, 부모에게 생략형으로 그날 오후의 이야기를 해주었다. '추첨식 혼합복식.' 제비로 선택된 파트너.

"준준결승이라니, 폴." 어머니가 말했다. "알았다면 따라가서 구경했을 텐데."

나는 그것이 아마도 세계의 역사에서 내가 가장 원치 않는 일이자, 앞으로도 절대 원치 않을 일이 될 것임을 깨달았다.

어쩌면 당신이 조금 빨리 이해를 해버린 것일 수도 있는데, 그렇다고 당신을 탓할 수는 없다. 우리는 우리가 우연히 만드는 새로운 관계를 기존의 범주에 집어넣는 경향이 있다. 우리는 거기에서 일반적이거나 공통적인 것을 본다. 반면 당사자들은 개별적이고 자신들에게 특수한 것만 본다—느낀다. 우리는 말한다, 얼마나 뻔한가. 그들은 말한다, 얼마나 놀라운가! 내가 수전과 나에 관해 생각했던 것 한 가지—당시에, 그리고 이렇게 세월이 흐르고 난 지금 또다시—는 우리 관계를 표현할 적당한 말이 없는 것 같다는 느낌이 자주 들었다는 것이다. 적어도 딱 맞는 말은 없었다. 하지만 아마도 이것은 모든 연인이 자신들의 관계를 두고 하는 착각일 것이다, 자신들은 범주와 묘사를 다 벗어나 있다는 것.

어머니는, 물론, 표현이 궁한 적이 없었다.

앞서 말했듯이, 나는 미시즈 매클라우드를 태워다주었고, 아무 일도 없었다. 그리고 다음에도. 또 다음에도. 다만 이것은 "아무 일"을 뭐라고 생각하느냐에 따라 다르기는 하다. 어떤 음모나 계획은 물론, 접촉, 키스, 말은 없었다. 그러나 이미, 그녀가 웃음을 터뜨리며 몇 마디 던지고 진입로를 따라 걸어가기 전, 그냥 그렇게 함께 차 안에 앉아 있는 것만으로도, 우리는 공모를 하는 관계가 되었다. 다시 말하지만, 아직 뭔가를 하자는 공모는 아니었다. 그냥 나를 조금 더 나로 만들어주고, 그녀를 조금 더 그녀로 만들어주는 공모일 뿐이었다.

어떤 음모나 계획이 있었다면, 우리는 다르게 행동했을 것이다. 은밀하게 만나거나, 아니면 의도를 위장했을지도 모른다. 그러나 우리는 순수했다. 그래서 나는 어머니가, 답답한 권태가 지배하는 저녁 식사를 하던 도중, 나에게 말했을 때 화들짝 놀랐다.

"이제 택시 사업까지 하는구나, 응?"

나는 어리벙벙한 표정으로 어머니를 보았다. 나를 감독하는 것은 늘 어머니였다. 아버지는 어머니보다 온화한 편이었고,

심판도 삼가는 편이었다. 일이 제풀에 사그라지도록 내버려 두고, 자는 개가 누워 있게 해주고, 흙탕물을 휘젓지 않는 쪽을 좋아했다. 반면 어머니는 사실과 직면하려 했고, 카펫 밑으로 물건을 쓸어 넣어두는 것을 싫어했다. 우리 부모의 결혼은, 나의 열아홉 살의 용서 없는 눈으로 보기에는, 클리셰가 자동차 사고처럼 난무하는 현장이었다. 클리셰를 심판한 사람으로서, "클리셰가 자동차 사고처럼 난무한다"라는 말 자체가 클리셰라는 것은 인정해야겠지만.

하지만 나는 클리셰가 되는 것을 거부했다, 적어도 내 삶의 그 이른 시기에는. 그래서 나는 표정을 지운 호전적 태도로 건너편의 어머니를 바라보았다.

"미시즈 매클라우드는 몸무게가 늘겠더구나, 네가 그 여자를 태우고 돌아다닌 것만큼"이라는 말은 처음 꺼낸 이야기에 대한 어머니의 몰인정한 부연이었다.

"테니스를 열심히 치니 그렇게 되지는 않겠죠." 나는 지나가는 말처럼 대꾸했다.

"미시즈 매클라우드," 어머니는 말을 이어갔다. "그 여자 이름이 뭐니?"

"사실 저도 몰라요." 나는 거짓말을 했다.

"매클라우드 가족을 만난 적 있어요, 앤디?"

"골프 클럽에 매클라우드라고 있던데." 아버지가 대답했다. "키가 작고 뚱뚱한 사람이야. 공을 증오하듯이 치지."

"언제 셰리주라도 마시러 오라고 해야 할지 모르겠네요."

그렇게 되면 어쩌나 하는 생각에 움찔하고 있을 때 아버지가 대답했다. "모두가 거기에 찬성하는 것 같지는 않은데, 안 그래?"

"어쨌든," 어머니는 이 주제를 계속 집요하게 물고 늘어졌다. "그 여자한테는 자전거가 있는 줄 알았는데."

"갑자기 그 여자에 관해 아는 게 많아진 것 같네요." 내가 대꾸했다.

"나한테 건방지게 굴 생각 하지 마라, 폴." 어머니의 얼굴색이 달라지기 시작했다.

"'우리 사나이' 좀 가만히 놔둬, 베츠." 아버지가 조용히 말했다.

"저 아이를 가만 놔둬야 할 사람은 내가 아니라고요."

"이제 일어나도 돼요, 엄마?" 나는 여덟 살짜리처럼 징징거리며 물었다. 뭐, 이 사람들이 나를 애 취급 하겠다면야…….

"정말 언제 셰리주라도 마시러 오라고 해야 할지도 모르겠네." 나는 아버지가 아둔한 것인지 변덕을 부려 비꼬기 시작하는 건지 알 수가 없었다.

"당신까지 시작하려고 하지 마." 어머니가 날카롭게 말했다. "하긴 저 애가 누굴 닮은 거겠어."

나는 다음 날 오후에 테니스 클럽에 갔고, 그다음 날에도 갔다. 캐럴라인 두 명, 휴고 한 명과 공을 마구 쳐대기 시작했을 때 수전이 조금 떨어진 코트에서 경기를 하는 것이 눈에 들어왔다. 그녀의 게임을 등지고 있는 동안은 괜찮았다. 그러나 내 상대들 너머를 보다 그녀가 서브를 받을 준비를 하면서 뒤꿈치를 들고 좌우로 가볍게 몸을 흔드는 게 보이는 순간 다음 점수에 대한 절박한 관심은 사라져 버렸다.

나중에, 나는 그녀에게 집에 태워다주겠다고 제안한다.

"차가 있을 경우에만."

나는 대꾸로 뭐라고 웅얼거린다.

"뭐스키, 미스터 케이시?"

우리는 서로 마주 보고 있다. 나는 당황하는 동시에 편안함을 느낀다. 그녀는 늘 입던 테니스 원피스 차림인데, 나도 모르게 녹색 단추들이 풀 수 있는 것인지 아니면 그냥 장식인지 궁금해진다. 나는 그녀 같은 사람은 만나본 적이 없다. 우리 얼굴은 거의 똑같은 높이라, 코와 코, 입과 입, 귀와 귀가 마주 보고 있다. 그녀도 똑같은 것을 의식하고 있는 것이 분명하다.

"내가 힐을 신고 있으면 네트 너머를 볼 수 있을 텐데." 그녀가 말한다. "지금 이대로는, 우리 두 눈이 마주 보고 있네요."

그녀가 자신감이 넘치는 것인지 신경이 예민해진 것인지 파악할 수가 없다. 늘 이런 식인지, 아니면 그냥 나하고만 이런 것인지. 그녀의 말은 새롱거리는 것처럼 보이지만, 당시에는 그렇게 느껴지지 않았다.

내 모리스 마이너 컨버터블의 지붕은 열려 있다. 만일 내가 염병할 택시 사업을 하는 거라면, 염병할 빌리지 사람들이 염병할 승객들이 누구인지 보지 말아야 할 이유가 있겠는가. 아니, 승객이 누구인지.

"그런데," 나는 말하며 차를 천천히 움직이고 기어를 이단으로 올린다. "우리 부모님이 수전과 남편분에게 셰리주나 한잔 하러 오시라고 할지도 모르겠는데요."

"얼랄라-얼랄라." 그녀는 손을 입 앞에 갖다 댄다. "하지만 나는 미스터 엘리펀트 팬츠*를 어디에도 데려가지 않아요."

"왜 그렇게 부르세요?"

"어느 날 그냥 떠올랐어요. 그 사람 빨래를 널고 있었거든. 그 사람한테는 회색 플란넬 바지가 있어요, 몇 벌이 있는데, 허

* 코끼리 바지라는 뜻으로, 앞의 E.P.가 이 말의 약자.

리가 팔십사 인치야. 그때 바지 한 벌을 들고 속으로 생각했어요, 꼭 팬터마임에 나오는 코끼리의 뒤쪽 절반 같구나."

"아버지 말로는 남편분이 골프를 할 때 공을 증오하듯이 친다던데요."

"그렇지, 뭐. 또 무슨 이야기를 하던가요?"

"어머니 말로는 부인이 살이 찔 거랍니다, 내가 하도 차를 태워줘서."

그녀는 대꾸하지 않는다. 나는 차를 그녀의 집 진입로 입구에 세우고 그녀를 건너다본다. 그녀는 불안한 표정, 거의 엄숙한 표정이다.

"나는 가끔 다른 사람들을 잊어버려. 그 사람들이 존재한다는 걸. 그러니까, 내가 만나본 적이 없는 사람들이 있다는 걸. 미안해요, 케이시. 어쩌면 내가 하지 말았어야 할……. 내 말은, 사실 이건……. 오 이런."

"말도 안 됩니다." 나는 단호하게 말한다. "나 같은 젊은 남자에게는 평판이 있어야 한다고 말하셨죠. 이제 택시 사업을 한다는 평판을 얻게 된 것 같네요. 여름 동안은 그걸로 될 것 같아요."

그녀는 여전히 풀이 죽어 있다. 그러더니 조용히 말한다. "오 케이시, 아직 나를 포기하지 말아요."

내가 왜 그러겠는가, 정통으로 사랑에 빠져들고 있는 판에?

그래, 요새라면 열아홉 살짜리 남자아이, 아니, 거의 어른이 된 아이와 마흔여덟 살짜리 여자의 관계를 묘사할 때 무슨 말 쪽으로 손을 뻗겠는가? 혹시 '쿠거'와 '토이 보이'* 같은 다블로이드 신문 용어? 하지만 당시에는 그런 말이 없었다. 물론 사람들은 그런 표현이 생기기 전에도 그런 행동을 하기는 했지만. 아니면 이렇게 생각할지도 모르겠다. 프랑스 소설들, 자신보다 젊은 남자에게 '사랑의 기술'을 가르치는 나이 든 여자, 우 라 라.** 하지만 우리 관계에는, 또는 우리에게는 프랑스적인 것이 전혀 없었다. 우리는 영국적이었으며, 따라서 그것을 감당할, 도덕적으로 묵직한 영어 단어들밖에 없었다. 주홍색 여자, 간통녀 같은 말. 하지만 수전보다 주홍색이 덜한 여자는 결코 없었다. 그녀가 나에게 말한 적이 있듯이, 그녀는 사람들이 처음에 간통에 관해 이야기하는 것을 들었을 때, 우유에 물을 타는 걸 가리키는 줄 알았다.***

* 쿠거는 퓨마라고도 부르는 동물, 토이 보이는 장난감 소년을 뜻하는 말로 성적인 관계에 있는 나이 많은 여자와 어린 남자를 가리키는 말이다.

** 성적인 뉘앙스가 들어간 프랑스인 특유의 감탄사.

*** 우유에 물을 섞는다는 adulterate라는 말은 간통을 뜻하는 adultery라는 말과 어원이 같다.

요즘에 우리는 거래적 섹스, 또 여흥적 섹스 이야기를 한다. 당시에는 아무도 여흥적 섹스를 하지 않았다. 글쎄, 했을지도 모르지만, 그렇게 부르지는 않았다. 당시에, 거기에는, 사랑이 있었고, 섹스가 있었고, 둘이 섞이는 것이 있었고, 때로는 어색했고, 때로는 매끄러웠으며, 때로는 잘 풀렸고, 때로는 잘 풀리지 않았다.

나의 부모(라고 쓰고 나의 어머니라고 읽는다)와 나 사이의 대화, 적의로 가득한 여러 문단을 한 쌍의 구절로 압축한 영국식 대화의 한 예.

"하지만 나도 이제 열아홉이라고요."

"바로 그거야—너는 이제 겨우 열아홉이야."

우리는 서로의 두 번째 애인이었다. 그러나 사실상 준準 동정들이었다. 나는 삼학기가 끝날 무렵 대학에서 여자아이를 만나 성적인 입문—흔히 볼 수 있는 한바탕의 다정하고 불안한 실랑이와 어설픈 실수—을 했다. 반면 수전은 아이가 둘이었고 사반세기 동안 결혼 생활을 했지만, 미숙하기는 나와 마찬가지였다. 돌이켜보면, 우리 가운데 하나가 좀 더 잘 알았다면 상황은 달랐을 것이다. 하지만 누가, 사랑에서, 돌이켜보는 일이 생기기를 바랄까? 그리고 그 전에, 내가 방금 한 말은 '섹스에 미숙하다'는 뜻일까 아니면 '사랑에 미숙하다'는 뜻일까?

하지만 내가 너무 앞서 나가고 있다는 걸 알겠다.

그 첫날 오후, 내가 던롭 맥스플라이를 들고 세탁한 하얀 운동복 차림으로 출전했을 때, 클럽 하우스에서는 사람들이 차와 케이크를 놓고 옹기종기 모여 앉아 있었다. 블레이저*들은 여전히 나의 적합성을 평가하고 있었다, 는 것을 나는 깨달았다. 내가 마음에 드는 중간계급인지, 이 말이 포함하는 모든 것을 염두에 두고, 점검하고 있었다. 내 머리 길이를 놓고 약간 놀리기도 했는데, 내 머리카락 대부분은 머리띠가 가로막고 있어 흘러내리지 않았다. 그리고 마치 그 연장선상에서 이야기하는 것처럼, 정치를 어떻게 생각하느냐는 질문이 나왔다.

"미안하게도 정치에는 조금도 관심이 없는데." 나는 대답했다.

"흠, 그러니까 보수당원이란 뜻이네." 한 위원이 말했고, 우리 모두 웃음을 터뜨렸다.

내가 수전에게 이런 이야기를 전하자 그녀는 고개를 끄덕이

* 화려한 스포츠용 상의.

며 말한다. "나는 노동당원이지만, 그건 비밀이야. 뭐, 지금까지는 비밀이었지. 자, 그 점을 어떻게 생각하시나, 깃털이 화려한 내 친구?"*

나는 그건 나에게 전혀 신경 쓰이는 일이 아니라고 말한다.

처음에 매클라우드 집에 갔을 때 수전은 뒷길로 와서 정원을 가로질러 걸어오라고 말했다. 나는 그런 허물없는 방식이 마음에 들었다. 나는 잠기지 않은 대문을 밀어 열고, 흔들거리는 벽돌이 깔린 좁은 길을 따라 퇴비 더미와 부엽토 통들을 지나갔다. 굴뚝 꼭대기 통풍관에는 장군풀이 자라고 있었고, 울퉁불퉁한 과실수 네 그루, 채마밭 한 뙈기가 있었다. 머리가 제멋대로 헝클어진 늙은 정원사가 네모난 작은 땅을 두 삽 깊이로 갈고 있었다. 나는 농부를 좋게 보는 젊은 대학생의 권위 있는 태도로 그에게 고개를 끄덕였다. 그도 마주 고개를 끄덕였다.

수전이 주전자에 물을 끓이는 동안 나는 주위를 둘러보았다. 우리 집과 비슷했는데, 다만 모든 것이 약간 더 고급스럽게 느껴졌다. 더 정확하게 말하자면, 이곳에서는 오래된 물건들이

* 옷을 잘 입은 부유한 사람.

중고로 샀다기보다는 상속받은 것처럼 보였다. 노르스름해지는 양피지 갓이 달린 흔한 램프들이 있었다. 또—물건들이 질서정연하게 정리되지 않은 것에서는 딱히 방심이라고는 할 수 없는, 뭔가 태평함에 가까운 것이 느껴졌다. 현관에는 가방에 든 골프 클럽들이 그대로 있었고, 점심을 먹고 아직 설거지를 하지 않은—어쩌면 전날 밤에 사용한 것일 수도 있었다—잔도 두 개가 보였다. 우리 집에는 설거지를 해 치우지 않은 그릇이란 없었다. 모든 것이 정돈되고, 세탁되고, 청소되고, 광택이 나야 했다, 누군가 갑자기 들이닥칠 경우에 대비해서. 하지만 누가 들이닥친단 말인가? 교구 목사가? 지역 경찰관이? 전화를 빌려 쓰고 싶은 누군가가? 가정방문 영업사원이? 진실은 아무도 초대 없이는 집에 오지 않는다는 것이었다. 그 모든 정돈과 치우기는 내 눈에는 뿌리 깊은 사회적 유전으로 보이는 것에서 나왔다. 반면 여기에는 나 같은 사람들이 들이닥쳤고, 집은, 어머니라면 틀림없이 이렇게 말했을 텐데, 2주 동안 먼지떨이를 구경도 못 한 것처럼 보였다.

"정원사가 지독하게 열심히 일하고 있네요." 나는, 대화를 개시할 더 나은 말이 없어, 그렇게 말한다.

수전은 나를 보더니 웃음을 터뜨린다. "정원사? 그 사람이 '기성체제의 주인'이야, 공교롭게도 말이지. 우리 나리십니다."

"정말 죄송합니다. 얘기하진 말아주세요. 내 생각에는 그저……."

"그래도 제대로 하는 것처럼 보인다니 다행이네. 진짜 정원사 같다니. 옛 아담.* 바로 그거네." 그녀는 나에게 차를 한 잔 건네준다. "우유? 설탕?"

바라건대, 당신은 지금 내가 기억나는 대로 모든 걸 이야기하고 있다고 알고 있겠지? 나는 일기를 쓴 적이 없고, 내 이야기—내 이야기! 내 인생!—에 참여한 사람들은 대부분 죽었거나 멀리 흩어졌다. 따라서 내가 꼭 일이 일어난 순서대로 적고 있는 것은 아니다. 내 생각에, 기억에는 다른 종류의 진정성이 있고, 이것이 열등한 것은 아니다. 기억은 기억하는 사람의 요구에 따라 정리되고 걸러진다. 우리가 기억이 우선순위를 정하는 알고리즘에 접근할 수 있을까? 아마 못 할 것이다. 하지만 내 짐작으로는, 기억은 무엇이 되었든 그 기억을 갖고 사는 사람이 계속 살아가도록 돕는 데 가장 유용한 것을 우선시하는 듯하다. 따라서 행복한 축에 속하는 기억이 먼저 표면에 떠오르게 하는 것은 자기 이익을 따르는 작용일 것이다. 하지만

* 「아담은 정원사였다」라는 아이들 노래가 있다. 또 옛 아담은 새 아담인 예수와 비교되는, 원죄를 지닌 인간이라는 뜻도 된다.

이번에도, 단지 추측일 뿐이다.

예를 들어, 어느 날 밤 침대에 누워, 흔히 일어나던, 배를 찰싹 두드려대는 발기 때문에 잠을 이루지 못하던 일이 기억난다. 젊을 때는 방심하여—또는 무심하여—그런 발기가 평생 갈 거라고 상상한다. 어쨌든 이번 것은 좀 달랐다. 그러니까, 이것은 일종의 일반적 발기, 어떤 사람이나 꿈이나 공상과 연결되지 않은 발기였다. 그냥 기쁘도록 젊기 때문에 생겨난 일에 가까웠다. 뇌, 심장, 좆, 영혼이 다 젊기 때문에—이때는 그런 일반적 상태를 가장 잘 표현한 것이 우연히 그냥 좆일 뿐이었다.

젊을 때는 대부분의 시간에 섹스를 생각하지만 그에 대한 사유는 별로 하지 않는 듯하다. 누구와, 언제, 어디서, 어떻게—아니 그보다 더 흔한 건, 그 위대한 만일—에 열중한 나머지 왜와 어디로는 덜 생각한다. 처음 섹스를 하기 전까지 섹스에 관한 온갖 이야기를 듣게 된다. 요즘은 내가 젊었을 때보다 훨씬 많이, 훨씬 일찍, 훨씬 생생하게 들을 것이다. 하지만 그 모든 것은 결국 똑같은 성격의 입력이 되고 만다. 감상感傷, 포르노그래피, 와전의 혼합물이다. 나의 젊은 시절을 돌아보면,

그때는 좇 힘이 너무 집요하여 그런 힘을 무엇에 쓰는지 검토하는 것은 막혀버린 시기로 보인다.

아마 지금은 내가 젊은 사람들을 이해하지 못할 것이다. 그들과 이야기를 해보고, 그들과 그들의 친구들은 사정이 어떤지 물어보고 싶다—하지만 수줍음이 슬며시 찾아온다. 어쩌면 나는 젊었을 때도 젊은 사람들을 이해하지 못했을지 모른다. 그것도 사실일 수 있다.

하지만 혹시 당신이 궁금해할까 봐 말하는데, 나는 젊은 사람들을 부러워하지 않는다. 격분과 오만으로 가득했던 사춘기에 나는 자문하곤 했다. 늙은 사람들의 존재 이유란 젊은 사람들을 부러워하는 것 아닌가? 내게는 그것이 그들의 소멸 전 일차적이고 최종적인 목적으로 보였다. 어느 날 오후 수전을 만나러 걸어가다가 빌리지의 횡단보도에 이르렀다. 차가 다가오고 있었지만, 연애하는 사람에게는 정상적인 뜨거운 마음으로 그냥 건너기 시작했다. 운전자는 브레이크를 밟았는데, 자신이 원했던 것보다 세게 밟은 것이 분명했고, 나에게 소리를 질렀다. 나는 그 자리에, 자동차의 엔진 덮개와 일직선을 이루는 자리에 발을 멈추고, 운전자를 마주 노려보았다. 내가 짜증나는 꼬락서니였을 건 나도 인정한다.

긴 머리, 자주색 진, 거기에 젊고—지독히, 좆같이 젊고. 운전자는 창을 내리고 나에게 욕을 했다. 나는 미소를 지으며 천천히 차 옆으로 움직여 그에게 다가가면서, 그와 맞서는 것을 한껏 즐기고 있었다. 그는 늙었다—지독히, 좆같이 늙었고, 귀도 늙은 사람 귀 특유의 빌이먹을 붉은색이었다. 당신도 그런 귀 알 거다, 살이 두툼하고, 안팎에 털이 무성한 귀. 안쪽에는 빽빽하고 빳빳한 털, 바깥쪽에는 듬성듬성 모피 같은 털.

"아저씨가 나보다 먼저 죽을 거야." 나는 그에게 통보하고, 최대한 짜증을 돋우려고 꾸물거리며 자리를 떴다.

그래서, 이제 나이가 드니, 이게 나의 인간적 기능 가운데 하나임을 깨닫게 된다, 젊은이들이 내가 그들을 부러워한다고 믿도록 놓아두는 것. 글쎄, 내가 먼저 죽는다는 잔인한 일과 관련해서는 분명히 부러워하지만, 그 외에는 아니다. 젊은 연인들을 보아도, 그들이 거리 모퉁이에서 수직으로 얽혀 있거나, 공원의 담요 위에서 수평으로 얽혀 있는 것을 보아도, 그것이 나에게 불러일으키는 주된 느낌은 일종의 보호하고자 하는 태도다. 아니, 연민은 아니고, 보호하고자 하는 태도다. 그렇다고 그들이 내 보호를 원할 것이라는 말은 아니다. 그럼에도—이게 묘한 일인데—그들이 그런 행동에서 허세를 보일수록 내 그런 반응은 더 강해진다. 나는 세상이 아마도 그들에게 하게 될 일로부터, 그들이 아마도 서로에게 하게 될 일로부터 그들을 보호하고 싶다. 하지만 물론, 이건 가능하지 않다. 나의 돌봄은 요구되지 않고, 그들의 자신감은 제정신이 아닐 정도니까.

바로 부모가 가장 못마땅해할 그런 관계에 다다른 것처럼 보인다는 것이 나에게는 좀 자랑할 만한 일이었다. 그들을 악마로 만들 마음은 없다—이런 늦은 단계에서는 정말이지 없다. 그들은 그들의 시간과 시대와 계급과 유전자의 산물이었다—내가 바로 그렇듯이. 그들은 열심히 일했고, 진실했고, 외아들에게 최선이라고 생각하는 것을 바랐다. 내가 그들에게서 발견한 결함은, 다른 빛으로 비추어 보면, 미덕이었다. 하지만 당시에는…….

"안녕, 엄마, 아빠, 말씀드릴 게 있어요. 저 사실 게이예요, 아마 짐작하셨겠지만. 다음 주에 페드로하고 휴가를 갈 거예요. 네, 엄마, 그 페드로요, 빌리지에서 엄마 머리를 해주는 애. 뭐, 페드로가 저한테 휴가 때 어디 가느냐고 하기에, 저는 그냥 '어디 갈 만한 데 있어?' 하고 말했고, 거기서부터 시작되었어요. 그래서 함께 그리스의 어떤 섬에 갈 거예요."

부모가 당황하고, 이웃들이 뭐라고 할지 궁금해하고, 잠시 잠적하고, 문을 닫아놓고 둘이 이야기를 나누고, 내 앞길에 놓인 곤경에 대한 가설을 세우는, 결국 자신들의 혼란스러운 감정의 투사에 불과하겠지만, 어쨌든 그런 가설을 세우는 상상을 해본다. 하지만 결국 그들은 시대가 변하고 있다고 판단하고, 이런 예상치 못한 상황을 수용하는 자신들의 능력에서 약간의 침착한 영웅적 자질을 찾아내고, 어머니는 페드로가 계속 자신의 머리를 자르게 하는 것이 사회적으로 얼마나 적절한지 궁금해하고, 그러다—최악의 단계로—자신이 새로 발견한 관용에 명예의 훈장을 수여하고, 그러는 동안에도 내내 자신의 아버지가 살아서 이런 날을 보지 않은 것을, 믿지도 않는 하느님에게 감사할 것이다…….

그래, 그건 괜찮았을 것이다, 결국은. 당시 신문에서 인기를 끌던 또 하나의 시나리오와 마찬가지로.

"안녕, 부모님, 여기는 신디예요, 내 여자친구인데, 음, 사실은 약간 그 이상이에요, 보시다시피, 이제 몇 달이면 '교복 입은 엄마'가 될 거거든요. 걱정 마세요, 제가 교문에서 낚아챘을 때 이미 완전히 합법적인 나이였으니까요. 하지만 이 문제는 시간이 좀 급하니, 신디 부모님을 만나서 호적 등기소 예약을 하시는 게 좋을 거예요."

그래, 내 부모는 그것도 감당할 수 있었을 거다. 물론 그들이 바란 최고 조건의 시나리오는, 앞에서도 언급했듯이, 저 아래 테니스 클럽에서 자신들의 입맛에 맞는, 사람 마음을 편하게 해주는 낙관적인 천성의 소유자인 멋진 크리스틴이나 버지니아를 만나는 것이었다. 그러고 나면 품위 있는 약혼에 이어 품위 있는 결혼과 품위 있는 신혼여행이 뒤따르고, 이것은 품위 있는 손주들로 이어질 수 있었다. 하지만 나는 테니스 클럽에 가서 미시즈 수전 매클라우드, 나보다 나이가 위인 딸이 둘이나 있는 같은 행정교구의 유부녀를 데리고 왔다. 그리고―내가 이런 풋사랑의 어리석은 사례에서 벗어나는 때가 오기 전에는―아장아장 걷는 아주 작은 발은커녕, 약혼이나 결혼도 구경할 수 없을 것이었다. 당혹과 수모와 수치, 그리고 이웃들의 새침한 표정과 나이 많은 여자가 어린 남자애를 갖고 노는 일에 대한 교활한 암시만 있을 것이었다. 따라서 나는 그들에게 분별력 있게 논의하기는커녕, 인정할 수 있는 범위를 훨씬 넘어서는 사례를 제시하게 된 셈이었다. 이제, 매클라우드 부부에게 셰리주를 마시러 오라고 초대하겠다던 어머니의 최초의 생각은 확실하게 폐기처분된 셈이었다.

부모와의 이런 문제. 대학의 내 모든 친구―에릭, 바니, 이언, 샘—는 많고 적고의 차이만 있을 뿐이지 다 이런 문제가 있었다. 그렇다고 우리가 남루한 아프간 코트*를 입고 다니는 약에 취한 히피 무리였던 것은 아니다. 우리는 성장의 어려움에 짜증을 느끼는 정상적인—상당히 정상에 가까운—중간계급 사내아이들이었다. 우리 모두 부모와 관련된 각자의 이야기가 있었고, 그 대부분은 누구 것이라고 구별할 수도 없이 비슷했지만, 늘 바니의 이야기가 최고였다. 무엇보다도 바니는 부모에게 그냥 입에서 나오는 대로 말을 했기 때문이다.

"그래서," 우리가 또 한 학기를 시작하기 위해 다시 모여 '가정생활'의 음울한 이야기를 나눌 때 바니는 말했다. "돌아가서 3주 정도 되었을 때였는데, 아침 10시였고 나는 아직 침대에 있었어. 뭐, 피너에서는 일어나도 할 게 전혀 없잖아, 안 그래? 그런데 침실 문이 열리는 소리가 들리고, 엄마하고 아빠가 들어오는 거야. 둘이 침대 끝에 앉더니, 엄마가 지금이 몇 시인지 아느냐고 묻더라."

"왜 노친네들은 노크를 할 줄 모르는 거야?" 샘이 물었다. "딸딸이 치는 중이었을 수도 있는데 말이야."

"그래서 당연히 나는, 내 짐작으로는 아마 아침일 거라고 말

* 가장자리에 긴 털이 달린, 양가죽으로 만든 코트.

했지. 그러니까 둘은 내게 그날 뭘 할 계획이냐고 물었고, 나는 아침을 먹고 나서 생각해 보겠다고 대답했어. 아빠가 예의 그 마른기침을 하더라고—그건 언제나 아빠가 부글부글 끓기 시작한다는 신호야. 그러자 엄마가 방학 동안에 일을 해서 조금이라도 돈을 버는 게 좋겠다고 제안을 하더라고. 그래서 나는 어떤 천한 일에 임시직으로 취직한다는 생각은 해본 적이 없다고 솔직하게 말했어."

"멋진 한 방, 바니." 우리는 합창을 했다.

"그러니까 평생을 빈둥거리며 살 계획이냐고 엄마가 묻더라. 슬슬 짜증이 나기 시작하더라고—그 점에서 나는 아버지하고 같아, 분노가 천천히 타오르지, 다만 그런 경고성 기침은 하지 않을 뿐. 어쨌든, 아빠가 갑자기 성질을 내면서 벌떡 일어나더니 커튼을 확 열어젖히고 소리를 질렀어.

'우리는 네가 이곳을 좆같은 호텔로 여기는 걸 원치 않아!'"

"오, 그 진부한 소리. 우리 모두 들어본 소리지. 그래서 넌 뭐라 했는데?"

"난 말했지, '만일 여기가 정말로 좆같은 호텔이라면, 좆같은 관리자가 아침 10시에 내 방에 불쑥 들어와 좆같은 침대에 앉아서 나를 야단치진 않을 겁니다.'"

"바니, 최고!"

"뭐, 아주 도발적이기는 했어, 내가 보기엔."

"바니, 최고!"

그러니까 매클라우드 가족은 수전, 미스터 E.P., 대학에 다니느라 집에 없는, 미스 G와 미스 NS라고 알려진 두 딸로 이루어져 있었다. 또 일주일에 두 번씩 오는 늙은 파출부 미시즈 다이어가 있었는데, 그녀는 청소할 때는 시력이 형편없었지만 야채와 파인트들이 우유통을 훔치는 데는 완벽한 시력을 갖추고 있었다. 하지만 달리 누가 그 집에 왔던가? 어떤 친구도 언급된 적이 없었다. 매 주말 매클라우드는 골프를 한 라운드 쳤다. 수전은 테니스 클럽에 다녔다. 내가 가서 그들과 함께 저녁을 먹을 때 다른 사람을 만난 적은 한 번도 없었다.

나는 수전에게 어떤 친구들이 있느냐고 물었다. 그녀는, 내가 전에 들어보지 못한, 별일 아니라는 듯이 내치는 말투로 대답했다. "오, 아이들한테 친구가 있지—가끔 아이들이 집에 친구들을 데려와."

이것은 충분한 대답이라고 보기 힘들었다. 하지만 일주일 정도 지나자 수전은 내게 조운을 만나러 갈 것이라고 말했다.

"운전해." 그녀가 말하면서 매클라우드 집안의 오스틴 열쇠를 내게 건네주었다. 나는 마치 승진을 한 듯한 느낌이었고, 기어를 바꿀 때 세심하게 주의를 기울였다.

조운은 5킬로미터쯤 떨어진 곳에 살았는데, 오랫동안 수전에게 다정했지만 백혈병으로 갑자기 죽은—운도 끔찍이 없었다—제럴드의 누이였다. 그녀는 아버지가 죽을 때까지 돌봤고 결혼은 한 적이 없었다. 또 개를 좋아했고 오후에 진을 한두 잔 마셨다.

우리는 너도밤나무 산울타리 뒤에 웅크린 반목조 주택 앞에 차를 세웠다. 조운은 입에 담배를 문 채 문을 열어주더니, 수전을 끌어안고 호기심 어린 시선으로 나를 보았다.

"여기는 폴이야. 오늘 운전을 해주고 있어. 정말이지 나 시력검사 좀 받아야겠어. 새 처방을 받아야 할 때가 됐나 봐. 우린 테니스 클럽에서 만났어."

조운은 고개를 끄덕이고는 말했다. "왈왈이들은 가둬놨어."

그녀는 몸집이 큰 여자로 파스텔 톤의 파란색 바지 정장을 입고 있었다. 곱슬곱슬한 머리에 갈색 립스틱을 발랐고, 파우더는 대충 발랐다. 그녀는 우리를 응접실로 데리고 들어가 앞에 발판이 있는 팔걸이의자에 무너지듯 앉았다. 조운은 실제로는 아마 수전보다 다섯 살쯤 위였겠지만, 내 눈에는 한 세대 위로 보였다. 의자의 한쪽 팔걸이에는 펼친 채 엎어놓은 십자말풀이 책이 놓여 있었고, 다른 쪽 팔걸이에는 가죽끈 안에 감추어진 추로 중심을 유지하는 황동 재떨이가 있었다. 재떨이에는 내가 보기에는 위태로울 만큼 꽁초가 가득 차 있었다. 조운은 앉자마자 다시 일어났다.

"함께 작은 걸로 한잔할까?"

"나한테는 너무 일러, 달링."

"운전을 하는 것도 아니면서." 조운이 심술궂게 대꾸했다. 그러더니 나를 보며, "한잔 어때요, 젊은 분?" 하고 물었다.

"아뇨, 사양하겠습니다."

"뭐, 좋으실 대로. 그래도 싸구려 담배야 같이 피워주겠지."

수전은 놀랍게도 담배를 집어 들고 불을 붙였다. 내가 보기에는 오래전에 위계가 확립된 우정처럼 느껴졌다, 조운이 손위 파트너이고 수전은 비굴하지는 않다 해도, 어쨌든 귀를 기울이는 쪽으로. 조운의 첫 독백은 지난번에 수전을 본 이후 자신의 삶에 관한 것으로, 내가 보기에는 자신이 성공적으로 극복해 낸 작고 짜증스러운 일들의 목록이 주를 이루었고, 거기에 개 이야기와 브리지 이야기가 보태졌는데, 이것들은 결국 최근에 15킬로미터 떨어진 곳에서 자신이 좋아하는 진을 빌리지 시세보다 아주 약간 더 싸게 살 수 있는 곳을 알아냈다는 핵심 뉴스로 귀결되었다.

미칠 정도로 따분해지고, 수전이 즐기고 있는 것처럼 보이는 담배도 좀 못마땅해서 나도 모르게 입에서 이런 말이 튀어 나가고 있었다.

"휘발유 요인도 고려했나요?"

마치 어머니가 나를 통해 말한 것 같았다.

조운은 흥미를 느끼며 나를 봤는데, 그것은 좋게 봐주는 쪽에 가까웠다. "그래 내가 그걸 어떻게 고려하면 되는 건가요?"

"음, 차가 1리터당 몇 킬로미터를 가는지 아세요?"

"물론 알죠." 조운은 그것을 모르는 것은 씀씀이가 헤픈, 말도 안 되는 일이라도 되는 것처럼 대답했다. "이 근처에서는 12, 장거리에서는 13을 조금 넘어요."

"휘발유 값은 얼마인데요?"

"어, 그건 물론 어디에서 넣느냐에 따라 다르죠, 안 그래요?"

"아하!" 나는 훨씬 더 흥미로워진다는 듯이 탄성을 질렀다. "또 하나의 변수네요. 휴대용계산기 있나요, 혹시?"

"스크루드라이버는 있는데." 조운이 말하며 웃었다.

"그럼 연필하고 종이라도."

그녀는 내가 원하는 것을 가져오더니 소파의 내 옆에 앉아 담배의 악취를 풍겼다. "이게 계산되는 현장을 보고 싶어."

"그러니까 주류 판매점은 몇 개고 주유소는 몇 개인 거죠?" 나는 시작했다. "자세하게 다 얘기해 주셔야 합니다."

"누가 보면 댁이 좆같은 내국세를 걷으려고 세무서에서 온 줄 알겠네." 조운은 웃음을 터뜨리며 내 어깨를 쾅 쳤다.

그렇게 나는 가격과 위치와 거리를 적고, 겉으로만 그럴듯한 가짜 절약의 사례를 하나 밝혀내고, 두 가지 최선의 선택지를 제시했다.

"물론," 나는 밝은 목소리로 덧붙였다. "이 경우는 빌리지로 차를 몰고 들어가는 것보다는 걸어가는 것이 훨씬 유리하죠."

조운은 짐짓 비명을 질렀다. "하지만 걷는 건 나한테 나빠!" 그러더니 내 계산표를 들고 자기 의자로 돌아가 새 담배에 불을 붙이고 수전에게 말했다. "옆에 두기에 아주 유용한 젊은이라는 건 잘 알겠군."

차를 타고 그곳을 떠나면서 수전이 말했다. "케이시 폴, 그렇게 짓궂은 매력을 풍길 수도 있다는 건 몰랐는걸. 끝에 가서는 조운을 완전히 쥐었다 놨다 하던데."

"부자가 돈을 절약하는 걸 도울 수 있다면 뭐든 해야죠." 나는 대답하며 조심스럽게 기어를 바꾸었다. "난 당신의 남자입니다."*

"너는 정말 내 남자야, 이상해 보일 수도 있지만." 그녀도 동

* 언제든지 불러 일을 시키라는 뜻.

의하며, 운전하는 나의 왼쪽 허벅지 밑으로 납작하게 펼친 손을 집어넣었다.

"그런데 눈에는 무슨 문제가 있는 거예요?"

"눈? 아무 문제 없는데, 내가 아는 한."

"그런데 왜 눈 검사를 하러 간다는 얘기를 한 거예요?"

"오, 그거? 음, 나한테도 너를 위장할 어떤 형태의 말이 있어야 하거든."

그래, 이제 알 수 있었다. 그렇게 나는 '차를 운전해 주는 젊은이'와 '내 테니스 파트너'가 되었고, 나중에는 '마사의 친구', 또 심지어—가장 그럴 법하지 않게—'말하자면 고든이 키우는 사람'이 되었다.

우리가 언제 첫 키스를 했는지는 기억나지 않는다. 이상한가? 6 대 2, 7 대 5, 2 대 6이란 점수는 기억난다. 늙은 운전사의 귀는 지저분할 정도로 세밀하게 기억난다. 하지만 언제 어디서 처음 키스했는지, 누가 주도했는지, 아니면 둘이 동시에 그랬는지는 기억나지 않는다. 아니면 누가 주도했다기보다는 어쩌다 보니 그렇게 되었던 것인지. 차 안이었던가 아니면 그녀의 집이었던가, 아침이었나, 낮이었나, 밤이었나? 날씨는 어땠더라? 흠, 물론 당신도 내가 그런 걸 기억할 거라고 기대하지는 않을 것이다.

내가 말할 수 있는 것은—현대적인 속도를 기준으로 보자면—오랜 시간이 지난 다음 처음 키스를 했다는 것이고, 그 뒤에 또 오랜 시간이 지난 뒤에 처음으로 함께 잠자리를 했다는 것이다. 그리고 키스와 잠자리 사이에 나는 그녀를 태우고 피임 기구를 사러 런던까지 갔다. 그녀가 쓸 거를 사러, 내가 아니라. 우리는 위그모어 스트리트에 있는 존 벨 앤드 크로이든 약국으로 갔다. 그녀는 안으로 들어가고 나는 모퉁이를 돌아 차를 세웠다. 그녀는 더치 캡*과 피임용 젤리가 든, 상표가 적혀 있지 않은 갈색 봉투를 들고 돌아왔다.

"설명서가 있는지 궁금하네." 그녀가 가볍게 말한다. "내가 이런 쪽은 다 좀 연습 부족이라고 할 수 있어서."

나 자신의 기분—일종의 음침한 흥분이라고나 할까—때문에 순간적으로 그녀가 섹스를 말하는 건지, 아니면 캡을 집어넣는 걸 말하는 건지 잘 알 수가 없다.

"내가 옆에서 도와주면 되지" 하고 나는 말하면서, 이거면 두 해석 모두 감당이 된다고 생각한다.

"폴." 그녀가 말한다. "어떤 것들은 남자가 보지 않는 게

* 패서리의 일종.

좋아. 또는 생각하지 않는 게."

"알겠어요." 그건 분명히 두 번째 선택지를 뜻한다.

"어디에 둘 거야?" 나는 물으며, 발각되었을 때의 결과를 상상한다.

"오, 어디어디에." 그녀가 대답한다. 그건, 내가 알 바 아니라는 뜻.

"나한테서 너무 많은 걸 기대하지 마, 케이시." 그녀가 빠르게 말을 이어간다. "케이시. 저기가 K.C.*네. 킹스 크로스. 너는 잘 삐치는 사람**이 되지 않을 거지, 그렇지? 나한테 짜증내고 딱딱거리고 하지 않을 거지, 그렇지?"

나는 옆으로 몸을 기울여 그녀에게 키스한다, 윔폴 스트리트 안의 보행자 가운데 관심 있는 사람은 누구나 보란 듯이.

그녀와 남편이 침대를 따로 쓴다는 것, 사실 방을 따로 쓴다는 것, 그리고 그들의 결혼이 거의 20년 동안 완전함에 이르지 못하고 있다는 것—다시 말해, 섹스 없는 상태라는 것—은 이미 알고 있다. 그러나 그동안 이유나 자세한 사정을 알려달라고 밀어붙이지는 않았다. 한편으로 나는 거의 모든 사람의 성생활에, 과거와 현재와 미래의 성생활에 깊은

* 발음으로는 케이시와 비슷하며, 뒤에 나오는 킹스 크로스의 약자.

** crosspatch. 앞의 킹스 크로스의 크로스에서 연상된 말.

호기심을 느끼고 있다. 다른 한편으로, 그녀와 있을 때는 머릿속에서 다른 이미지들이 내 주의를 끄는 것을 좋아하지 않는다.

나는 그녀에게 피임 기구가 필요하다는 것, 마흔여덟에 아직 생리를 한다는 것, 그녀가 "두려운 것"이라고 부르는 것이 아직 오지 않았다는 사실에 놀란다. 하지만 아직 오지 않았다는 사실이 약간 자랑스럽기도 하다. 이것은 그녀가 혹시 임신할 수도 있다는 가능성과는 아무런 관계가 없다—어떤 것도 그것보다 내 생각이나 욕망으로부터 멀리 있을 수는 없다. 그게 아니고 그것이 그녀의 여자다움의 확인으로 보이기 때문이다. 원래는 방금 여자애다움이라고 말하려고 했다. 아마 그게 내가 말하려고 하는 것에 더 가까울 것이다. 그래, 그녀는 나이가 더 많다. 그래, 그녀는 세상을 더 많이 안다. 하지만—뭐라고 불러야 하나? 아마도, 정신 연령—이라는 면에서 보자면 우리는 그렇게 멀리 떨어져 있지 않다.

"담배를 피우는 줄은 몰랐네요." 내가 말한다.

"오, 그냥 한 대, 가끔. 조운의 동무를 해주려고. 아니면 정원에 나갈 때. 영 못마땅해?"

"아니, 그냥 놀랐을 뿐이에요. 못마땅하진 않아. 그냥 내 생각엔—"

"멍청한 짓이지. 그래 맞아. 지긋지긋할 때 그 사람 걸 그냥 한 대 피우지. 그 사람이 담배 피우는 거 유심히 봤어? 불을 붙이고 인생이 걸리기라도 한 것처럼 연기를 뿜어내. 그런 다음 반쯤 피우면 역겹다는 듯이 비벼 꺼. 그 역겨움은 다음 담배에 불을 붙일 때까지만 이어져. 약 5분 뒤까지만."

그래, 유심히 봤다, 하지만 그냥 넘어간다.

"하지만 더 짜증나는 건 그 사람이 술 마시는 거야."

"하지만 수전은 안 마시잖아?"

"난 그거 싫어해. 크리스마스에 흥 깨는 사람이라는 비난을 받지 않으려고 달착지근한 셰리주 한 잔 정도만 마시지. 어쨌든 그게 사람들을 바꿔버려. 좋은 쪽으로는 아니고."

나도 동의한다. 나는 알코올에, 또는 '거나해진다', '휘파람이 절로 나온다', '작은 파도에 잠긴다' 등으로 묘사하는 상태에 빠진 사람들에게 전혀 관심이 없다. 이런 단어나 표현은 그저 그런 사람들이 마음이 편해지려고 사용하는 것일 뿐이다.

미스터 E.P.는 음주의 미덕을 보여주는 모범이라고 할 수 없었다. 그는 식탁에 앉아 저녁을 기다리면서 수전이 "그의 플래건과 갤런"*이라고 부르는 것에 둘러싸여 점점 심하게 떨리는 손으로 파인트들이 큰 잔에 술을 쏟아부었다. 그의 앞에는 큰 잔이 하나 더 있고, 거기에는 파가 가득 담겨 있었는데, 그는 그것을 우적우적 씹어 먹곤 했다. 그러다가, 한참 뒤, 조용히 트림을 하고, 짐짓 점잖은 표정으로 입을 가렸다. 그것 때문에 나는 평생 파를 혐오하게 되었다. 그리고 맥주도 소중하게 여긴 적이 한 번도 없었다.

"있잖아, 며칠 전에는 내가 그 사람 눈을 몇 년 동안 본 적이 없다는 생각을 했어. 정말로. 아주아주 오랫동안. 그거 이상하지 않아? 늘 안경 뒤에 감추어져 있거든. 그리고 물론 그 사람이 밤에 안경을 벗을 때 나는 거기 있었던 적이 없고. 그렇다고 딱히 그걸 보고 싶다는 말은 아니지만. 볼 만큼 봤으니까. 아마 많은 여자가 그럴 거라고 생각해."

이게 그녀가 자신에 관해 나에게 말하는 방법이다. 응답을 요구하지 않는 에두른 발언. 가끔, 한 발언이 다른 발언으로 이어진다. 때로는 진술 하나만 떨어뜨리기도 한다, 나에게 삶으로 들어가는 실마리를 주는 것처럼.

* 플래건은 큰 병을 가리키고 갤런은 4.5리터의 용량을 가리키는 말인데, 여기서는 많은 술을 뜻하며 소리의 효과를 노려 함께 쓴 것이다.

"네가 이해해야 할 것은, 폴, 우리가 다 닳아버린 세대라는 거야."

나는 웃음을 터뜨린다. 우리 부모 세대는 내가 보기에는 전혀 닳지 않은 것 같다. 여전히 모든 힘과 돈과 자신감을 쥐고 있다. 나는 그들이 그야말로 다 닳아 없어지기를 바라지만. 그들은 내 성장의 큰 장애물로 보인다. 병원에서 쓰는 용어가 뭐더라? 그래, 병상 점거 환자. 그들은 정신적인 병상 점거 환자다.

나는 수전에게 설명해 달라고 한다.

"우리는 전쟁을 겪었어." 그녀가 말한다. "그게 우리한테서 많은 걸 가져갔지. 그 후로 우리는 뭘 해도 별로 신통치가 못해. 이제 너희들이 주도해야 돼. 우리 정치가들을 봐."

"설마 나더러 정치에 뛰어들라는 건 아니겠지?" 믿기지 않는 일이다. 나는 정치가를 경멸하는데, 그들은 모두 자만심 강한 얌체와 뺀질이들이다. 그렇다고 내가 정치가를 만난 적이 있다는 말은 아니지만, 물론.

"바로 너 같은 사람들이 정치에 뛰어들지 않기 때문에 우리가 지금처럼 엉망인 거야." 수전은 고집스럽게 말한다.

다시, 나는 당황한다. 나는 '나 같은 사람'이 누구인지도 잘 모른다. 고등학교나 대학 친구들 사이에서는, 정치가들이 끝도 없이 논의하는 모든 문제에 관심을 갖지 않는 것이 명예 훈장과 같았다. 그러나 그들의 거창한 걱정거리들—소비에트의 위협, '제국의 종말', 세율, 상속세, 주택 대란, 노동조합의 힘—이 가족이 모여 앉는 자리에서는 끝도 없이 되새김질되곤 했다.

나의 부모는 텔레비전 연속극은 즐겼지만 풍자는 불편하게 여겼다. 빌리지에서 「프라이빗 아이」는 살 수 없었지만, 나는 도발할 생각으로 그걸 대학에서 가져와 집 안에 두곤 했다. 표지에 말랑말랑한 33RPM 디스크를 대충 붙여놓은 호號가 기억이 난다. 레코드를 벗겨내면 변기에 앉아 있는 남자의 사진이 드러났는데, 바지와 팬티는 발목까지 내리고, 셔츠 자락으로 간신히 품위를 지키고 있는 모습이었다. 쭈그리고 앉은 이 익명의 인물의 목 위에 수상, 알렉 더글러스-홈 경의 머리가 몽타주로 붙어 있고, 그의 입에서 나오는 말풍선에는 "그 레코드를 당장 도로 갖다놔!"라고 적혀 있었다. 나는 이것이 더없이 재미있다고 생각하여 어머니에게 보여주었다. 어머니는 그게 멍청하고 유치하다고 판단했다. 그다음에는 수전에게 보여주었더니, 그녀는 포복절도했다. 그래서 그것으로 모든 것이 결정되었다, 한 방에. 나, 어머니, 수전, 정치. 모든 것이.

그녀는 삶에 웃음을 터뜨린다, 이것은 그녀의 본질의 한 부분이다. 그녀의 다 닳아버린 세대 가운데 다른 누구도 그렇게 하지 않는다. 그녀는 내가 웃음을 터뜨리는 것에 웃음을 터뜨린다. 또 테니스공이 내 머리를 때리는 것에 웃음을 터뜨린다. 내 부모와 셰리주를 마신다는 생각에 웃음을 터뜨린다. 남편에게 웃음을 터뜨린다, 오스틴 슈팅 브레이크*의 기어를 바꾸다 요란한 소리가 났을 때 웃음을 터뜨리듯이. 당연히, 나는 그녀가 삶에 웃음을 터뜨리는 것은 삶을 많이 보았고, 그것을 이해하기 때문이라고 가정한다. "그런데," 내가 말한다, "'뭐스키'가 뭐야?"

"무슨 뜻이야, '뭐스키'가 뭐야라니?"

"내 말은, '뭐스키'가 뭐냐는 거야."

"아, 그러니까, '뭐스키가 뭐스키'?"

"뭐 좋으실 대로."

"그건 러시아 스파이들끼리 쓰는 말이야, 바보야." 그녀가 대답한다.

우리가 처음으로 함께했을 때—그러니까, 성적으로—우리는 각자 필요한 거짓말을 하고, 차를 타고 햄프셔 중부로 건너

* 슈팅 브레이크는 스테이션왜건과 비슷한 차 종류다.

가 호텔에서 방 두 개를 구했다.

넓디넓은 자홍색 캔들위크* 침대보를 굽어보고 서 있을 때, 그녀가 말한다.

"어느 쪽을 좋아해? 포핸드 아니면 백핸드?"

나는 그 전에는 더블베드에서 자본 적이 없다. 전에 누군가와 함께 온 밤을 자본 적이 없다. 침대는 광대해 보이고, 조명은 음산해 보이고, 욕실에서는 방부제 냄새가 난다.

"사랑해요." 나는 그녀에게 말한다.

"여자애한테 그런 끔찍한 말을 하다니." 그녀는 대꾸하더니 내 팔을 잡는다. "먼저 저녁을 먹는 게 좋겠어, 서로 사랑하기 전에."

나는 이미 발기해 있고, 이번의 경우는 전혀 일반적인 것이 아니다. 이것은 아주, 아주 구체적이다.

그녀는 자신에 대한 수줍음이 있다. 한 번도 내 앞에서 옷을 벗지 않는다. 내가 방에 들어가 있을 때면 늘 이미 잠옷을 입고 침대에 들어가 있다. 그리고 불은 꺼지곤 한다. 하지만 나는 이런 어느 것에도 전혀 개의치 않는다. 어두운 데서도 다 볼 수 있는 느낌이니까, 어차피.

* 도톰하게 무늬를 새긴 부드러운 면직물.

또 그녀는, 책에서 흔히 보는 구절대로 "나에게 사랑의 기술을 가르쳐주지" 않는다. 우리 둘 다 미숙하다, 이미 말한 대로. 게다가 그녀는 남자가 결혼식 날 밤에 '어떻게 할지 다 가르쳐 줄 것'—아무리 지저분한 것이라도 상관없이, 남자가 결혼 전에 거쳤을 수도 있는 모든 성적 경험을 정당화해 주는 사회적 변명—이라는 가정하에 살아온 세대 출신이다. 그녀의 경우는 어땠는지 구체적인 것들을 파고들고 싶지는 않지만, 그녀가 이따금씩 암시를 던져준다.

어느 날 오후, 그들의 집에서 침대에 있을 때, 나는 "누군가" 집에 오기 전에 가야겠다고 말한다.

"물론이지." 그녀가 생각에 잠긴 표정으로 대꾸한다. "있잖아, 그 사람은 학교에 다닐 때는 늘 코끼리의 앞쪽 절반을 더 좋아했어, 내 말뜻이 이해가 될는지 모르겠지만. 그리고 어쩌면 학교를 마친 뒤에도. 누가 알겠어? 모두 비밀이 있는 거니까, 안 그래?"

"수전의 비밀은?"

"나? 오, 그 사람은 내가 몸이 냉랭하다고* 그러더라고. 그때는 아니고. 나중에, 우리가 그만둔 뒤에. 무엇에 대해서도 무

* 불감증이라는 뜻.

엇을 해보기에는 너무 늦었을 때."

"나는 수전이 조금도 냉랭하다고 생각하지 않는데." 내 말에는 격분과 소유욕이 섞여 있다. "나는 수전이…… 피가 아주 따뜻하다고 생각해."

그녀는 대답으로 내 가슴을 토닥인다. 나는 여자의 오르가슴에 관해서는 아는 게 거의 없지만, 웬일인지 남자가 충분히 오래 계속할 수만 있으면, 어느 시점에 여자에게서 자동적으로 그게 촉발된다고 가정하고 있다. 음속의 장벽*을 깨는 것처럼, 아마도. 나는 그 토론을 더 끌고 갈 수 없기 때문에 옷을 입기 시작한다. 나중에, 나는 생각한다. 그녀는 따뜻하다, 그녀는 다정하다, 그녀는 나를 사랑한다, 그녀는 내가 침대로 들어가도록 부추긴다, 우리는 침대에 오래 머문다, 나는 그녀가 냉랭하다고 생각하지 않는다, 뭐가 문제인가?

우리는 모든 일에 관해 이야기한다. 세계정세(좋지 않다), 결혼 생활(좋지 않다)과 빌리지의 일반적 품성과 도덕 수준(좋지 않다)과 심지어 죽음(좋지 않다)까지.

"이상하지 않아?" 그녀가 생각에 잠겨 말한다. "우리 어머니

* 초음속 비행에 적합하지 않은 비행기가 음속을 넘으려 해도 넘을 수 없는 보이지 않는 벽.

는 내가 열 살 때 암으로 죽었는데 나는 발톱을 깎을 때만 어머니 생각을 해."

"그리고 수전 자신도?"

"뭐스키?"

"수전 자신이—죽는 것도."

"오." 그녀는 잠시 입을 다문다. "아니, 나는 죽는 거 두렵지 않아. 내 유일한 아쉬움은 그다음에 벌어지는 일을 놓치게 된다는 거야."

나는 그녀의 말을 오해한다. "그러니까, 내세?"

"오, 나는 그런 거 믿지 않아." 그녀는 단호하게 말한다. "그런 게 있다면 죄다 도저히 감당할 수 없을 정도로 많은 문제를 일으킬 거야. 서로 멀리하면서 평생을 보낸 그 모든 사람들, 그런데 갑자기 거기 다 다시 나타나다니, 무슨 무시무시한 브리지 파티처럼."

"브리지를 하는 줄은 몰랐는데."

"안 해. 그게 핵심이 아니야, 폴. 그리고, 우리에게 나쁜 짓을 한 그 모든 사람들. 그 사람들을 다시 본다니."

나는 정적을 그대로 둔다. 그녀가 그것을 채운다. "나한테 아저씨가 한 분 있었어. 험프 아저씨. 험프리가 본래 이름이지. 나는 그 집에 가서 아저씨하고 플로렌스 아주머니하고 지내곤 했어. 어머니가 죽은 뒤니까, 열한 살이나 열두 살쯤 되었을 거야. 아주머니는 나를 침대에 눕히고 이불을 여며주고 키스해주고 불을 껐지. 그렇게 막 잠이 들 무렵에 갑자기 침대 옆쪽에 무게가 느껴지면 험프 아저씨가 온 거였지. 브랜디와 시가 냄새를 풍기면서 자기도 굿나잇 키스를 하고 싶다고 했어. 그러다가 한번은 이러는 거야, 너 '파티 키스'가 뭔지 아니? 그러고는 내가 대답을 하기도 전에 혀를 내 입안에 밀어 넣고 그걸 살아 있는 물고기처럼 휘두르는 거야. 그걸 깨물어서 잘랐어야 하는 건데. 매년 여름 그랬어, 내가 열여섯 정도가 될 때까지. 오, 어떤 사람들한테는 그런 게 그렇게까지 나쁜 일은 아니야, 나도 알지, 하지만 어쩌면 나는 그것 때문에 몸이 냉랭해졌는지도 몰라."

"수전은 그렇지 않다니까." 나는 고집한다. "우리가 운이 좀 좋으면 그 늙은 새끼는 아주 뜨거운 곳에 있게 될 거야. 정의란 게 조금이라도 있다면."

"없어." 그녀가 대꾸한다. "정의란 건 조금도 없어, 여기에도 다른 어디에도. 그리고 내세란 그저 브리지 파티에 불과할 거고 거기에서 험프 아저씨는 으뜸패 없는 승부를 여섯 번 불러서 매번 따고 보상으로 파티 키스를 요구할 거야."

"브리지 선수가 분명하네." 내가 놀리듯이 말한다.

"하지만 핵심은, 케이시 폴, 어떤 식으로든 그 남자가 아직도 살아 있다면 그건 무시무시한 일, 완전히 무시무시한 일이 될 거라는 점이야. 자기 적한테 바라지 않는 걸, 자기한테 기대할 수는 없는 법이지."

언제 그게 습관이 되기 시작했는지 모르지만—초기다, 틀림없다—나는 그녀의 두 손목을 잡곤 했다. 어쩌면 내 가운뎃손가락과 엄지로 그녀의 손목을 감쌀 수 있는지 보는 게임에서 시작되었을지도 모른다. 하지만 그것은 곧 내가 늘 하는 일이 되었다. 그녀는 살며시 주먹을 쥐고 나를 향해 팔뚝을 내밀고 말한다. "손목 잡아줘, 폴." 나는 두 손목을 모두 감싸고, 있는 힘을 다해 조인다. 여기에서 오가는 것이 무엇인지는 말로 할 필요가 없다. 이것은 그녀를 진정시키는, 나에게서 그녀에게로 뭔가를 전하는 행동이었다. 힘의 주입, 옮겨 붓기. 사랑의 옮겨 붓기.

우리의 사랑을 향한 내 태도는 독특하게 고지식했다—사실 독특하게 고지식한 것이 모든 첫사랑의 특징이라고 생각하지만. 나는 단순하게 생각했다. 자, 우리 사이에 사랑의 확실성이 자리 잡았으니, 이제 삶의 나머지가 그것을 둘러싸고 자기 자리를 잡을 수밖에 없다. 나는 그렇게 될 것이라고 전적으로 확신했다. 나는 학교에서 읽은, "열정"은 원래 "장애 위에서 번창하게" 되어 있다는 말이 기억났다. 하지만 전에는 읽기만 하던 것을 이제 직접 경험하게 되자, "장애"라는 개념은 필요하지도 바람직하지도 않은 것으로 보였다. 하지만 나는 아주 어렸기 때문에, 감정적으로, 그냥 다른 사람들이라면 분명하게 볼 수 있는 장애를 전혀 보지 못했던 것일 수도 있다.

아니면 전에 읽은 것과는 전혀 상관없는 길로 갔던 것인지도 모른다. 어쩌면 내 진짜 생각은 다음과 비슷했을지도 모른다. 우리는 지금 여기에 있다, 우리 둘이, 그리고 우리가 이르러야만 하는 곳이 있다, 다른 것은 어떤 것도 중요하지 않다. 그렇게 해서 결국 내가 꿈꾸던 곳에 가까운 어딘가에 실제로 이르렀지만, 나는 대가에 대해서는 전혀 모르고 있었다.

앞서 날씨는 기억할 수 없다고 말했다. 다른 것이 또 있다. 내가 무슨 옷을 입었는지, 내가 무슨 음식을 먹었는지도. 옷은 당시에는 중요하지 않은 생필품이었고, 음식은 그저 연료였다. 또 기억이 날 법한 다른 것들도 기억나지 않는다. 가령 매클라우드의 슈팅 브레이크 색깔 같은 것. 두 가지 색깔이 섞여 있었던 것 같다. 하지만 회색과 녹색이었던가, 아니, 어쩌면 파란색과 크림색? 그 가죽 시트에서 중요한 시간을 많이 보냈지만,

그 색깔도 말해줄 수가 없을 것 같다. 계기판을 호두나무로 만들었던가? 사실 무슨 상관인가? 내 기억은 물론 상관하지 않는다. 그리고 여기서 나의 안내자는 기억이다.

그 외에도 내가 굳이 말하고 싶어 하지 않는 것이 있다. 예를 들어 내가 대학에서 뭘 공부했는지, 그곳에 있는 내 기숙사 방은 어떻게 생겼는지, 에릭이 바니와 어떻게 다르고, 이언은 샘과 어떻게 다르고, 그들 가운데 어느 쪽이 머리가 붉은색이었는지. 다만 에릭이 가장 가까운 친구였고, 그런 관계가 오래 지속되었다는 점은 예외다. 그는 우리 가운데 가장 부드럽고, 가장 사려 깊고, 다른 사람들을 가장 믿어주는 친구였다. 그리고—어쩌면 바로 그런 특질들 때문에—여자애들하고, 나중에는 여자들하고 골치 아픈 일이 가장 많이 생겼다. 그의 부드러움, 그리고 그의 용서하는 성향과 마주치면 사람들은 왠지 자극을 받아 어떤 나쁜 행동을 하고 싶은 욕구를 느끼게 되었던 것일까? 나도 그 답이 알고 싶다, 특히 내가 그를 몹시 실망시킨 순간 때문에. 그에게 내 도움이 필요했던 때 나는 그를 버렸다. 그를 배신했다고 말해도 좋다. 하지만 그 이야기는 나중에 하겠다.

그리고 또 한 가지. 앞서 빌리지를 부동산 중개업자처럼 스케치해 주었지만, 그 가운데 일부는 엄격한 수준에서는 정확하다고 할 수 없을지도 모른다. 예를 들어 줄무늬 횡단보도의 벨리샤 신호등. 그건 내가 만들어낸 것인지도 모른다. 요즘에는 번쩍이는 신호등이 한 쌍 세워지지 않은 줄무늬 횡단보도는 거의 볼 수 없으니까. 하지만 당시, 서리 주에, 그것도 교통량이 적은 도로에…… 좀 의심스럽다. 실생활 조사를 해볼 수도 있을 것이다—중앙도서관의 옛 우편엽서를 찾아보고, 당시에 찍은 몇 장 안 되는 사진도 뒤져보고, 그에 맞추어 내 이야기를 다시 손볼 수도 있을 것이다. 하지만 나는 과거를 재구성하는 것이 아니라, 기억하고 있다. 따라서 앞으로 배경 점검은 많지 않을 것이다. 당신은 그런 게 더 많은 쪽을 좋아할 수도 있겠지. 그런 게 더 많은 데 익숙할 수도 있겠지. 하지만 나로서는 어쩔 수가 없다. 나는 지금 이야기를 그럴듯하게 떠벌리려는 게 아니다. 진실을 말하려 하는 것이다.

수전의 테니스 게임이 되살아난다. 나의 테니스—이미 말했던 것 같지만—는 대체로 독학한 것으로 손목 힘, 제대로 준비 안 된 자세와 마지막 순간의 계획적인 타격 방향 변화에 의존하는 것이었다. 마지막 사항 때문에 가끔 상대만큼이나 나도 속곤 했다. 그녀와 함께 게임을 할 때는 이런 구조화된 태만이 종종 승리에 대한 나의 강렬한 욕망을 막아서곤 했다. 그녀의 게임 뒤에는 교육이 자리 잡고 있었다. 그녀는 자세가 정확했으며, 바닥에 튄 공을 끝까지 완전하게 쳤고, 상황이 아주 유리할 때만 네트에 다가갔으며, 열심히 뛰었고, 그러면서도 이길 때나 질 때나 똑같이 웃음을 터뜨렸다. 이것이 그녀에 대한 나의 첫인상이었으며, 나는 자연스럽게 그녀의 테니스로부터 그녀의 성격을 추정했다. 나는 그녀가 삶에서도 차분하고, 질서정연하고 신뢰할 만하며, 공을 끝까지 완전하게 친다고 가정했다—네트에 붙어 있는 불안하고 충동적인 파트너에게 가능한 최선의 백코트 지원자라고.

우리는 클럽의 여름 대회에서 혼합복식에 참가했다. 우리가 50대 중반의 서툰 늙다리 한 쌍과 붙은 일회전 경기를 구경한 사람은 세 명 정도였는데, 놀랍게도 그 관객 가운데 한 명이 조운이었다. 우리가 엔드 체인지를 하여 그녀가 나의 시선에서 벗어났을 때도 나는 흡연자 특유의 기침 소리를 들을 수 있었다.

서툰 늙다리들은 서툰 솜씨로도 우리를 죽도록 괴롭혔다. 그들은 본능적으로 서로의 다음 동작을 읽을 수 있는 결혼한 부부처럼 게임을 하여, 서로 외치기는커녕 말을 할 필요조차 없었다. 수전은 평소와 다름없이 견실하게 게임을 한 반면, 나는 멍청할 정도로 변덕스러웠다. 욕심만 앞세워 공을 가로채러

갔고, 놓아두었어야 할 공을 건드렸고, 그들이 그 세트에서 6 대 4로 이겨 경기를 마무리했을 때는 무기력하게 부루퉁한 상태에 빠져버렸다.

나중에 우리는 조운과 함께 앉았고, 우리 셋 사이에는 차 두 잔과 진 한 잔이 놓여 있었다.

"실망시켜서 미안해요." 내가 말했다.

"괜찮아, 폴, 정말 상관 안 해."

그녀의 한결같은 태도 때문에 나는 나 자신에게 더 짜증이 났다. "안 하겠지. 하지만 나는 해요. 온갖 멍청한 짓만 골라서 했어. 아무런 도움이 되지 못했어. 게다가 첫 서브를 계속 실패했고."

"왼쪽 어깨가 처지던데." 조운이 불쑥 말했다.

"하지만 저는 오른손으로 서브하거든요." 나는 좀 심술을 부리듯이 대꾸했다.

"그래서 왼쪽 어깨를 높이 유지해야 하는 거야. 그래야 균형이 잡히지."

"테니스 치시는 줄은 몰랐네요."

"친다고? 하! 나는 늘 저 좆같은 걸 타오곤 하던 사람이야. 무릎이 나가기 전까지. 레슨을 좀 받을 필요가 있습니다요, 폴 도련님, 그뿐이에요. 하지만 포핸드, 백핸드는 좋더라고."

"이것 봐—얼굴을 붉히고 있네!" 수전이 불필요하게 한마디 했다. "전에는 이러는 거 한 번도 본 일이 없는데."

나중에, 차 안에서, 내가 말한다. "그래서 조운의 이야기는 뭐야? 정말로 테니스 잘 쳤어요?"

"오 그럼. 조운하고 제럴드는 승승장구했지. 군 대회까지 나갔어. 조운은 막강한 단식 선수였어, 아마 너도 상상할 수 있겠지만. 하지만 무릎이 도와주지 않는 바람에 그만두었지. 그래도 복식에서는 더 뛰어났어. 사람을 받쳐줄 줄 알고 뒷받침을 받을 줄 알았지."

"조운이 마음에 들어." 나는 말한다. "조운이 욕하는 게 마음에 들어."

"그래, 그게 사람들이 보고 듣는 거고, 마음에 들어 하고 마음에 들어 하지 않는 거지. 조운의 진, 조운의 담배, 조운의 브리지 게임, 조운의 개들. 조운이 욕하는 거. 조운을 과소평가하지 마."

"안 했어." 나는 이의를 제기한다. "어쨌든, 내가 핸드는 좋다고 했으니까."

"늘 농담만 하면 안 되지, 폴."

"뭐, 나는 이제 겨우 열아홉이라고, 우리 부모가 늘 일깨워주듯이."

수전은 입을 다물더니, 잠시 후 도로의 대피소를 보고 그곳으로 들어가 차를 세운다. 그녀는 앞유리 너머를 내다본다.

"제럴드가 죽었을 때 나만 큰 타격을 입은 게 아니야. 조운은 망연자실했지. 둘은 어렸을 때 어머니를 잃었고, 아버지는 보험회사에서 매일 일해야 했어. 그래서 둘은 서로 의지하게 되었지. 그러다 제럴드가 죽자…… 조운은 좀 탈선을 했어. 사람들하고 자고 다니기 시작했어."

"그건 아무 문제 될 게 없지."

"문제 될 게 있기도 하고 없기도 해, 케이시 폴. 네가 누구냐, 또 그들이 누구냐에 따라서. 그리고 누가 살아남을 만큼 튼튼하냐에 따라서. 보통, 그건 남자야."

"조운은 내 눈에는 아주 튼튼해 보이는데."

"그건 연기야. 우리 모두 연기를 하지. 너도 언젠가는 연기를 하게 될 거야, 오, 하고말고. 어쨌든 조운은 형편없는 것들을 골랐어. 처음에는 상관없을 것 같았어, 임신을 하거나 하는 일만 없으면 말이야. 어쨌든 그런 일은 없었어. 그러다가 조운은 홀딱 빠지게 됐어…… 그 남자 이름은 중요하지 않아. 물론 유부남이었고, 물론 부자였고, 물론 다른 여자친구들이 있었지. 조운한테 켄싱턴에 있는 아파트를 마련해 줬어."

"맙소사. 조운이…… 첩이었다는 거야? 그…… 정부?" 이런 것들은 내가 책에서만 만나던 말, 성적 기능이었다.

"부르고 싶은 대로 불러. 말은 맞지가 않으니까. 거의 맞는 일이 없지. 너는 스스로를 뭐라고 불러? 나는 뭐라고 불러?" 나는 대답하지 않는다. "그런데 조운은 그 늙은 새끼한테 완전히 홀려 있었어. 그자가 찾아오기를 기다리고, 그자의 약속을 믿고, 이따금씩 주말에 해외로 나갔지. 그자는 3년 동안 조운을 그렇게 이용해먹었지. 그런데 결국에는, 늘 약속하던 대로, 마누라하고 이혼을 했네. 그러자 조운은 드디어 배가 들어왔다고* 생각했어. 나아가서, 그동안 우리 모두가 틀렸다는 걸 증명해냈다고 생각했어. '배가 들어올 거야.' 그 소리를 입에 달고 살았거든."

"하지만 배가 들어오지 않은 거야?"

"그자는 다른 여자와 결혼했어. 조운은 신문에서 그 소식을 알게 됐어. 그러자 그자가 사준 옷을 모두 아파트 응접실에 쌓아놓고, 라이터 기름을 붓고, 성냥불을 켜고, 밖으로 나가 문을 쾅 닫고, 열쇠를 우편함에 넣고, 아버지한테로 돌아갔어. 그렇게 아버지 집 문간에 나타난 거야. 그슬린 냄새도 좀 났겠지, 아마도. 아버지는 아무 말도 하지 않고, 뭘 묻지도 않고, 그냥

* 보통 기대하던 게 이루어질 때 쓰는 말.

조운을 끌어안았어. 조운은 몇 달이 지나고 나서야 아버지한테 이야기할 수 있었어. 유일하게 행운이라고 할 만한 것은, 행운이 있었다고 한다면, 그 블록 전체로 불이 번지지 않았다는 거야. 그냥 비싼 카펫을 태워 구멍만 냈지. 잘못했다간 과실치사로 감옥에 갇히는 신세가 될 수도 있었는데 말이야.

그 뒤로 조운은 아버지를 헌신적으로 돌봤지. 또 개에 관심을 갖게 되었어. 개를 기르는 일에 달려들더라고. 시간을 보내는 방법을 배운 거야. 그게 인생에서 중요한 것 가운데 하나지. 우리 모두 그저 안전한 장소를 찾고 있을 뿐이야. 만일 그런 곳을 찾지 못하면, 그때는 시간을 보내는 방법을 배워야만 해."

나는 이게 절대 내 문제가 될 거라고 생각하지 않는다. 인생은 너무 꽉 차 있고 앞으로도 계속 그럴 거니까.

"가엾은 조운." 나는 말한다. "나는 짐작도 못 했어."

"조운은 십자말풀이를 엉터리로 해."

이것은 불합리한 추론으로 보인다.

"뭐라고?"

"십자말풀이를 엉터리로 한다고. 규칙대로 하지 않아. 하다가 막히면 아무 단어나 채워 넣는다고 언젠가 그러더라고. 글자 수만 맞으면 말이야."

"하지만 그래 가지고는 아무런 의미가 없잖아……. 게다가 어차피 그 책 뒤에 보면 답이 다 나와 있는데." 나는 어쩔 줄을 몰라 그냥 되풀이한다. "가엾은 조운."

"그렇기도 하고 아니기도 하지. 그렇기도 하고 아니기도 해. 어쨌든 절대 잊지 마세요, 폴 도련님. 모든 사람에게는 자기만의 사랑 이야기가 있다는 걸. 모든 사람에게. 대실패로 끝났을 수도 있고, 흐지부지되었을 수도 있고, 아예 시작조차 못 했을 수도 있고, 다 마음속에만 있었을 수도 있지만, 그렇다고 해서 그게 진짜에서 멀어지는 건 아니야. 때로는, 그래서 더욱더 진짜가 되지. 때로는 어떤 쌍을 보면 서로 지독하게 따분해하는 것 같아. 그들에게 공통점이 있을 거라고는, 그들이 아직도 함께 사는 확실한 이유가 있을 거라고는 상상할 수도 없어. 하지만 그들이 함께 사는 건 단지 습관이나 자기만족이나 관습이나 그런 것 때문이 아니야. 한때, 그들에게 사랑 이야기가 있었기 때문이야. 모두에게 있어. 그게 단 하나의 이야기야."

나는 대답하지 않는다. 꾸지람을 들은 기분이다. 수전에게 꾸지람을 들었다는 게 아니다. 인생에게 꾸지람을 들었다는 거다.

그날 저녁, 나는 부모를 보면서 두 사람이 서로 하는 모든 말에 주의를 기울였다. 그들에게도 그들의 사랑 이야기가 있었다고 상상해 보려 했다. 옛날 옛적에. 하지만 그런 노력은 아무런 소용이 없었다. 그래서 두 사람 각자 사랑 이야기가 있었지만, 별도로, 결혼 전 또는 아마도—훨씬 짜릿하게—결혼 후에 있었던 거라고 상상해 보았다. 하지만 그것도 소용이 없었기 때문에 포기했다. 대신 나도 조운과 마찬가지로 언젠가는 나나름의 연기, 호기심을 비껴가게 하기 위해 고안한 연기를 하게 될지 궁금해하는 쪽으로 생각이 흘러갔다. 누가 알랴?

이윽고 나는 다시 돌아가, 내가 존재하기 이전의 세월에 내 부모는 어떠했을지 상상하려고 노력해 보았다. 그들이 나란히, 손에 손을 잡고, 행복하게, 자신감이 넘치는 모습으로 함께 출발하여, 풀이 덮인, 부드럽고, 폭신폭신한 고랑을 함께 거니는 모습을 그려본다. 모든 것이 푸릇푸릇하고 시야는 광대하다. 전혀 서둘 것이 없어 보인다. 그러다가, 삶이 진행되면서, 삶 특유의 정상적이고, 일상적이고, 전혀 위협적이지 않은 방식으로, 고랑이 아주 천천히 깊어지고, 녹색에는 갈색 점들이 박히기 시작한다. 조금 더 가자—10년이나 20년쯤—양쪽으로 흙이 더 높이 쌓여 있고, 그들은 이제 그 너머를 볼 수가 없다. 이제는 탈출할 수도 없고, 돌아갈 수도 없다. 위는 하늘뿐이고, 갈색 흙으로 이루어진, 점점 높아지는 벽은 그들을 당장이라도 묻어버릴 것만 같다.

무슨 일이 생기더라도 나는 고랑에 사는 사람은 되지 않을 생각이었다. 또는 개를 기르는 사람은.

"네가 이해해야만 하는 건 이거야." 그녀가 말한다. "우리는 셋이었어. 남자애들은 교육을 받았어—원래 그런 거였지. 필립은 교육을 끝까지 받았어. 하지만 알렉에게 쓸 돈은 아이가 열다섯 살이 되었을 때 바닥나 버렸어. 알렉이 나와 가장 가깝던 형제였지. 모두 알렉에게 푹 빠졌어, 단연 최고였거든. 당연히, 알렉은 가능한 순간이 오자마자 입대했어, 그게 최고가 하는 일이었으니까. 공군에. 결국 알렉은 선더랜드를 몰았지. 그건 날아다니는 보트였어. 대서양 위를 오래 순찰하며 유보트를 찾았지. 한 번에 열세 시간씩. 위에서는 계속 그렇게 비행을 하는 걸 돕기 위해 약을 주었어. 아니, 그건 내가 하려는 얘기와 관계없는 일이야.

있잖아, 알렉은 마지막 휴가 때 나를 데리고 저녁을 먹으러 갔어. 호화로운 데가 아니라 그냥 '코너 하우스'*라는 곳으로. 그러더니 내 두 손을 잡으며 말했어, '수** 달링, 복잡한 짐승

* 모퉁이에 있는 집이라는 뜻.

** 수전의 애칭.

이야, 그 선더랜드란 놈은. 내가 감당할 수 없다는 생각이 들 때가 많아. 빌어먹을, 너무 복잡해. 가끔 저기 물 위에 나가 있을 때면 모든 게 똑같아 보여, 몇 시간이 지나도록. 내가 어디에 있는지 알 수가 없어. 가끔 자동조종장치도 알지를 못해. 나는 이륙하고 착륙할 때는 늘 기도를 해. 믿지는 않지만, 그래도 기도를 해. 하지만 매번 그 전과 똑같이 염병할 무서움뿐이야. 맞아, 이제 가슴을 짓누르던 걸 털어놨어. 이제부터는 내가 맡은 모퉁이를 감당할 거야. 코너 하우스에서 모퉁이를 감당할 거야.'

그게 내가 알렉을 마지막으로 본 날이었어. 3주 후에 실종 공고가 났지. 결국 알렉의 비행기는 흔적도 찾지 못했어. 나는 알렉이 거기 나가 있는 모습, 물 위에 있는 모습, 무서워하는 모습을 늘 생각해."

나는 그녀의 몸에 팔을 둘렀다. 그녀는 몸을 흔들어 내 팔을 털어냈다, 얼굴을 찌푸리면서.

"아니, 그게 다가 아니야. 늘 남자들이 주위에 있는 것 같았어. 전시였고 다들 싸우러 나갔을 거라고 생각하겠지만, 엄청나게 많은 남자들이 집에 있었어, 정말이라니까. 모자란 남자들. 그래서 제럴드도 있었지, 두 번이나 신체검사를 받았지만 통과하지를 못했거든. 또 고든도 있었고, 병역 면제 직업을 가졌거든, 고든이 말하기 좋아하는 식으로 말하자면 말이야. 제럴드는 사근사근한 성격에 잘생겼고, 고든은 좀 잘 삐치는 사람이었는데, 어쨌든 나는 그냥 제럴드와 춤을 추는 쪽이 더 좋았어. 그러다가 우리는 약혼을 했지. 뭐, 전시였고, 당시에는 사람들이 그렇게들 했거든. 내가 제럴드를 사랑했다고 생각하지는 않지만, 그가 착한 사람이기는 했어, 그건 분명해. 그런데 제럴드는 백혈병으로 죽었어. 그 이야기는 이미 했지. 끔찍한 운명이었지. 그래서 고든과 결혼하는 쪽이 최선이라고 생각했어. 그렇게 되면 고든이 덜 삐칠지도 모른다고 생각했어. 하지만 그 부분은 그렇게 풀리지 않았어, 너도 눈여겨봤을지 모르지만."

"하지만—"

"이렇게, 보다시피, 우리는 다 닳아버린 세대야. 최고의 남자들은 갔어. 우리는 모자란 남자들과 남겨졌지. 전쟁 때는 늘 그런 식이야. 그래서 이제 너희 세대에게 달렸다는 거야."

하지만 나는 우선, 어떤 세대의 일원이라는 느낌이 들지 않는다. 또 그녀의 이야기, 그녀의 역사, 그녀의 전사前史에 감동했지만, 여전히 정치에 뛰어들고 싶지는 않다.

우리는 내 차를 타고 어딘가로 가고 있었다. 짙은 쑥색 모리스 마이너 컨버터블이었다. 수전은 그 차가 아주 하급의 전시 독일 비전투용 군용 차량처럼 보인다고 말했다. 우리는 긴 언덕의 기슭에 있었고, 다른 차는 눈에 보이지 않았다. 나는 절대 무모하게 운전하는 사람이 아니었지만, 이때는 비탈을 수월하게 올라가려고 가속 페달을 힘껏 밟았다. 그렇게 50미터 정도 갔을 때 뭔가 심각하게 잘못되었다는 것을 깨달았다. 페달에서 발을 뗐음에도 최대로 가속이 이루어지고 있었다. 본능적으로 브레이크를 꽉 밟았다. 그러나 별로 도움이 되지 않았다. 나는 두 가지를 동시에 하고 있었다. 공황에 빠지는 동시에 냉정하게 생각하기. 그 두 가지 상태가 양립할 수 없다고 절대 생각하지 마라. 엔진은 포효하고 있었고, 브레이크는 비명을 지르고 있었고, 차는 도로를 가로질러 회전하기 시작했다. 속도는 65~80킬로미터 사이였다. 수전에게 어떻게 하면 좋겠느냐고 물어볼 생각은 나지 않았다. 나는 생각했다, 이건 내 문제다, 내가 해결해야 한다. 그러다가 이런 생각이 떠올랐다. 차의 기어를 풀자, 그래서 클러치를 밟고 기어를 중립으로 뺐다. 차의 히스테리는 줄어들고 우리는 타성으로 움직이다 길 가장자리에 멈추었다.

"잘했어, 케이시 폴." 그녀가 말한다. 이름을 둘 다 부르는 것은 보통 칭찬의 표시다.

"더 일찍 그 생각을 했어야 했어. 사실 염병할 시동을 꺼버렸어야 했어. 그럼 됐을 거야. 하지만 그런 생각이 떠오르지를 않았어."

"언덕 너머에 정비소가 있는 것 같아." 그녀는 말하며, 마치 그런 사건은 늘 있는 일이라는 듯이 차에서 내린다.

"무서웠어요?"

"아니. 네가 처리할 줄 알았어, 무슨 문제든. 너하고 있으면 늘 안전하다는 느낌이야."

그녀가 그런 말을 하고, 나는 자부심을 느끼던 기억이 난다. 하지만 차가 통제를 벗어나고, 브레이크에 저항을 하고, 제멋대로 도로를 가로질러 회전하던 느낌도 기억이 난다.

그녀의 치아 이야기는 해야겠다. 음, 어쨌든, 그 가운데 둘에 관한 이야기는. 위쪽의 가운데 앞니 두 개. 그녀는 그것을 자신의 "토끼 이빨"이라고 불렀는데, 그 둘이 엄격한 전국 평균보다 아마 1밀리미터 길었기 때문일 것이다. 하지만 그것 때문에 나에게는 더욱더 특별해졌다. 나는 가운뎃손가락으로 그 이들을 가볍게 두드려, 그것이 거기 그대로 있는지, 또 그녀와 마찬가지로 안정적인지 확인해 보곤 했다. 그것은, 마치 그녀라는 창고의 재고를 확인하는 듯한 그 동작은, 하나의 작은 의식이었다.

빌리지의 모든 사람, 모든 어른—아니, 모든 중년—이 십자말풀이를 하는 것 같았다. 내 부모, 그들의 친구들, 조운, 고든 매클라우드. 수전을 빼고는 모두. 그들은 《타임스》 아니면 《텔레그래프》 십자말풀이를 했다. 조운에게는 거기에 더해, 다음 신문을 기다리는 동안 의지할 수 있는 책들도 있었다. 나는 이 전통적인 영국적 활동을 약간 경멸하는 쪽이었다. 그 시절 나는 뻔한 동기 뒤에 숨은 동기—위선과 관련되어 있으면 더 좋고—를 찾아내는 데 열심이었다. 분명히, 이 아무런 해가 될 것이 없어 보이는 소일거리에는 단순히 신비한 열쇠를 풀어 답을 채우는 것 이상의 뭔가가 있었다. 나의 분석 결과 다음과 같은 요소들이 확인되었다. 1) 우주의 혼돈을 흑과 백의 사각형으로 이루어진 작고 이해 가능한 격자판으로 환원하려는 욕구. 2) 삶의 모든 것은, 결국, 해결될 수 있다는 근원적인 믿음. 3) 삶은 본질적으로 유희적인 활동이라는 사실의 확인. 4) 이 활동이 출생에서 사망에 이르는 우리의 짧은 지상 통과 과정에 따르는 실존적 고통을 막아주리라는 희망. 모든 게 빠짐없이 들어가 있는 것 같았다!

어느 날 저녁 고든 매클라우드가 담배의 연막 뒤에서 고개를 들더니 물었다.

"서머싯에 있는 읍, 일곱 글자, N으로 끝남."

나는 잠시 생각해 보았다. "스윈던?"

그는 관대하게 쯧쯧 소리를 냈다. "스윈던은 윌트셔에 있네."

"정말요? 놀라운데요. 가보셨어요?"

"내가 거기에 가보았느냐 아니냐는 당면한 일과 관련이 있다고 볼 수 없네." 그가 대답했다. "이걸 직접 보게나. 그럼 도움이 좀 될지도 모르지."

나는 그의 옆에 가서 앉았다. N 뒤에 이어지는 여섯 글자의 공백을 보았지만 도움이 되지는 않았다.

"톤턴." 그가 알려주더니 답을 적어 넣었다. 그가 대문자를 쓰는 묘한 방식이 눈에 들어왔다. 획을 하나 그을 때마다 펜을 들어 올렸다. 다른 모든 사람은 펜을 종이에 두 번 갖다 대서 N을 만드는 반면 그는 세 번 갖다 댔다.

"계속 서머싯 읍을 조롱하다. 그게 열쇳말이었어."

나는 그 생각을 해보았고, 과연, 별로 어렵지 않았다.

"계속 놀리다taunt on—조롱을 계속하다. 계속 놀리다taunt on—톤턴TAUNTON. 알겠나, 이 싸람아?"

"오, 알겠습니다." 나는 고개를 끄덕이며 말했다. "교묘하네요."

물론 진심은 아니었다. 또 나는 매클라우드가 나한테 묻기 전에 이미 답을 알고 있었던 게 틀림없다고 생각하고 있었다. 그래서 나는 십자말풀이, 매클라우드는 그것을 '퍼즐 중의 퍼즐'이라고 부르는 쪽을 좋아했지만, 분석에 추가 조항을 덧붙였다—3b) 자신이 어떤 사람들이 인정해 주는 것보다 더 똑똑하다는 생각의 엉터리 확인.

"미시즈 매클라우드가 십자말풀이를 하나요?" 나는 이미 답을 알고 있었지만 그렇게 물었다. 알고 묻기는 피차 마찬가지 아닌가, 나는 생각했다.

"퍼즐 중의 퍼즐은," 그는 약간 능글맞게 대답했다, "사실 여성의 영역이 아니라네."

"우리 엄마는 아빠하고 십자말풀이를 하는데요. 조운도 십자말풀이를 하고요."

그는 턱을 아래로 내리고 안경 너머로 나를 보았다.

"그렇다면, 혹시, 퍼즐다운 퍼즐은 여자다운 여자의 영역이 아니라고 상정할 수 있지 않을까. 그럼 뭐라고 하겠나?"

"그 점에 관한 결론을 내리기에는 제 인생 경험이 충분치 않다고 말하겠습니다." 그러나 속으로는 "여자다운 여자"라는 표현을 생각해 보고 있었다. 이건 애처가로서의 발언인가, 아니면 일종의 위장된 모욕인가?

"이렇게 해서 우리는 12 세로의 중간에 들어갈 O를 얻었군." 그는 계속해서 말했다. 갑자기 "우리"가 되었다.

나는 열쇳말을 물끄러미 바라보았다. 일하는* 중재인과 잎에 관한 것이었다.

"삼엽 식물TREFOIL." 매클라우드가 중얼거리며, 그 단어를 써 넣었다. R 자를 쓰는데 펜을 세 번 갖다 댔다. 다른 사람들은 두 번이면 쓰는 것을. "봤지, TOIL, 즉 1 안에 REF—중재자—가 들어가 있잖아."

"그것도 교묘하네요." 나는 짐짓 열광했다.

"늘 나오는 거야. 전에도 몇 번 나왔어." 그는 약간 자족적인 태도로 덧붙였다.

2b) 인생에서 뭔가를 풀면 다시 그것을 풀 수 있고, 해결책은 두 번째도 똑같다는 추가의 믿음. 어떤 높은 수준의 성숙과 지혜에 이르렀다는 자신감을 준다.

매클라우드는 내가 묻지도 않았는데 나에게 퍼즐 중의 퍼즐을 속속들이 가르치겠다고 결정했다. 철자 순서를 바꾼 단어에서 그것을 발견하는 방법. 다른 단어들의 조합 안에 감추어

* in work, 일 안에 있다고 이해할 수도 있다.

진 단어들. 퍼즐을 내는 사람들이 사용하는 약칭과 그들이 좋아하는 속임수. 체스의 주석, 군대 계급 등에서 끌어 온 흔히 등장하는 약자, 글자, 단어. 세로 열쇠의 해법에서 단어를 아래에서 위로 적게 될 수도 있다는 것, 또는 가로 열쇠에서 뒤에서 앞으로 적게 될 수도 있다는 것. "'서쪽으로 달리기', 봤지, 이건 거저나 다름없어."

4)의 정정. 시작 부분. "이 엉덩이에 곰팡이가 슬도록 따분한 활동이……."

나중에 나는 여자다운 여자WOMANLY WOMAN로 철자 바꾸기를 해보려 했다. 물론 어떤 성과도 없었다. 창백하게 깎은 베틀WANLY MOWN LOOM을 비롯한 몇 가지 말도 안 되는 것밖에 내놓을 수가 없었다.

추가: 1a) 세상에서 가장 중요한 사랑의 문제에서 마음을 떼어놓을 수 있는 성공적인 방법.

그럼에도 나는 그가 플레이어스 연기를 뿜어내며 묘하게 기계적인 펜 놀림으로 네모 칸을 채우는 동안 계속 그의 동무 노릇을 해주었다. 그는 나에게 열쇳말을 설명하는 것을 즐기는 듯했으며, 이따금씩 내가 반쯤 진심이 담긴 휘파람을 불거나 툴툴거리는 소리를 내는 것을 갈채로 받아들였다.

"우리는 이제 저 아이를 위대한 퍼즐 중의 퍼즐 해결사로 만들 거야." 그는 어느 날 저녁을 먹으면서 수전에게 말했다.

가끔 우리는, 그와 나는 어떤 일을 함께했다. 뭐, 대단한 일은 아니었고, 오래 같이한 것도 아니었다. 그가 정원에서 무슨 밧줄과 핀으로 이루어진 도구를 사용하는 것을 도와달라고 했다. 그가 그곳에 심고 있는 배추를 연대처럼 정렬시키기 위해 마련한 도구였다. 두어 번은 라디오로 국가 대항전을 듣기도 했다. 한번은 나를 데려가 차에 그가 "석유"라고 부르는 것을 채우게 하기도 했다. 나는 그에게 어떤 정비소의 단골이 될 생각이냐고 물었다. 가장 가까운 곳, 그는 대답했고, 나는 전혀 놀라지 않았다. 나는 그에게 조운이 어디서 진을 사야 하는지 가격 대 거리 분석을 했다고 말하고, 내가 무엇을 발견했는지 알려주었다.

"믿을 수 없을 정도로 따분하군." 그는 한마디 하더니 나를 보고 웃음을 지었다.

나는 그 무렵 한 번 이상 그의 눈을 보았다는 사실을 깨달았다. 수전은 몇 년이나 보지 못했는데. 어쩌면 그녀가 과장하는 것일 수도 있었다. 어쩌면 그녀는 애초에 너무 열심히 보지는 않았던 것일 수도.

이제 오직 음와만NOW ONLY MMWAA……* 아냐, 이것도 별로다.

이 무렵 나는 이런 생각을 자주했다. 나는 대학 교육까지 받았지만, 현실적인 맥락에서는 아무것도 모른다. 수전은 학교에 거의 다니지 않았음에도 훨씬 잘 안다. 나는 책에서 배웠고, 그녀는 삶에서 배웠다.

그렇다고 내가 그녀의 말에 늘 동의했다는 것은 아니다. 그녀는 조운 이야기를 하면서 이렇게 말했다. "우리 모두 그저 안전한 장소를 찾고 있을 뿐이야." 나는 그 후 한동안 이 말을 곰곰이 생각했다. 내가 이른 결론은 이런 것이었다. 그럴지도 모르지만, 나는 아직 젊다, '겨우 열아홉밖에' 안 되었다. 따라서 위험한 장소를 찾는 데 더 관심이 있다.

수전과 마찬가지로 나에게도 우리 관계를 묘사하는 우회적인 표현이 있었다. 우리는 세대를 넘어서서 죽이 아주 잘 맞는 것 같아요. 저분은 나의 테니스 파트너예요. 우리는 둘 다 음악을 좋아하고 런던의 콘서트에 가요. 또 그림 전시회에도. 아,

* Milli-Meter Wave Antenna Array(밀리파 공중선열)의 약자.

나도 잘 모르겠어요, 어떻게 된 일인지 우리는 그냥 잘 지내요. 하지만 누가 어디까지 믿었는지, 누가 어디까지 알았는지, 내 자존심이 이것 보라는 듯이 그 모든 걸 얼마나 빤히 드러나게 했는지 전혀 모르겠다. 요즘, 삶의 반대편 끝에서, 나에게는 어떤 두 사람이 연애를 하고 있는지 아닌지 알 수 있는 경험적 법칙이 있다. 그럴지도 모른다, 라는 생각이 들면, 어김없이 그렇다. 그러나 우리는 수십 년 전의 일이었다. 그리고 아마 당시에는 그럴지도 모른다, 라는 생각이 들었던 쌍들은 대체로 아니었을 것이다.

그리고 딸들이 있었다. 나는 당시에는 젊은 여자들과 있는 게 별로 편하지 않았다. 대학에서 만난 애들과도 그랬고, 테니스 클럽의 캐럴라인들과도 그랬다. 그들도 대개는 그런…… 무리 전체에 관하여 나만큼이나 신경이 곤두서 있다는 것을 이해하지 못했다. 남자아이들은 자신이 직접 고안한 허풍을 내놓는 데 능숙한 반면, 여자애들은 세상을 이해할 때 종종 '어머니의 지혜'에 의존하는 것처럼 보였다. 어떤 여자애가—무엇에 관해 나만큼이나 아는 게 없으면서—"누구나 돌이켜 볼 때는 2.0의 시력을 갖게 돼" 같은 말을 하면 진짜가 아닌 냄새가 났다. 한 마디 한 마디가 나의 어머니 입에서 나올 만한 대사였다. 이 시기에 들은 게 기억나는, 딸이 가져다 쓰는 어머니의 지혜에는 이런 것도 있었다. "기대를 낮추면 실망할 일도 없다." 내 눈에 이것은, 마흔다섯 살 먹은 어머니한테든 스무 살짜리 딸한테든, 삶에 음울하게 다가가는 태도로 보였다.

하지만 어쨌든. 마사와 클라라. 미스 G와 미스 NS. 미스 그럼피와 미스 낫 소(그럼피).* 마사는 몸은 어머니를 닮아 키가 크고 예뻤지만 아버지의 짜증내는 기질을 어느 정도 물려받았다. 클라라는 통통하고 동글동글했지만, 훨씬 평온했다. 미스 그럼피는 나를 못마땅하게 여겼다. 미스 낫 소는 친근하게 굴었고, 심지어 관심도 보였다. 미스 그럼피는 "너는 돌아갈 집도 없는 거니?" 같은 말을 했다. 미스 낫 소는 내가 뭘 읽고 있는지 묻고, 한번은 심지어 자기가 쓴 시를 보여주기도 했다. 하지만 나는 그때나 지금이나 시를 판단하는 데는 이렇다 할 능력이 없었기 때문에, 아마 내 반응에 그녀는 실망했을 것이다. 이것이 나의 일차 평가였다, 맞든 틀리든 간에.

나는 일반적으로 젊은 여자들이 불편했지만, 나보다 약간 나이가 많은 여자들은 더 불편했다, 내가 사랑에 빠진 여자의 딸들은 말할 것도 없고. 나의 이런 어색함은 그들이 자신의 집에

* 투덜이Grumpy와 그 정도(투덜이)는 아니라는Not So 뜻.

서 돌아다니고, 나타나고, 사라지고, 말을 하고, 말을 하지 않는 느긋함과 선명한 대조를 이루는 것 같았다. 이에 대한 나의 반응은 약간 유치했을 수도 있지만, 그들이 나에게 관심이 없는 것만큼이나 그들에게 관심을 갖지 않겠다고 결심했다. 그 결과 통과 비율 5퍼센트 미만이라고 할 만큼 서로 관심을 갖지 않았다. 하지만 나로서는 상관없는 일이었는데, 나의 관심의 95퍼센트 이상은 수전에게 가 있었기 때문이다.

마사가 나를 더 못마땅해하는 쪽이었기 때문에, 내가 도전적인 또는 심술이 섞인 태도로 이런 말을 한 것도 그녀에게였다.

"설명을 해야 할 것 같아서 말인데. 수전은 나에게 일종의 대리 어머니야."

아니, 그것은 별로 좋지 않았다, 어떤 식으로든. 아마 거짓으로 들렸을 것이다. 끈적끈적하게 비위를 맞추려는 시도로 보였을 것이다. 마사는 한참 뜸을 들이다 대꾸했는데, 말투가 신랄했다.

"나한테는 그런 게 필요 없어, 나는 이미 어머니가 있으니까."

내 거짓말이 조금이라도 진심이었을까? 그랬을 거라고 믿을 수 없다. 이상해 보일지 몰라도 나는 우리의 나이 차이에 관해서는 깊이 생각해 본 적이 없었다. 나이는 돈만큼이나 상관이 없는 것으로 느껴졌다. 수전은 내 부모 세대의 구성원처럼 보인 적이 없었다—'다 닳아버렸건' 아니건. 그녀는 한 번도 어떤 식으로든 우위에 서서 나에게 강요한 적이 없고, "아, 너도 좀 나이가 들면 이해하게 돼" 하는 식의 말을 한 적이 없었다. 나의 미성숙에 관해 되풀이해 잔소리를 하는 사람은 나의 부모뿐이었다.

아하, 당신은 말할지도 모른다, 하지만 네가 다른 사람도 아닌 그녀의 딸한테, 수전이 너에게는 어머니 대리라고 말했다는 사실이 당연히 모든 것을 드러내는 것 아니냐? 너는 그게 진지하게 한 이야기가 아니라고 하지만, 우리 모두 우리의 내적인 두려움을 누그러뜨리려고 농담을 하는 것 아니냐? 그녀는 네 어머니와 거의 동갑인데, 너는 그녀와 잤다. 따라서?

따라서. 당신이 무슨 말을 하려고 하는지 알겠다—델포이* 근처 교차로로 가는 버스 27번. 하지만 나는 어느 시점에서도, 어느 수준에서도, 나 자신의 아버지를 죽이고 나 자신의 어머니와 자고 싶어 하지 않았다. 내가 수전과 자고 싶어 하고—또 실제로 여러 번 자고—오랜 세월 고든 매클라우드를 죽일 생

* 델포이 신전은 오이디푸스가 아버지를 죽이고 어머니와 동침할 것이라는 신탁을 내놓았다.

각을 한 것은 사실이지만, 그것은 이야기의 또 다른 부분이다. 까놓고 말해서, 나는 오이디푸스 신화란 것이 그것이 시작될 때의 바로 그 모습이라고 생각한다. 심리학이라기보다는 멜로드라마라는 거다. 평생 살아오면서 나는 그것이 적용될 만한 사람을 한 번도 만난 적이 없다.

내가 순진하다고 생각하나? 인간의 동기는 꾸불꾸불한 데다 눈에 안 보이게 묻혀 있고, 거기에 맹목적으로 굴복하는 사람에게는 그 신비한 작용을 감춘다는 점을 당신은 지적하고 싶은가? 어쩌면 그 말이 맞을지도 모른다. 그러나 오이디푸스조차도―특히 오이디푸스는―아버지를 죽이고 어머니와 자고 싶어 하지 않았다, 안 그런가? 무슨 소리야 그러고 싶어 했지! 무슨 소리야 그러고 싶어 하지 않았어! 그래, 그건 그냥 팬터마임 말싸움으로 남겨두자.

그렇다고 전사前史가 중요하지 않다는 것은 아니다. 사실 나는 모든 관계에서 전사가 중심이라고 생각한다.

하지만 정말 이야기하고 싶은 것은 그녀의 귀다. 나는 테니스 클럽에서 그녀가 옷의 가두리 장식이나 단추와 짝을 이루는 녹색 리본으로 머리를 뒤로 넘겨 묶고 있을 때 귀를 처음 볼 기회가 있었지만 그때는 놓쳤다. 보통 때 그녀는 머리를 아래로 늘어뜨려, 머리카락이 구불거리며 귀를 덮고 목 중간까지 내려갔다. 따라서 나중에 함께 침대에 들어가 그녀의 몸을 샅샅이 뒤지고 파헤치며, 그녀의 구석구석 모든 곳을, 그 전에 과도하게 탐사되었든 부족하게 탐사되었든 그녀의 모든 부분을 찾아가는 과정에서야, 위에서 몸을 웅크린 채 그녀의 머리카락을 뒤로 쓸어 넘기다 그 귀를 발견했다.

그 전에는 귀 생각을 많이 해본 적이 없었다. 고작해야 희극적이고 비정상적인 돌출물이라는 느낌 정도. 따라서 좋은 귀는 눈에 띄지 않는 귀였다. 나쁜 귀는 박쥐의 날개처럼 툭 튀어나오거나, 권투 선수의 펀치로 인해 콜리플라워처럼 변하거나, 줄무늬 횡단보도에서 성을 낸 운전자의 귀처럼 추잡하고 붉고 털이 많았다. 하지만 그녀의 귀는, 아, 그녀의 귀…… 신중하고, 거의 존재하지 않는 귓불로부터 완만하게 각을 그리며 북쪽으로 뻗어나가다가, 중간에 같은 각으로 뒤로 방향을 틀어 두개골로 돌아갔다. 청각적 실용성이라는 규칙보다는 미적 원리에 따라 설계된 것 같았다.

내가 그 이야기를 하자 그녀는 말한다. "아마 모든 쓰레기 같은 소리가 안으로 들어가지 않고 그냥 빨리 지나가게 하려는 걸 거야."

하지만 그것이 다가 아니었다. 나는 손가락 끝으로 귀를 탐사하다 바깥 테두리의 섬세함을 발견했다. 얇고, 따뜻하고, 부드럽고, 거의 투명했다. 귀의 가장 바깥의 나선 모양을 가리키는 말을 아는가? 그것은 이륜耳輪이라고 부른다. 그녀의 귀는 그녀의 절대적인 독특함의 일부였고, 그녀의 DNA의 표현이었다. 그녀의 두 개의 이륜의 이중 나선.*

나중에, 그녀의 놀라운 귀를 빨리 지나간 "쓰레기 같은 소리"가 무슨 의미일지 궁리해 보다가 생각했다. 그래, 몸이 냉랭하다고 비난받는 것, 그것이 쓰레기의 큰 부분을 차지할 것이다. 다만 이 말은 그녀의 귓속으로, 거기에서 뇌 속으로 곧장 파고들어가 그곳에 그대로 자리를 잡고 있었다, 영원히.

앞서 말했듯이, 돈은 우리 관계에 나이만큼이나 영향을 주지 못했다. 따라서 언제나 그녀가 돈을 내는 것도 문제가 되지 않았다. 나는 그런 문제에 관하여 그 어리석은 남성적 자존심이 전혀 없었다. 아마 나에게 돈이 없다는 것 때문에 수전에 대한 나의 사랑이 더욱 순수하다고 느끼기조차 했을 것이다.

몇 달이 지나자—어쩌면 더 긴 시간이 지났을 것이다—그녀는 나에게 도주 자금**이 필요하다고 선언했다.

* 영어에서는 DNA의 이중 나선과 이륜을 가리키는 말을 모두 helix로 표현할 수 있다.
** 보통 비자금이라는 뜻으로 쓰인다.

"뭐에 쓰려고?"

"도주하는 데. 누구에게나 도주 자금이 있어야 해." 모든 젊은 남자에게 평판이 필요하듯이. 이런 신식 발상은 어디에서 왔을까? 낸시 밋퍼드 소설에서?

"하지만 나는 도주할 필요가 없어요. 누구한테서 도주를 해? 부모한테서? 어차피 부모는 대체로 떠난 셈이야. 정신적으로. 수전한테서? 왜 내가 수전한테서 도주하고 싶어 해야 돼? 나는 수전을 평생 내 인생에 두고 싶은데."

"정말 달콤한 말이야, 폴. 하지만 이건 특정한 목적이 있는 자금이 아니야, 알겠지. 그냥 일반적인 자금이야. 어떤 시점에서는 모든 사람이 자기 인생에서 도주하고 싶기 때문에. 그게 인간의 거의 유일한 공통점이라고 할 수 있어."

이것은 내 머리로는 도무지 이해할 수 없는 것이다. 내가 생각해 볼 수 있는 유일한 도주는 그녀에게서 달아나는 것이 아니라 그녀와 함께 달아나는 것이다.

며칠 뒤 그녀는 나에게 500파운드짜리 수표를 준다. 내가 수전을 만나기 전 차를 살 때 25파운드가 들었다. 대학에서는 100파운드 이하로 한 학기를 살았다. 수전이 준 돈의 액수는 아주 큰 동시에 의미 없어 보였다. 나는 그것을 '관대하다'고 생각하지도 못했다. 나에게는 찬성하는 쪽이든 반대하는 쪽이

든 돈에 관한 원칙이 없었다. 게다가 그것은 우리 관계에 아무런 영향을 미치지 못했다—그 정도는 분명하게 알았다. 그래서 서식스로 돌아갔을 때, 시내로 들어가, 눈에 띈 첫 은행에서 계좌를 열고, 수표를 계좌로 넘기고, 잊어버렸다.

어쩌면 더 일찍 분명히 해두는 게 좋았을 듯한 일이 있다. 나는 지금 수전과 나의 관계를 마치 달콤한 여름 막간극처럼 이야기하고 있는지도 모른다. 사실 그게 상투적인 이야기가 주장하는 방식이기도 하다. 성적이고 감정적인 입문으로 출발하여, 멋진 경험과 쾌락과 응석으로 이루어진 관능적인 진행 과정이 뒤따르고, 이어 여자는 가책과 더불어 어떤 명예심을 느끼며, 젊은 남자를 풀어주어 더 넓은 세상과 남자 자신의 세대에 속하는 더 젊은 육체들에게 돌아가게 한다. 하지만 우리가 그런 식이 아니었다는 이야기는 이미 했다.

어디를 시작과 정지로 보느냐에 따라 다르지만 우리는 10년 또는 12년을 함께했다—말 그대로 함께했다. 그리고 그 시기는 공교롭게도 신문이 "성 혁명"이라고 부르기 좋아하던 시기와 일치했다. 즉각적 쾌감을 얻기 위한 무차별적 씹질—어쨌든 그런 거라고 믿도록 조장하는 분위기였다—과 죄의식 없는 느슨한 연애의 시기, 깊은 욕정과 감정적 가벼움이 유행하던 시기였다. 따라서 나와 수전의 관계는 낡은 규범만큼이나 새 규범에도 거슬리는 것이 되어버렸다고 말할 수도 있겠다.

어느 날 오후, 꽃무늬 드레스를 입은 그녀가 사라사 무명 소파로 다가가 털썩 주저앉던 모습이 기억난다.

"봐, 케이시 폴! 나는 사라지고 있어! 사라지는 연기를 하고 있어! 여기에는 아무도 없어!"

나는 본다. 반은 진실이다. 스타킹을 신은 다리는 분명하게 드러났고, 머리와 목도 마찬가지다. 그러나 몸통 부분은 갑자기 감추어졌다.

"그거 마음에 들지 않아, 케이시 폴? 우리가 그냥 사라져 아무도 우리를 볼 수 없게 된다는 거?"

어디까지 진지하게 하는 말인지, 어디까지 그냥 아이처럼 들떠서 하는 말인지 알 수가 없다. 그래서 어떻게 반응해야 할지도 알 수가 없다. 돌아보면, 나는 아주 고지식한 젊은 남자였다는 생각이 든다.

나는 에릭에게 이 가족을 만났고 사랑에 빠졌다고 말했다. 매클라우드 가족, 그들의 집과 생활 방식을 이야기했고, 즐거운 마음으로 인물들을 내 식으로 묘사했다. 그게 나에게 일어난 첫 번째 어른스러운 일이다, 나는 그렇게 말했다.

"그래서 두 딸 가운데 어느 쪽과 사랑에 빠졌다는 거야?" 에릭이 물었다.

"아니, 딸 가운데 하나가 아니야, 어머니야."

"아, 어머니." 그가 말했다. "우린 그런 거 좋아하지." 그는 덧붙였다. 독창성 부문에 점수를 주고 있었다.

어느 날, 그녀의 위팔에서 시커먼 멍이 눈에 띈다. 드레스의 소매가 끝나는 곳 바로 아래였다. 커다란 엄지손가락 자국만 한 크기다.

"그거 왜 그래?" 내가 묻는다.

"아." 그녀는 대수롭지 않다는 듯이 말한다. "어디 부딪힌 모양이야. 나는 멍이 잘 들어."

물론 잘 들겠지, 나는 생각한다. 그녀는 예민하니까, 나처럼. 물론 세상은 우리에게 상처를 줄 수 있다. 그래서 우리는 서로 돌봐야 한다.

"내가 손목을 잡을 때는 멍이 들지 않는데."

"손목에는 멍이 들지 않잖아?"

"내가 잡으면 안 들지."

그녀가 '나의 어머니가 될 만큼 나이가 많다'는 사실은 나의 어머니 마음에 들지 않았다. 나의 아버지 마음에도, 그녀의 남편 마음에도, 그녀의 딸들 마음에도, 캔터베리 대주교의 마음에도—그렇다고 대주교가 가족의 친구였다는 이야기는 아니지만. 하지만 나는 돈과 마찬가지로 남들의 승인에는 관심이 없었다. 외려 그들이 못마땅하게 여기는 태도는, 겉으로 드러내든 머릿속에 담겨 있든, 모르고 그러는 것이든 알고 그러는 것이든, 나의 사랑을 자극하고, 확인해 주고, 정당화해 줄 뿐이었다.

나에게는 사랑에 대한 새로운 정의가 없었다. 사실 사랑이 무엇인지, 거기에 어떤 것들이 포함될 수도 있는지 검토해 보지 않았다. 그냥 나비 키스*에서부터 절대주의에 이르기까지 첫사랑의 모든 측면을 그대로 받아들이고 있을 뿐이었다. 다른 아무것도 중요하지 않았다. 물론 '나의 나머지 인생', 현재(대학 공부)와 미래(일자리, 보수, 사회적 지위, 퇴직, 연금, 죽음)의 인생이 있었다. 이때는 내 인생의 이 부분을 보류해두었다고 말할 수도 있을 것이다. 하지만 그것은 맞는 말이 아니었다. 그녀야말로 내 인생이었고, 나머지는 아니었다. 다른 모든 것은,

* 속눈썹을 뺨에 대고 빠르게 눈을 깜박여 상대의 얼굴을 간질이는 행동.

그럴 필요가 생기는 순간이 오는 대로, 생각하고 말 것도 없이, 희생할 수 있었고 희생해야 했다. 물론 '희생'은 상실을 내포한다. 그러나 나는 상실감을 느껴본 적이 없었다. 교회와 국가, 사람들은 말한다, 교회와 국가. 그건 전혀 어려운 문제가 아니다. 교회 먼저, 늘 교회가 먼저다—물론 캔터베리 대주교가 이해하는 의미에서는 아니지만.

나는 사랑에 관한 나 자신의 생각을 구축한다기보다는 우선 필요한 잡석 제거를 하고 있었다. 놀이터의 소문에서부터 고상한 문학적 사변에 이르기까지, 내가 사랑에 관해 읽었거나 배운 것은 대부분 적용되지 않는 것 같았다. "남자의 사랑은 남자의 인생과는 별개의 것/하지만 여자에게는 삶의 전부."* 이 말은 얼마나 잘못된 것인가—얼마나 성적으로 편향되어 있는가, 지금이라면 그렇게 말할 것이다. 그리고 스펙트럼의 반대편에는 욕정만 갈망에 가깝지 무지가 까마득히 깊기만 한 초등학생들 사이에 주고받는 저열한 성의 지혜가 있었다. "불을 쑤실 때는 벽난로 장식은 보지 않는다." 그런 말은 어디에서 나왔을까? 야행성에 근시의 눈으로 꿀꿀거리는 소리만 가득한 어떤 짐승들의 디스토피아에서?

* 바이런의 『돈 주안』에 나온다.

나는 그녀의 얼굴이 늘 내 앞에 있기를 바랐다. 그녀의 눈, 그녀의 입, 우아한 이륜이 있는 그녀의 소중한 귀, 그녀의 미소, 그녀의 소곤거리는 말. 그래서, 나는 반듯하게 누워 있고, 그녀는 내 몸 위에 엎드려서, 두 발을 내 두 발 사이로 미끄러뜨리고, 코끝을 내 코끝에 갖다 대며 말하곤 했다.

"이제 우리 눈과 눈이 보고 있네."*

다른 식으로 표현해 보자. 나는 열아홉이었고, 나는 사랑은 썩지 않는 것이라고, 시간과 퇴색에 내력이 있다고 믿었다.

갑자기 엄습한다—뭐가?—공포, 예의, 이타심? 나는 그녀는 더 잘 알 거라고 생각하여 그녀에게 말한다.

"있잖아, 나는 전에 사랑을 해본 적이 없어요. 그래서 사랑에 관해서는 이해를 못 해. 내가 걱정하는 건 이거야, 수전이 나를 사랑한다면, 수전이 사랑하는 다른 사람들에게는 수전이 줄어들겠지."

나는 그 사람들 이름은 말하지 않는다. 내가 말하는 사람은 딸들이었다, 그리고 어쩌면 심지어 그녀의 남편도.

"그렇게 되는 게 아니야." 그녀는 그것이 그녀 자신도 생각

* 의견이 같다는 뜻.

해 온 것인 듯, 그리고 이미 해결을 한 것인 듯, 즉시 대답한다. "사랑은 탄성이 있어. 희석되는 게 아니야. 늘어나. 줄지 않아. 따라서 그런 걱정은 할 필요가 없어."

그래서 하지 않았다.

"설명해야 할 게 있어." 그녀가 입을 연다. "E.P.의 아버지는 아주 좋은 사람이었어. 의사였지. 가구를 수집했어. 이 가운데 몇 가지는 그분 거야." 그녀는 묵직한 떡갈나무 궤와 시간을 알리는 소리를 들어본 적이 없는 커다란 괘종시계 쪽을 대충 가리킨다. "그분은 사실 E.P.가 화가가 되기를 바랐고, 그래서 루벤스라는 중간 이름을 지어주었어. 그건 좀 불행한 일이었던 것이 학교의 남자애들 몇 명이 E.P.가 유대인일 거라고 지레짐작을 해버렸거든. 어쨌든 E.P.는 학교 다니면서 다들 하는 스케치를 했는데, 모두 장래성이 있다고 말했어. 하지만 절대 장래성 있는 수준 이상으로는 가지 못했고, 그 부분에서 자기 아버지한테 실망을 주었지. 잭은, 아버지 말이야, 나에게 늘 다정했어. 나를 보며 눈을 반짝이곤 했지."

"당연히 그럴 수밖에 없었을 거라고 얘기하고 싶네요." 나는 그다음에는 무슨 이야기가 나올지 궁금하다. 설마 두 세대 남자와 복잡하게 얽혀든 관계 같은 건 아니겠지?

"우리가 결혼한 지 2년밖에 지나지 않았을 때 잭은 암에 걸렸어. 나는 늘 그분이 내가 힘들 때 찾아갈 수 있는 사람이라고 생각했는데, 이제 그분이 내 곁을 떠나게 된 거야. 나는 그분을 찾아가 옆에 앉아 있곤 했지만, 내가 너무 속상해하는 바람에 보통은 그분이 오히려 나를 위로하곤 했어, 그 반대가 아니라 말이야. 한번은 그렇게 된 걸 어떻게 생각하느냐고 물었더니 이러더라고. '물론 나도 이렇게 된 걸 좋아하지는 않지만, 채찍질을 공정하게 당하지 않았다고 불평할 수는 없는 거 아니겠어.' 그분은 나와 함께 있는 걸 좋아했어. 아마 내가 젊고 별로 아는 게 없었기 때문일 거야. 그래서 나도 끝까지 그분 곁을 떠나지 않았지.

그날, 마지막 날, 의사가—그분을 돌보던 의사고, 친한 친구이기도 했는데—들어와서 조용히 말했어. '이제 자네 의식을 가라앉힐 때야, 잭.' '그 말이 맞아.' 그런 대답이 나왔지. 알겠지만, 잭은 아주 오래 심한 통증에 시달렸거든. 이윽고 잭이 나를 돌아보며 말했어. '우리가 알고 지낸 기간이 이렇게 짧은 게 아쉽구나, 아이야. 너를 알게 된 건 멋진 일이었어. 나는 고든이 괭이질하기 힘든 밭이 될 수 있다는 걸 알아. 하지만 그 아이를 네 안전하고 유능한 손에 맡기고 간다는 걸 아니 행복하게 죽을 수 있겠구나.' 그 뒤에 나는 잭한테 입을 맞추고 방을 나왔어."

"그러니까, 의사가 잭을 죽였다는 거예요?"

"잭이 잠들 만큼 많은 모르핀을 주었어, 그래."

"잭은 깨어나지 않았고?"

"그래. 옛날에는 의사들이 그런 일을 하곤 했어. 특히 자기들끼리. 아니면 오래 알던, 그래서 신뢰가 쌓인 환자에게. 고통을 덜어준다는 건 좋은 생각이야. 그건 끔찍한 병이거든."

"아무리 그래도. 누가 날 죽이길 바라게 될지 잘 모르겠네."

"글쎄, 두고 보자고, 폴. 하지만 이 이야기의 핵심은 그게 아니야."

"미안."

"이야기의 핵심은 '안전하고 유능한'이야."

나는 그 말을 한참 생각했다. "응, 알겠어." 하지만 내가 알게 되었는지 자신이 없었다.

"휴가는 보통 어디로 가?" 내가 묻는다.

"폴, 그건 미용실에서나 물어볼 만한 질문이야."

대답으로 나는 몸을 기울여 그녀의 머리를 귀 뒤로 넘기고, 이륜을 살며시 쓰다듬는다.

"오 정말이지." 그녀는 말을 이어나간다. "사람들이 휴가에 대해 갖고 있는 그 모든 관습적인 기대라니. 아니, 너는 안 그렇지만, 케이시 폴. 내 말은, 왜 모든 사람이 똑같아야 하느냐는 거야. 우리도 한때는 몇 번 휴가를 갔지, 아이들이 어릴 때. 대략 디에프 기습*만큼 성공적이었다, 하고 말할 수 있겠는걸. E.P.는 휴가 때는 최고의 모습이 아니었어. 나는 휴가가 왜 있나 싶어, 정말이지."

더 밀어붙이면 안 되지 않나 하는 의문이 든다. 어쩌면 그들의 휴가 때 재앙에 가까운 일이 한번 일어났던 것인지도 모른다.

"그럼 미용실에서 물어보면 뭐라고 해?"

"이렇게 말하지, '우리는 아직도 늘 가던 곳으로 가요.' 그러면 미용실에서는 전에 내가 그 이야기를 했는데 자기들이 잊어버렸다고 생각해서, 보통 더 묻지 않고 내버려 두지."

"우리 둘이 휴가를 가야 할지도 모르겠어."

"그러려면 휴가가 왜 필요한지 네가 가르쳐줘야 할지도 모르겠는걸."

"휴가가 있는 이유는," 나는 단호하게 말한다, "우리 둘이 살고 있는 이 거지 같은 빌리지로부터 수백 킬로미터 떨어진 곳

* 1942년 제2차 세계대전 때 영국이 프랑스 북부 디에프에 상륙하려던 작전으로 바로 실패했다.

에서 사랑하는 사람끼리 함께 있으려는 거야. 우리는 이 사람들과 내내 함께 있잖아. 함께 잠자리에 들고 함께 깨어나고."

"음, 그렇게 말한다면야, 케이시……."

자, 보다시피, 내가 알고 그녀가 알지 못하는 것도 있었다.

우리는 콘서트를 앞두고 페스티벌 홀의 카페테리아에 앉아 있다. 수전은 내가 혈당이 떨어지면, 그녀 표현으로, "약간 툴툴이"가 된다는 것을 일찌감치 눈치채고, 지금 그것을 막기 위해 나를 먹이는 중이다. 나는 아마 뭔가를 칩과 함께 먹고 있을 것이다. 그녀는 늘 커피 한 잔과 비스킷 몇 개로 만족한다. 나는 우리가 저지르는 이런 런던 탈출, 단지 몇 시간 동안이라도, 빌리지에서 떨어져서, 나의 부모와 그녀의 남편과 그 모든 것으로부터 떨어져서, 정적과 그 뒤에 갑작스럽게 나타나 둥둥 떠다니는 음악을 기다리며, 도시의 소음과 붐빔 속에, 함께 있는 것을 사랑한다.

내가 이런 이야기를 하려는데 어떤 여자가 다가오더니 앉아도 괜찮으냐고 묻는 척도 하지 않고 우리 테이블에 앉는다. 중년의 여자다, 혼자 온. 그게 다지만, 기억 속에서 나는 그녀를 나의 어머니의 어떤 변형으로 바꾸어놓았는지도 모르겠다—어쨌든, 분명히 나와 수전의 관계를 못마땅해할 만한 여자로.

그래서, 잠시 후, 나는 내가 무슨 짓을 하는지 정확히 알면서, 수전을 건너다보며, 분명하고, 정확한 목소리로 말한다.

"나하고 결혼해 줄래?"

여자는 얼굴을 붉히며, 손으로 두 귀를 가리고 아랫입술을 깨문다. 침입자는 손으로 테이블을 쾅 치고 밀치고 발을 쿵 구르더니, 자기 컵을 들고 다른 테이블로 간다.

"오, 케이시 폴." 수전이 말한다. "너는 세상에나 짓궂어."

나는 매클라우드 집에서 저녁을 먹고 있었다. 클라라도 대학에서 돌아와 그 자리에 있었다. 매클라우드가 뭐가 들어 있는지 모르는 플래건을 앞에 두고 상석에 앉아 있고, 그의 앞에는 튤립 단지처럼 머그를 꽉 메운 파가 있었다.

"너도 알고 있는지 모르지만," 그가 클라라에게 말했다, "이 청년이 우리 가구에 합세한 것 같구나. 그러라지."

말투로는 그가 현학적으로 환영을 하는 것인지 교활하게 경멸을 드러내는 것인지 판단할 수가 없었다. 나는 클라라를 건너다보았지만, 해석에 아무런 도움을 얻을 수가 없었다.

"뭐, 앞으로 알게 되겠지, 안 그러냐?" 그는 말을 이어나갔는데, 이 말은 자신의 첫 의견과 모순되는 것처럼 보였다. 그는 파를 한입 가득 쑤셔 넣었고, 곧바로 가볍게 트림을 했다.

"이 청년이 친절하게도, 비록 늦은 감은 있지만, 언급하고 있는 것 가운데 한 가지는 네 어머니의 음악 교육 문제야. 아, 그 결핍의 문제라고 해야 하나."

그러더니, 나를 돌아보았다. "클라라는 클라라 슈만에서 따온 이름인데, 우리 입장에서는 좀 야심이 컸던 건지도 모르지. 이 아이는, 안타깝게도, 피아노에 별로 재능을 보여준 적이 없으니까, 안 그래?"

나는 그 질문이 어머니를 향한 것인지 딸을 향한 것인지 알 수가 없었다. 나 자신은 클라라 슈만이라는 이름을 들어본 적이 없기 때문에 더욱더 불리한 입장이라고 느끼고 있었다.

"혹시, 네 어머니가 음악 교육을 더 일찍 받기 시작했다면, 지금 뒤늦게 꽃피는 의욕의 일부를 너한테 전해줄 수 있었을지도 몰라."

나는 남성의 존재가 이렇게 오만하면서도 동시에 이렇게 모호한 집안에 들어와본 적이 없었다. 아마 남자가 오직 한 명만 있을 때 이런 일이 벌어지는 것 같다. 남성의 역할에 대한 그의 이해가 아무런 도전을 받지 않고 확장될 수 있기 때문이다. 아니면 이것은 그냥 고든 매클라우드가 그런 사람이기 때문이었는지도 모른다.

그럼에도, 그날 저녁 내가 그의 말투를 제대로 파악하지 못한 것은 작은 문제였다. 더 커다란 문제는, 열아홉 살임에도 아직 미숙하여, 내가 사랑에 빠진 여자를 아내로 두고 있는 남자의 식탁에서 사교적인 행동을 하는 방법을 알지 못한다는 것이었다.

저녁 식사와 대화가 진행되었다. 수전은 정신의 반은 다른 데 가 있는 것 같았다. 클라라는 조용했다. 나는 예의상 몇 가지 질문을 했고 나한테 돌아오는 조금 더 직접적인 질문 몇 개에 대답을 했다. 나는 테니스 클럽의 고위 대표자들에게 말한 대로 정치에는 전혀 관심이 없었지만, 시사의 흐름을 따라가고는 있었다. 어쨌든 이것은 샤프빌 학살* 몇 년 뒤의 일이었을 텐데, 내가 넌지시 그 사건을 언급했던 모양이다. 그리고 내 말에는 틀림없이 원칙적 입장에서 비난하는 느낌이 담겨 있었을 것이다. 뭐, 실제로 나는 사람들을 학살하는 것은 잘못이라고 생각했으니까.

"샤프빌이 어디 있는지 알기는 하나?" '상석에 앉은 주인'은 내가 징징거리는 빨갱이라고 판단한 것이 분명했다.

"남아프리카에 있지요." 내가 대답했다. 그러나 대답을 하다가 갑자기 이것이 속임수 질문인지도 모른다고 생각했다. "아

* 1960년 남아프리카 샤프빌에서 벌어진 시위대 학살 사건.

니면 로디지아*에요." 나는 덧붙였다. 그리고 다시 생각했다. "아니, 남아프리카네요."

"아주 좋아. 그러면 그곳의 정치 현장에 대해 자네가 숙고한 끝에 내린 판단은 무엇인가?"

나는 사람들을 쏘는 것에 반대하는 입장에 관해 뭔가 말을 했다.

"그러면 자네는 폭동을 일으키는 공산주의자 무리와 마주한 세계의 경찰들에게 어떻게 하라고 조언할 텐가?"

나는 어른들이 상대가 할 대답을 이미 알고 있다고, 그리고 그것은 늘 틀렸거나 멍청한 대답이라고 암시하는 식으로 질문을 던지는 것을 싫어했다. 그래서 나는 그들이 죽었다고 해서 공산주의자라는 게 증명된 것은 아니라는 취지의 이야기를, 아마 익살스럽게, 했을 것이다.

"남아프리카에 가본 적은 있나?" 매클라우드가 나에게 고함을 질렀다.

이 대목에서 수전이 꿈틀했다. "우리 가운데 누구도 남아프리카에 가본 적이 없어요."

"맞아. 하지만 나는 그곳 상황에 관해 여기 두 사람을 합친

* 아프리카 남부에 있던 옛 영국의 식민지로, 지금의 잠비아와 짐바브웨의 영토를 가리킨다.

것보다 많이 알고 있다고 생각해." 클라라는 무지의 공범 혐의에서 면제를 받은 것 같았다. "당신 지식 위에 저 친구 지식을 쌓아도—말하자면, 오사 위에 펠리온을 쌓는 셈인데*—그건 콩으로 쌓은 언덕**에도 여전히 미치지 못해."

오랜 정적은 먹을 것을 더 원하는 사람 없느냐는 수전의 질문으로 깨졌다.

"콩도 혹시 있나요, 미시즈 매클라우드?"

그래, 나는 얼마든지 건방진 새끼가 될 수 있었다. 지금 보니 그렇다. 뭐, 나는 겨우 열아홉 살이었으니까. 나는 펠리온과 오사가 누구인지 또는 무엇인지 전혀 알지 못했다. 그보다는 수전의 지식에 내 지식을 쌓는다는 생각에 더 강한 인상을 받았다. 그것이 연인들이 하는 일 아닌가, 사실. 연인들은 세상에 대한 서로의 이해를 합했다. 또 누군가를 '안다'는 것은, 어쨌든 성경에서는, 그 사람과 섹스를 한다는 뜻이었다. 따라서 나는 이미 그녀의 지식 위에 내 지식을 쌓은 셈이었다. 설사 그것이 콩으로 쌓은 언덕에 불과하다 하더라도. 콩으로 쌓은 산의 높이가 얼마든.

* 둘 다 그리스에 있는 산으로, 보통 엎친 데 덮친다는 뜻으로 많이 사용한다.
** 아무 가치 없는 것이라는 뜻.

수전은 자신의 아버지가 크리스천 사이언스* 치료사로, 그를 사모하는 여성 신자들이 많았다고 말해주었다. 전쟁 때 사라진 자신의 오빠는 "그게 도대체 뭔지 알고" 싶어서 마지막 비행 몇 주 전에 매춘부한테 갔다고 말해주었다. 자신은 뼈가 무거워서 헤엄을 치지 못한다고 말해주었다. 이런 것들은 그녀에게서 어떤 특정한 질서 없이 튀어나왔다. 내 쪽에서 나오는 어떤 특정한 질문에 대한 답이 아니었다, 그녀에 관해 모든 것을 알고 싶다는 나의 암묵적 질문에 대한 답이라고 할 수는 있었지만. 그런 식으로 그녀는 이야기들을 펼쳐놓았다, 자신의 삶을, 자신의 마음을 내가 다 이해하고, 또 정리할 것이라고 기대하듯이.

"세상은 보이는 것과는 달라, 폴. 그게 내가 너한테 가르쳐줄 수 있는 유일한 교훈이야."

나는 그녀가 품위라는 가식, 결혼이라는 가식, 교외의 삶이라는 가식 등에 관해 이야기하는 것인가 생각하지만 그녀는 계속 말을 이어나간다.

"윈스턴 처칠, 내가 그 사람 본 얘기 했나?"

* 기독교 교파의 하나. 물질세계는 실재가 아니며 병도 기도만으로 치유할 수 있다고 믿는다.

"그러니까, 10번지*에 갔다는 거야?"

"바보, 아니지. 아일스베리 뒷거리에서 봤어. 내가 거기에서 뭘 하고 있었느냐? 그게 중요한 것은 아니고. 처칠은 지붕이 열린 차의 뒷좌석에 앉아 있었어. 얼굴은 완전히 화장으로 뒤덮여 있었지. 빨간 입술, 밝은 분홍색 얼굴. 망측해 보였어."

"그게 처칠인 게 확실해요? 나는 미처 몰랐는걸, 그 사람이……."

"……그런 부류라는 걸? 아니, 그런 얘기는 아니야, 폴. 있잖아, 처칠은 차를 타고 도심을 관통하려고 대기하고 있었던 거야—우리가 전쟁에서 이긴 뒤였지, 아니면 총선거 때였는지도 몰라. 처칠은 카메라 때문에 화장을 한 거야. 파테 뉴스**니 뭐니 때문에."

"정말 괴상하네."

"그랬지. 그러니 그렇게 이상하게 칠을 한 마네킹을 직접 본 사람도 많았겠지만, 그보다는 뉴스 영화에서 그 사람을 본 사람들이 훨씬 많은 거야, 사람들이 그에게서 기대하는 모습 그대로 비춰지는 걸 본 사람들이."

나는 잠시 이 생각을 해본다. 그것은 삶의 일반 원리라기보

* 다우닝가 10번지, 총리 관저가 있는 곳.
** 영국의 뉴스 영화 제작소(1910~1970)에서 만든 영화.

다는 희극적 사건으로 다가온다. 어쨌든 나의 관심은 다른 곳에 있다.

"하지만 수전은 보이는 대로잖아, 안 그래? 수전은 그냥 보이는 대로잖아?"

그녀는 내게 키스한다. "그러기를 바라, 깃털이 화려한 내 친구. 우리 둘 다를 위해서 그러기를 바라."

나는 매클라우드의 집 안을 살금살금 돌아다니곤 했다. 얼마간은 인류학자로서, 얼마간은 사회학자로서, 전반적으로는 애인으로서. 처음에는 당연히 그 집을 내 부모의 집과 비교했고, 그래서 부모의 집은 부족하다고 생각하게 되었다. 이곳에는 스타일, 편안함이 있었고, 집에 대한 터무니없는 자부심 같은 것은 전혀 없었다. 나의 부모에게는 더 나은, 더 최신의 부엌 시설이 있었지만, 나는 그것 때문에 그들에게 점수를 더 주지는 않았다. 그들의 차가 더 깨끗하고, 그들의 배수구가 물을 더 깨끗하게 내보내고, 그들의 계단 아랫면이 더 깨끗하게 칠이 되어 있고, 그들의 욕실 수도꼭지가 가죽으로 닦아놓아 더 빛나고, 그들의 화장실 변좌가 따뜻한 느낌을 주는 목재가 아니라 위생적인 플라스틱이라는 것도 마찬가지였다. 우리 집에서는 텔레비전을 진지하게 받아들여, 중심이 되는 곳에 세워

두었다. 매클라우드의 집에서는 그것을 눈알 상자라고 부르며 난로의 열 방지 칸막이 뒤에 감추어두었다. 그들은 세 짝 소파나 색깔을 맞춘 욕실 세트*는 말할 것도 없고, 맞춤 카펫이나 맞춤부엌도 소유하지 않았다. 그들의 차고는 연장, 버린 스포츠 장비, 원예 도구, 낡은 모터 잔디깎이들(하나는 작동했다), 쓰지 않는 가구로 꽉 차 있어 정작 오스틴은 들어갈 자리가 없었다. 처음에는 이 모든 것이 멋있고 이색적으로 보였다. 초기에는 매혹되었고, 그러다 천천히 환멸을 느꼈다. 나의 영혼은 내 부모의 집에 속하지 않았듯이 이런 장소에도 속하지 않았다.

그리고, 더 중요한 것으로, 나는 수전도 이곳에 속하지 않는다고 믿었다. 그것은 내가 본능적으로 느끼는 것이었으며, 이해는 훨씬 늦게, 시간이 흐르면서, 할 수 있었다. 나라의 아이들 절반 이상이 결혼 생활(wed-lock,** 전에는 이 말을 이루는 두 부분을 눈여겨본 적이 없다) 외부에서 태어나는 요즘에는 남녀를 한데 묶는 것은 결혼이라기보다는 부동산의 공동 점유다. 집이나 아파트는 결혼증명서만큼이나 사람을 속이는 덫이 될 수 있다. 때로는 그게 더 심하다. 부동산은 생활 방식을 선언하며, 그런 생활 방식의 지속을 은근히 고집한다. 부동산은 또 끊

* 세면대, 변기, 욕조 등.

** 각각 결혼하다라는 뜻과 자물쇠라는 뜻이다.

임없는 관심과 관리를 요구한다. 그것은 마치 그 안에 존재하는 결혼의 물리적 표현과 같다.

하지만 나는 수전이 끊임없는 관심과 관리의 수혜자가 아니라는 것을 너무나도 잘 볼 수 있었다. 나는 섹스 이야기를 하는 것이 아니다. 아니, 섹스 이야기만 하는 것은 아니다.

설명해야 할 것이 있다. 수전과 내가 연인이던 기간 내내 나는 한 번도 고든 매클라우드, 미스터 E.P.를 '속이고 있다'는 생각을 해본 적이 없었다. 나는 '뻐꾸기에게 당했다'*는 묘하고 진부한 소리로 그를 표현할 수 있다고 생각한 적이 없었다. 물론 나는 그가 알기를 바라지 않았다. 하지만 나는 수전과 나 사이에 벌어지는 일은 그와 관계가 없다고 생각했다. 그는 그 모든 것과 관련이 없었다. 또 나는 그를 전혀 경멸하지 않았고, 내가 그의 아내와 성적으로 활동적이고 그는 그렇지 않다는 이유로 젊은 수컷의 우월감을 느끼지도 않았다. 당신은 이것이 일반적인 애인의 일반적인 자기기만이라고 생각할지도 모르겠다. 하지만 나는 동의하지 않는다. 상황이…… 변하여, 그에 관해 다르게 느끼게 되었을 때도, 이 측면은 변하지 않았다.

* 부인이 다른 남자와 바람이 났다는 뜻으로, 뻐꾸기가 다른 새의 둥지에 알을 낳는다는 말에서 유래.

그는 우리와 아무런 관계가 없었다, 알겠는가?

수전은 내가 자신의 친구 조운을 낮게 평가하고 있다고 생각했는지, 부드럽게 훈계하는 말투로 누구나 자기만의 사랑 이야기가 있다고 말했다. 나는 행복한 마음으로 이 말을 받아들였다. 다른 모든 사람이 그런 축복을 받을 것이고 또 받았다는 것에 행복했다. 그래도 나만큼 축복받은 사람은 있을 수 없다고 자신했다. 그러나 동시에 수전이 제럴드와, 또는 고든과 사랑 이야기가 있었는지, 또는 나와 만들어가고 있는지 말해주는 것은 원치 않았다. 그녀의 삶에 그런 이야기가 하나였는지, 둘이었는지, 셋이었는지.

어느 날 저녁 매클라우드 집에 들른다. 시간이 늦어지고 있다. 매클라우드는 이미 잠자리에 들어, 저녁에 들이켰던 플래건과 갤런을 코 고는 소리로 쏟아내고 있다. 그녀와 나는 소파에 앉아 있다. 그 무렵 페스티벌 홀에서 들었던 어떤 음악에 귀를 기울이고 있다. 나는 내 관심과 욕망을 그대로 드러내는 표정으로 그녀를 본다.

"안 돼, 케이시. 안 하듯이 키스해줘."

그래서 나는 안 하듯이 키스한다. 그냥 입술을 스치기만 하고, 그녀의 색깔을 진하게 만들 행동은 하지 않는다. 우리는 대신 손을 잡는다.

"집에 가지 않아도 되면 좋겠는데." 나는 자기 연민에 빠져 말한다. "집이 싫어."

"그런데 왜 그걸 집이라고 불러?"

그 생각은 해보지 못했다.

"어쨌든, 여기 그대로 있을 수 있으면 좋겠어."

"언제든지 정원에 텐트를 칠 수 있어. 차고에 방수포 남는 게 있을걸."

"내가 무슨 말 하는지 알잖아."

"무슨 말 하는지 잘 알지."

"나중에 언제든지 창문으로 나가면 되잖아."

"그래서 지나가는 순경한테 도둑으로 체포당하려고? 그럼 우리는 《에드비다이저 앤드 가제트》에 실리겠시." 그녀는 말을 끊는다. "아마……."

"뭔데?" 나는 그녀가 계획을 내놓기를 기대한다.

"이건 사실 소파베드로 바꿀 수 있어. 너를 여기 재워줄 수는 있지. 만일 E.P.가 출근 전에 너를 발견하면, 우리가 할 말은—"

그러나 바로 그 순간 전화벨이 울린다. 수전이 전화를 받고,

귀를 기울이다, 나를 보고, 수화기에 대고 "네" 하고 말하더니, 짐짓 엄숙한 표정을 지으며 송화구를 손으로 가린다.

"너한테 온 거야."

물론 어머니이고, 내가 어디에 있는지 알아야겠다고 다그치는 것인데, 나는 그것이 불필요한 질문이라고 생각한다. 내가 현재 있는 곳의 주소는 어머니가 방금 찾아보았을 전화번호부의 번호 바로 옆에 나와 있을 테니까. 또, 어머니는 내가 언제 돌아올지 알고 싶어 한다.

"좀 피곤해서요." 내가 말한다. "그래서 여기 소파베드에서 그냥 자고 가려고요."

어머니는 그 무렵 내가 무례하게 거짓말을 하는 것을 어느 정도 견뎌야 했다. 하지만 무례하게 진실을 말하자 더는 견딜 수 없는 상황이 되고 만다.

"그런 짓을 하는 건 있을 수 없어. 6분 후에 내가 밖에서 기다릴게." 그러더니 전화를 내려놓는다.

"6분 후에 밖에서 기다리겠다는데요."

"하느님 맙소사." 수전이 말한다. "셰리주라도 한잔 드시라고 권해야 할까?"

우리가 다음 5분 45초를 깔깔거리며 보내고 나자 바깥의 도로에서 차 소리가 들린다.

"이제 가, 이 더러운 외박꾼." 그녀가 소곤거린다.

어머니는 분홍색 잠옷 위에 분홍색 실내복을 입고 운전석에 앉아 있었다. 침실용 슬리퍼를 신고 운전을 하고 있었는지는 확인하지 않았다. 담배가 반쯤 타들어 가 있었다. 어머니는 차에 기어를 넣기 전에 빨갛게 빛을 발하는 꽁초를 매클라우드의 진입로 쪽으로 던졌다.

나는 차에 탔고, 차를 타고 가면서 내 기분은 건방진 무관심에서 성난 굴욕감으로 바뀌었다. 영국식 침묵—양쪽이 입 밖으로 나오지 않는 모든 말을 완벽하게 이해하는 침묵—이 깔려 있었다. 나는 침대에 들어가 울었다. 이 일은 두 번 다시 언급되지 않았다.

수전의 순수함은 한 번도 그것을 감추려 하지 않았기 때문에 더욱 놀라웠다. 사실 그녀가 뭘 감추려 한 적이 있는지 잘 모르겠다—그건 그녀의 본성에 어긋나는 일이었다. 나중에—뭐, 나중 일은 나중 일이다.

예를 들어—그 주제가 어쩌다 나왔는지는 기억나지 않는다—"성적 방출"을 하지 않는 것이 남자에게 나쁘다는 다 알려진 사실이 아니었다면 그녀는 꼭 나와 자지는 않았을 수도 있다고 말한 적이 있었다. "성적 방출", 그때 우리 사이에 오간

말들 가운데 남아 있는 것은 이것뿐이다, 그 단순한 표현.

아마 순수함보다는 무지였을 것이다. 아니면 민간의 지혜라고 불러야 하나. 아니면 가부장제적 선전의 결과라고. 어쨌든 나는 궁금해진다. 이 말은 내가 그녀를 바라는 만큼—계속적으로, 집요하게, 온 마음으로—그녀는 나를 바라지 않았다는 뜻일까? 그녀에게 섹스는 뭔가 다른 뜻이었을까? 그녀는 치료를 목적으로 나와 잔 것뿐일까? 내가 필요한 '방출'을 하지 않으면 온수 실린더나 차 라디에이터처럼 폭발할지도 모르기 때문에? 여성의 성적 심리에는 이것의 등가물이 없는 것일까?

나중에 나는 생각했다. 그것이 그녀가 상상하는 남성의 성의 작동 방식이라면, 그녀의 남편은? 그녀는 남편의 '방출' 욕구에 관해서는 한 번도 궁금해하지 않았을까? 물론 그가 폭발하는 것을 보고 방출하지 않았을 때의 결과를 깨닫게 된 것일 수도 있지만. 아니면 혹시 E.P.는 런던의 매춘부한테 가는 걸까—아니면 어떤 팬터마임 코끼리의 앞쪽 절반에? 누가 알랴? 어쩌면 이것이 그의 괴상함을 설명해 줄지도 몰랐다.

그의 괴상함, 그녀의 순수함. 물론 나는 그녀에게 젊은 남자들—내 경험 속의 모든 젊은 남자들—은 여성이 옆에 없을 때도 "성적 방출"의 문제가 없다, 그들은 소형 착암기처럼 딸딸이를 치고 있고, 쳤고, 늘 칠 것이라는 단순한 이유에서다, 라고 대꾸하지는 않았다.

그녀의 순수함, 나의 자신감 과잉. 그녀의 순진함, 나의 아둔함. 나는 대학으로 돌아갈 예정이었다. 작별 선물로 그녀에게 크고 뚱뚱한 당근을 사주면 재미있겠다는 생각이 들었다. 재미있는 장난이 되고, 그녀는 웃음을 터뜨릴 것이었다. 그녀는 내가 웃으면 늘 웃었으니까. 나는 청과상에 갔다가 파스닙*이 더 재미있겠다고 생각했다. 우리는 드라이브를 갔다가 어딘가에서 멈추었다. 나는 그녀에게 파스닙을 주었다. 그녀는 전혀 웃지 않고, 그냥 어깨 너머로 던져버렸다. 나는 그것이 슈팅 브레이크의 뒷자리에 부딪혀 쿵 소리를 내는 것을 들었다. 나는 이 순간을 평생 기억했다. 지금까지 오랜 세월 얼굴을 붉힌 적이 없지만, 그 일이라면, 그럴 수 있다면, 얼굴을 붉힐 것 같다.

우리는 짧은 휴가를 갈 수 있었다. 함께 며칠간의 진실을 갖기 위해 우리가 무슨 거짓말을 했는지는 기억하지 못한다. 휴가철이 아니었던 게 분명하다. 우리는 남쪽 해안 근처 어딘가로 갔다. 호텔이 기억나지 않는 것을 보니, 아마 아파트를 빌

* 미나리과 식물로 설탕당근이라고도 한다.

렸던 것 같다. 우리가 서로에 관해서 한 말, 생각한 것, 발견한 것—그것은 모두 사라져 버렸다. 어딘가의 넓고 텅 빈 해변은 기억난다. 아마 캠버 샌즈였을 것이다. 우리는 내 카메라로 서로 사진을 찍어주었다. 나는 해변에서 그녀를 위해 물구나무를 섰다. 그녀는 코트 차림이고 바람이 그녀의 머리를 몰아붙여 뒤로 넘기고, 목에서 코트를 여미고 있는 그녀의 두 손은 크고 검은 인조 모피 장갑에 싸여 있다. 그녀 뒤로는 멀리 한 줄로 늘어선 해변 오두막이 있고, 셔터를 내린 단층 카페가 있다. 시야에는 다른 누구도 없다. 원한다면 이 사진들을 보고 계절을 연역할 수 있을 것이다, 또 틀림없이 날씨도. 그러나 이 먼 거리에서는, 둘 다 나에게 의미가 없다.

나는 넥타이를 매고 있었다, 그것도 또 하나의 디테일이다. 그녀를 위해 물구나무를 서려고 재킷은 벗었다. 넥타이는 나의 뒤집힌 얼굴 한가운데를 곧장 가로질러 내리며, 코를 가리고, 나를 두 개의 반쪽으로 나누고 있다. 백핸드와 포핸드.

그 시절에 나는 편지를 많이 받지 않았다. 친구들의 카드, 대학에서 뭔가에 관해 알려주는 편지, 은행 계좌 통지서 정도.

"이 지역 소인이네." 어머니가 말하며 봉투를 건네주었다. 주소는 타자로 쳤고, 내 이름 뒤에는 기운을 북돋워주는 "귀하"라는 말이 적혀 있었다.

"고마워요, 엄마."

"안 열어볼 거야?"

"열어볼 거예요, 엄마."

어머니는 골이 나서 자리를 떴다.

편지는 테니스 클럽 간사가 보낸 것이었다. 그는 나의 임시 회원 자격 종료가 결정되고, 즉시 발효되었다고 알렸다. 나아가서, "사정상", 내가 낸 입회비는 전혀 반환해 줄 수 없다고 했다. "사정"은 명시되지 않았다.

수전과 나는 즉석 복식 게임을 하기 위해 클럽에서 만나기로 약속이 되어 있었다. 그래서 나는 점심을 먹은 뒤 라켓과 운동 가방을 들고 코트로 가려는 것처럼 나섰다.

"편지는 재밌더냐?" 어머니가 방해를 놓으려는 듯 물었다.

나는 프레스에 끼운 라켓을 흔들었다.

"테니스 클럽이에요. 정식 회원으로 가입하고 싶은지 묻는데요?"

"그거 흐뭇한 일이구나, 폴. 네 게임에 만족하는 게 분명해."

"그런 것 같아요, 그렇죠?"

나는 수전네 집으로 차를 몬다.

"나도 받았어." 그녀가 말한다.

그녀가 받은 편지도 내 편지와 대체로 비슷한데, 다만 표현이 더 강하다. 그녀의 회원 자격은 "사정상" 종료된 것이 아니라, "귀하도 잘 알고 있을 것이 분명한 사정상" 종료되었다. 약간 바뀐 이 표현은 이세벨*에게, 부정한 여자에게 사용하는 것이다.

"얼마 동안 회원이었어요?"

"30년, 아마도. 약간 적거나 많거나."

"안됐네요. 내 잘못이야."

그녀는 동의하지 않는다는 뜻으로 고개를 젓는다.

"이의 제기를 할까요?"

안 돼.

"내가 클럽을 태워버릴 수도 있어."

안 돼.

"우리가 어딘가에서 눈에 띈 것 같아?"

"질문 좀 그만해, 폴. 생각 중이니까."

나는 사라사 무명 소파의 그녀 옆자리에 앉아 있다. 내가 말하고 싶지 않은 것, 적어도 즉시 말하고 싶지 않은 것은 내 속의 일부는 그 소식에 환희를 느끼고 있다는 사실이다. 내가—

* 이스라엘 왕 아합의 사악한 왕비로, 수치를 모르는 여자를 가리키는 말로 쓰인다.

우리가—스캔들을 일으키다니! 우리가 추방당한 것이 '열정이 번창하는 장애'는 아니었을지 몰라도, "사정상"이라는 표현에 함축된 도덕적이고 사회적인 비난은, 내 마음에서는, 우리 사랑을 공인하는 기능을 하고 있다. 자신들의 사랑을 공인받고 싶어 하지 않는 사람이 누가 있겠는가?

"우리가 테니스장 롤러 뒤의 긴 풀 속에서 끌어안고 있다가 들킨 것도 아니잖아."

"오, 제발 조용히 좀, 폴."

그래서 조용히 앉아 있지만, 내 생각은 시끄럽다. 나는 학교에서 퇴학당한 아이들의 사례를 기억해 보려 한다. 한 아이는 선생의 자동차 휘발유 탱크에 설탕을 부은 죄. 한 아이는 여자 친구를 임신시킨 죄. 한 아이는 크리켓 경기가 끝난 뒤 술에 취해 열차 객실에서 오줌을 누고 비상벨 손잡이를 당긴 죄. 당시에는 이 모든 것이 매우 인상적인 일로 여겨졌다. 하지만 내게는 나 자신이 저지른 규칙 위반이야말로 짜릿하고, 어깨가 들썩이고, 무엇보다도 어른스러운 것으로 여겨졌다.

"어이쿠, 고양이가 뭘 갖고 들어온 거야." 이것이 며칠 뒤 오후에 문을 열어주며 조운이 인사로 한 말이었다. 나는 내가 찾아간다는 것을 미리 알리지 않았다. "잠깐 왈왈이들 좀 가두어

두고 올게."

문이 다시 닫혔다. 나는 테니스 클럽에서 우리를 탈퇴시킨 뒤 수전과 나 사이에 넓어져간 간극을 생각하며 오래된 신발 털이 옆에 서 있었다. 나는 내 환희를 너무 분명하게 드러내고 말았고, 그녀는 그것이 불쾌했다. 그녀는 아직도 "생각 중"이라고 말했다. 나는 생각할 게 뭐가 있는지 알 수가 없었다. 그녀는 내가 이해할 수 없는 복잡한 문제가 있다고 말했다. 주말 전에는 오지 말라고 말했다. 나는 풀이 죽었다. 내가 알기에는 아무런 죄도 짓지 않았는데 판결을 기다리는 신세가 된 기분이었다.

"앉아." 우리가 명목상 그녀의 응접실인, 담배 연기가 자욱하고 진 냄새가 가득한 작은 방에 이르자 조운이 지시했다. "가슴에 털이 나게 해줄* 만한 걸 좀 마셔야겠지?"

"네, 부탁해요." 나는 진을 마시지 않았다—그 냄새를 싫어했고, 마시면 와인이나 맥주보다 훨씬 기분이 나빠졌다. 하지만 깐깐하게 구는 사람으로 비치고 싶지 않았다.

"좋은 사람이야." 그녀는 텀블러를 가득 채워주었다. 테두리에 립스틱 자국이 희미하게 남아 있었다.

* 기운을 북돋워준다는 뜻.

"엄청 많네요." 내가 말했다.

"이 집에서는 좆같은 펍 기준으로 술을 따르지 않아요." 그녀가 대꾸했다.

나는 병에 그려진 노간주나무 열매 같은 맛은 전혀 나지 않는 걸쭉하고 미끌미끌하고 미지근한 물질을 홀짝였다.

조운은 담배에 불을 붙이더니 쿡쿡 찌르듯이 내 쪽으로 연기를 내뿜었다.

"그래서?"

"그래서, 음, 아마 테니스 클럽 이야기는 들으셨겠죠."

"빌리지의 북에서는 오로지 그 이야기뿐이던데. 북 가죽이 찢어져라 맹렬히 두들겨대고 있어."

"네, 내 생각에는 조운이—"

"두 가지가 있네, 젊은이. 하나, 나는 자세한 건 전혀 알고 싶지 않아. 둘, 내가 이떻게 도와줄 수 있지?"

"감사합니다." 나는 정말로 감동을 받았고, 동시에 당혹스러웠다. 어떻게 자세한 걸 모르면서 도와줄 수 있다는 말인가? 그리고 어디까지가 자세한 건가? 나는 그 생각을 해보았다.

"자, 나한테 뭘 요청하러 여기 온 거야?"

그것이 문제였다. 나는 무엇을 요청하러 갔는지 알지 못했다. 그냥 그녀를 보면 내가 그녀에게 원하는 것이 무엇인지 분명해질 거라고 생각했다. 아니면, 어쨌든 그녀는 알 거라고. 하지만 분명해지지 않았고, 그녀도 모르는 것 같았다. 나는 이 점을 설명하려 했다, 멈칫멈칫. 조운은 고개를 끄덕였고, 내가 진을 홀짝이며 생각을 하게 해주었다.

이윽고 그녀가 말했다. "머릿속에 떠오르는 첫 번째 질문을 던져봐."

나는 깊이 생각하지 않고 그렇게 했다. "수전이 미스터 매클라우드를 떠날 거라고 생각하세요?"

"이런, 이런." 그녀가 나지막하게 말했다. "목표를 높이 잡고 있군, 젊은이. 그래도 불알 두 쪽은 차고 있다 이거지? 한 번에 한 단계씩 이야기해."

나는 그것을 칭찬으로 여기고 멍청하게 싱글거렸다.

"그래서 수전한테 물어는 봤어?"

"아이쿠, 아니요."

"그럼, 처음부터 시작을 해보지. 뭘 해서 돈을 벌 건데?"

"나는 돈은 상관하지 않아요." 내가 대답했다.

"지금까지 한 번도 그럴 필요가 없었던 거지."

그 말은 사실이었다. 하지만 내가 부자라는 의미에서 그렇다는 것은 아니었다. 나는 무료로 공교육을 받았고, 대학에 갈 때는 지방의회 보조금을 받았고, 방학 때는 집에서 살았다. 하지만 내가 돈에 상관하지 않는다는 것 또한 사실이었다—실제로, 나의 세계관에서, 돈에 상관한다는 것은 의식적으로 삶의 가장 중요한 것을 외면한다는 뜻이었다.

"어른이 되려면," 조운은 말했다, "어른의 일에 관해 생각하기 시작해야 돼. 그 첫 번째가 돈이야."

나는 조운의 젊은 시절에 관해 들은 이야기를 기억했다—그녀가 '첩'인지 뭔지였다는 것, 틀림없이 건네주는 현금과 내주는 집세와 선물로 주는 옷과 휴가로 살았을 거라는 것. 그게 그녀가 말하는 어른이 되는 것일까?

"수전은 돈이 좀 있는 것 같던데요."

"물어봤어?"

"아이쿠, 아니요."

"어, 어쩌면 물어봐야 할 거야."

"나한테 도주 자금이 있어요." 나는 방어석으로 말하면서, 그것이 어디에서 왔는지는 설명하지 않았다.

"네 작은 돼지 저금통에 딸랑거리는 돈이 얼마나 되는데?"

조운이 무슨 말을 하든 전혀 불쾌하지 않다는 게 신기했다. 나는 그냥 표면적인 무뚝뚝함 아래의 그녀가 다정하고 내 편이라고 지레짐작하고 있었다. 하지만 연인들이란 늘 사람들이 자기들 편이라고 가정한다.

"500파운드요." 나는 자랑스럽게 말했다.

"그래, 흠, 분명히 그걸로 도주할 수는 있겠네. 카지노 근처에 가지만 않으면 르 투케-파리-플라주*에서 몇 주를 보낼 수 있을 거야. 하지만 그런 다음에는 다시 영국으로 도주해 오겠지."

"그럴 것 같아요." 르 투케-파리-플라주를 목적지로 생각해본 적은 한 번도 없었지만. 그곳이 달아나는 연인들이 가는 곳일까?

"다음 달에는 대학으로 돌아갈 거지, 그렇지?"

"네."

"그러면 거기 가서는 수전을 부엌 찬장에 보관할 거야? 아니면 옷장에?"

"아니요."

나는 멍청하고 가망 없는 인간이 된 느낌이었다. 수전도 이 모든 것을 '생각하고' 있을 것이 분명했다. 나는 그저 도주라는 어떤 로맨틱한 관념만 받아들이고 있었던 것일까, 단이 붙어 있지 않은 사다리를?

"이건 내가 진과 휘발유를 절약하는 방법을 궁리하는 것보

* 프랑스 북부의 여름 휴양지.

다는 좀 복잡해."

나는 쿵 소리를 내며 지상으로 떨어졌고, 그것이 조운이 의도한 바가 분명했다.

"다른 걸 물어봐도 될까요?"

"물어봐."

"왜 십자말풀이를 할 때 속이세요?"

조운은 큰 소리로 웃음을 터뜨렸다. "이런 건방진 자식. 수전이 이야기했구나. 뭐, 그래도 정당한 질문이고, 또 내가 대답할 수 있는 질문이기도 하네." 그녀는 진을 한 모금 쭉 들이켰다. "보다시피—너 자신은 절대 그렇게 되기를 바라지 않지만—우리 가운데 일부는 삶에서 어떤 것도 중요하지 않다는 것을 깨닫는 지점에 이르게 돼. 어떤 것도 좆도 중요하지 않다는 거지. 거기에서 생기는 몇 가지 부수적 혜택 가운데 하나가 십자말풀이에 틀린 답을 채워 넣었다고 해서 지옥에 가지는 않는다는 것을 알게 된다는 거지. 이미 지옥에 갔다 왔기 때문에 거기가 어떤 덴지 너무 잘 알거든."

"하지만 답은 책 뒤에 있는데요."

"아, 하지만 말이야, 나에게는 그게 속이는 게 돼."

나는 터무니없게도 그녀를 좋아하게 되었다. "내가 해드릴 수 있는 일이 있을까요, 조운?" 나도 모르게 묻고 있었다.

"그냥 수전한테 어떤 피해도 주지만 마."

"그러느니 차라리 제 목을 자를 겁니다." 나는 대답했다.

"그래, 그 말이 심지어 진심일지도 모른다고 생각해." 그녀는 나를 보며 웃음을 지었다. "자, 이제 가. 운전 조심하고. 아직 진에 굳은살이 박이지 않은 게 눈에 보이거든."

막 기어를 넣으려는데 창문을 두드리는 소리가 들렸다. 그녀가 쫓아 나오는 소리는 듣지 못했다. 나는 창문을 내렸다.

"사람들이 너에 관해 뭐라고 하든 상관하지 마." 조운이 나를 뚫어져라 보며 말했다. "예를 들어, 어떤 친절한 이웃들은 내가 개들과 함께 고독하게 살아가는 섬뜩한 늙은 레저*라고 생각해. 그것도, 실패한 레저. 귓등으로도 듣지 마. 그게 내 충고야, 네가 내 충고를 원한다면."

"진 고마워요." 나는 대답하고, 핸드브레이크를 풀었다.

조운은 나에게 어른이 되라고 요구하고 있었다. 나는 그게 수전에게 도움이 된다면 노력할 각오가 되어 있었지만, 여전히 어른을 약간 두렵게 바라보고 있었다. 첫째로, 나는 그것이 이룰 수 있는 것인지 잘 몰랐다. 둘째로, 이룰 수 있다 해도, 그

* 여성 동성애자를 낮추어 부르는 말.

게 바람직한 것인지 잘 몰랐다. 셋째로, 바람직하다 해도, 오직 유년이나 사춘기와 비교할 때만 그럴 뿐이었다. 내가 어른의 무엇을 싫어하고 불신했을까? 글쎄, 간단히 이야기해 보자. 자격을 가졌다는 느낌, 우월하다는 느낌, 가장 잘 알지는 못해도 더 잘 안다는 가정, 어른이 지닌 의견들의 엄청난 진부함, 여자들이 콤팩트를 꺼내 코에 분을 바르는 모습, 남자들이 두 다리를 벌려 음부의 묵직한 윤곽을 바지에 그린 채 팔걸이의자에 앉아 있는 모습, 정원과 정원 일에 관해 이야기하는 말투, 그들이 쓰는 안경spectacles과 그들이 자신들을 재료로 만들어내는 광경spectacles, 음주와 흡연, 기침을 할 때 가래가 끓는 끔찍한 소리, 자신의 짐승 냄새를 감추려고 바르는 인공적인 냄새, 남자들이 대머리가 되고 여자들이 풀 분무기로 머리 모양을 만드는 모습, 그들이 여전히 섹스를 하고 있을지도 모른다는 불쾌한 생각, 사회적 규범에 대한 유순한 복종, 풍자나 의문을 드러내는 모든 것에 대해 짜증을 내며 못마땅해하는 모습, 자식의 성공은 부모를 얼마나 잘 모방했느냐로 잴 수 있다는 가정, 서로 맞장구를 치며 내는 숨 막힐 듯 시끄러운 소리, 조리한 음식과 먹는 음식에 관한 논평, 내가 역겨워하는 것(특히 올리브, 절인 양파, 처트니, 야채 겨자 절임, 고추냉이 소스, 파, 샌드위치 스프레드, 악취가 나는 치즈, 마마이트 이스트)에 대한 그들의 사랑, 감정적 자기만족, 인종적 우월감, 잔돈을 세는 방법, 잇새에 낀 음식을 추적하는 방법, 나에게 충분한 관심을 갖지 않는 것, 원치 않을 때 나에게 지나치게 관심을 가지는 것. 이건 짧은 목록일 뿐인데, 수전은 당연히 또 이런 것에서 완전히 벗어나 있었다.

오, 한 가지 더. 진짜 감정을 인정하는 것에 대한 유전적 공포 때문이 틀림없지만, 그들이 감정 생활을 비꼬고, 양성 간의 관계를 반복해서 멍청한 농담거리로 삼는 태도. 여자들이 실제로 모든 일을 좌지우지한다는 남자들의 암시, 남자들은 사실 무슨 일이 벌어지는지 이해하지 못한다는 여자들의 암시. 자신이 강하기 때문에 여자는 귀여워해 주고 응석을 받아주고 돌봐줘야 한다는 남자들의 허세, 축적된 성적 민간전승에도 불구하고, 상식과 실용성을 갖춘 사람은 자신들이라는 여자들의 허세. 양성 모두, 상대의 모든 흠에도 불구하고, 자신들이 여전히 서로를 필요로 한다고 흐느끼며 인정하는 것. 그들하고는 살 수 없어, 그들 없이는 살 수 없어. 그러면서도 그들은 그들과 결혼해 살았으며, 어떤 재사才士가 표현했듯이, 결혼은 정신적 제도*라는 의미에서 제도였다. 누가 그 말을 먼저 했을

* mental institution은 정신병원이라는 뜻도 된다.

까, 남자일까, 여자일까?

당연한 일이지만, 나는 이 어느 것도 기대하지 않았다. 아니, 그것이 나에게는 절대 적용되지 않기를 바랐다. 사실, 그게 나에게 적용되지 않게 할 수 있다고 믿었다.

따라서, 실제로, 내가 "나도 이제 열아홉이라고요!" 하고 말하고 부모가 의기양양하게, "그래, 너는 이제 겨우 열아홉이야!" 하고 대꾸했을 때, 승리는 나의 것이기도 했다. 내가 "겨우" 열아홉 살이라니 정말 다행이다, 나는 그렇게 생각했다.

첫사랑은 삶을 영원히 정해버린다. 오랜 세월에 걸쳐 그래도 이 정도는 발견했다. 첫사랑은 그 뒤에 오는 사랑들보다 윗자리에 있지는 않을 수 있지만, 그 존재로 늘 뒤의 사랑들에 영향을 미친다. 모범 노릇을 할 수도 있고, 반면교사 역할을 할 수도 있다. 뒤에 오는 사랑들에 어두운 그림자를 드리울 수도 있다. 반면 더 쉽게, 더 좋게 만들어줄 수도 있다. 물론 가끔은, 첫사랑이 심장을 소작燒灼해 버려, 그 뒤로는 어떤 탐침을 들이밀어도 흉터 조직만 나올 수도 있지만.

'우리는 제비*로 선택되었다.' 나는 운명을 믿지 않는다, 이

* lot. 운명이라는 뜻도 된다.

미 말했는지 모르지만. 하지만 지금은, 두 연인이 만날 때는, 이미 많은 전사가 있기 때문에 오직 어떤 특정한 결과만이 가능하다고 분명하게 믿는다. 연인들 자신은 세상이 재설정되고 있고, 자신들의 가능성이 새로운 동시에 무한한 것이라고 상상하지만.

첫사랑은 늘 압도적인 일인칭으로 벌어진다. 어떻게 그러지 않을 수 있겠는가? 또, 압도적 현재형으로. 다른 인칭들, 다른 시제들이 있다는 것을 깨닫는 데는 시간이 걸린다.

그래서(이 일이 먼저 일어났을 수도 있지만, 나는 지금 그냥 기억을 하고 있을 뿐이다), 나는 어느 날 오후 그녀를 찾아가고 있다. 나는 3시에, 그때면 그녀가 매일매일 당하는 도둑질이 끝나고 E.P. 씨가 돌아올 때까지 세 시간 반이 남아 있기 때문에, 그녀가 침대에서 나를 기다릴 것임을 안다. 빌리지로 차를 몰고 가서, 주차를 하고, 더커스 레인을 따라 걷기 시작한다. 전혀 거리낌이 없다. '이웃들'의 비난은, 실제건 상상이건, 많을수록 좋다. 나는 뒷문과 정원을 통해 매클라우드 집으로 들어가지 않는다. 그들의 진입로로 들어가서, 은밀하게, 간통하듯이, 가장자리의 풀이 난 곳을 밟는 게 아니라, 공개적으로 자갈을 밟으며 걷는다. 빨간 벽돌 집은 대칭 구조로 지어, 중앙에 포치가 있고, 그 위가 수전의 좁고 작은 침실이다. 포치 양옆으로는, 네 번째 줄마다 벽돌이 폭의 반만큼 튀어나오게 쌓아 멋을 부렸다. 지금 보니, 손과 발을 얹을 수 있는 유혹적인 5센티미터다.

밤도둑 애인? 뭐 어떠랴? 뒷문은 나를 위해 열어두었다. 하지만 포치를 향해 걸어가다가, 애인의 자신감이 흘러넘치는 바람에, 출발 속도만 충분하다면 벽 3미터 정도는 뛰어올라갈 수 있을지도 모른다고 생각한다. 그러면 납을 두른 납작한 포치 지붕에 올라가게 될 것이다. 나는 허세와 열의로 가득 차, 쓸 만한 눈과 귀의 상호 협조에 힘입어 지붕을 향해 달려간다. 별거 아니군—이제 나는 여기 있다, 순식간에 납 테두리에 웅크리고 있다. 내가 꽤나 시끄러운 소리를 냈는지 수전이 창으로 다가와, 처음에는 경악하다가, 이어 기분 좋게 놀라며 환희에 젖는다. 다른 사람이라면 내 어리석은 행동을 비난하고, 그러다 머리가 깨질 수도 있다고 말하면서, 두려움과 보호하는 태도를 한껏 드러내며 호들갑을 떨었을 것이다. 간단히 말해서 내가 죄를 지은 어리석은 아이라고 느끼게 했을 것이다. 하지만 수전이 하는 일이라고는 창문을 활짝 밀어 올리고 나를 안으로 끌어들이는 것뿐이다.

"'문제가 생기면' 언제든지 똑같은 방법으로 나갈 수 있어." 나는 숨을 헐떡거리며 말한다.

"그거 재미있겠네."

"내려가서 뒷문 잠글게."

"늘 사려 깊다니까." 수전은 말하며 자신의 싱글베드 속으로 돌아간다.

그것도 사실이다. 나는 실제로 사려 깊다. 그것도 나의 전사의 일부였다, 그런 생각이 든다. 하지만 그것은 또 내가 조운에게 말할 수도 있었던 것과 관련이 있기도 하다. 수전에게 도움만 된다면 나는 어른이 될 각오가 서 있다는 것.

나는 어린아이이고, 그녀는 중년의 유부녀다. 나에게는 냉소주의가 있고, 삶에 대한 이해라고 알려진 것이 있다. 하지만 나는 냉소주의자일 뿐만 아니라 이상주의자이기도 해서, 문제를 해결할 의지와 힘을 다 갖고 있다고 확신하고 있다.

그러면 그녀는? 그녀는 냉소주의적이지도 이상주의적이지도 않다. 그녀는 이론화라는 정신적 난장판 없이 살아가며, 각각의 사건과 상황을 오는 대로 받아들인다. 그녀는 벌어지는 일에 웃음을 터뜨리는데, 때때로 그 웃음은 분명하고, 고통스러운 진실을 생각하지 않는 방법, 피하는 방법이기도 하다. 그러나 동시에 나는 그녀가 나보다 삶에 더 가까이 다가가 있다고 느낀다.

우리는 우리의 사랑에 관해 말하지 않는다. 그냥 그게, 논란의 여지없이, 거기 있다는 걸 알고 있다. 그것은 그냥 그것이고, 모든 것이 불가피하게 또 정당하게, 이 사실로부터 흘러나올 것임을. 우리가 늘 "너를 사랑한다"라고 되풀이하여 확인하는가? 이 거리에서는, 자신 있게 말할 수 없다. 하지만 뒷문을 잠그고 나서, 그녀가 있는 침대로 들어갈 때, 그녀가 소곤거리던 것은 분명하게 기억한다.

"절대 잊지 마, 가장 취약한 지점은 늘 정가운데야."

그리고 조운이 양어지養魚池에 콘크리트 담장 기둥을 박듯이 우리 대화 안에 던져 넣은 그 단어가 있었다. 현실성. 나는 그동안 살아오면서 결혼 생활을 그만두지 못하는 친구들, 계속 바람을 피우다 중단해 버리는 친구들, 심지어 때로는 바람피우는 일을 시작도 못 하는 친구들을 보았는데, 모두 똑같은 이유를 내세웠다. "그렇게 하는 건 전혀 현실적이지 않아." 그들은 지친 목소리로 말한다. 거리가 너무 멀고, 기차 시간표가 편치 않고, 일하는 시간이 맞지 않는다. 그다음에는 주택 저당, 자식, 개 이야기가 나온다. 또 물건들의 공동 소유 이야기가. "레코드 모은 걸 정리하는 일을 도저히 감당할 수 없어." 남편을 떠나지 못하는 여자가 나한테 그렇게 말한 적이 있다. 사랑의 첫 전율을 느끼던 시절 남녀는 그들의 레코드를 합치고, 겹치는 것은 버렸다. 그렇게 꿰맨 모든 것을 다시 푸는 것이 어떻게 실현 가능한 일인가? 그래서 그녀는 그대로 머물렀다. 시간이 좀 지나자 떠나고 싶은 유혹은 지나갔고, 레코드 수집품은 안도의 숨을 내쉬었다.

그러나 당시 나에게는, 나의 조건을 절대화했기 때문에, 사랑은 현실성과는 아무런 관계가 없는 것처럼 보였다. 사실 반대쪽 극단에 있었다. 그런 진부한 고려에 경멸을 드러내는 것이 사랑의 자랑거리 중 하나였다. 사랑은 그 본성상 파괴하고 격변을 일으켰다. 그러지 않는다면 그것은 사랑이 아니었다.

당신은 나이 열아홉에 사랑에 대한 이해가 얼마나 깊었겠느냐고 말할지도 모르겠다. 법정에서라면 그런 이해가 책 몇 권과 영화 몇 편, 친구들과의 대화, 어찔한 꿈, 자전거를 탄 어떤 소녀들에 관한 가슴 아린 환상, 내가 잠자리를 함께한 첫 여자와의 4분의 1쪽짜리 관계에 기초하고 있었다고 평결할지도 모르겠다. 하지만 나의 열아홉 살짜리 자아는 법정의 평결을 바로잡을 것이다. 사랑을 '이해하는 것'은 나중에 오는 것이고, 사랑을 '이해하는 것'은 현실성에 근접한 것이고, 사랑을 '이해하는 것'은 심장이 식었을 때 오는 것이다. 무아지경에 빠진 애인은 사랑을 '이해하고' 싶어 하는 것이 아니라, 그것을 경험하고 싶어 하고, 그 강렬함, 사물의 초점이 또렷이 잡히는 느낌, 삶이 가속화하는 느낌, 얼마든지 정당화할 수 있는 이기주의, 욕정에 찬 자만심, 즐거운 호언, 차분한 진지함, 뜨거운 갈망, 확실성, 단순성, 복잡성, 진실, 진실, 사랑의 진실을 느끼고 싶어 한다.

사랑과 진실, 그것이 나의 신조였다. 나는 그녀를 사랑하고, 나는 진실을 본다. 그렇게 간단해야 한다.

우리가 섹스에 '조금이라도 능숙했을까'? 모르겠다. 우리는 그 생각은 하지 않았다. 한편으로는 당시에는 어떤 섹스든 정의상 좋은 섹스로 보였기 때문이었다. 하지만 동시에 우리가 그 전에나, 그동안에나, 그 후에나 그 이야기를 거의 하지 않았기 때문이기도 했다. 우리는 섹스를 했고, 서로에 대한 사랑의 표현으로서 섹스를 믿었다, 신체적으로나 정신적으로나 그것이 우리에게 다른 만족을 주었을 수도 있지만. 그녀가 몸이 냉랭하다는 이야기를 들었다는 말을 한 뒤로 나는—나의 방대한 성적 경험에 기초하여—젠체하며 그 생각을 물리쳤고, 그 문제는 다시 이야기되지 않았다. 가끔 그녀는, 끝난 뒤에, 속삭이곤 했다, "잘 쳤어, 파트너." 가끔 더 진지하게, 더 불안하게 말하기도 했다, "아직 나를 포기하지 말아줘, 케이시 폴." 나는 그 말에도 뭐라고 대꾸해야 할지 알지 못했다.

이따금씩—침대에서가 아니라, 이 점은 분명히 밝혀두어야겠다—그녀는 말하곤 했다. "당연히 너한테는 여자친구들이 생길 거야. 그건 옳고도 지당한 일이지." 하지만 그것은 내게는 옳게도, 지당하게도 보이지 않았다. 심지어 타당해 보이지도 않았다.

또 한번은 그녀가 숫자를 언급했다. 그 숫자는 물론이고 맥락도 기억하지 못한다. 하지만 우리가 사랑을 나눈 횟수에 관해 이야기하고 있는 게 틀림없다는 사실을 서서히 깨달았다.

"그걸 세고 있었어?"

그녀는 고개를 끄덕였다. 이번에도, 나는 당황했다. 나도 세고 있어야 했던 것일까? 그렇다면, 나는 무엇을 세야 했을까—우리가 함께 잔 횟수인가, 아니면 나의 오르가슴 횟수인가? 나는 그런 데 조금도 관심이 없었고, 왜 그녀가 그런 생각을 하게 되었는지 궁금했다. 거기에는 뭔가 숙명론적인 것이 있었다—내가 갑자기 사라졌을 경우에, 그녀가 쥐고 있을 수 있는 뭔가 손에 잡히는 것, 계산 가능한 것이 있어야 한다는 것처럼. 하지만 나는 갑자기 사라지지 않을 것이었다.

그녀가 다시 나의 미래의 여자친구 이야기를 했을 때, 나는 아주 분명하고 확고하게, 그녀가 늘 내 인생에 있을 것이라고 말했다. 무슨 일이 벌어지더라도, 그녀를 위한 자리는 늘 있을 것이라고.

"하지만 나를 어디에 집어넣을 건데, 케이시 폴?"

"최악의 경우, 모든 설비가 갖추어진 다락방에."

물론 비유적으로 한 말이었다.

"낡은 잡동사니처럼?"

나는 이런 대화가 싫어지고 있었다. "아니." 나는 되풀이했다. "수전은 늘 거기 있을 거야."

"네 다락방에?"

"아니, 내 마음에."

진심이었다, 정말로 진심으로 한 말이었다—다락방과 마음 모두. 평생.

나는 그녀 안에 공황이 있다는 것을 깨닫지 못했다. 내가 어떻게 추측이나 했을까? 나는 그것이 내 안에만 있을 뿐이라고 생각했다. 이제, 뒤늦게, 그게 모든 사람에게 있다는 것을 깨닫는다. 그것은 우리의 필멸성의 한 조건이다. 우리에게는 그것을 가라앉히고 최소화하는 예의의 규약, 농담과 일상, 수많은 기분 전환과 오락의 형식이 있다. 하지만 우리 모두의 내부에는 터지기를 기다리는 공황과 지옥이 있다, 고 나는 확신한다.

나는 그것이 죽어가는 사람들에게서 터져 나오는 것을 보았다, 인간 조건과 그 만성적 슬픔에 대한 마지막 항의로서. 하지만 그것은 우리 가운데 가장 균형이 잡히고 합리적인 사람 안에도 있다. 그저 적당한 환경이 필요할 뿐이고, 그러면 반드시 나타난다. 그럴 때면 그것에 휘둘리고 만다. 이 공황 때문에 이런 사람들은 신에게 가고, 저런 사람들은 절망에 빠지고, 이런 사람들은 자선사업을 하고, 저런 사람들은 술을 마시고, 이런 사람들은 감정적 망각에 빠지고, 저런 사람들은 다시는 심각한 일이 자신을 성가시게 하지 않을 거라는 희망을 품을 수 있는 삶으로 간다.

우리는 테니스 클럽에서 아담과 이브처럼 추방을 당했지만, 예상했던 스캔들은 터지지 않았다. 성 미가엘 교회의 설교단에서 비난을 하지도 않았고, 《애드버타이저 앤드 가제트》에서 폭로를 하지도 않았다. 미스터 매클라우드는 까맣게 모르는 것 같았고, 미스 G와 미스 NS는 당시 해외에 있었다. 우리 부모는 절대 그 일을 입에 올리지 않았다. 그래서 진짜건 가장한 것이건, 매우 영국적인 무지와 당혹의 조합에 의해, 아무도—조운을 빼고는, 그것도 나의 권유에 따른 것이었지만—그 이야기의 존재를 인정하지 않았다. 빌리지의 북은 울려대고 있었을지 모르지만, 모두가 그 메시지를 듣는 쪽을 선택한 것은 아니었다. 그래서 나는 안도하는 동시에 실망했다. 빌리지가 닫힌 문 뒤가 아닌 곳에서는 스캔들로 만들어주기를 거부한다면, 스캔들을 일으키는 행동의 이점, 기쁨이 뭐겠는가?

하지만 나는 안도했다. 그것은 수전의 '생각 중'인 시기가 끝났다는 뜻이었기 때문이다. 다른 말로 하면, 우리는 심호흡을 하며 다시 함께 침대에 들어가기 시작하여, 전과 같은 많은 위험을 감수했다. 나는 그녀의 귀를 쓰다듬고 토끼 같은 이를 두드렸다. 한번은, 모든 것이 여전히 똑같다는 것을 보여주기 위해, 튀어나온 벽돌을 이용해 포치에 올라가 그녀의 침실 창을 통과했다.

나중에 보니 그녀에게도 도주 자금이 있었다. 거기에는 500파운드 이상이 있었다.

나는 열아홉이었다고 줄곧 이야기하고 있다. 하지만 가끔, 내가 지금까지 한 이야기에서, 나는 스물이거나 스물하나였다. 이 사건들은 2년 이상의 시간에 걸쳐, 대개 방학 동안에 일어났다. 학기 중에는 수전이 서식스로 나를 자주 찾아왔고, 아니면 내가 매클라우드의 집에 가서 묵었다. 부모 집에서 자동차로 6분 거리였지만, 부모에게는 왔다는 이야기를 하지 않았다. 내가 전 역에서 내리면 수전이 오스틴으로 데리러 오곤 했다. 나는 소파베드에서 잤고, 미스터 매클라우드는 나의 존재를 용인하는 듯했다. 나는 빌리지 안으로는 들어가지 않았다. 이따금씩 옛날을 떠올리며 테니스 클럽에 불을 질러버릴까 하는 생각은 했지만.

수전은 서식스의 내 친구들—에릭, 이언, 바니, 샘—을 알게 되었고, 가끔 그들 가운데 한 명이나 그 이상이 매클라우드의 집에 묵곤 했다. 아마 그들도 또 다른 변명거리였을 것이다—이 먼 거리에서는 기억이 나지 않지만. 그들 모두 나와 수전의 관계를 훌륭하다고 생각했다. 우리는 관계가 문제가 되면—사실 어떤 관계든—서로의 편을 들어주었다. 친구들은 또 수전 가족의 자유분방함도 좋아했다. 그녀는 음식을 할 때 손이 컸고, 친구들은 그것도 좋아했다. 당시 우리는 늘 배가 고픈 것 같았다. 또 한심하게도 우리 스스로는 먹을 것을 만들지 못했다.

어느 금요일에—음, 아마 금요일이었을 것이다—미스터 매클라우드는 파를 우적우적 씹고 있고, 나는 나이프와 포크를 만지작거리고 있고, 수전은 먹을 것을 들여오고 있을 때, 그가 평소보다 날을 세워 비꼬는 투로 물었다.

"이번 주말에는 귀염둥이*를 몇 명이나 마련하는 거지, 내가 이렇게 대담하게 물어도 좋다면 말이야?"

"어디 보자." 수전은 스튜 접시를 앞에 들고 생각하는 척하면서 대꾸했다. "이번 주말에는 이언과 에릭뿐일 것 같은데. 물론 폴도 있고. 다른 아이들이 나타나지 않는다면 말이지."

나는 이것이 그녀의 놀랍도록 냉정한 면이라고 생각했다. 그런 뒤에 우리는 평소처럼 식사를 했다.

하지만 다음 날 차에서 나는 그녀에게 물었다. "그 사람이늘 나를 그렇게 불러? 우리를 그렇게 불러?"

"응. 너는 내 귀염둥이야."

"나는 그렇게 귀엽지는 않은데. 가끔은 너무 평범해서 탈인 것 같은데."

하지만 그 말은 아팠다. 그녀를 생각하면 아팠다, 이해하겠지만. 나 자신만 생각하면, 상관없었다. 아니, 정말로. 아마 나는 기쁘기도 했을 것이다. 주목을 받는다는 것이—심지어 수모를 겪어도—무시당하는 것보다는 나았다. 사실, 젊은 남자에게는 평판이 필요한 것 아닌가.

* fancy boy, 손아래 애인을 가리키는 말.

나는 매클라우드에 관해 내가 알고 있는 것을 모아보려 했다. 이제는 그를 '옛 아담'이나 '상석에 앉은 주인'이라고 생각할 수 없는 것처럼 미스터 E.P.라고 생각할 수도 없었다. 그의 이름은 고든이었다, 수전은 먼 과거 이야기를 할 때만 그 이름을 사용했지만. 그는 수전보다 몇 살 위로 보였으니까, 오십대 중반이었을 것이다. 공무원으로 일하고 있었지만, 어느 부서인지는 몰랐고 또 관심도 없었다. 그는 아내와 섹스를 하지 않은 지 오래되었지만, 과거에, 고든이던 시절에는 했고, 두 딸이 그 증거였다. 그는 아내의 몸이 냉랭하다고 선언했다. 그는 팬터마임 코끼리의 앞쪽 절반을 좋아할 수도 있고, 좋아하지 않을 수도 있었다. 그는 폭동을 일으키는 공산주의자 폭도가 경찰이나 군에게 사살되어야 한다고 믿었다. 그의 부인은 오랫동안 그의 눈을 보지 않았다, 또는 제대로 보지 않았다. 그는 골프를 쳤지만, 마치 증오하는 것처럼 공을 쳤다. 길버트와 설리번을 좋아했다. 추레하지만 일 잘하는 정원사로 변장하는 데 유능하지만, 그의 아버지에 따르면 괭이질하기 힘든 밭이 될 수도 있었다. 그는 휴가를 좋아하지 않거나 가지 않았다. 술 마시기를 좋아했다. 콘서트에 가는 것을 좋아하지 않았다. 십자말풀이에 유능하며 글씨체가 현학적이었다. 빌리지에 친구가 없었는데, 어쩌면 골프 클럽에는 있을지 몰랐다. 하지만 나는 거기에는 들어가본 적이 없고 그럴 생각도 없었다. 그는 교회에 가지 않았다.《타임스》와《텔레그래프》를 보았다. 나한테 친근하고 정중했지만 빈정거리고 무례하게 굴기도 했다. 하지만 대개는 무관심했다고 말할 수 있다. 그는 인생에 짜증이 난 것 같았다. 다 닳아버린 세대였을 수도 있고 아닐 수도 있는 것의 일부였다.

하지만 그에게는 다른 것도 있었고, 나는 그것을 관찰하기보다는 느꼈다. 내가 보기에는—매클라우드는 의식하지 않았고, 전혀 생각을 하지도 않았을 게 틀림없다—하지만 내 느낌에는 마치 그가—특히 그가—어쩐 일인지 내가 어른이 되는 길을 막고 있는 것 같았다. 그는 나의 부모나 부모 친구들과는 전혀 비슷하지 않았지만, 내가 공포감을 약간 품고 바라보고 있는 어른다움을 그들보다도 훨씬 잘 보여주고 있었다.

몇 가지 자투리 생각과 기억들.

—'샤프빌 사건' 직후 수전은 매클라우드가 나를 "아주 마음에 드는 젊은이"라고 부르더라고 전했다. 내 또래의 다른 모든 사람과 마찬가지로 칭찬이 간절했던 나는 그것을 액면 그대로 받아들였다. 어쩌면 그 이상이었을 것이다. 그는 처음에는 나

에게 소리를 질렀고, 나중에 차분하게 판단을 했기 때문에, 나는 그 논평이 더욱더 귀중하다고 생각했다.

—내가 자리에 없을 때 매클라우드 가족이 서로 어떻게 행동하는지 나는 절대 아는 것이 없었다는 사실을 깨닫는다. 아마 나는 그런 것을 생각하기에는 너무 절대주의적이었던 것 같다.

—나는 또 두 가족을 비교하면서 집에서 우리가 손으로 엉덩이를 긁으면서 바로 칼로 콩을 벗겨 먹는 것처럼 말을 했을지도 모른다는 사실도 깨닫는다. 아니다, 우리는 가정교육을 잘 받았다. 우리의 식탁 행동 기준은 매클라우드의 집에서 전시되는 것보다 전체적으로 나았다.

—또, 내가 다른 식으로 보여주었을지는 몰라도, 나의 부모의 친구들이 모두 수동적인 태도로 우리 세대를 못마땅해한 것은 아니었다. 어느 방학 주말, 우리 모두 스펜서 가족과 저녁을 먹으러 서튼으로 갔다. 스펜서 부인은 직업 전문대학 시절부터 어머니와 아는 사이였다. 남편은 작고 공격적인 광산 엔지니어로, 벨기에 출신이었으며, 어떤 국제적 회사에서 일하면서 아프리카의 광물 자원을 찾고 훔쳤다. 화창한 날이었을 것

이다(꼭 그럴 필요는 없지만). 내 상의 호주머니에서 그즈음 손에 넣은 미러 선글라스가 머리를 삐죽 내밀고 있었기 때문이다. 나는 그것을 바니에게서 샀는데, 그는 이국적인 물건들을 대량으로 구매, 수입하여 자신의 본질적인 힙스터적 성격을 조용히 과시하고 싶은 사람들에게 되팔았다. 그의 안경의 출처는 철의 장막 뒤 어딘가였다—아마 헝가리였던 것 같다. 어쨌든 우리가 차에서 내리자마자 '나의 자그마한 주인아저씨'*는 나에게 다가와, 내가 내민 손은 무시하고, 내 호주머니에서 선글라스를 뽑아 들며 말했다, "이건 똥 덩어리야." 예를 들어, 그 자신의 케이블 니트 스웨터, 코르덴 바지, 도장이 새겨진 반지, 보청기와는 달리 그렇다는 얘기였다.

—그녀는 '귀염둥이들'을 위하여 커다란 케이크를 만든다. 넓고 길다는 의미에서 크다는 것이다. 반죽을 주석 그릇에 쏟아부으면, 깊이가 2센티미터 정도다. 오븐에서 나올 때는 약간 키가 자라 2.5센티미터 정도에 이른다. 안에는 섞은 과일이 들어 있는데, 모두 바닥에 가라앉아 있다.

당시의 나조차도 평균적인 제빵 기준에서 볼 때 그것이 성

* Mine Tiny Host, mine에는 옛말로 '나의'라는 뜻도 있고 '광산'이라는 뜻도 있다.

공작이 아니라는 것을 알 수 있다. 하지만 그녀는 그렇게 만드는 버릇이 있다.

"그게 무슨 케이크죠, 미시즈 매클라우드?" 귀염둥이들 가운데 한 명이 묻는다.

"거꾸로 케이크지." 그녀가 대답하며 철사로 만든 선반 위에서 케이크를 뒤집는다. "봐, 과일이 이렇게 모두 위로 올라왔잖아."

이어 그녀는 큼지막하게 케이크를 잘라 나누어 주고, 우리는 게걸스럽게 먹는다.

그녀는 후진 쇠붙이도 황금으로 만들 수 있을 거다, 나는 그렇게 생각한다.

—나의 신조가 사랑과 진실이라는 이야기는 했다. 나는 그녀를 사랑했고, 나는 진실을 보았다. 하지만 이것이 그 전이나 후 그 어느 때보다 부모에게 거짓말을 자주 했던 시기와 겹친다는 점도 인정할 수밖에 없다. 그리고 그만큼은 아니지만, 내가 아는 다른 거의 모든 사람에게도. 조운에게는 안 했지만.

—나의 사랑을 분석하지는 않지만—어디로부터, 왜, 어디로—가끔, 혼자 있을 때 투명하게 생각해 보려고 노력하기는

한다. 이것은 어렵다. 이전에 경험도 없고, 수전과 함께 있는 것이 의미하는, 마음과 영혼과 몸의 완전한 몰입—현재의 강렬함, 미지의 미래에 대한 흥분, 과거의 모든 지질한 몰입 상태의 폐기—에 아무런 준비가 되어 있지 않았기 때문이다.

나는 집에서 침대에 누워, 느끼는 것들을 말로 표현하려고 노력하고 있다. 한편으로—이것은 과거와 관련이 있는 부분인데—사랑은 평생 동안 찌푸려온 얼굴이 갑자기 활짝 펴지는 것과 같다는 느낌이다. 하지만 동시에—이것은 현재나 미래와 관련된 부분인데—내 영혼이라는 허파가 순수한 산소로 부풀어 오른 것 같은 느낌이다. 물론 나는 혼자 있을 때만 이렇게 생각한다. 수전과 함께 있을 때는 그녀를 사랑하는 것이 어떤 것인지 생각하지 않는다. 그냥 함께 있을 뿐이다. 어쩌면 '그녀와 함께 있는 것'은 다른 어떤 말로도 표현할 수 없는 것일지 모른다.

수전은 내가 혼자 조운을 찾아가곤 하는 것에 마음을 쓰지 않았다. 그녀는 자신의 결혼 생활이 허락한 것으로 보이는 소수의 친구들 가운데 하나에 대한 소유욕이 강하지 않았다. 나는 싸구려 진을 머그로 마시는 것을 즐기게 되었다. 시간이 좀 지나자 조운은 왈왈이들이 들어오는 것을 허락했고, 나는 요크셔테리어들이 내 신발 끈을 물어뜯으며 귀찮게 구는 것에 익숙해졌다.

“우리 떠나요.” 나는 어느 7월 오후에 그녀에게 말했다.

“우리? 너하고 나? 우리가 어디로 가는 건가요, 폴 도련님? 가진 것들을 빨간 점박이 수건에 싸서 작대기에 걸어놓기는 했나요?”

내가 진지하게 나가는 것을 그녀가 허락할 리 없다는 걸 알았어야 했는데.

“수전하고 나요. 우린 사라질 거예요.”

“어디로 사라져? 얼마 동안? 크루즈네, 그렇지? 그럼 엽서 보내줘.”

“많이 보낼게요.” 나는 약속했다.

묘한 일이었다, 조운과의 관계가 새롱거림 비슷하게 되다니. 반면 수전과의 관계에는 그런 새롱거림이 전혀 없다고 할 수 있었다. 우리는 알지도 못하는 사이에 그런 예비적인 것들을 모두 통과해 버린 게 분명했다—그냥 정통으로 사랑에 빠져들어 버렸다. 그래서 그런 게 필요 없었다. 물론 우리도 우리 나름으로 농담도 하고 놀리기도 하고 우리만의 표현도 있었다. 하지만 그 모든 것이 새롱거림이라고 하기에는 너무 진지하게 느껴졌다—실제로도 그랬다.

“아니요.” 내가 말했다. “무슨 말인지 아시잖아요.”

"그래, 무슨 말인지 알아. 한동안 어찌 되나 궁금해하고 있었어. 상황이 상황이니만큼. 반은 그렇게 되기를 바랐고, 반은 아니었어. 하지만 배짱이 있네, 두 사람. 그건 인정하지."

나는 그것을 배짱의 맥락에서 생각하지 않았다. 불가피성의 맥락에서 생각했다. 또, 우리 둘 다 마음 깊은 곳에서 원하는 일을 하는 것으로.

"그런데 고든은 이 모든 걸 어떻게 받아들여?"

"나를 수전의 귀염둥이라고 불러요."

"너를 수전의 좆같은 귀염둥이라고 부르지 않는다는 게 놀랍네."

그래, 뭐, 아마 그럴지도.

"너희가 지금 무슨 일을 하고 있는지 알기를 바란다고 말하지는 않을 거야. 너희 둘 다 지금 무슨 일을 하고 있는지 모른다는 게 너무나도 분명하니까. 아아, 나한테 그렇게 얼굴 찌푸리지 마, 폴 도련님. 아무도 절대 알 수가 없어, 네 위치에서는. 그렇다고, 수전을 잘 보살펴, 그따위 소리를 하지도 않을 거야. 다만 내 두 엄지로 계속 염병할 십자가를 세게 그으며 너희의 행운을 빌 거야."

조운은 나와 함께 차까지 나왔다. 나는 차에 타기 전에 그녀 쪽으로 움직였다. 그녀는 손바닥을 들어 올렸다.

"아니, 그 좆같이 옹야옹야 끌어안는 짓은 하지 말아줘. 주위에 그런 게 너무 많아, 갑자기 모두 외국인처럼 행동하고 있어. 내가 눈물을 흘리기 전에 어서 떠나."

나중에, 그녀가 나에게 했던 말과 하지 않았던 말을 되짚어보았고, 그녀는 내가 놓친 유사점을 찾아내고 있었는지 궁금했다. 아무도 절대 알 수가 없어, 네 위치에서는. 런던으로 사라진다고, 응? 귀염둥이, 첩. 그리고 돈은 누가 갖고 있지? 그래, 조운은 나보다 먼저 겪어보았다.

다만 우리는 그렇게는 되지 않을 것이었다. 나는 수전이 그런 식으로 3년 뒤에 매클라우드의 문간으로 돌아가게 될 거라고는 상상할 수 없었다, 말도 제대로 못 하고, 감정적으로 황폐해져서, 조용히 받아들여줄 것을 구걸하면서, 인생이 기본적으로 끝난 채로. 나는 그런 일은 일어나지 않을 거라고 자신했다.

정확한 '떠남의 순간'은 없었다. 은밀한 한밤중의 도주도, 짐을 들고 손수건을 흔드는 어떤 공식적인 출발도 없었다. (누가 흔들겠는가?) 오랫동안 질질 끌어온 분리 과정이었고, 따라서 결렬의 순간은 결코 분명하게 표시할 수 없었다. 그렇다고 내가 그것을 표시하려 하지 않았던 것은 아니다. 나는 부모에게 짧은 편지를 보냈다.

엄마 아빠께,

저는 런던으로 올라가요. 미시즈 매클라우드와 살 겁니다.

되는대로 주소를 보낼게요.

폴 올림

이것이 그 역할을 하는 것 같았다. 나는 "되는대로"가 제대로 된 어른의 말처럼 들린다고 생각했다. 뭐, 나는 제대로 된 어른이었다. 스물하나. 내 삶을 완전히 누리고, 완전히 표현하고, 완전히 살 준비가 되어 있었다. "나는 살아 있다! 나는 살고 있다!"

우리는 함께—그러니까 한 지붕 아래에서—10여 년을 살았다. 그 뒤에도 계속 그녀를 꾸준히 보았다. 시간이 흐르면서 횟수는 줄었다. 몇 년 전, 그녀가 죽었을 때, 나는 내 삶에서 가장 핵심적인 부분이 마침내 종결되었다는 사실을 인정했다. 늘 그녀를 좋게 생각할 것이다, 나는 다짐했다.

이 일에 대한 내 기억은 이게 다였으면 좋겠다. 가능하기만 하다면. 하지만 가능하지가 않다.

둘

The Only Story

Julian Barnes

수전의 도주 자금은 헨리 로드 SE15번지에 작은 집을 하나 살 정도는 되었다. 가격은 낮았다—슬럼가의 고급 주택화, 주스 바*는 먼 미래의 일이었다. 그곳은 원래 다가구 입주 건물이었다. 이것은 모든 문에 걸려 있는 자물쇠, 석면판, 층계참에 있는 지저분하고 작은 부엌, 개별 가스계량기와 모든 방의 개별적 얼룩을 우회적으로 일컫는 말이었다. 그 늦여름과 초가을에 우리는 그것을 모두 벗겨냈다, 즐겁게, 머리카락에 비듬처럼 디스템퍼**가 내려앉은 채. 낡은 가구는 대부분 내버렸고, 바닥에 깐 더블 매트리스에서 잤다. 우리한테는 토스터기계, 찻주전자가 있었고, 도로 끝에 있는 키프로스인의 타베

* 알코올을 팔지 않는 술집.

** 물과 노른자위 또는 아교로 갠 채료.

르나*에서 음식을 사 들고 와서 먹었다.

배관공, 전기공, 가스 기술자는 필요했지만, 나머지는 우리가 했다. 나는 나무로 구조를 짜는 일에 솜씨가 있었다. 나는 내가 쓸 책상을 만들었다. 부서진 서랍장 두 개 위에 잘라낸 옷장 문을 얹은 다음 사포질을 하고, 빈 곳을 메우고 칠을 하여, 마침내 책상은 내 서재 한쪽 끝에 움직일 수 없이 묵직하게 자리 잡게 되었다. 코코야자 열매 섬유로 만든 매트를 잘라서 깔았고, 층계에는 카펫을 깔고 고정시켰다. 우리는 함께 양피지 같은 벽지를 떼어내 나병에 걸린 듯한 석고를 드러낸 다음, 롤러로 기분 좋지만 부르주아적이지는 않은 색들을 칠했다, 터키석 색깔, 수선화 색깔, 버찌 색깔. 서재는 수수한 진녹색으로 칠했다. 바니가 병원의 분만실labor ward에 가면 출산 예정인 임신부를 진정시키기 위해 그 색을 칠해놓았다고 말했기 때문이다. 나는 그 색깔이 나 자신의 고된laborious 시간에도 같은 효과를 줄 수 있을지 모른다고 기대했다.

나는 조운의 회의적인 "그럼, 처음부터 시작을 해보지. 뭘 해서 돈을 벌 건데?"를 마음에 담아두고 있었다. 내가 그런 문제에 관심이 없다는 점을 생각하면, 사실 수전의 돈으로 생활을

* 원래 그리스 주변 지역의 작은 음식점을 가리키는 말.

할 수도 있었다. 하지만 우리 관계가 평생 계속될 거라는 점을 고려하면, 어느 시점에 가서는 내가 그녀를 부양해야지 그 반대가 될 수 없다는 것을 인정했다. 그렇다고 그녀에게 돈이 얼마나 있는지 안다는 것은 아니었다. 나는 매클라우드 집안의 재정 형편에 관해 물은 적도, 또 수전에게 자기가 가진 것을 모두 물려주고 갈 전통적인 모드 아주머니 같은 편리한 친척이 있느냐고 물은 적도 없었다.

그래서 나는 변호사가 되기로 결심했다. 나 자신은 과대한 야심이 없었다. 나의 과대한 야심은 모두 사랑을 향하고 있었다. 내가 법을 생각한 건 나에게는 질서 잡힌 정신이 있었고, 집중해서 노력을 쏟아부을 능력이 있었기 때문이다. 어느 사회에나 법률가는 필요하다, 그렇지 않은가? 한 여성 친구가 자신의 결혼 이론을 이야기해 준 기억이 난다. 결혼은 "필요한 대로 살짝 들어갔다 나왔다 해야" 하는 것이라는 이론. 이것은 당혹스러울 정도로 실용적이고, 심지어 냉소적으로 들릴 수도 있지만, 그렇지 않았다. 그녀는 남편을 사랑했고, 결혼에서 '살짝 나온다'는 것은 간통을 뜻하지 않았다. 그 말은 오히려 결혼이 그녀에게 어떤 도움을 주는지 인정하는 것이었다. 삶의 믿을 만한 기초 저음低音이었고, 긴급한 원조, 사랑의 표현, 휴식을 위해서 '살짝 들어갈' 필요가 생길 때까지는 그냥 그럭저럭 이어나가는 것이었다. 나는 이런 접근 방법을 이해할 수 있었다. 자신의 기질이 요구하거나 제공할 수 있는 것 이상을 바라는 것은 의미 없다는 태도. 하지만 이 시기에 내가 나의 삶을 이해한 바로는, 나에게는 반대의 등식이 필요했다. 일이 내가 그럭저럭 이어나가는 것이 되고, 사랑이 나의 삶이 되어야 했다.

나는 공부를 시작했다. 매일 아침 수전은 아침 식사를 준비해 주었고, 저녁에는 저녁 식사를 준비해 주었다—내가 케밥이나 셰프탈리아*를 사 들고 오지 않으면. 가끔, 집에 돌아가면, 그녀는 나를 보고 노래를 부르곤 했다. "귀여운 아이야, 바쁜 하루를 보냈구나."** 그녀는 또 내 빨래를 빨래방에 가져갔다가 집에 가져와서 다림질을 했다. 우리는 여전히 콘서트와 전시회를 다녔다. 바닥의 매트리스는 더블베드로 바뀌었고, 우리는 그 안에서 매일 밤 함께 잤으며, 그곳에서 사랑과 섹스에 관한 나의 영화적 가정 가운데 일부는 조정될 수밖에 없었다. 예를 들어, 연인들이 행복하게 서로의 품 안에서 잠든다는 관념은 한 연인이 다른 연인의 몸 위에 자기 몸을 반쯤 걸친 채

* 각각 터키와 키프로스의 전통 음식.
** 폴 로브슨의 노래 「Little Man, You've Had a Busy Day」.

잠이 들고, 아래 있던 연인은 일정량의 속박과 순환장애를 견딘 후, 상대를 깨우지 않으려고 애쓰며 밑에서 살며시 빠져나온다는 현실로 바뀌었다. 나는 또 코를 고는 것은 남자만이 아니라는 사실을 발견했다.

부모는 나의 주소 변경 편지에 답장하지 않았고, 나도 헨리로드의 집에 그들을 초대하지 않았다. 어느 날 학교에서 집으로 돌아가 보니 수전이 흥분해 있었다. 마사 매클라우드, 미스 그럼피께서 감찰 출장에 나서 예고도 없이 몸소 왕림하신 것이다. 그녀는 어머니가 빌리지에서는 싱글베드에서 잤던 데 반해, 지금은 더블베드를 갖고 있다는 사실에 주목할 수밖에 없었다. 다행히도 나의 진녹색 서재에는 소파베드가 펼쳐져 있었고, 그날 아침 나는 침대를 정리하지 못하고 나갔다. 하지만, 수전이 말했듯이, 더블 두 개가 싱글 하나가 되지는 않는 법이다. 마사 매클라우드는 우리의 잠자리 배치에 보나 마나 못마땅했을 것이 뻔했고, 이에 대한 나 자신의 태도는 자부심과 도전이었다—마주쳤다면 그랬을 것이다. 수전의 태도는 더 복잡했다, 솔직히 그 뉘앙스를 생각하느라 많은 시간을 보내지는 않았지만. 사실, 우리는 함께 살고 있는 것 아닌가?

마사는 집 꼭대기에 있는 장식 없는 두 다락방에 이르렀을 때 말했던 것 같다,

"하숙을 쳐야겠네."

수전이 항변했을 때 논쟁 또는 훈시로 전달된 딸의 대답은,

"그게 엄마한테 좋을 거야."

이 말의 정확한 의미가 무엇이냐를 놓고 우리는 그날 저녁 토론을 했다. 물론, 하숙을 치는 것에 대한 경제적 논거가 있었다. 그렇게 하면 이 집이 대체로 자급자족을 할 수 있을 것이다. 하지만 도덕적 논거는 무엇이었을까? 아마 하숙을 하는 사람은 수전에게 파렴치한 애인이 돌아오는 것을 기다리는 것 이상의 일거리를 줄 것이다. 마사는 또 하숙인이 나라는 유독한 존재를 어떤 식으로든 희석하고, 헨리 로드 23번지라는 현실—'귀염둥이 제1번'이 자신보다 나이가 두 배 이상 많은 간통녀와 뻔뻔스럽게 살고 있다는 현실—을 위장해 줄 거라고 이야기한 것일 수도 있었다.

마사의 방문이 수전에게 곤혹스러운 문제였다면, 그것은 또, 더 생각해 보면, 나에게 곤혹스러운 문제이기도 했다. 나는 그녀와 두 딸 사이에 형성될 미래의 관계를 미리 생각하지 못했다. 나는 온통 매클라우드에게, 수전을 그에게서 탈출시키는 것에, 그리고 이제 안전한 거리에서 그와 이혼시키는 것에만 초점을 맞추고 있었다. 우리 둘 다를 위해서지만, 주로 그녀를 위해서. 그녀는 그녀의 삶에서 그 실수를 지워버리고 자신이

행복해질 수 있는 도덕적일 뿐 아니라 법적인 자유를 스스로 부여해야 했다. 그리고 행복해진다는 것은 곧 나와 산다는 것, 단둘이 아무런 족쇄 없이 산다는 것이었다.

그곳은 조용한 동네였고, 우리를 찾아오는 손님은 거의 없었다. 어느 토요일 아침 현관 초인종이 울리는 바람에 불법행위법으로부터 고개를 들었던 기억이 난다. 수전이 누군가—두 사람의 누군가, 남자와 여자—를 부엌으로 초대해 들이는 소리가 들렸다. 20분쯤 뒤 그녀가 현관문을 닫으며 말하는 소리가 들렸다.

"이제는 틀림없이 기분이 훨씬 나아지셨겠네요."

"누구였어?" 나는 그녀가 내 방문 앞을 지날 때 물었다. 그녀는 고개를 들이밀고 나를 보았다.

"선교사들." 그녀가 대답했다. "저주받을 빌어먹을 선교사들. 걔네들이 속에 있는 얘기 다 하게 해주고 가던 길 가라고 보냈어. 걔네가 혹시라도 개종시킬 수도 있는 누군가보다는 나에게 숨을 낭비하게 하는 게 낫겠지."

"진짜 선교사는 아니고?"

"일반적인 표현이야. 물론 진짜 선교사가 최악이지만."

"그러니까, 여호와의 증인이나, 플리머스 형제단이나, 침례

교도나 뭐 그런 거였다는 거야?"

"뭐 그런 거. 내가 세계정세를 걱정하는지 묻던데. 분명히 유도심문이었지. 그러더니 내가 들어본 적도 없을 거라는 듯이 성경에 관해 지루한 소리를 늘어놓더라고. 하마터면 나도 그런 거 다 안다, 나는 불타오르는 이세벨이다, 하고 말할 뻔했지 뭐야."

그러더니 그녀는 내가 공부하라고 놔두고 자리를 떴다. 하지만 나는 공부 대신 이런 갑작스럽고 격렬한 의견 분출을 곰곰이 생각해 보았고, 그것 때문에 그녀가 더욱 사랑스러웠다. 나는 책으로 교육받았고, 수전은 삶으로 교육받았다, 나는 다시 그런 생각을 했다.

어느 날 저녁, 전화벨이 울렸다. 나는 수화기를 들고 번호를 댔다.

"거기 누구야?" 어떤 목소리가 말했고 나는 즉시 그 소유자가 매클라우드라는 것을 알았다.

"흠, 거긴 누굽니까?" 나는 짐짓 태연한 척 대꾸했다.

"고-든 매클-라우드." 그는 한껏 무게를 실으며 말했다. "그런데 내가 누구와 대화하는 영광을 누리고 있는 거지?"

"폴 로버츠입니다."

그가 쾅 소리를 내며 수화기를 내려놓는 순간 나도 모르게 미키 마우스라고, 아니면 유리 가가린이라고, 아니면 BBC 사장이라고 말할걸 하는 생각이 들었다.

수전에게 그 이야기는 하지 않았다. 그럴 이유가 없다고 보았다.

하지만 몇 달 뒤 우리는 모리스라는 사람의 방문을 받았다. 수전은 전에, 한 번인가 두 번인가 그를 만난 적이 있었다. 매클라우드의 직장과 어떤 관련이 있는 사람 같기도 했다. 무슨 이야기가 된 상태에서 온 게 분명했다. 내가 거기 있을 만한 시간을 고른 것 같았다. 하지만 그 모든 걸 자신 있게 말할 수가 없다, 이 먼 거리에서는—어쩌면 그가 그냥 운이 좋았던 건지도 모른다.

당시에는 뻔한 질문들 가운데 어느 것도 입 밖으로 꺼내지 못했다. 꺼냈다면, 어쩌면 수전은 답을 갖고 있었을 것이다, 어쩌면 아닐 수도 있고.

쉰 살쯤 되어 보였다, 내 생각에는. 기억 속에서 나는 그에게 트렌치코트를 입혔고—아니면 그것은 그가 오랜 세월에 걸쳐 얻어낸 것인지도 모른다—어쩌면 챙이 넓은 모자도 씌워주었던 것 같다. 그 밑에는 양복과 넥타이 차림이었다. 그의 행동은 친절하기 짝이 없었다. 나와 악수를 했다. 커피 컵을 받아들었고, 화장실을 이용했고, 재떨이를 달라고 했고, 어른들이 관심을 가지는 무해한 일반적 화제에 관해 이야기했다. 수전은 여주인의 행동 양식에 맞춰 움직였으며, 그래서 내가 그녀에게서 가장 사랑하는 것들 몇 가지를 억누르고 있었다. 예를 들어, 그녀의 불경한 태도, 자유분방하게 세상을 비웃는 웃음.

내 기억에 남은 것은 단지 어느 시점에서 대화가 《레이놀즈 뉴스》의 폐간에 이르렀다는 것이다. 이 신문—완전한 이름은 《레이놀즈 뉴스 앤드 선데이 시티즌》이다—은 곤경을 겪다가 일요일자 타블로이드판으로 재출발했지만 결국 문을 닫았는데, 아마 이 대화가 시작되기 얼마 전에 그렇게 됐을 것이다.

"그게 별로 중요하다고 생각하지는 않는데요." 내가 말했다. 나는 사실 그 문제에 관해서는 아무 생각이 없었다. 《레이놀즈 뉴스》를 한두 번 본 적이 있을지는 모르지만, 기본적으로 그냥 모리스의 깊은 우려 섞인 목소리에 반응하고 있을 뿐이었다.

"그렇게 생각하나요?" 그가 정중하게 물었다.

"네, 그렇게 생각해요."

"언론의 다양성에 관해서는요? 그 가치는 존중해야 하는 것 아닌가요?"

"내가 보기에 신문들은 다 거기서 거긴 거 같아요. 그래서 하나가 준다고 해서 크게 달라지지는 않는다고 생각해요."

"혹시 '혁명 좌파' 소속인가요?"

나는 그에게 웃음을 터뜨렸다. 그의 말이 아니라, 그에게. 씨발 나를 뭐로 생각하는 거야? 아니 그것보다도, 씨발 나를 누구로? 그는 테니스 클럽 위원회 위원이나 해먹는 게 나을 인간인 듯했다, 저기 빌리지에서.

"아니, 나는 정치를 경멸합니다." 내가 말했다.

"정치를 경멸한다고요? 그게 온전히 건강한 태도라고 생각하세요? 냉소주의가 편안한 입장이라고 보나요? 정치를 뭐로 대체하고 싶나요? 신문사의 문을 닫고, 우리가 정치하는 방식의 문을 닫고 싶나요? 민주주의의 문을 닫고 싶은가요? 그게 나한테는 혁명 좌파의 입장으로 보이는데요."

이제 이 사람 때문에 정말로 짜증이 나고 있었다. 내가 능력을 보일 수 있는 영역에서 벗어난다기보다는 관심이 있는 영역에서 벗어나고 있었다.

"미안합니다." 나는 말했다. "정말이지 전혀 그런 게 아니에요. 하지만 보세요." 나는 우울하면서도 진지한 표정으로 그를 보며 덧붙였다. "나는 그저 다 닳아버린 세대의 구성원일 뿐이에요. 그러기에는 좀 젊다고 생각하실지 모르지만, 설사 그렇다 해도, 우리가 닳아버린 건 사실이에요."

그는 얼마 지나지 않아 자리를 떴다.

"오, 케이시 폴, 너는 짓궂은 사람이야."

"내가?"

"네가. 그 사람이 《레이놀즈 뉴스》에서 일했다는 얘기 못 들었어?"

"아니, 나는 첩자라고 생각했는데."

"그러니까, 러스키*라고?"

"아니, 그냥 누가 보내서 우리를 살피고 보고하는 사람이란 거야."

"아마도."

"우리가 그 걱정을 해야 한다고 생각해?"

"적어도 한 이틀은 아니야, 내가 보기엔."

너는 학생이니까. 너와 같은 학생들은 모두, 집에서 사는 아이들만 빼고, 집세를 내니까, 너도 내야 한다고 결정한다. 친구 두어 명에게 얼마나 내느냐고 묻는다. 너는 그 중간을 잡는다. 일주일에 4파운드. 주에서 나오는 장학금으로 그 정도는 낼 수 있다.

* 러시아인을 경멸적으로 부르는 속어.

어느 월요일 저녁, 너는 수전에게 집세 4파운드를 건넨다.

"이게 뭐야?" 그녀가 묻는다.

"집세를 내야겠다고 마음먹었어." 너는 대꾸한다. 조금 뻣뻣했는지도 모르겠다. "그게 남들이 다 하는 일이거든."

그녀는 너에게 지폐를 다시 던진다. 영화에서와는 달리, 지폐가 네 얼굴을 때리지는 않는다. 그냥 둘 사이의 바닥에 떨어진다. 어색한 침묵이 뒤따르고, 너는 그날 밤 네 소파베드에서 잔다. 집세라는 주제를 더 섬세하게 꺼내지 못한 것에 죄책감을 느낀다. 그녀에게 파스닙을 주었을 때와 마찬가지다. 1파운드짜리 녹색 지폐 네 장은 밤새 바닥에 놓여 있다. 다음 날 아침 너는 그것을 다시 주워 지갑에 넣는다. 이 주제는 다시 언급되지 않는다.

마사의 방문 결과로 두 가지 일이 생겼다. 다락방을 하숙인들에게 세놓았고, 수전은 우리가 함께 도주한 이후 처음으로 빌리지에 돌아갔다. 그녀는 가끔 그렇게 돌아가는 것이 필요한 동시에 현실적인 일이라고 말했다. 집의 반은 그녀의 것이었으며, 그녀는 매클라우드가 청구서를 제대로 처리하거나 잊지 않고 보일러 수리를 할 것이라고 믿을 수가 없었다. (왜 믿지 못하는 것인지는 몰랐으나, 어쨌든 그랬다.) 미시즈 다이어는 매일 일을 하고 도둑질을 계속하고, 수전이 관심을 기울여야 할 일이 생기면 모두 알려주곤 했다. 그녀는 매클라우드가 거기 없을 때만 돌아가겠다고 약속했다. 나는 마지못해 동의했다.

나는 조금 전에 "가능하기만 하다면 이 일에 대한 내 기억은 이게 다였으면 좋겠다. 하지만 가능하지가 않다"라고 말했다. 자, 내가 빼놓은 것, 하지만 이제 더 미룰 수 없는 것이 있다. 어디에서 시작할까? 매클라우드의 집 아래층에 있는, 그들이 "책방"이라고 부르는 곳에서. 늦은 시간이었고, 나는 집에 가고 싶지 않았다. 수전은 이미 잠자리에 든 뒤였는지도 모른다, 기억나지 않는다. 내가 무슨 책을 읽고 있었는지도 기억나지 않는다. 그냥 서가에서 아무거나 뽑아 들었을 것이다, 틀림없이. 나는 여전히 매클라우드의 장서를 파악하려고 노력하는 중이었다. 거기에는 가죽 장정의 고전 전집류가 있었는데, 아마 두 세대는 물려 내려오지 않았을까 싶을 정도로 오래된 것이었다. 또 예술 논문, 시, 다수의 역사서, 전기 몇 권, 소설, 스릴러가 있었다. 나는 책을 존중해야 한다는 사실을 보여주려는 듯이 책들이 질서 정연하게 정리되어 있는 집 출신이었다, 주제별, 저자별, 심지어 크기별로. 그러나 이곳은 체계가 달랐다—아니, 내 눈으로 알 수 있는 것만 말하자면, 체계가 전혀 없었다. 헤로도토스가 『바브 발라드스』* 옆에 있고, 세 권짜리 십자군의 역사가 제인 오스틴 옆에 있고, T.E. 로런스가 헤밍웨이와 찰스 아틀라스 보디빌딩 안내서 사이에 끼어 있었다. 이 모든 게 정교한 장난일까? 그냥 자유분방함에서 오는 혼란일 뿐일까? 아니면, 우리가 책을 통제하지, 책이 우리를 통제하는 게 아니다, 하고 말하는 한 방법일까?

계속 생각에 잠겨 있을 때 문이 뒤로 젖혀지며 책꽂이에 쾅 닿았다가 다시 반대로 튀었는데, 곧 그런 식으로 한 번 더 튈 기세였다. 매클라우드가 드레싱가운을 입고 그 자리에 서 있었다. 격자무늬였고—이것은 분명히 기억한다—밤색 끈이 동여진 채 늘어져 있었다. 그 밑에 코끼리 파자마와 가죽 슬리퍼가 있었다.

"여기서 뭐 하고 있는 거야?" 그가 보통 '씨발 얼른 꺼져' 하는 말에 달라붙는 음조로 물었다.

오만이라는 나의 기본적 태도가 바로 작동에 들어갔다.

"책을 읽고 있습니다." 나는 그를 향해 책을 흔들어 보이며 대답했다.

그는 쿵쾅쿵쾅 다가오더니 책을 내 손에서 낚아채, 잠깐 살

* The Bab Ballads, 희극 오페라로 유명한 W. S. 길버트의 가벼운 운문 모음집.

펴보고 나서, 프리스비처럼 반대편으로 던져버렸다.

나는 싱글거리지 않을 수 없었다. 그는 내 책을 던져버린다고 생각하고 있었다, 사실은 자기 책인데. 재미있어라!

그 순간 그가 나를 때렸다. 아니, 일련의 타격을 시도했고—세 번, 이건 확신한다—그 가운데 하나가 성공했다. 손목이 내 옆머리를 후려친 것이다. 나머지 둘은 도리깨질로 지나가 버렸다.

나는 일어서서 마주 때리려 했다. 한 방을 노렸던 것 같은데, 그의 어깨 너머로 스치고 지나가 버렸다. 우리 둘 다 민첩하게 방어에 들어간다든가 하지는 못했다. 그냥 무능한 공격꾼일 뿐이었다. 뭐, 나는 그 전에 누구를 때려본 적도 없었다. 그는, 아마도, 그래본 적이 있었을 것이다, 아니면 적어도 그러려고 했던 적이 있었을 것이다.

이제 무슨 말을 할 것인가, 아니면 다음에는 어디를 때릴 것인가 하는 문제에 그가 집중해 있는 동안, 나는 꿈틀거리며 그의 옆을 빠져나가, 뒷문으로 달려가, 탈출했다. 나는 십여 년 전 몇 번 그럴 만해서 엉덩이를 손바닥으로 맞은 이후로는 공격을 당해본 적이 없는 집으로 돌아가게 되어 안도했다.

아니, 그건 꼭 사실이라고는 할 수 없었다—누구를 때려본

적이 없다는 말은. 초등학교 1학년 때 체육선생이 우리 모두에게 연례행사로 열리는 권투 대회에 참여하라고 권했는데, 참가자들은 몸무게와 나이에 따라 분류되었다. 나는 고통을 주거나 받을 마음이 전혀 없었다. 하지만, 마감이 앞으로 몇 시간 남지 않은 상황에서, 내가 소속된 급에 참가자가 한 명도 없다는 사실을 눈치챘다. 그래서 경기를 하지 않고 이길 것이라는 기대에 내 이름을 적어 넣었다.

나로서는—사실 우리 둘 다에게—안타까운 일이지만, 다른 아이, 베이츠가, 거의 같은 순간에 똑같은 생각을 했다. 그래서 우리는 어쩔 수 없이 함께 링에 올라서게 되었다. 플림솔 운동화, 조끼, 집에서 입는 반바지 차림에, 갑자기 두 팔 끝에 커다란 털실 방울 같은 글러브를 매단 비쩍 마르고 두려움에 젖은 두 아이. 우리는 공격하는 시늉을 하다가 엄청난 속도로 뒷걸음질을 치는 일을 1~2분 동안 상당히 훌륭하게 해냈지만, 마침내 체육 선생이 우리 둘 다 아직 한 번도 상대를 가격한 적이 없다는 사실을 지적했다.

"공격!" 그는 명령했다.

그러자마자 나는 준비가 안 된 베이츠에게 달려들었다. 그의 글러브는 무릎 근처까지 내려가 있었다. 나는 주먹으로 코를 때렸다. 그는 끽끽 비명을 질렀고, 깨끗한 하얀 조끼 위에 갑자기 번지는 피를 보며 울음을 터뜨렸다.

이렇게 해서 나는 12세 이하, 6스톤* 이하 급에서 학교 권투 챔피언이 되었다. 물론 나는 두 번 다시 싸우지 않았다.

다음에 매클라우드 집에 갔을 때 수전의 남편은 그렇게 친절할 수가 없었다. 그가 나한테 십자말풀이를 하는 방법을 알려주면서, 그것을 일종의 배타적이고 남성적인 영역으로 만들었던 것이 그때였던 것 같다. 어쨌든, 수전을 배제하는 영역으로. 그래서 나는 책방 사건을 상궤를 벗어난 일로 치부해두었다. 어쨌거나, 거기에는 내 잘못도 있을 수 있었다. 어쩌면 듀이 체계를 어떻게 변형해서 서재의 책들을 분류했느냐 하는 문제로 그와 이야기를 할 수도 있었을 테니까. 아니, 지금 보니 그렇게 해도 똑같이 도발적으로 보일 수 있었을 것 같다.

그러고 나서 시간이 얼마나 지나갔더라? 여섯 달이라고 해두자. 이번에도, 꽤 늦은 시간이었다. 매클라우드 집에는 우리 집과는 달리 현관 근처에 큰 층계가 있었고, 부엌 근처에 그보다 좁은 층계가 있었다. 아마 작은 것은 지금은 기계로 대체된, 모브 모자**를 쓴 하인들이 사용했을 것이다. 학기 중에 수전을

* 40킬로그램 정도.

** 18~19세기에 유행하던, 턱 아래에서 끈을 매는 실내용 여성 모자.

찾아갈 때면 나는 어느 층계로도 올라갈 수 있는 작은 다락방에서 자곤 했다. 나는 수전과 조금 전까지 전축을 듣고 있었기 때문에—콘서트 준비 삼아—뒤쪽 계단 꼭대기에 이르렀을 때에도 음악이 계속 머릿속에 있었다. 그때 갑자기 포효 비슷한 소리가 들렸고, 발로 걷어차이는 느낌, 또는 걸려 넘어지는 느낌이 들었으며, 그에 이어 어깨를 쾅 치는 충격이 다가왔고, 다음 순간 나는 층계에서 뒤로 넘어지고 있었다. 그래도 어떻게 했는지 간신히 난간을 잡았고, 손아귀에서 어깨를 확 비틀어 떼어냈는데, 그래도 어찌어찌 균형은 유지할 수 있었다.

"이런 씨발놈!" 소리가 저절로 나왔다.

"뭐스키?" 위쪽에서 그 말에 응답하여 으르렁거리는 소리가 들려왔다. "뭐스키, 깃털이 화려한 내 친구?"

나는 어두컴컴한 곳에서 눈을 부릅뜨고 나를 내려다보는 땅딸막한 깡패를 올려다보았다. 나는 매클라우드가 완전히, 증명서를 발급받을 수 있는 수준으로 미친 게 틀림없다고 생각했다. 우리는 몇 초 동안 서로 노려보았고, 이윽고 드레싱가운을 입은 형체가 쿵쾅거리며 멀어져갔고, 멀리서 문이 닫히는 소리가 들렸다.

내가 두려워한 것은 매클라우드의 주먹이 아니었다—일차적으로 두려워한 것은 그것이 아니었다. 그의 분노가 두려웠다.

우리 가족은 분노를 행동으로 표현하지 않았다. 우리는 비꼬는 논평, 재빠른 대꾸, 풍자적인 추가 설명을 했다. 어떤 행동을 금하는 정확한 말을 했고, 이미 벌어진 일을 비난하는 더 심한 말을 했다. 하지만 이것을 넘어선 어떤 것에 대해서도 영국 중간 계급에게 몇 세대 동안 요구되어 온 일을 했다. 우리는 우리의 분노, 우리의 화, 우리의 경멸을 안으로 삭였다. 나지막이 말을 내뱉었다. 남에게 보여주는 것이 아니라면 개인 일기장에 그 말 몇 가지를 적어놓을 수도 있었다. 하지만 우리는 또 우리가 이런 식으로 반응하는 유일한 사람들이라고 생각했고, 약간 창피하다고 생각했으며, 그래서 그 모든 것을 더욱더 안으로 삭였다.

그날 밤 내 방에 갔을 때 나는 영화에서 본 대로, 의자를 기울여 문손잡이 밑에 쐐기 삼아 밀어 넣었다. 나는 침대에 누워 생각했다. 어른 세계의 실상은 이런 걸까? 그 모든 것의 밑에는? 이것은 표면에서 얼마나 가까운 곳에 놓여 있을까—앞으로 놓여 있게 될까?

나에게는 답이 없었다.

수전에게는 이 두 사건 다 이야기하지 않았다. 나는 분노와 수치를 안으로 삭였다—뭐, 당연히 그랬겠지, 그렇지 않은가?

행복, 기쁨, 웃음으로 이루어진 오랜 기간들은 당신의 상상에 맡기겠다. 이미 내가 묘사하기도 했으니까. 기억이란 본디 이런 것이다, 그것은…… 자, 이런 식으로 표현해 보자. 통나무를 쪼개는 기계가 작동하는 것을 본 적이 있는가? 아주 인상적이다. 통나무를 일정한 길이로 잘라, 기계의 대에 올려놓고, 발로 단추를 밟으면, 통나무가 도끼처럼 생긴 날 쪽으로 밀려간다. 거기에서 통나무는 결을 따라 순수하게 직선으로 쪼개진다. 내가 지금 하려고 하는 말이 그것이다. 인생은 단면이고, 기억은 결을 따라 쪼개지는 것이며, 기억은 그것을 끝까지 쭉 따라간다.

따라서 나는 계속하지 않을 수 없다. 이것이 기억하기 가장 힘든 부분이라 해도. 아니, 기억이 아니라—묘사하기에. 그것은 나의 순수함의 일부를 잃어버린 순간이었다. 그것은 좋은 일이라고 생각될지도 모른다. 성장이란 순수를 잃는 필연적 과정 아닌가? 그럴 수도 있고, 아닐 수도 있다. 하지만 삶에서 문제는, 그런 상실이 언제 일어날지 아는 경우가 극히 드물다는 것이다, 안 그런가? 그리고 어떻게 될지, 그 뒤에.

부모는 휴가를 떠났고, 할머니—외할머니—가 나를 돌보기 위해 징발되어 우리 집에 와 있었다. 나는, 물론, 스무 살—겨우 스무 살—이었으며, 따라서 혼자 집에 둘 수 없는 것이 너무나도 분명했다. 내가 무슨 짓을 벌일지, 어떤 사람을 들일지, 무엇을 조직할지—중년 여자들을 불러모아 여는 주신제, 아마도—이웃들이 어떻게 생각할지, 그 결과로 누가 셰리주를 마시러 오라는 초대를 거부할지? 할머니는 혼자 된 지 5년쯤 되어, 달리 할 일이 없었다. 나는 어린 시절 당연히—순수하게—할머니를 사랑했다. 하지만 이제는 성장하는 중이었고, 할머니가 지루하게 느껴졌다. 하지만 그 정도는 내가 대처할 수 있는 수준의 순수 상실이었다.

이 무렵, 나는 방학 때면 아주 늦게까지 자곤 했다. 단순히 게으른 것일 수도 있고, 아니면 대학에서 보낸 학기 중의 스트레스에 뒤늦게 반응한 것일 수도 있다. 아니면, 내가 여전히 집이라고 부르는 이 세계에 재진입하는 것을 본능적으로 내켜하지 않았던 것일 수도 있다. 나는 아무런 가책 없이 11시까지 자곤 했다. 나의 부모는—칭찬할 만한 일인데—절대 안으로 들어와 내 침대에 앉아 내가 집을 호텔로 여긴다고 불평하지 않았다. 할머니는 내가 원하기만 한다면 점심때라도 행복한 마음으로 아침 식사를 준비해 주었다.

따라서 내가 비틀비틀 아래층으로 내려간 시간은 아마 10시보다는 11시에 가까웠을 것이다.

"아주 무례한 여자가 너를 찾더구나." 할머니가 말했다. "전화를 세 번이나 했어. 너를 깨워달라고 하더라고. 사실 마지막에는 어서 '삐'* 깨워달라고 했어. 그래서 나는 네 미용을 위한 잠을 방해할 생각이 없다고 했지."

"잘하셨네요, 할머니. 고마워요."

아주 무례한 여자. 하지만 나는 그런 여자는 전혀 몰랐다. 테니스 클럽 쪽 사람인가, 나를 더 박해하려고? 초과 인출 문제로 은행에서? 어쩌면 할머니가 총기를 잃기 시작하는 것인지도 몰랐다. 그때 전화벨이 다시 울렸다.

"조운이야." 조운의 아주 무례한 목소리가 말했다. "수전 때문에 건 거야. 어서 가봐. 수전은 네가 필요해, 내가 아니라. 네가, 지금 당장." 그러고는 수화기를 내려놓았다.

"아침 안 먹니?" 내가 달려 나가는 것을 보며 할머니가 물었다.

매클라우드의 집에 가니 현관문이 열려 있었다. 안을 돌아다니다, 옷을 완전히 차려입고, 핸드백을 옆에 두고, 응접실 소파에 앉아 있는 그녀를 발견했다. 인사를 해도 고개를 들지 않았다. 정수리만, 아니, 머리 스카프가 그리는 곡선만 보일 뿐이었다. 그녀 옆에 앉았지만, 그녀는 바로 고개를 반대로 돌렸다.

* 방송에서 욕설을 가리는 소리를 흉내낸 소리.

"시내까지 날 좀 태워줘야겠어."

"물론이지, 달링."

"그리고 어떤 질문도 하지 않았으면 좋겠어. 그리고 절대로 나를 보지 말고."

"뭐든지. 하지만 대충 어디로 가야 하는지는 말해줘야지."

"셀프리지로 가."

"급한 거야?" 그 정도는 물어도 될 것 같았다.

"그냥 안전하게 운전해, 폴, 그냥 안전하게 운전해."

셀프리지 근처에 이르자 그녀는 나에게 위그모어 스트리트를 따라 내려가라고, 이어 왼쪽으로 개인 병원들이 있는 거리 한 곳을 따라 올라가라고 지시했다.

"여기 세워."

"같이 가줄까?"

"안 그러는 게 좋겠어. 어디 가서 점심 먹어. 빨리 끝나지 않을 거야. 돈 필요해?"

나는 사실 지갑을 가져오지 않았다. 그녀는 나에게 10실링짜리 지폐를 주었다.

다시 위그모어 스트리트로 진입하는데, 앞쪽으로 존 벨 앤드 크로이든이 보였다. 그녀가 페서리를 사러 갔던 곳이었다. 무시무시한 깨달음이 찾아왔다. 그 장치가 망가졌고, 그녀는 임신한 것을 알았고, 지금 그 결과를 처리하고 있다는 것. '낙태법'은 아직 의회에 계류 중이었지만, 대체로 요구만 하면 '조처'를 해주는 의사들이 있다는 것—단지 뒷골목에만이 아니라—을 모두가 알고 있었다. 나는 그 대화를 상상했다. 수전이 젊은 애인에 의해 임신했고, 남편과 20년 동안 섹스를 하지 않았고, 아이가 자신의 결혼 생활을 파괴하고 정신 건강을 위험에 빠뜨린다고 설명하는 것. 어느 의사에게나 그거면 충분할 터였다. 진료 기록에는 D&C, 확장과 소파술*이라고 우회적으로 적는 것에 동의할 터였다. 자궁 내막을 약간만 긁어내는 것—동시에 벽에 붙은 태아를 긁어내는 것.

나는 어느 이탈리안 카페에 앉아 점심을 먹으며 이 모든 것을 파악해 내고 있었다. 나는 내가 무슨 생각을 하는지 알지 못했다—아니, 양립 불가능한 몇 가지 생각을 동시에 하고 있었다. 아직 학생인 주제에 아버지가 된다는 생각은 무섭기도 하고 제정신이 아닌 것으로 여겨지기도 했다. 하지만 동시에, 음, 약간 영웅적으로도 느껴졌다. 전복적이지만 명예로운, 짜증나지만 삶을 긍정하는, 결국 고귀한 일. 그렇다고 내가 『기네스북』에 들어갈 거라고 생각하지는 않았다—할머니의 가장

* dilatation and curettage.

친한 친구를 임신시키려고 열심히 노력하는 열두 살짜리들도 있을 게 틀림없었다. 그렇다고 해도 내가 예외적인 사람이 될 것은 분명했다. 그리고 빌리지를 뒤집어 버릴 정도로 도발적인 존재가 될 것은.

다만 이제 그런 일은 벌어질 수 없다는 게 문제였다. 수전이 바로 이 순간 우리의 아이를 제거하고 있기 때문에, 바로 모퉁이를 돌면 나오는 곳에서. 나는 갑자기 격분했다. 여자의 선택할 권리—그래, 나는 그것을 믿었다, 이론적으로나 실제로나. 하지만 또 남자의 의견을 제시할 권리도 믿었다.

나는 차로 돌아가 기다렸다. 한 시간 정도 뒤에 그녀가 모퉁이를 돌아 나에게 다가왔다. 스카프를 당겨 뺨을 가리고 고개를 푹 숙이고 있었다. 그녀는 차에 타면서 얼굴을 나에게서 돌렸다.

"됐어." 그녀가 말했다. "우선은 이걸로 됐어." 발음이 뭔가 불분명했다. 마취 때문이겠지, 아마도—마취를 했다면. "집으로, 제임스, 말馬을 아끼지 말아줘."*

보통의 경우라면 그녀의 독특한 표현 방식에 매혹되었을 것이다. 이번은 아니었다.

* 마부에게 하는 말에서 유래한 관용적인 표현.

"우선 어디 갔다 왔는지 말해줘."

"치과에."

"치과?" 내 상상이란 게 고작 그 정도였다니. 이 또한 수전이 속한 계급의 여자들이 쓰는 우회적인 표현이 아니라면.

"말할 수 있을 때 말해줄게, 케이시 폴. 지금은 말할 수 없어. 묻지 마."

물론 묻지 않았다. 나는 그녀를 집에 태워다주었다, 최대한 조심스럽게.

다음 며칠에 걸쳐 그녀는 띄엄띄엄 있었던 일을 이야기해주었다. 그녀는 늦게까지 잠을 자지 않고 전축에 귀를 기울이고 있었다. 매클라우드는 한 시간 전에 잠자리에 들었다. 그녀는 프로코피예프의 피아노 협주곡 3번의 느린 악장을 되풀이해 틀었다. 우리가 며칠 전에 페스티벌 홀에서 들은 곡이었다. 이윽고 그녀는 레코드를 재킷에 넣고 위층으로 올라갔다. 그녀가 막 방문 손잡이로 손을 뻗는데 뒤에서 누가 머리채를 잡아당겼고, 이런 말이 들렸다. "당신의 좆같은 음악 교육은 어떻게 되어가고 있어?" 그녀의 남편은 그녀의 얼굴을 닫힌 문에 갖다 박았다. 그러고 나서 침대로 돌아가 버렸다.

치과의사의 검진 결과 앞니 두 개가 손쓸 수 없게 부서졌다는 것이 드러났다. 그 양옆의 이 두 개도 아마 빼야 할 터였다.

위쪽 턱에 금이 갔는데, 이것은 시간이 지나면 저절로 아물 것이었다. 치과의사는 그녀의 의치상義齒床을 만들 예정이었다. 의사는 그녀에게 어쩌다 그렇게 되었는지 말해주겠냐고 물었으나, 그녀가 이야기하고 싶지 않다고 하자 더 다그치지는 않았다.

멍이 나타나 성난 색깔들이 한껏 드러나는 바람에 그녀가 그 위에 최대한 정성껏 분을 바르게 되면서, 그녀가 병원에 갈 때마다 시내까지 차로 태워다주면서, 그녀가 며칠 동안 내 쪽을 보게 하거나, 몇 주 동안 나에게 키스하게 할 수 없게 되면서, 이제 다시는, 오래전에 윔폴 스트리트 어딘가의 쓰레기통에 버려진 그녀의 '토끼 이빨'을 톡톡 두드릴 수 없다는 것을 깨달으면서, 이제 전보다 내 책임이 더 커졌음을 이해하게 되면서, 나도 모르게, 공상과는 다른 맥락에서, 혹시 그래야 한다면 어떻게 고든 매클라우드를 죽일까 궁리하게 되면서, 처음에는 할머니의, 다음에는 돌아온 부모의 신중하고, 안전하고, 진부한 인생관 때문에 미칠 지경에 이르게 되면서, 수전의 용감하고 자기 연민이 전혀 없는 태도 때문에 심장이 부서질 것 같은 아픔을 느끼면서, 매클라우드가 매일 퇴근하기 전에 족히 한 시간은 여유를 두고 그녀의 집에서 나오면서, 이 같은 일이 다시는 일어나지 않을 것이라는 그녀의 말—아니면 그의 말이었을까?—을 받아들이면서, 분노와 연민과 공포가 내 속을 훑고 내려가면서, 수전이 그 새끼를 어떻게든, 나와 함께든 나와 함께가 아니든, 하지만 당연히 나와 함께, 떠나야 한다는 것을 깨닫게 되면서, 동시에 무력감 비슷한 것에 사로잡히면서, 이런 모든 일이 벌어지면서, 나는 매클라우드 부부의 결혼에 관하여 조금 더 알게 되었다.

물론, 그녀의 위팔의 멍은 단지 엄지 지문 크기였던 것이 아니라, 그가 그녀를 억지로 의자에 앉혀 자신의 비난을 듣게 할 때 생긴 진짜 엄지 자국이었다. 움켜쥐고 따귀를 때리는 일이 있었고, 주먹질도 한두 번 있었던 것이 아니었다. 그는 그녀 앞에 셰리주 잔을 놓고 그녀에게 "함께 즐기자"라고 명령하곤 했다. 그녀가 사양하면 그녀의 머리채를 움켜쥐고 머리를 뒤로 젖힌 다음 잔을 입에 갖다 댔다. 그녀는 마셨고, 아니면 그가 술을 붓는 바람에 그녀의 턱으로, 그리고 목과 옷으로 술이 흘러내렸다. 모두 말과 몸으로만 이루어졌지, 성적인 것은 전혀 없었다. 물론 그 이면에 성적인 어떤 것이 있었느냐 하는 것은…… 글쎄, 그건 나의 능력, 아니 사실 관심 밖이다. 그래, 그것은 대개 그의 음주와 관련되어 있었지만, 반드시 그런 것은 아니었다. 그래, 그녀는 그를 겁냈다, 다만 대개는 그러지 않았을 뿐. 그녀는 오랜 세월에 걸쳐 그를 다룰 수 있게 되었다. 그래, 그가 공격을 할 때마다, 물론 그것은 그녀의 잘못이었다—그의 말에 따르면. 젠체하는 그녀의 염병할 오만함이—그것이 그가 애용하던 구절이었다—그를 그렇게 몰고 갔기 때문이다. 또, 그녀의 무책임함. 또, 그녀의 어리석음이. 그는 그녀의 얼굴을 문에 갖다 박은 후 얼마 있다가 아래층으로 내려가 프로코피예프의 피아노 협주곡 3번 레코드를 구부려 결국 깨뜨렸다.

내 생각에, 그때까지 내가 가정 폭력이 하층계급들에 한정된 것이라고 가정한 것은 나의 무지와 속물근성 탓이었다. 이 계급에서는 일들이 어렵게 이루어지고, 또—내가 뒷골목 생활에 아주 익숙해서라기보다는 책을 통해서 이해하는 바로는—여자들은 남자들이 자신에게 충실하지 않느니 차라리 자신을 때리기를 바란다고 생각했다. 남편이 너를 때리면 그것은 그가 너를 사랑한다는 증거라느니 하는 모든 쓰레기 같은 소리들. 케임브리지 학위를 가진 남편이 폭력을 휘두른다는 것은 나에게는 이해 불가능한 일이었다. 물론 그것은 내가 그 전부터 생각했을 만한 문제는 아니었다. 하지만 생각했다 해도, 나는 아마 노동계급 남편들의 폭력이 표현을 제대로 할 능력이 없다는 조건과 관련되어 있다고 짐작했을 것이다. 즉 중간계급 남편은 말에 의지하는 반면 그들은 주먹에 의지한다는 것. 이런 신화 두 가지가 사라지는 데는 시간이 좀 걸렸다, 현재 증거가 눈앞에 있음에도.

수전의 의치상은 그녀에게 늘 괴로움을 안겨주었다. 조정을 하러 여러 번 시내까지 올라가야 했다. 치과의사는 또 원래의 치아보다 정렬이 잘된 인공치아 네 개를 새로 만들었고, 중앙의 한 쌍은 1~2밀리미터 키를 낮추었다. 미묘한 변화지만, 나에게는 늘 눈에 띄는 변화였다. 내가 사랑스러워하며 두드리던 그 이는 영원히 사라졌다. 그 대체물을 건드리고 싶은 마음은 없었다.

한 가지 절대 흔들리지 않았던 것은 고든 매클라우드의 행동은 절대적인 법적 책임을 져야 하는 범죄라는 나의 확신이었다. 그리고 그의 책임 또한 절대적이었다. 남자가 여자를 때린다, 남편이 아내를 때린다, 술 취한 사람이 술을 마시지 않은 배우자를 때린다. 변호 불가능하고, 경감의 가능성도 없었다. 이 일이 절대 법정까지 가지 않을 것이고, 영국 중간계급은 진실을 피할 수많은 방법이 있고, 공중 앞에서는 옷을 벗지 않듯이 체면도 벗지 않는다는 사실, 수전이 어떤 당국, 심지어 치과에도 절대 그를 고발하지 않을 거라는 사실—이 모든 것이 내가 보기에는 아무런 상관 없는 일이었다, 사회학적으로라면 몰라도. 그 남자는 지옥만큼이나 죄가 있었고, 나는 그의 날이 끝날 때까지 그를 증오할 것이었다. 이것만큼은 분명했다.

내가 조운을 만나러 가서 런던으로 떠나겠다는 의향을 밝힌 것은 이로부터 1년 정도 뒤의 일이었다.

너는 사랑을 지지하는 절대주의자고, 따라서 결혼에 반대하는 절대주의자다. 너는 그 문제에 관해 생각을 많이 했고, 수많은 기발한 비유를 제시했다. 결혼은 개집이며, 그 안에는 자기만족이 살고 있고 이것은 절대 사슬로 묶이지 않는다. 결혼은 연금술과 반대되는 어떤 신비한 기술에 의해 금, 은, 다이아몬드를 다시 저급한 금속, 모조보석, 석영으로 만드는 보석 상자다. 결혼은 사용하지 않는 보트 창고로, 그 안에는 바닥에 구멍이 나고 노 하나가 사라져 더는 물에 뜰 수 없는 낡은 2인용 카누가 들어 있다. 결혼은…… 오, 너는 그런 비유를 수십 개는 제시할 수 있다.

너는 네 부모, 네 부모의 친구들을 기억한다. 그들은, 전체적으로, 네가 그들을 지나치게 믿는 것은 아니지만, 괜찮은 사람들이다. 정직하고, 열심히 일하고, 서로 예의 바르고, 자식들을 평균적으로 통제할 뿐이다. 그들에게 가족생활은 많은 부분 그들의 부모 세대에게 의미했던 것과 같은 것을 의미했다. 거기에 딱 그들이 스스로 선구자라고 여기게 해줄 만큼의 사회적 자유가 추가되었다. 하지만 이 모든 것에서 사랑은 어디 있는가, 너는 물었다. 그렇다고 섹스 이야기를 하는 것은 아니었다—그것에 관해서는 생각하지 않는 쪽을 좋아했으므로.

그래서 매클라우드 가족에게로 들어가, 네가 살던 곳과는 다른 생활방식을 살펴보았을 때, 너는 우선 너 자신의 가정이 매우 억제가 많아 보인다고, 생명과 감정이 매우 부족하다고 생각했다. 그러다가, 점차, 고든과 수전 매클라우드 부부의 결혼 생활이 사실 네 부모가 어울리는 집단에 속하는 사람들의 어떤 결혼 생활보다도 훨씬 나쁜 형태라는 것을 깨닫고, 너는 더욱더 절대주의자가 되었다. 수전이 사랑의 상태에서 너와 함께 살아야 한다는 것은 분명했다. 그녀가 매클라우드를 떠나야 한다는 것 또한 분명했다. 그녀가 그와 이혼하는 것—특히 그가 그녀에게 그런 짓을 한 뒤로는—은 단지 사태의 진실을 인정하는 행동으로 보일 뿐 아니라, 로맨틱한 의무로 보일 뿐 아니라, 그녀가 다시 한번 진정한 인간이 되는 방향으로 나아가는 필수적인 첫걸음으로 보이기도 했다. 아니, '다시 한번'이 아니었다, 사실, 처음일 것이었다. 그것이 그녀에게 얼마나 흥분되는 일이겠는가?

너는 변호사를 만나라고 그녀를 설득한다. 아니, 그녀는 네가 함께 가는 것을 원치 않는다. 너의 한 부분—가까운 장래에 자유로워지는, 자유롭게 서 있는 수전을 상상하는 부분—은 그것을 승인한다.

"어떻게 됐어?"

"내가 약간 혼란에 빠진 상태라던데."

"그렇게 말해?"

"아니. 딱 그렇게 말한 건 아니고. 하지만 그 사람한테 사정을 설명했어. 대부분의 사정을. 너는 빼고, 물론. 그리고, 어, 아마도 그 사람은 내가 그냥 달아났다고 생각하는 것 같았어. 도망을 친 거라고. 어쩌면 이 모든 것이 '두려운 것'*과 관계가 있다고 생각하는 것 같기도 했고."

"하지만…… 일어난 일을 설명하지는 않은 거야…… 그자가 수전한테 어떻게 했는지?"

"자세히 들어가지는 않았어, 안 한 셈이지. 일반적으로만 얘기했어."

"하지만 일반적인 근거로 이혼을 얻어낼 수는 없잖아. 특정한 근거가 있어야만 이혼을 얻어낼 수 있다고."

"아, 나한테 열 내지 마, 폴, 나는 최선을 다하고 있어."

* 폐경을 가리킨다.

"그래, 하지만……."

"그 사람은 나한테, 우선 출발점으로, 나 혼자서 다 적어보라고 하더라고. 내가 그 사람한테 직접 말하기 어려워한다는 걸 알 수 있었던 거지."

"아주 분별력 있는 말 같네." 갑자기, 너는 이 변호사가 마음에 든다.

"그래서 한번 그렇게 해보려고."

두어 주 뒤, 너는 그녀의 진술서가 어떻게 되어가는지 묻고, 그녀는 대답 없이 고개를 젓는다.

"하지만 해야 해." 너는 말한다.

"그게 나한테 얼마나 힘든 일인지 너는 몰라."

"내가 도와줄까?"

"아니, 이건 나 혼자 해야 해."

너는 인정한다. 이것이 새로운 수전의 출발, 그것을 만드는 일이 될 것이다. 너는 부드럽게 몇 가지 조언을 하려 한다.

"내 생각에는 구체적인 게 필요할 것 같아." 이제 너는 이혼법에 관해 좀 안다. "정확히 어떤 일이 일어났는지, 대충 언제인지."

2주 뒤에 또다시, 너는 어떻게 되어가느냐고 묻는다.

"아직 나를 포기하지 말아줘, 케이시 폴."

이것이 그녀의 대답이다. 그녀가 너에게 이 말을 할 때마다—그렇다고 절대 이것이 계산된 거라고 생각하지는 않는 것이, 그녀는 계산하는 사람이 아니기 때문이다—네 가슴은 찢어진다. 당연히 너는 그녀를 포기하지 않을 거다.

그러다, 몇 주 뒤, 그녀가 너에게 종이 몇 장을 내민다.

"내 앞에서 읽지 마."

너는 그것을 들고 자리를 뜨지만, 첫 문장을 읽는 순간 너의 낙관적 태도는 무너져 내린다. 그녀는 자신의 삶, 자신의 결혼생활을 희극적인 단편으로 바꾸어놓아, 네 눈에는 그것이 마치 제임스 서버*가 쓴 것처럼 보인다. 어쩌면 그 이야기가 진짜였던 것인지도 모른다. 그 이야기는 "미스터 엘리펀트 팬츠"라고 부르는, 스리피스 양복을 입는 남자에 관한 것으로, 그는 매일 저녁 펍—또는 그랜드 센트럴 역의 바—에 갔다가 처자식에게 공포를 줄 만한 상태로 집에 돌아온다. 그는 모자걸이를 넘어뜨리고, 화분을 걷어차고, 개에게 소리를 지르고, 그래서 집 안에는 "큰 불안"과 "의기소침"이 퍼져나간다. 그는 법석을 떨다가 소파에서 잠이 들어 지붕의 기와가 떨어질 정도로 시끄럽게 코를 곤다.

* 미국의 유머 작가이자 만화가.

너는 무슨 말을 해야 좋을지 모른다. 아무 말도 하지 않는다. 이 문건을 계속 검토하고 있는 척한다. 그녀에게 아주 상냥해야 하고 큰 인내심을 가져야 한다는 것을 안다. 그들이 구체적인 것, 어디에서 언제, 그리고 가장 중요한 것으로, 무엇을 알 필요가 있다고 다시 설명한다. 그녀는 너를 보고 고개를 끄덕인다.

천천히, 몇 주 몇 달에 걸쳐, 이것은 될 일이 아니라는 것, 절대 아니라는 것을 너는 이해하기 시작한다. 그녀는 너를 사랑할 정도로 강하고, 너와 함께 달아날 정도로 강하지만, 법정에 들어가 수십 년의 섹스 없는 압제, 알코올중독, 신체적 공격에 관하여 남편에게 불리한 증언을 할 만큼 강하지는 않다. 그녀는 치과의사에게 자신의 부상을 묘사해 달라고—심지어 변호사를 통해서도—요청할 수 없을 것이다. 그녀는 사적으로는 인정할 수 있는 것을 공적으로는 증언할 수 없다.

너는 그녀가 네 상상대로 자유로운 영혼이라 해도, 동시에 손상을 입은 자유로운 영혼이기도 하다는 사실을 깨닫는다. 그 밑바닥에는 수치의 문제가 있다는 사실을 이해한다. 개인적 수치. 그리고 사회적 수치. 그녀는 주홍색 여자라는 이유로 테니스 클럽에서 쫓겨나는 것에는 개의치 않을지 모르나, 그녀의 결혼 생활의 진정한 본질을 인정할 수는 없다. 너는 범죄자들—심지어 살인자들—이 아내는 남편에게 불리한 증언을 강요받을 수 없다는 이유로 여자 공범과 결혼하곤 했던 오랜 사례들을 기억한다. 하지만 요즘에도, 범죄의 세계로부터 멀리 떨어진 곳에, 품위 있는 빌리지를 비롯하여 이 땅 전체의 비슷하고 고요한 많은, 수많은 장소에, 사회적으로 또 결혼의 관습에 의해 남편에게 불리한 증언을 하지 않도록 길들여진 아내들이 있다.

그리고 또 하나의 요인이 있는데, 그것은 묘하게도 네가 미처 생각하지 못한 것이다. 어느 차분한 저녁—네가 공식적으로 그 프로젝트를 포기하고, 모든 거짓 희망과 짜증이 너에게서 다 빠져나갔기 때문에 차분하다—그녀가 너에게 조용히 말한다.

"그리고 어차피, 내가 진짜로 그렇게 한다면, 그 사람은 네 문제를 들고 나올 거야."

너는 깜짝 놀란다. 너는 자신이 매클라우드의 파경과 아무런 관계가 없었다고 생각하고 있다. 너는 누구에게나 분명하게 보였을 만한 점들을 지적한 외부인에 불과했다고. 그래, 너는 그녀를 사랑하게 되었다. 그래, 너는 그녀와 달아났다. 하지만 그것은 결과였다, 원인이 아니라.

그렇다 해도, 어쩌면 유인誘引에 관한 낡은 법이 이제는 성문

법 책에 없다는 게 너에게는 다행일지도 모른다. 너는 증인으로 불려나가 네 입장을 해명하라는 요청을 받는 상상을 한다. 너의 일부는 이것이 멋진 일일 것이라고 생각한다. 너는 법정 공방을 끝까지 잘 헤쳐나가며, 눈부신 모습을 보여준다. 마지막 질문이 나올 때까지는. 오, 그런데, 젊은 유인자, 젊은 유혹자 선생, 직업과 관련해서 뭘 하고 계신지 물어봐도 될까요? 당연히, 너는 대답한다, 나는 변호사가 되려고 공부하고 있습니다. 너는 직업을 바꿔야만 할지도 모른다는 사실을 깨닫는다.

너는 그녀가 반을 소유하고 있는 집을 확인한 뒤 가끔 조운을 찾아가는 것을 알고 있다. 이것은 좋은 생각이다. 비록 돌아오면 그녀의 머리에서 담배 냄새가 난다 해도. 한번은 숨에서 셰리주 냄새를 맡은 적도 있다.

"조운하고 한잔했어?"

"내가? 어디보자……. 그랬을 가능성이 높은데."

"음, 그러면 안 되지. 술을 마시고 운전한다. 그건 미친 짓이야."

"네, 선생님." 그녀는 비꼬듯이 동의한다.

또 한번은 머리카락에서 담배 냄새가, 숨에서는 폴로 냄새가 난다. 너는 생각한다, 이건 바보짓이다.

"봐, 조운과 술을 마실 거면, 나중에 폴로 몇 개를 씹어 내 지능을 모욕하지 마."

"문제는, 폴, 내가 운전에서 마음에 들지 않는 부분이 있다는 거야. 그것 때문에 몹시 불안해지거든. 사각지대 말이야. 하지만 조운과 셰리를 조금 홀짝이면 신경이 진정된다는 걸 알고 있지. 그리고 폴로는 너 때문에 씹은 게 아니야, 달링. 혹시 경찰관이 차를 세울 때를 대비한 거지."

"경찰은 틀림없이 알코올 냄새가 날 때만큼이나 폴로 냄새가 날 때도 운전자를 수상쩍게 바라볼걸."

"경찰관으로 변신하지는 말아줄래, 폴. 아니면 법률가로도, 네가 앞으로 법률가가 될 거라고 해도 말이야. 나는 최선을 다하고 있어. 그게 내가 할 수 있는 전부야."

"물론이지."

너는 그녀에게 키스한다. 너도 그녀와 마찬가지로 취미 삼아 대립을 하지는 않는다. 물론 너는 그녀를 신뢰한다, 물론 너는 그녀를 사랑한다, 물론 너는 경찰관이나 법률가가 되기에는 너무나도 어리다.

그렇게 너희 둘은 웃음을 터뜨리며 복잡하지 않은 몇 달을 헤쳐나간다.

그러나 어느 2월의 오후, 그녀가 늦도록 빌리지에서 돌아오지 않는다. 너는 그녀가 밤 운전을 좋아하지 않는다는 것을 알고 있다. 너는 차가 도로에서 벗어나, 배수구에 처박히고, 그녀의 피 묻은 머리가 대시보드에 늘어져 있고, 핸드백에서 폴로가 쏟아져 나와 있는 광경을 상상한다.

조운에게 전화를 건다.

"수전이 좀 걱정돼서요."

"왜?"

"어, 몇 시에 떠났어요?"

"언제?"

"오늘요."

"오늘 수전 못 봤는데." 조운의 목소리는 평탄하다. "올 거라고 생각하지도 않았고."

"이런 씨발." 너는 말한다.

"무사히 돌아오면 알려줘."

"그럼요." 그렇게 말하지만 이미 마음이 반은 떠나 있다.

"그리고 폴."

"네?"

"수전이 무사히 돌아오는 거, 그게 제일 중요한 거야."

"네."

그게 제일 중요한 거다. 그리고 그녀는 실제로 무사히 돌아온다. 머리는 깨끗하고, 숨에도 아무 냄새가 없다.

"늦어서 미안해, 달링." 그녀는 말하면서 핸드백을 내려놓는다.

"응, 걱정하고 있었어."

"걱정할 필요 없어."

"글쎄, 걱정이 되네."

너는 그 정도로 끝낸다. 저녁을 먹은 뒤 접시를 거두고, 그녀에게 등을 돌린 채, 묻는다.

"우리 조운은 어떻게 지내?"

"조운? 언제나 똑같지. 조운은 변하지 않아. 그게 조운의 좋은 점이지."

너는 이야기는 그 정도로 끝내고 설거지를 한다. 너는 애인이지 법률가가 아니다, 너는 자신에게 새긴다. 다만 법률가가 되려고 할 뿐이다, 그녀를 더 잘 보살피려면 견실하고 안정될 필요가 있기 때문에.

기억의 통나무는 결을 따라 쪼개진다. 따라서 너의 기억은 그날의 대화 뒤에 이어진 조용한 시간들, 소풍, 떠들며 놀던 일, 줄곧 입에 오르내리던 농담, 심지어 법률 공부는 다 건너뛰고, 빌리지로부터 잇따라 늦게 돌아와 걱정이 되는 바람에 그녀에게 조용히, 자극하지 않는 방식으로 이야기를 하던 다른 날로 곧바로 다가간다.

"조운을 만나러 간다고 말하고 늘 그렇게 하는 건 아니라는 걸 알고 있어."

그녀는 시선을 돌린다.

"내 말을 확인하고 있었던 거야, 케이시 폴? 그건 끔찍하고 애정 없는 행동이야, 사람 말이 맞는지 확인하는 건."

"맞아, 하지만 걱정하지 않을 수 없었어. 게다가 그 집에서 수전이…… 그와 단둘이 있다는 생각을 하면 견딜 수가 없고."

"오, 나는 아주 안전해." 그녀가 말한다. 한동안 정적이 흐른다. "이봐, 폴, 내가 그 이야기를 너한테 하지 않는 건 내 인생의 두 부분이 겹치는 걸 바라지 않기 때문이야. 나는 여기 우리 주위에 담을 치고 싶어."

"하지만?"

"하지만 그 사람과 의논할 실제적인 문제들이 있어."

"예를 들어 이혼이라든가?"

즉시 너는 자신의 비꼼을 창피해한다.

"나를 그런 식으로 닦달하지badger 말아줘, 미스터 배저.* 나도 내 시간에 할 일이 있어. 모두 네가 생각하는 것보다 훨씬 복잡해."

"알겠어."

"우리는—그 사람과 나는—함께 낳은 자식이 둘 있어. 그걸 잊지 마."

"잊지 않아." 하지만 물론, 너는 잊는다. 자주.

"돈 문제도 의논해야 하고. 차도. 집도. 올여름에 그곳은 칠을 다시 해야 할 것 같아."

"집을 칠하는 문제를 의논한다고?"

"이제 그런 얘긴 그만, 미스터 배저."

"알겠어." 너는 말한다. "하지만 수전은 나를 사랑하고 수전은 그자를 사랑하지 않지."

"너도 그렇다는 걸 알잖아, 케이시 폴. 그렇지 않다면 내가 여기 있지 않겠지."

"하지만 그자는 수전이 돌아오기를 바란다고 생각해."

"내가 싫어하는 건," 그녀가 말한다, "그 사람이 무릎을 꿇을 때야."

"그 사람이 무릎을 꿇는다고?" 그 코끼리 바지를 입고, 나는 생각한다.

"그래, 끔찍해, 창피해, 볼품없어."

"그래서, 뭐, 자기 곁을 떠나지 말라고 간청해?"

"그래. 왜 내가 너한테 그 얘길 하지 않는지 이제 알겠지?"

'귀염둥이'들은 헨리 로드에 나타나 바닥에서 자곤 했다. 개들처럼 쿠션 더미 위에 퍼져 잤다. 수가 많을수록 수전은 몸은 바빴지만 마음은 외려 더 느긋해졌다. 따라서 이것은 어느 모로나 좋았다. 그들은 가끔 여자친구들도 데려왔는데, 여자애들의 헨리 로드에 대한 반응에 나는 흥미를 느끼곤 했다. 나는 상대가 속으로 못마땅해하는 태도를 느끼는 데 전문가가 되었다. 나는 방어적이거나 편집증적이지 않았고, 그저 관찰을 할 뿐이었다. 또 그들의 성적 견해의 정통성을 재미있게 생각했다. 20대 초반의 여자애 또는 젊은 여자라면 거의 30년 후에 자신에게 어떤 흥미진진한 일이 일어날 수도 있다는 생각, 그때도 자신의 마음과 몸이 여전히 흥분할 수 있다는 생각, 자신의 미래가 꼭 사회에는 점점 쉽게 적응하면서 감정적으로는 서서히 소진되어가는 과정일 필요는 없다는 생각에 오히려 좀 힘을 얻을 것이라고, 당신 같으면 아마도 그렇게 생각했을지도 모른다—아닌가? 나도 그들 가운데 일부가 나와 수전의 관계에서 환호할 이유를 찾지 못한다는 데 놀랐다. 그들은 오히

* 오소리라는 뜻도 있음.

려 그들의 부모가 보였을 법한 반응을 보였다. 경악하고, 위협받고, 도덕주의적 태도를 드러냈다. 아마 그들은 스스로 어머니가 된 상황을 내다보면서, 자신의 귀중한 아들을 누가 요람에서 낚아채 간다고* 상상하고 있었을 것이다. 따라서 얼마든지 수전이 나를 홀린 마녀고, 물고문 의자**에 앉혀 마땅하다고 생각했을 수 있다. 그래, 그녀는 나를 홀렸다, 어쩔래? 내 나이 또래의 여자들이 못마땅해하는 것을 느끼면서 수전과 나의 독창성이 주는 즐거움, 그리고 새침하고 상상력 없는 자들을 계속 불쾌하게 만들겠다는 결심은 강해지기만 했다. 뭐, 우리 모두 인생에서 목적은 있어야 하니까, 안 그런가? 젊은 남자에게 평판이 필요하듯이.

이 무렵, 하숙하던 사람 하나가 이사를 가서, 여자친구(도덕주의적이고 결혼을 요구하던)와 헤어진 에릭이 꼭대기 층의 빈방을 차지했다. 이렇게 되자 집에 새로운 역학이 생겼는데, 아마 나아지는 방향이었을 것이다. 에릭은 우리의 관계를 철저하게 지지했으며, 내가 그럴 수 없을 때도 수전을 계속 지켜볼 수 있었다. 그는 집세를 내는 것을 허락받았으며, 이 때문에 수전이 나에게서는 세를 받지 않는다는 것이 더욱 비논리적이

* 연하의 남자를 사귄다는 뜻으로 쓰인다.

** 옛날에 죄인을 긴 나무 끝에 매달아 물속에 처박던 형구.

되었다. 하지만 내가 다시 그 제안을 할 경우 그녀가 어떻게 나올지 나는 알고 있었다.

몇 달이 흘렀다. 어느 날 저녁, 수전이 잠자리에 든 후, 에릭이 말했다.

"이런 말은 하고 싶지 않지만……."

"근데?"

그는 당황한 표정이었고, 이것은 에릭답지 않았다.

"……사실은, 수전이 내 위스키를 야금야금 마시고 있어."

"네 위스키를? 수전은 위스키를 마시지도 않는데."

"어. 수전이거나, 아니면 너거나, 아니면 폴터가이스트*야."

"확실해?"

"병에 표시를 해놨어."

"얼마나 된 일이야?"

"몇 주. 어쩌면 몇 달?"

"몇 달? 그런데 왜 얘기를 안 했어?"

"확실한지 확인하고 싶었어. 그런데 수전이 전술을 바꿨어."

"무슨 소리야?"

"어, 어느 때인가 병에 표시가 있다는 걸 눈치챈 것 같아. 입

* 시끄러운 소리를 내는 유령.

을 살짝 댔는지, 아니면 벌컥벌컥 들이켰는지, 얼마나 마셨는지는 몰라도, 어쨌든 물로 표시한 데까지 다시 채워놔."

"영리하군."

"아니, 다들 그렇게 해. 진부하다고까지 할 수 있지. 엄마가 술을 끊게 하려고 하자 아빠가 그러곤 했거든."

"오." 나는 실망했다. 나는 수전이 늘 완전히 독창적이기를 바랐기 때문이다, 여전히 나에게는 그렇게 보였지만.

"그래서 논리적인 행동을 했지. 그 병에 든 술을 나는 마시지 않았어. 수전은 올라와서, 벌컥벌컥 들이켜고, 물로 연필 표시까지 채워놓곤 했어. 나는 그렇게 계속 내버려 두었고, 이내 위스키 색깔이 희미해지는 걸 볼 수 있었어. 그러다 마침내, 그 사실을 확인하기 위해, 한 잔 마셔봤어. 위스키 1에 물 15쯤이라는 게 나의 추측이야."

"씨발."

"그래, 씨발."

"수전과 이야기를 할게." 나는 약속했다.

하지만 하지 않았다. 겁이 난 걸까, 다른 설명이 등장할 수도 있다는 희망을 가졌던 걸까, 아니면 지쳐서 나 자신의 의심을 인정하는 것을 거부한 걸까?

"일단 내 술은 옷장 위에 보관할게."

"좋은 계획이야."

좋은 계획이었지만, 어느 날 에릭이 조용히 말했다.

"옷장 위로 기어 올라가는 법을 익혔더군."

그는 그게 의자를 동원한 정상적 행동이라기보다는 마치 원숭이의 재주처럼 들리게 말을 했다. 하지만 나에게도 그렇게 느껴진 게 사실이었다.

그녀가 취한 것은 아니지만, 초점이 맞지 않는 것처럼 보일 때가 있다는 사실이 네 눈에 들어온다. 얼굴이 흐릿하지는 않지만, 정신이 흐릿하다. 그러다가, 우연히, 그녀가 알약을 삼키는 모습이 눈에 들어온다.

"두통?"

"아니." 그녀가 대답한다. 그녀는 특유의 그 분위기—투명하고, 자기 연민에 빠져 있는 것은 아니지만, 어쩐지 낙심한—에 사로잡혀 있어, 지켜보는 너의 심장이 고통스럽게 구겨진다. 그녀는 와서 침대 가장자리에 앉는다.

"의사한테 갔어. 어떤 일이 있었는지 설명했지. 쭉 우울했다고 했어. 그랬더니 기분 좋아지는 약을 주더라고."

"그런 게 필요하다니 안쓰럽네. 나한테 실망하고 있는 게 분명해."

"너 때문이 아냐, 폴. 그리고 이건 너한테 공정한 것도 아니야. 하지만 이…… 조정기를 통과하고 나면 나아질 거라고 생각해."

"술을 좀 많이 마신다는 이야기도 했어?"

"그건 묻지 않던데."

"그렇다고 얘기를 안 해도 된다는 건 아니지."

"이 문제를 가지고 말싸움하지 말자, 응?"

"알았어요. 우리는 말싸움하지 않을 거야. 영원히."

"그럼 다 잘될 거야. 두고 봐."

나중에 이 대화를 생각해 보다가 너는 그녀가 너보다 잃을 게 많다는 사실을 이해한다—사실, 처음으로. 훨씬 많다는 사실을. 너는 과거를 버리고 있고, 그 많은 부분은 버리게 되어서 행복하다. 너는 중요한 건 오직 사랑뿐이라고, 그것이 모든 것을 보상해 준다고, 너하고 그녀가 그것을 제대로 이해한다면 모든 게 제자리를 찾아갈 거라고 믿었고, 여전히 전과 다름없이 깊게 믿고 있다. 그러다 너는 그녀가 뒤에 두고 온 것이—심지어 고든 매클라우드와의 관계도—네가 가정했던 것보다 복잡하다는 사실을 깨닫는다. 너는 큰 덩어리들을 고통이나 합병증 없이 삶에서 깨끗하게 절단해낼 수 있다고 생각했다. 그러나 네가 처음 만났을 때 그녀가 빌리지에서 고립된 것처럼 보였다면, 네가 그녀를 데리고 떠나옴으로써 그녀를 더 고립시켰다는 것을 깨닫는다.

이 모든 것은 그녀를 향한 네 노력을 배가해야 한다는 뜻이다. 너는 이 까다로운 구역을 통과해 나아가야 하고, 그러고 나면 상황이 더 분명해지고, 나아질 것이다. 그녀가 그렇게 믿고 있으니, 너도 그렇게 믿어야 한다.

너는 빌리지가 가까워져 오자 뒤쪽 길을 택한다. 네 부모의 집을 지나가는 걸 피하려는 것이다.

"수전은 어디 있어?"가 조운이 문을 열면서 처음 하는 말이다.

"혼자 왔어요."

"수전은 알아?"

너는 조운이 늘 곧장 본론으로 들어가는 방식이 마음에 든다. 실내 온도 수준으로 미지근해진 진이 가득한 줄무늬 텀블러를 손에 들고 자리에 앉기 전에 얼굴에 찬물을 쫙 끼얹어 주는 듯한 느낌을 매우 즐긴다.

"아니요."

"그럼 심각한 게 분명하군. 귀여운 왈왈이들은 가두어두도록 하지."

네가 개 냄새가 나는 팔걸이의자에 푹 주저앉자 술이 옆에 놓인다. 네가 생각을 정리하는 동안 조운이 먼저 입을 연다.

"1번. 나는 중개인이 아니야. 네가 무슨 말을 하든 그 말은 이 방에 그대로 있고 뒤로 새어 나가지 않아. 2번. 나는 정신을 고치는 의사가 아니고, 무슨 조언 센터도 아니고, 심지어 나는 다른 사람 고민을 듣는 걸 별로 좋아하지도 않아. 나는 그런 사람들이 그런 고민과 잘 지내고, 신음을 토하지 말고, 소매를 걷어붙여야 한다, 그런 식으로 생각하는 경향이 있어. 3번. 나는 인생이 잘 풀리지 않아서 개들을 데리고 혼자 사는 늙은 주정뱅이에 불과해. 따라서 어떤 문제에 관해서도 권위자가 아니야. 심지어 십자말풀이에도, 네가 지적한 적이 있듯이."

"하지만 수전을 사랑하잖아요."

"당연하지. 그 소중한 아가씨는 어떻게 지내시나?"

"술을 너무 마셔요."

"'너무'가 얼마나야?"

"'수전의 경우에는 마시는 것 자체가요."

"그 말이 옳을지도 모르지."

"그리고 항우울제를 먹어요."

"뭐, 우리 모두 그건 겪어봤잖아." 조운이 말한다. "의사들이 그걸 스마티스*처럼 나눠주거든. 특히 어떤 나이의 여자들한테는. 그게 소용은 있어?"

"모르겠어요. 그냥 멍하게만 만들어요. 하지만 술 마실 때와는 다른 멍한 상태예요."

"그래, 그것도 기억나."

"그래서요?"

"그래서 뭐?"

"그래서 내가 어떻게 해야 돼요?"

"폴, 이 사람아, 방금 나는 조언을 하지 않는다고 했잖아. 내가 오랫동안 나 자신의 조언을 들은 결과 지금 어떻게 되었는지 봐. 그래서 이제는 조언 같은 거 안 해."

너는 고개를 끄덕인다. 별로 놀라지도 않는다.

"내가 유일하게 해줄 만한 조언이라면……."

"뭔데요?"

"……네 팔꿈치 옆에 있는 걸 들이켜라는 거야."

너는 그 말을 따른다.

"좋아요." 너는 말한다. "조언은 없는 걸로. 하지만…… 모르겠어요, 내가 알아야 하는데 알지 못하고 있는 게 있나요? 수

* 캔디 상표명.

전에 관해서, 또는 수전과 나에 관해서 나한테 해줄 수 있는 말, 도움이 될 만한?"

"내가 할 수 있는 말은 모든 게 망하고 잘못되어 버리면 너는 아마 극복을 하겠지만 수전은 못 할 거라는 거야."

너는 충격을 받는다.

"별로 친절한 말은 아니네요."

"나는 친절한 건 안 해, 폴. 진실은 친절하지 않아. 인생이 시작되면 금방 알게 될 거야."

"벌써 본격적으로 시작된 느낌인데요."

"그렇다면 씨발 무조건 환영할 일인지도 모르겠는데." 네 얼굴은 아마 막 따귀라도 맞은 것처럼 보였을 것이다. "왜 이래, 폴, 내가 끌어안고 토닥이며 정원 바닥에 요정들이 있다고 말해줄 걸 기대하고 여기까지 내려온 건 아니잖아."

"맞아요. 이 문제에 대해 어떻게 생각하는지나 말해주세요. 수전은 자주 매클라우드를 만나러 여기 돌아와요. 아마 본인 입으로 말하는 것보다 많을 거예요."

"그게 너한테 문제가 돼?"

"무엇보다도 만일 그자가 다시 수전한테 손가락이라도 대면 내가 죽여버릴 수밖에 없을 거라는 의미에서요."

그녀는 웃음을 터뜨린다. "오, 젊음의 멜로드라마가 정말 그

립네."

"애 다루듯 하지 마세요, 조운."

"애 다루듯 하는 게 아니야, 폴. 당연히 너는 그런 짓을 하지 않을 거야. 하지만 그런 생각을 한다는 점에서 너를 존경해."

너는 조운이 비꼬는 것인지 궁금하다. 하지만 조운은 비꼬는 사람이 아니다.

"왜 내가 못 할 거라고 생각하세요?"

"왜냐하면 빌리지에서 벌어진 마지막 살인은 아마도 대청大靑*을 처바른 인간이 저질렀을 것이기 때문이지."

너는 웃음을 터뜨리며 진을 한 모금 더 마신다. "걱정돼요." 너는 말한다. "내가 수전을 구하지 못할까 봐 걱정이 돼요."

조운은 대답하지 않고, 그래서 너는 짜증이 난다.

"그래서 그 점에 관해 어떻게 생각하세요?" 너는 다그친다.

"내가 좆같은 신탁이 아니라고 말했잖아. 차라리 《애드버타이저 앤드 가제트》의 별점을 읽지 그래. 나는 함께 달아날 때 배짱이 있다고 말했어, 너희 둘이 말이야. 너희는 배짱이 있었고, 너희는 사랑이 있었어. 만일 인생에서 그걸로 만족하지 못한다면, 인생은 어떻게 해도 너에게 만족스러울 수 없어."

* 고대인이 몸과 얼굴을 칠하는 데 쓰던 청색 물감.

"이젠 신탁처럼 들리기 시작하는데요."

"그렇다면 당장 가서 비누로 입가심을 하는 게 좋겠군."

어느 날, 돌아와보니 그녀 얼굴에 찢어지고 멍든 자국이 있고, 그녀는 방어하듯 두 팔로 몸을 감싸고 있다.

"정원의 그 층계에서 넘어졌어." 그녀는 그 층계가 마치 전에 논의한 적이 있어 네가 이미 알고 있는 위험 요소인 듯이 말한다. "요즘 심하게 몽롱해지는 것 같아, 아무래도."

그녀는 정말로 "몽롱해지"고 있다. 요즘 함께 걸을 때 너는, 반사적으로, 그녀의 팔을 잡고 울퉁불퉁한 보도를 주시한다. 하지만 그녀의 얼굴에는 진상을 드러내는 홍조도 있다. 너는 의사에게 연락을 한다—그녀가 기분 좋아지는 약을 받으러 가는 개인병원 개업의가 아니다.

닥터 케니는 부산스럽고 캐묻기 좋아하는 중년의 남자지만, 일반진료의로는 딱 적당하다—진단을 내릴 때 왕진이 유용한 배경 정보를 제공한다고 믿는 사람이다. 너는 그를 위층 수전의 방으로 데리고 올라간다. 멍이 잔뜩 독이 오른 색을 드러내고 있다.

다시 아래층으로 내려오자, 그는 잠깐 얘기 좀 하자고 한다.

"물론이죠."

"좀 이상하네요." 그가 입을 연다. "저분 나이의 여자가 낙상하는 건 흔치 않은 일이에요."

"요즘 심하게 몽롱해졌어요."

"네, 나한테도 그 말을 사용하더군요. 그런데, 혹시 물어봐도 된다면, 그쪽은……?"

"하숙하는 사람입니다…… 아니, 그 이상이죠, 일종의 대자代子, 그렇게 말할 수 있을 것 같네요."

"흠, 여기에는 두 분뿐이고요?"

"다락방에 하숙하는 사람이 둘 더 있습니다." 너는 에릭을 두 번째 대자의 지위로 승진시켜 주지 않기로 결정한다.

"저분한테 가족은 있나요?"

"네, 하지만 저분은 좀…… 지금은 가족과 소원한 편이죠."

"그러니까 도움을 받을 사람은 없는 거네요? 그러니까, 그쪽만 빼고."

"그런 것 같습니다."

"아까 말한 대로, 좀 이상해요. 혹시 이게 술과 관련된 일이라고 생각하세요?"

"천만에요." 너는 얼른 대꾸한다. "술은 안 드세요. 싫어해요. 그게 저분이 남편을 떠난 한 가지 이유죠. 술꾼이거든요. 플래건에 갤런으로." 너는 덧붙인다, 말이 나가는 걸 막을 수가 없어서.

너는 두 가지를 깨닫는다. 첫째로, 수전을 보호하기 위해 네가 자동으로 거짓말을 한다는 것—진실이 그녀를 더 도와주었을지도 모르는 상황에서. 또 너희의 관계, 아니, 너희가 함께 거주하는 것이 외부인의 눈에 어떻게 보이는지 너도 서서히 알게 되었다는 것.

"그럼, 이런 걸 물어봐도 되는지 모르겠지만, 저분은 하루 종일 뭘 하나요?"

"저분은…… '사마리아 사람들'에서 자원봉사 일을 좀 해요." 이것도 사실이 아니다. 수전이 그런 생각을 얘기한 적은 있다. 하지만 네가 반대하고 있다. 너는 그녀가 도움을 받아야 할 처지이기에 남을 돕는 일을 시작하면 안 된다고 생각한다.

"시간이 많이 드는 일은 아니네요, 그렇죠?"

"어, 아마…… 집안일도 할 겁니다."

그는 주위를 둘러본다. 집은 분명히 엉망이다. 너는 의사가 네 답들이 부적절하다고 생각하고 있다는 것을 깨닫는다. 왜 아니겠는가?

"이런 일이 또 생기면 우리가 조사를 해야 할 겁니다." 그가 말한다. 이어 가방을 챙기고 떠난다.

조사? 너는 생각한다. 조사? 그는 네가 거짓말을 했다는 걸 알 수 있을 것이다. 하지만 뭘 조사해? 아마 그는 네가 그녀의 애인이라고 짐작하고, 네가 그녀를 때리고 있다고 의심하는지도 모른다. 무슨 터무니없는 소리, 너는 생각한다. 그녀가 술꾼으로 간주되지 않도록 보호하고자 하는 바람 때문에 너 자신이 폭행 혐의에 노출된 듯하다. 어쩌면 그가 너에게 최종 경고를 하고 있는 것인지도 몰랐다.

그렇다고 경찰이 꼭 관심을 가질 거라는 얘기는 아니다. 너는 1~2년 전 사건을 기억한다. 수전과 함께 차에 타고, 500미터나 갔을까, 어떤 남녀가 보도에서 싸우는 것이 눈에 들어온다. 남자가 여자를 향해 돌진하는 것을 보자 매클라우드 집안일이 플래시백으로 떠오른다. 그 남자가 꼭 여자를 때리고 있는 것은 아니지만, 곧 그렇게 할 것처럼 보인다. 어쩌면 두 사람이 술에 취했는지도 모른다, 알 수 없다. 네가 창문을 내리자 여자가 소리친다. "경찰 좀 불러줘요!" 이제 남자는 여자를 붙들고 있다. "경찰 좀 불러줘요!" 너는 집으로 달려가, 다이얼에서 999를 돌리고, 순찰차가 너희를 태우고 신고된 범죄 가능 현장으로 간다. 남녀는 이미 자리를 옮겼지만, 너희는 곧 두 거리 떨어진 곳까지 그들을 쫓아간다. 그들은 10미터 간격을 두고, 서로 욕설을 퍼붓고 있다.

"오, 우리가 아는 사람들이에요." 젊은 순경이 말한다. "그냥 집안일이에요."

"저 남자 체포하지 않나요?"

너희 둘은 아마 나이가 비슷하겠지만, 그는 자신이 너보다 인생을 많이 보았다는 것을 알고 있다.

"어, 선생님, 집안일에는 개입하지 않는 것이 우리 정책입니다. 내 말은, 정말로 난폭해지기 전에는 그렇다는 겁니다. 저 사람들은 지금 저 모습으로 볼 때 그냥 시끄럽게 떠드는 정도일 뿐인 듯하네요. 사실, 금요일 밤이기도 하고요."

그러고 나서 순경은 너희 둘을 집까지 태워다준다.

너는 다른 사람들의 삶에 대한 공적 개입은 원하지만 너 자신의 삶에 개입하는 건 원치 않는다는 사실을 깨닫는다. 또 너의 진실성이라는 것이 위태로울 정도로 유연해졌다는 것을 깨닫는다. 그러면서, 네가 직접 차에서 내려 남자를 여자에게서 떼어냈어야 했던 것인가 하고 의문을 품는다.

너의 문제 한 가지는 이거다. 그녀가 술꾼이라는 것을 오랫동안 너는 생각조차 할 수 없는 일이라고 여긴다는 점. 그녀가 어떻게 그럴 수 있을까, 그녀의 남편이 술꾼이고, 그녀는 술을 역겨워하는데? 그녀는 그 냄새조차 싫어한다, 술이 사람들에게서 터뜨리는 가짜 감정들을 싫어하는 것과 마찬가지로. 술은 매클라우드를 더 상스럽게, 더 화나게, 더 유치한 방식으로 감상에 젖게 만든다. 그가 그녀의 머리채를 움켜쥐고 억지로 잔을 입에 갖다 댈 때면 그녀는 셰리주가 목으로 넘어가기보다는 차라리 옷으로 흘러내리기를 바란다. 그동안 그녀 삶의 누구도 신뢰할 만한 반증을 제공하지 못했다. 알코올을 매력적인 것으로, 억제를 해제해 주는 쓸모 있는 것으로, 재미있는 것으로, 언제 그것이 들어올 시간을 주고 언제 거부할지를 알기 때문에 얼마든지 통제할 수 있는 것으로 보여주지 못했다.

너는 그녀를 믿는다. 그녀가 점점 실수가 늘고 늦는 일이 잦아지는 것을 보면서도 그녀에게 절대 질문을 하지 않는다. 집에 들어가서 그녀가 텅 빈 얼굴에 흐릿한 상태라는 것을 알게 되면 그녀가 실수로 기분 좋아지게 하는 약을 더 먹었다고 자신에게 말한다—실제로 가끔 그런 일도 있다. 또 그녀가 항우울제를 복용하는 이유 가운데 하나는 그녀에게 그게 필요 없을 만큼 네가 그녀를 행복하게 해주지 못하기 때문이라고 믿을 수밖에 없기 때문에 너는 죄책감을 느끼고, 이런 죄책감 때문에 그녀에게 질문을 하는 것을 금기로 여긴다. 그래서, 그녀가 흐릿한 상태에서 고개를 들고, 소파 옆자리를 두드리며,

"내 평생 어디 있었어?"

하고 물으면, 속이 찢기고 뜯겨나가는 느낌이다. 너는 세상

에서 그녀가 모든 게 다 괜찮다고 느끼게 해주는 것, 네가 아니라 그녀 자신이 봤을 때 그렇다고 느끼게 해주는 것 이상으로 바라는 게 없고, 그래서 그녀 옆에 앉아 그녀의 두 손목을 잡는다.

너는 네 사랑이 유례가 없다고 믿듯이, 네 문제 그녀의 문제—도 유례가 없다고 믿는다. 인간의 모든 행동은 패턴과 범주에 들어가고, 그녀의—너의—경우도 유례없는 것과는 거리가 멀다는 사실을 이해하기에는 너무 어리다. 너는 그녀가 어떤 규칙도 아니기를, 예외 같은 것이기를 바란다. 누가 당시 너에게 상호의존 같은 말을 과감하게 사용했다면—그런 용어가 발명이 되었다고 가정하고—너는 그걸 미국식 은어라고 웃어넘겼을 것이다. 그러나, 네가 당시 알지 못하던 통계적 관련성 이야기를 들었다면 더 강한 인상을 받았을지도 모른다. 알코올중독자의 파트너는 그 습관에 혐오감을 느끼기는커녕—아니, 그 습관에 혐오감을 느낌에도 불구하고—스스로 그 습관에 굴복하는 경우가 많다는 것.

그러나 너에게 다음 단계는 눈앞에 있는 증거에서 일정한 비율만 받아들이는 것이다. 너는 어떤 아주 한정된 상황에서 그녀가 소량의 술을 입에 살짝 대는 것이 필요하다는 점을 이해한다—그녀 자신도 이제 이따금씩 인정하듯이. 물론, 그녀는 빌리지에 가면 조운의 벗 노릇을 해주어야 한다. 물론, 그녀는 도로의 늘어난 차량 때문에, 또 갑자기 꼬불꼬불 언덕을 올라가야 하는 것 때문에 가끔 겁을 먹으며, 그래서 조금 홀짝이는 것이 도움이 된다. 물론, 그녀는 네가 하루 대부분의 시간 동안 대학에 가 있을 때면 가끔 아주 외롭기도 하다. 그녀에게는 또 그녀의 표현대로 "엉망이 되는 시간"도 있다—대개 저녁 5시에서 6시 사이이다. 물론 낮이 짧아져 어스름이 더 일찍 내리면 엉망이 되는 시간도 그에 따라 더 일찍 시작하는데, 물론, 전과 다름없이 늦은 시간이 되어야 끝이 난다.

너는 그녀가 하는 말을 믿는다. 그녀가 싱크대 밑에 두는 병, 표백제와 설거지 세제와 은 광택제 뒤에 두는 병이 그녀가 마시는 유일한 병이라고 믿는다. 그녀가 병에 연필로 표시를 해서 자신이 얼마나 마시는지 둘이 함께 감독하자고 제안하자 너는 기운이 나고, 이 연필 표시는 에릭의 위스키 병에 있던 표시와는 완전히 다르다고 생각한다. 또 다른 곳에 다른 병들이 있을 거라고는 상상도 하지 않는다. 네 친구들이 귀띔을 해주려고 하면—"수전이 술 마시는 게 좀 걱정돼," 한 친구가 말한다, "이야, 전화기로도 술 냄새가 건너오더라," 다른 친구가 말한다—너는 다양한 방식으로 반응한다. 그것을 부정하여 그녀를 보호하기도 하고, 이따금씩 실수하는 것을 인정하기도 하고, 그녀와 그 이야기를 했고 그 결과 그녀가 "누군가를 만나보겠다고" 약속했다고 말하기도 한다. 심지어 단일한 대화 속에서 그 세 가지를 모두 이야기하기도 한다. 하지만 동시에 네 친구들이 도와주겠다고 나서는 것에 기분이 상하곤 한다. 너한테는 도움이 필요 없기 때문이다. 너희 둘이, 서로 사랑하기 때문에, 알아서 잘 처리할 수 있다, 무척 고맙기는 하지만. 너는 점차 너도 모르게 말하곤 한다. "그냥 수전이 오늘 기분이 좀 그래." 그 말을 자꾸 반복하자 너 자신도 그렇게 믿게 된다.

술에 취하지 않은 명랑한 분위기가 집을 가득 채우고, 그녀의 눈과 미소가 처음 만났을 때와 똑같고, 숲에 산책을 하러 차를 타고 나가거나 영화관에 가서 손을 잡는 것 같은 단순한 일을 하고, 갑자기 모든 게 아주 편하고 감추어진 것은 없다고 말해주는 감정이 밀려오는 좋은 시간, 좋은 날이 여전히 많고, 그럴 때면 너희의 사랑, 그녀에 대한 너의 사랑, 너에 대한 그녀의 사랑이 재확인되기 때문이다. 너는 그런 시간에 그녀를 보여줄 수 있기를 바란다. 봐라, 수전은 여전히 그대로다, 단지 '속'만이 아니라, 이제, 여기, 겉도. 그녀가 어떤 뒤틀린 논리에 의해 네 친구들과 대면하기 전에 네덜란

드식 용기*가 필요하다고 자신을 설득하는 것도 네 친구들 사이에서 그녀가 늘 취해 있다고 보는 경향이 생겨나는 한 가지 이유일 수 있다는 점을 너는 떠올리지도 못한다.

각 단계는 아주 부드럽게 다음 단계로 흘러간다. 그러다가 역설적 단계가 나타나고, 너는 처음에는 이 단계와 씨름한다. 네가 그녀를 사랑한다면, 실제로 네가 흔들림 없이 그러하듯이, 또 그녀를 사랑하는 것이 그녀를 이해한다는 뜻이라면, 그녀를 이해하는 것에는 그녀가 왜 술꾼인지 이해하는 것도 포함되어야 한다. 너는 그녀의 모든 전사, 그리고 최근의 역사, 그리고 현재 상황, 그리고 가능한 미래를 훑어본다. 이 모든 것을 이해하자, 순식간에, 어찌 된 영문인지, 그녀가 술을 마신다는 사실에 대한 완전한 부정으로부터 그녀가 그럴 수도 있는 이유에 대한 완전한 이해로 넘어와버렸다.

하지만 이와 더불어 시간 순서에 근거한 잔인한 사실이 등장한다. 네가 아는 한, 수전은 매클라우드와 함께 살던 시절에는 내내 가끔씩만 술을 마셨을 뿐이다. 하지만 이제 너와 함께 살게 되자, 알코올중독자다—그렇게 되었고, 여전히 그렇게 되어가고 있다. 이것은 네가 감당하기는커녕, 완전히 인정할

* 술김에 내는 용기.

수도 없는 사실이다.

그녀는 누비 베드재킷을 입고 앉아 있다. 주위에는 신문이 널려 있고, 팔꿈치 옆에는 오래전에 식은 커피가 담긴 컵이 있다. 얼굴은 찌푸리고, 턱은 앞으로 내밀고 있다. 마치 하루 종일 되새김질을 한 것처럼. 이제 저녁 6시고, 너는 법 공부의 마지막 해에 들어섰다. 너는 그녀의 침대 가장자리에 앉는다.

"케이시 폴." 그녀는 애정 어린, 당황한 말투로 입을 연다. "뭔가 심각하게 잘못되었다는 결론을 내렸어."

"그 말이 맞는지도 몰라요." 너는 조용히 대답한다. 마침내, 너는 생각한다, 돌파구가 열리는 순간이 온 건지도 모른다. 이렇게 될 수밖에 없었다, 안 그런가? 모든 것이 위기의 순간에 이르고, 이내 열이 내리면서, 모든 것이 다시 분명해지고 합리적이 되고 행복해진다.

"하루 종일 나의 지혜를 뒤져봤지만 이해할 만한 실마리를 찾지 못하겠어."

이제 어느 쪽으로 다가갈까? 다시 곧바로 음주 문제에서 시작할까? 다시 의사, 전문가, 정신과의사를 만나보라고 할까? 너는 스물다섯이고, 이런 종류의 상황에 전혀 대비가 되어 있지 않다. 신문에는 '중년의 여성 알코올중독자 애인을 감당하는 법'이라는 제목의 기사가 없다. 너 혼자 알아서 해야 한다. 너는 아직 인생의 이론이 없고, 그 기쁨과 고통 몇 가지를 알 뿐이다. 그러나 여전히 사랑을 믿고, 사랑이 할 수 있는 것을 믿는다, 사랑이 어떻게 인생을, 실제로 두 사람의 인생을 변화시킬 수 있는지. 너는 사랑의 상처받지 않는 면, 끈질김, 어떤 적도 따돌리는 능력을 믿는다. 이것이, 사실 지금까지 너의 유일한 인생의 이론이다.

그래서 너는 네가 할 수 있는 최선의 일을 한다. 너는 그녀의 한쪽 손목을 잡고, 너희가 어떻게 만나고 사랑하게 되었는지, 너희가 어떻게 운명의 선택을 받았고 그런 다음에 운명을 같이하기로 했는지, 너희가 어떻게 연인들의 가장 훌륭한 전통에 따라 달아났는지 이야기한다. 너는 이런 식으로 계속 이야기하면서, 모든 말을 진심으로 하고 그 말을 믿는다. 그러다가 넌지시 요즘 술을 조금 지나치게 마시고 있다고 이야기를 꺼낸다.

"오, 너는 늘 그 이야기를 하더라." 그녀는 그것이 자신과는 사실 아무런 관계가 없는, 너의 지겹고 현학적인 강박인 것처럼 대꾸한다. "하지만 내가 그렇다고 말하기를 원한다면, 그렇게 할게. 나는 어쩌면 가끔 나한테 적당한 것보다 한두 방울 더 마시는지도 몰라."

너는 바로 튀어나오려는 내부의 목소리를 누른다. 아니, 한 두 방울이 아니지, 수전한테 적당한 것보다 한 병 또는 두 병 더지.

그녀는 계속 이야기한다. “하지만 나는 그것보다 훨씬 큰 이야기를 하고 있는 거야. 나는 뭔가 심각하게 잘못된 게 있다고 생각해.”

“그러니까, 수전이 술을 마시는 원인? 나는 모르는 거?” 네 마음은 그녀 유년의 어떤 끔찍하고 결정적인 사건으로 향한다, 험프 아저씨의 ‘파티 키스’보다 훨씬 나쁜 것으로.

“오, 너는 가끔 정말이지 ‘큰 따분함 자리’*가 될 수 있어.” 그녀가 조롱하듯이 말한다. “아냐, 그것보다 훨씬 중요한 거야. 그 모든 것 배후에 있는 거.”

너는 이미 인내심을 좀 잃고 있다. “뭐가 그 모든 것 뒤에 있을 수도 있다고 생각하는데?”

“어쩌면 러스키일지도 모르지.”

“러스키?” 너는—음, 그래—너는 비명을 지른다.

“오 폴, 제발 좀 따라와 주려고 해봐. 진짜 러스키 얘기를 하는 게 아니야. 그냥 비유적으로 그렇다는 거야.”

* Great Bore, 큰곰자리를 뜻하는 Great Bear에 빗댄 말로 보인다.

말하자면, 쿠 클럭스 클랜*이나 KGB나 CIA나 체 게바라처럼. 너는 이 한 번의 짧은 기회가 손에서 빠져나가고 있다고 생각한다. 하지만 이것이 네 잘못인지, 그녀의 잘못인지, 아니면 누구의 잘못도 아닌지 알지 못한다.

"좋아." 너는 말한다. "러시아인은 비유적인 표현이라 치고."

하지만 그녀는 이것을 교활한 무례로 받아들인다.

"네가 따라오지 못하면 소용없어. 그 모든 것 뒤에 뭔가가 있는데, 다만 눈에 안 보일 뿐이야. 그 모든 것을 지탱하는 어떤 것. 우리가 그걸 다시 합쳐놓으면, 모든 것을 고치고, 우리 모두를 고칠 수 있는 것, 모르겠어?"

너는 최선을 다해 추측해 본다. "그러니까, 불교 같은 거야?"

"오 말도 안 되는 소리 좀 하지 마. 내가 종교를 어떻게 생각하는지 알잖아."

"뭐, 그냥 하나의 생각이었어." 너는 농담하듯 말한다.

"하지만 별로 좋은 생각은 아니었지."

머뭇머뭇거리던 뭔가가 부드럽고 희망찬 것에서 성마르고 조롱 섞인 것으로 얼마나 빨리 변해버렸는지. 네가 문제라고 생각하던 것, 단지 모든 것의 배후에 있는 것만이 아니라 표면

* KKK단이라고도 하며, 백인우월주의를 내세우는 미국의 극우비밀결사.

과 그 사이의 모든 지점에 있는 것으로부터 얼마나 멀어졌는지. 싱크대 아래, 침대 아래, 책장 뒤에, 그녀의 배 안에, 그녀의 머리 안에, 그녀의 심장 안에 있는 술병들로부터. 실제로 단 하나의, 확인 가능한 원인이 있고, 네가 그 원인을 알지 못하는 것이 사실일지 모르지만, 너로서는 매일 터져 나오는 그 표현들로—그것들에 맞서서—어떻게 해볼 수밖에 없는 듯하다.

물론, 너는 그녀가 종교에 관해 하는 말이 무슨 뜻인지 안다. 먼 땅에서 개종을 시키려 하건 교외의 문간에서 개종을 시키려 하건, 선교사들에 대해서 그녀는 단호하게 비난하는 태도를 보여준다. 또 그녀가 여러 번 해준 몰타 이야기도 있다. 딸들이 어렸을 때 고든 매클라우드는 2년간 몰타에서 파견 근무를 했다. 그녀도 영국을 나가 그곳에서 한동안 살았다. 그녀에게 계속 남아 있는 기억은 사제의 자전거였다. 그래, 그녀는 설명하곤 했다, 거기는 끔찍한 가톨릭 세상이야. 교회가 모든 권력을 쥐고 있고, 모두 아주 순종적이야. 교회는 여자들이 가능한 한 아이를 많이 낳게 해서 여자들을 억압해. 그 섬에서는 산아 제한을 하는 것이 절대로 불가능해. 그곳은 그 면에서는 매우 후진적이어서—존 벨 앤드 크로이든은 시내에서 밀려나곤 했어—장비를 가지고 가야만 해.

어쨌든, 그녀는 계속해서 이야기한다, 가끔 젊은 신부가 그 모든 기도에도 불구하고 결혼 후 즉시, 예를 들어 1년~2년 동안 임신을 하지 않는 일이 생겨. 또는 자식이 둘 있는데 셋째를 간절하게 원하지만 생기지 않는 여자도 있을 수 있어. 그런 경우에는 사제가 와서 현관문 밖에 자전거를 세워두는데, 모두—특히 남편은—자전거가 사라질 때까지 방해하지 않아야 한다는 걸 알아. 아홉 달 뒤—물론 사제가 몇 번 더 가야 할 수도 있지만—가족이 축복을 받으면, 그 축복은 '사제의 아이'로 알려지고, 하느님의 선물로 여겨져. 가끔 가족에 사제의 아이가 하나 이상일 수도 있어. 그걸 상상이나 할 수 있어, 폴? 야만적이라고 생각하지 않아?

너는 실제로 야만적이라고 생각한다—매번 그렇다고 말한다. 이제 너의 한 부분—너의 숙명적이고, 절망하고, 비꼬는 부분—은 그 모든 것 뒤에 있는 것이 러스키가 아니라면 바티칸일 수도 있지 않을까 하고 생각한다.

너희는 여전히 침대를 함께 쓰지만, 이제 사랑을 나누지 않은 지 오래되었다. 날짜로 얼마나 오래되었는지 자신에게 묻지는 않는다. 중요한 건 마음으로 어떻게 느끼느냐이기 때문이다. 너는 섹스에 관해 원하는 것 이상을 발견한다—아니, 네가 젊었을 때는 아직 발견하는 게 허락되지 않았던 것을. 어떤 것은 인생의 뒷날까지, 알아도 덜 아플 때까지, 발견되지 않아야 하는데.

너는 이미 좋은 섹스와 나쁜 섹스가 있다는 것을 안다. 당연히, 나쁜 섹스보다 좋은 섹스가 낫다. 하지만 동시에, 젊기 때문에, 설사 그렇다 해도, 모든 것을 고려할 때, 거슬리는 것도 기분 좋은 것과 함께 받아들여, 나쁜 섹스가 아예 섹스가 없는 것보다는 낫다고 생각한다. 또 가끔은 자위보다 낫다고, 가끔은 그렇지 않지만.

하지만 이것이 존재하는 섹스의 모든 범주라면, 잘못 알고 있는 것임을 깨닫게 된다. 존재하는지도 몰랐던 범주, 하지만 단지 나쁜 섹스의 하위 범주가 아닌—만일 그 전에 들어보았다면 너도 하위 범주라고 짐작했을 것이다—것이 있기 때문이다. 그것은 슬픈 섹스다. 슬픈 섹스는 모든 섹스 가운데 가장 슬픈 것이다.

슬픈 섹스는 그녀의 입속 치약이 달착지근한 셰리주 냄새를 완전히 가리지 못한 상태에서, 그녀가 "나 기분 좋게 해줘, 케이시 폴" 하고 소곤거릴 때다. 그녀를 기분 좋게 해주는 것은 동시에 너 자신을 기분 나쁘게 하는 것이기 때문이다.

슬픈 섹스는 그녀가 이미 기분 좋게 해주는 약에 취했지만, 네가 그녀와 씹을 하면 그녀를 조금 더 기분 좋게 해줄지도 모른다고 생각할 때다.

슬픈 섹스는 너 자신이 깊은 절망에 빠지고, 상황은 해결 불가능하고, 전사의 압박은 너무 강해, 네 영혼의 균형 자체가 매일, 매 순간 의심스러워지는 바람에, 차라리 몇 분 동안, 30분 동안 섹스 속에서 너 자신을 잊는 게 좋겠다고 생각할 때다. 하지만 너는 너 자신을, 또는 네 영혼의 상태를, 심지어 1나노초 동안도 잊지 못한다.

슬픈 섹스는 네가 그녀와 모든 접촉면이 사라졌다고, 그녀도 너와 모든 접촉면이 사라졌다고 느끼는 상태에서, 이것이, 서로 여전히 연결이, 어떤 식으로든, 존재한다고 말해주는 방법, 마음 한편에서는 결국 그렇게 될 거라고 걱정을 하면서도, 너희 둘 다 아직은 서로를 포기하지 않고 있다고 말해주는 방법이 될 때다. 그때 너는 연결을 강조하는 것이 고통을 늘리는 것과 같다는 사실을 발견한다.

슬픈 섹스는 여자와 사랑을 나누면서 그녀의 남편을 죽이는 방법을 생각할 때다. 설사 이것이 네가 절대 할 수 없는 일일지라도, 너는 그런 종류의 사람이 아니기 때문에. 하지만 네 몸이 계속 움직이듯이, 네 정신도 계속 움직인다. 너도 모르게 생각을 하고 있다, 그래, 그가 그녀의 목을 조르는 순간이 눈에 띈다면, 너는 삽으로 그의 뒤통수를 치는, 또는 어쩌면 부엌

칼로 그를 찌르는 상상을 할 수 있다. 하지만 네가 주먹다짐에는 젬병이라는 사실을 고려할 때, 삽이나 칼이 미끄러지며 빗나가 그녀에게 닿고 말 수도 있다는 사실을 깨닫는다. 이어 네 머릿속의 이 평행 서사는 더욱더 미친 듯이 흘러가, 네 공격이 빗나가 그녀를 대신 해치게 되면, 그것은 네가 은밀히 그녀를 해치고 싶어 했다는 뜻일 수도 있다고 주장하게 된다. 왜냐하면 그녀가—지금 네 밑에 있는 이 벌거벗은 여자가—네 인생에서 이렇게 이른 시기에 너를 헤어 나올 수 없는 진구렁에 빠뜨렸기 때문에.

슬픈 섹스는 그녀가 술에 취하지 않고, 너희 둘 다 서로를 바라고, 너는 어쨌거나 상관없이 그녀를 늘 사랑할 것임을, 그녀가 어쨌거나 상관없이 너를 늘 사랑할 것임과 마찬가지로 사랑할 것임을 알지만, 너는—어쩌면 너희 둘 다—이제 서로 사랑하는 것이 반드시 행복에 닿지는 않는다는 것을 깨달을 때다. 그래서 너의 사랑을 나누는 행동은 위로를 찾는 것이라기보다는 너희의 서로 행복하지 않은 상태를 부정하려는 가망 없는 시도가 된다.

좋은 섹스는 나쁜 섹스보다 낫다. 나쁜 섹스는 섹스가 없는 것보다 낫다, 섹스가 없는 게 나쁜 섹스보다 나을 때를 빼면. 자기-섹스는 섹스가 없는 것보다 낫다, 섹스가 없는 것이 자기-섹스보다 나을 때를 빼면. 슬픈 섹스는 늘 좋은 섹스, 나쁜 섹스, 자기-섹스, 섹스가 없는 것보다 훨씬 나쁘다. 슬픈 섹스는 모든 섹스 가운데 가장 슬픈 섹스다.

대학에서 너는 폴라—금발에, 친근하고, 직접적이다—를 만나는데, 그녀는 육군에서 단기 장교로 근무한 뒤 법대에 들어왔다. 네가 결석한 강의의 사례 요약을 그녀가 보여줄 때 너는 그녀의 필체가 마음에 든다. 어느 날 아침 그녀에게 커피를 마시자고 권하고, 그다음부터 근처 공원에서 점심으로 샌드위치를 먹기 시작한다. 어느 날 저녁 너는 그녀를 영화관에 데려가고 작별 인사로 키스를 한다. 너희는 전화번호를 교환한다.

며칠 뒤에 그녀가 묻는다. "네 집에 사는 그 미친 여자는 누구야?"

"뭐라고?" 벌써 네 몸 전체로 냉기가 퍼지고 있다.

"어젯밤에 전화했어. 어떤 여자가 전화를 받던데."

"집주인이었을 거야."

"말하는 게 완전히 미친 여자 같던데."

너는 숨을 들이켠다. "약간 괴짜야." 너는 말한다. 너는 이 대화가 끝나기를, 바로 끝나기를 바란다. 애초에 시작도 하지 않았기를 바란다. 네가 준 번호로 폴라가 전화를 하지 않았기를 바란다. 그녀가 구체적으로 이야기하지 않기를 정말 바라지만, 그렇게 할 것임을 안다.

“네가 언제 돌아오느냐고 물었더니 이러는 거야, ‘오, 아주 더러운 외박꾼이에요, 그 청년은, 바로 다음 순간에 어떻게 바뀔지 모르는 사람이니 믿지 말아요.’ 그러더니 갑자기 품위 있는 척하면서 이런 식으로 말하는 거야, 실례 좀 해도 된다면 연필을 좀 가져올게요, 혹시 남기고 싶은 메시지가 있으면 전달해 드리려고요. 뭐, 오기 전에 전화를 끊어버렸지만.”

그녀는 기대하는 표정으로 너를 보고 있다, 네가 그녀를 만족시킬 만한 설명을 내놓을 것이라고 확신하고 있다. 대단한 것일 필요는 없다, 농담 하나면 될 수도 있는 일이다. 온갖 엉뚱한 거짓말이 네 마음을 스치다가 마침내, 자기 본위로 얼버무리는 것보다는 4분의 1쪽짜리 진실이 낫다고 생각하여—또 수전에 관해서는 고집스럽게 방어적이 되어서—너는 되풀이한다.

“좀 괴짜야.”

그것으로, 놀랍지 않은 일이지만, 너와 폴라의 관계는 끝이다. 그러면서 너는 네가 필체에 감탄하게 되는, 다른 친근하고 직접적인 여자아이들과 이런 패턴이 반복될 가능성이 높다는 것을 깨닫는다.

이 무렵, 너는 속으로 그녀의 가족을 별명으로 부르던 것을 그만둔다. 미스터 엘리펀트 팬츠와 미스 그럼피 같은 게 모두 그때는 괜찮고 재미있었다. 사랑 초기의 유치함과 소유자적인 태도의 한 부분이었다. 하지만 그것은 또 그녀의 인생에서 그들의 존재를 익살스럽게 최소화하는 것이기도 했다. 네가 너 자신을 어른으로 생각하기 시작한다면—아무리 억지로, 때 이르게 시작하는 것이라 해도—그들 또한 그들 나름의 성숙이 허용되어야 했다.

또 한 가지 네가 알아챈 사실은 너희가 이제 너희 사이에 오가곤 하던 사적이고 놀리는 듯한 사랑의 언어를 쉽게 구사하지 못한다는 것이다. 네가 떠맡은 것의 무게가 일시적으로 사랑의 장식성을 짓누른 것인지도 모른다. 물론, 너는 여전히 그녀를 사랑하고, 그녀에게 그렇게 말하지만, 요즘에는 더 평범한 표현을 사용한다. 어쩌면 네가 그녀를 해결했을 때, 또는 그녀가 자신을 해결했을 때, 다시 그런 장난스러움이 들어설 여지가 생길지도 모른다. 하지만 자신할 수 없다.

그러나 수전은 계속 관계의 그녀 편에 서서 모든 작은 표현들을 사용하고 있다. 아무것도 변하지 않았다고, 그녀는 괜찮다고, 너는 괜찮다고, 모든 게 괜찮다고 주장하는 그녀의 방식이다. 하지만 그녀는, 너는, 모든 것은 괜찮지 않고, 그 익숙한 말들은 가끔 바늘로 찌르듯 당혹감을 안겨주고, 그보다 자주 고통으로 비틀거리게 만든다. 너는 집 안으로 들어가면서 그녀에게 미리 알리려고 일부러 소리를 낸 뒤, 짧은 층계를 내려가 부엌으로 들어가고, 거기에서 익숙한 포즈의 그녀를 발견한다. 가스불빛에 불그레해진 얼굴로 세상이 정말로 단정하게 정리될 필요가 있다는 듯이 이마를 찌푸린 채 신문을 보고 있는 모습. 이윽고 그녀는 밝은 얼굴로 고개를 들고, "내 평생 어디 있었던 거야?" 또는 "더러운 외박꾼이 오셨군" 하고 말하고, 너의 명랑함—잠깐 가장한 것이라 해도—은 욕조의 물처럼 빨려 나간다. 너는 주위를 둘러보고 상황을 꼼꼼하게 평가한다. 찬장을 열고 네가 뭔가 만들어볼 만한 게 있는지 본다. 그러면 그녀는 네가 그 일을 계속하게 놔두고, 자신이 여전히 신문을 잘 이해할 능력이 있다는 것을 전달하기 위해 기획된 말을 이따금씩 던진다.

"상황이 겁나게 엉망인 걸로 보이는데, 그렇게 생각하지 않아, 케이시 폴?"

그러면 너는 묻는다. "정확히 어디 이야기를 하는 거지?"

그러면 그녀는 대답한다. "오, 그냥 어디나 다."

그 지점에서 너는 비어버린 플럼토마토 통조림통을 약간 힘주어 쓰레기통에 던질 수도 있는데, 그러면 그녀는 너를 책망하곤 한다.

"성질, 성질, 케이시 폴!"

몇 달에 걸친 공작 끝에 너는 그녀를 먼저 일반의한테 데리고 갔다가, 이어 지역 병원의 상담 정신과의사에게 데려간다. 그녀는 네가 함께 가는 것을 바라지 않지만, 너는 고집을 부린다, 그러지 않으면 생겨날 수도 있는 일들을 알기에. 대기실에는 이미 다른 환자 여남은 명이 있고, 너는 모든 사람을 같은 시간, 즉 상담 의사의 진료가 시작되는 시간에 예약하는 것이 병원의 정책임을 깨닫는다. 너는 그 이유를 알 수 있다. 미친 사람들—네 나이 때는 그 표현을 아주 폭넓게 사용한다—은 아마도 세상에서 시간을 제일 정확하게 지키는 사람들 부류에 속하지는 않을 것이다. 따라서 그들을 모두 함께 묶어 소환하는 게 최선이다.

그녀는 탈출 시도라고도 할 수 있는 것을 행동에 옮긴다. 여자 화장실로 떠나버린다. 너는 그녀가 돌아오지 않을 가능성을 50 대 50으로 예상하면서 그녀가 가게 놓아둔다. 그녀는 돌아오지만, 어느새 너는 그녀가 술을 파는지 확인하러 병원 매점에 갔다 왔거나, 아니면 간호사 몇 명에게 바가 어디냐고 물어봤다가 병원에는 바가 없다는 짜증나는 소식만 듣게 되었을 것이라고 냉소적으로 생각하고 있다.

너는 공감과 반감이 공존할 수 있다는 것을 깨닫는다. 한 인간의 마음에 양립할 수 없어 보이는 감정들이 나란히 번성하고 있다는 사실을 발견하고 있다. 너는 그간 읽은 책에 화가 난다. 단 한 권도 이런 것에는 대비시켜 주지 않았기 때문이다. 네가 엉뚱한 책들을 읽고 있었던 것이 틀림없다. 아니면 엉뚱한 방식으로 읽었거나.

너는 심지어 이 뒤늦은, 필사적인 단계에도, 너의 감정적 상황이 너의 친구들의 상황보다 훨씬 흥미롭다고 느낀다. 그들은 (대부분) 여자친구가 있고 (대부분) 또래 섹스를 한다. 일부는 여자친구 부모의 조사를 받았고, 승인, 불승인, 또는 판단 유보 판결을 받았다. 대부분은 이 여자친구—아니면, 아주 흡사한 상대—를 포함하는 미래의 삶을 계획하고 있다. 고랑에 사는 사람이 될 계획. 그러나 당장은 오직 또래의 여자친구와 사귀는 20대 중반 젊은 남자의 전통적인 낙인찍히지 않은 기쁨, 건전한 꿈, 걸음마 단계의 좌절만 있을 뿐이다. 반면 너는 여기, 병원 대기실에서 미친 사람들에게 둘러싸여 있고, 잠재적으로 미쳤다고 규정되고 있는 여자를 사랑하고 있다.

묘한 일은, 너의 일부는 그것에 환희를 느낀다는 거다. 너는 생각한다. 너는 친구들이 자기 여자친구를 사랑하는 것보다 수전을 더 사랑할 뿐 아니라—그럴 수밖에 없다. 그렇지 않다면 여기 이 모든 미치광이들 사이에 앉아 있지 않을 테니까—더 흥미로운 삶을 살고 있다. 친구들은 여자친구의 뇌와 젖가슴, 그리고 미래의 장인 장모의 은행 계좌를 계산하고, 자신이 이겼다고 상상할지 모른다. 하지만 너는 여전히 그들보다 앞서 있다. 너의 관계가 더 매혹적이고, 더 복잡하고, 더 해결 불가능하기 때문이다. 그리고 그 증거는 네가 여기 스태킹 체어*에 앉아 버려진 잡지를 읽는 둥 마는 둥 하고 있고, 네 사랑하는 사람은 꿈을 꾸고 있다는 것이다—무슨 꿈? 탈출, 의심의 여지 없이. 이곳으로부터 탈출, 너로부터 탈출, 인생으로부터 탈출? 그녀 또한 극단적이고, 감당할 수 없고, 양립할 수 없는 감정들의 무게에 짓눌려 비틀거리고 있다. 너희는 둘 다 깊은 고통에 시달리고 있다. 그럼에도, 너는 남성적 경쟁심으로 이루어진 어리석고 우스꽝스러운 세계를 의식하면서 여전히 네가 승자라고 혼잣말을 한다. 네 생각에서 이 지점에 이르면 그다음 논리적 단계는—너도 미치광이라는 것. 너는 분명히 완벽하고, 순전하고, 완전한 미치광이다. 다른 한편으로, 너는 대기실 전체에서 가장 젊은 좆같은 미치광이다. 따라서 네가

* 플라스틱을 틀에 넣어 만든 의자.

또 이긴 것이다. 전직 12세 이하, 6스톤 이하 초등학교 권투 챔피언이 병원의 26세 이하 미치광이 챔피언이 된 것이다!

그 순간 둥글둥글하고, 머리가 벗겨지고, 양복을 입은 사람이 상담실 문을 연다.

"엘리스 씨." 그가 조용히 부른다.

아무런 대답이 없다. 상담의사는 부주의, 선별적 청각 장애를 비롯한 환자들의 여러 결함에 익숙하기 때문에 목소리를 높인다.

"엘리스 씨!"

스웨터 세 개에 아노락*을 입은 늙은 바보가 일어선다. 수건 같은 머리띠가 정수리에서 제멋대로 뻗은 열 가닥 남짓한 흰머리 한 줌을 옥죄고 있다. 그는 일어서서 마치 자신의 이름을 알아들은 것에 박수를 쳐주기를 기대하듯 잠시 두리번거리다, 상담의사를 따라 상담실로 들어간다.

너는 무방비 상태에서 다음에 일어나는 일을 맞이한다. 아주 분명하게 말하는 정신과의사의 목소리가 들린다.

"그래, 오늘은 어떠세요, 엘리스 씨?"

너는 닫힌 문을 본다. 문의 하단과 바닥 사이에 약 10센티

* 후드 달린 방한용 코트.

미터의 간격이 있는 게 보인다. 상담사는 문을 마주 보고 있는 게 틀림없다고 짐작된다. 귀머거리 늙은 바보의 대답은 들리지 않지만, 아마 대답이 없었을 것이다. 바로 이어서, 고개를 끄덕이는 다른 미치광이들이 정신이 번쩍 들 만큼 큰 소리로,

"그래 우울증은 어땠어요, 엘리스 씨?"

하는 말이 터져 나오기 때문이다. 수전이 주의를 기울이고 있었는지는 잘 모르겠다. 어쨌든 너는, 여기 온 게 효과를 보기는 그른 것 같다고 생각한다.

그녀의 수치가 있다, 이것은 늘 존재하는 것이다. 그리고 너의 수치가 있다, 이것은 가끔 자존심으로 나타나고, 가끔 고상한 현실주의 같은 것으로 나타난다. 동시에, 대개는, 그냥 그 자체로―그저 수치로 나타난다.

어느 날 저녁 돌아와 보니 그녀가 눈이 풀린 채 의자에 앉아 있고, 옆에 놓인 물잔에는 물이 아닌 것이 여전히 족히 3센티미터는 넘게 남겨져 있다. 너는 이 모든 것이 완전히 정상인 것처럼 행동하겠다고 결정한다―사실, 그게 가정생활의 요체인 것이다. 너는 부엌으로 들어가 뭔가로 바꿀 만한 뭔가를 찾아 두리번거리기 시작한다. 달걀 몇 개가 눈에 띈다. 너는 그녀

에게 오믈렛을 먹겠느냐고 묻는다.

“너한텐 쉽지.” 그녀가 호전적으로 대꾸한다.

“나한테는 뭐가 쉬워?”

“영리한 변호사의 답이로군.” 그녀가 대꾸하며 바로 네 앞에서 잔에 든 것을 벌컥 들이켜는데, 이것은 아주 드문 일이다. 네가 다시 달걀 깨는 일로 돌아가려 하자, 그녀가 덧붙인다.

“제럴드가 오늘 죽었어.”

“어느 제럴드?” 너희가 서로 아는 친구들 가운데 제럴드를 바로 생각해낼 수가 없다.

“어느 제럴드냐고 참 나? 영리한 줄 알았더니. 내 제럴드지. 너한테 말해주었던 내 제럴드. 내가 약혼했던 사람. 오늘이 그 사람이 죽은 날이야.”

네 기분은 끔찍하다. 네가 그 날짜를 잊었기 때문이 아니라—그녀는 전에 말해준 적이 없다—너와 달리, 그녀에게는 기억할 죽은 자가 있기 때문이다. 그녀의 약혼자, 저 너머 대서양 상공에서 사라진 오빠, 그녀에게 관대했던 고든의 아버지—이제는 이름이 기억나지 않지만. 너의 삶에는 그런 인물들이 없다. 슬픔도, 구멍도, 상실도 없다. 따라서 너는 그것이 어떤 것인지 알지 못한다. 모두 자신의 죽은 자를 기억해야 하고, 너는 그렇게 믿는다, 다른 모든 사람은 이런 요구와 욕구를 존중해야 한다. 그러나 너는 사실 질투를 하는 쪽이며, 너 자신도 죽은 자가 몇 명 있었으면 하고 바라는 마음이다.

나중에, 너는 의심이 강해진다. 그녀는 전에 제럴드가 죽은 날을 언급한 적이 없다. 네가 확인할 방법도 없다. 더 행복했던 시절, 너희 둘이 사랑을 나눈 게 몇 번이라고 그녀가 말했을 때 네가 확인할 방법이 없었듯이. 어쩌면, 문에 네 열쇠가 들어가는 소리를 들었는데, 도저히 일어날 수가 없고, 술잔을 근처 어디에 감추고 싶지도 않았을 때, 그녀는 결정했던—아니, 이것은 어쩌면 그날 저녁 그녀의 머릿속에서 일어난 과정을 묘사하기에는 너무 의도가 담긴 동사일 것이다—그녀는 '깨달았던', 그래, 그녀는 갑자기 그날이 제럴드가 죽은 날임을 깨달았던 것인지도 모른다. 물론 그날은 알렉, 또는 고든의 아버지가 죽은 날이어도 상관없었다. 누가 알 수 있었을까? 누가 알았을까? 누가, 결국은, 관심이나 있었을까?

나는 일기를 쓴 적이 없다고 말했다. 이건 정확한 진실은 아니다. 고립과 혼돈에 빠져, 뭔가를 적어놓는 것이 도움이 될지도 모른다고 생각한 시점이 있었다. 나는 표지가 두꺼운 공책에, 검은 잉크로 썼고, 종이의 한 면만을 사용했다. 객관적이 되려고 노력했다. 상처와 배신이라는 느낌을 분출하는 것만으로는 의미가 없다, 나는 그렇게 생각했다. 내가 쓴 첫 줄은 다음과 같았던 것으로 기억한다.

모든 알코올중독자는 거짓말쟁이다.

물론 이것은 엄청난 표본이나 광범한 조사에 기초한 것은 아니었다. 하지만 당시에는 그렇게 믿었고, 지금, 수십 년이 지난 뒤, 현장 경험이 더 쌓인 상태에서, 나는 그것이 그런 상태의 핵심적 진실이라고 믿는다. 나는 계속해서 써나갔다.

모든 연인은 진실을 말하는 사람이다.

이번에도, 표본은 적고, 주로 나 자신으로 이루어져 있다. 사랑과 진실이 연결되어 있다는 것이 내게는 분명해 보였다. 사실, 내가 말했을지 모르지만, 사랑 속에 사는 것은 진실 속에 사는 것이다.

따라서 이 유사 삼단논법의 결론은,

고로, 알코올중독자는 연인의 반대말이다.

이것은 논리적일 뿐 아니라 나의 관찰과도 일치하는 듯했다.

요즘, 한평생이 지난 지금은, 이 명제들 가운데 두 번째가 가장 약해 보인다. 진실 속에 살기는커녕, 자기기만과 자기 과장이 지배하고, 현실은 어디에서도 찾을 수 없는 어떤 환상의 나라에 사는 연인들의 예를 너무 많이 보았다.

어쨌든, 공책에 기록을 하는 동안, 객관적이 되려고 탐색했음에도, 주관적인 것이 계속 나를 망쳤다. 예를 들어, 우리가 빌리지에서 보낸 시절을 돌이켜볼 때도, 나 자신이 연인인 동시에 진실을 말하는 사람이라고 생각했던 반면, 내가 말한 진실은 사실 나 자신과 수전에게만 해당되었다는 사실을 깨달았다. 나는 부모에게, 수전의 가족에게, 나의 가까운 친구들에게는 거짓말을 했다. 심지어 테니스 클럽에서는 시치미를 떼기도 했다. 나는 거짓의 성벽으로 진실의 구역을 보호했다. 마치 그녀가 이제 음주에 관하여 내내 나에게 거짓말을 하고 있는 것처럼. 자신에게도 거짓말을 하면서. 그러면서도 그녀는 여전히 나를 사랑한다고 단언할 것이었다.

그래서 나는 알코올중독이 사랑의 반대말이라고 생각한 것이 잘못인가 하고 생각하기 시작했다. 아마 그 둘은 내가 상상한 것보다 훨씬 가까이 있는지도 몰랐다. 알코올중독은 물론 사랑만큼이나 강박적―절대적―이다. 어쩌면 술꾼에게 술 한 방은 연인에게 섹스 한 방만큼이나 강력한지도 모른다. 따라서 알코올중독자는 그의 또는 그녀의―아니, 그녀의―사랑의 대상과 초점을 이동시킨 연인에 불과할 수도 있지 않을까?

어느 날 저녁 집에 와 수전이 내가 너무도 잘 아는 상태에 있는 것을 보았을 때 나의 관찰과 사유는 공책 수십 장을 채웠다. 그녀는 얼굴이 붉고, 말이 반은 조리가 없었으며, 금방 화를 냈지만, 동시에 고상하게, 모든 세상 가운데 가능한 이 최선의 세상에서 모든 것이 최선의 방향으로 움직이고 있다는 듯이 행동하고 있었다. 나는 내 방으로 갔다가 누가 비전문가의 솜씨로 내 책상을 뒤진 흔적을 발견했다. 그때도 나는 단정하게 정리하는 습관이 있어, 뭐가 어디 들어가 살고 있는지 잘 알았다. 책상에는 나의 '알코올중독에 대한 메모'가 보관되어 있었기 때문에, 나는 지친 마음으로, 그녀가 그것을 읽었을 것이라고 가정했다. 그럼에도, 나는 생각했다, 아마 장기적으로는 그 충격이 그녀에게 유용한 결과를 낳을 수도 있을 것이다. 단기적으로는, 분명히 그렇지 않았다.

그다음에 공책에 뭔가를 더 쓰러 갔을 때 나는 수전이 그냥 읽는 것 이상의 일을 했다는 것을 알았다. 그녀는 똑같은 펜의 똑같은 검은 잉크를 이용하여 마지막 일기 밑에 주석을 남겨놓았다. 흔들리는 손으로 그녀는 이렇게 적었다.

네 새까만 펜으로 네가 나를 미워하게.

나는 그녀가 내 책상을 뒤지고, 내 공책을 읽고, 거기에 글을 적어놓은 것을 두고 그녀를 비난하지 않았다. 그녀가 정중하게 이의제기를 하는 말투로, "아니, 난 그렇게 생각하지 않는데" 하고 말하는 것을 상상할 수 있었다. 나는 쉼 없는 대립에 지친 상태였다. 하지만 동시에 모든 게 괜찮다는 쉼 없는 허세,

쉼 없는 진실 회피에도 지친 상태였다. 동시에 앞으로는 뭔가를 적으려고 할 때마다 그녀가 내 책상에서 내가 가장 최근에 던진 비난을 살피는 모습을 그려볼 수밖에 없다는 사실도 깨달았다. 이것은 우리 둘 다에게 견딜 수 없는 일일 터였다. 내 쪽에서는 고통에 대한 주석이, 그녀 쪽에서는 야기한 고통에 대한 어렴풋하지만 분노 섞인 인정이. 그래서 공책을 버렸다.

그러나 그녀의 쓰다 만 문장, 흔들리는 손으로 익숙하지 않은 펜을 잡고 쓴 문장은 나에게 계속 남았고, 언제까지나 남을 터였다. 특히 그 모호성 때문에. 그녀는 이런 말을 하려고 했던 것일까, "네 새까만 펜으로 네가 나중에 나를 미워하게 할 만한 근거가 되는 것들을 쓰고 있는 거냐?" 아니면 이런 말을 하려고 했던 것일까. "네 새까만 펜으로 네가 나를 미워하게 내 흔적을 남겼다." 비판적이고 호전적이었을까, 아니면 자학적이고 자기 연민에 빠져 있었을까? 그녀가 그 말을 쓸 때는 하고 싶은 말이 무엇인지 알았을지 몰라도, 그 뒤에 이어지는 부분을 명료하게 알아내는 것은 불가능했다. 당신은 두 번째 해석은 과민하고, 내가 면피를 하기 위해 기획한 것이라고 판단할지도 모르겠다. 하지만—이것이 내가 오래전에 잃은 또 하나의 메모들의 기초를 이루고 있었지만—알코올중독자는, 내 경험으로 볼 때, 도발하고, 도움을 밀쳐내고, 자신의 고립을 정당화하고 싶어 한다. 따라서 그녀는 어떻게든 내가 자신을 미워한다고 확신하게 된다면, 술병에서 위로를 찾을 이유가 더 많아지는 셈이었다.

너는 그녀를 차에 태우고 어디론가 가고 있다. 그녀가 이 여행을 두려워할 필요는 없다. 나중에 네가 그녀를 만나 차로 집까지 데려올 것이다. 하지만 그녀를 차에 태우기까지 평소와 다름없이 지체가 된다. 마침내 막 핸드브레이크를 풀려는 찰나, 그녀는 다시 집 안으로 쏜살같이 들어가 밝은 노란색의 커다란 비닐 세탁 봉투를 들고 나오더니 두 발 사이에 내려놓는다. 그녀는 설명하지 않는다. 너는 묻지 않는다. 상황은 이 지경에 이르렀다.

그러다가 너는 생각한다, 이런 씨발.

"그건 뭐야?" 너는 묻는다.

"그러니까," 그녀는 대답한다. "내가 지금 몸이 아주 좋지는 않아. 그래서 혹시 토할 가능성도 있어서. 차도 그렇고 해서."

아니지, 너는 생각한다, 술도 취했고 해서지. 의사 친구가 알코올중독자들은 가끔 너무 심하게 토해 식도에 구멍이 뚫리기도 한다는 말을 한 적이 있다. 실제로 토하는 일은 생기지 않지만, 토한 거나 다름없다. 이미 네 머릿속에 그녀가 그 노란

봉투에 토하는 이미지를 가득 채워 넣어 계속 그 이미지를 볼 수밖에 없기 때문이다. 마른 구역질을 하다가 진짜 구역질로 넘어가는 소리를 귀로 듣은 거나 다름없다. 실제로 토사물이 밝은 노란색 봉투로 똑똑 떨어지는 소리가 들린다. 물론, 네 작은 차를 가득 채운 냄새도. 변명들, 거짓말들. 그녀의 거짓말, 너의 거짓말.

이제는 단지 그녀가 너에게 거짓말을 하느냐 마느냐의 문제가 아니기 때문이다. 그렇게 할 때 너에게는 두 가지 선택이 있다. 그걸 가지고 그녀에게 따지고 드는 것, 아니면 그녀가 말하는 것을 받아들이는 것. 보통 지치기도 하고 평화를 원하기도 해서—그리고 그래, 사랑하기도 해서—너는 그녀가 말하는 것을 받아들인다. 거짓말을 너그럽게 봐준다. 그래서 대리로 거짓말쟁이가 된다. 그리고 그녀의 거짓말을 받아들이는 것에서 너 자신이 거짓말을 하는 것까지는 순식간이다—지치기도 하고, 평화를 원하기도 하고, 사랑하기도 해서—그래, 그것도 있고 해서.

너는 얼마나 먼 길을 온 것인지. 오래전, 부모에게 처음 거짓말을 하기 시작했을 때는, 음미하는 듯한 느낌으로, 결과에는 개의치 않고 그렇게 했다. 거의 인격을 수양하는 느낌이었다. 나중에는 모든 방향으로 거짓말을 하기 시작했다. 그녀를 보호하기 위해서 또 너희의 사랑을 보호하기 위해서. 더 시간이 흐른 뒤에는, 이제 그녀가 너에게 거짓말을 하기 시작한다, 네가 그녀의 비밀을 아는 것을 막기 위해. 이제 그녀는 음미하는 듯한 느낌으로, 결과에는 개의치 않고 거짓말을 한다. 그러다 마침내, 네가 그녀에게 거짓말을 하기 시작한다. 왜? 그것은 네가 말짱하게 유지하고 싶은 어떤 내적 공간—너 자신이 말짱하게 남아 있을 수 있는 공간—을 창조하고 싶다는 욕구와 관련이 있다. 이것이 지금 너의 상황이다. 사랑과 진실—그것들은 어디로 가버렸는가?

너는 자문한다. 그녀와 계속 있는 것은 네 쪽에서 볼 때 용기 있는 행동인가, 아니면 겁을 먹은 행동인가? 아니면 둘 다인가? 아니면 그냥 불가피한 것인가?

그녀는 빌리지에 기차로 가기 시작했다. 너도 좋다고 한다. 너는 이것이 그녀가 스스로 운전에 적합하지 않다는 사실을 인정한 데서 나온 행동이라고 생각한다. 너는 그녀와 역까지 함께 가고, 그녀는 너에게 돌아오는 기차 시간을 말해준다. 하지만, 자주, 그다음 기차 시간에야, 또는 그다음 기차 시간에야 나타난다. 그리고 나서 "굳이 마중 나올 거 없어" 하고 말할 때, 그녀는 자신의 세계를 보호하고 있다. 네가 "그래—정말 괜찮겠지?" 하고 대답할 때, 너는 네 세계를 보호하고 있다.

어느 날 저녁 전화벨이 울린다.

"헨리인가요?"

"아닌데요, 잘못 걸었습니다."

네가 수화기를 내려놓으려 할 때 남자가 너의 전화번호를 읽어준다.

"네, 맞는데요."

"어, 안녕하세요, 선생님. 워털루 역의 교통경찰입니다. 여기 여자분이 계신데…… 좀 힘들어하시는 상태라. 열차 안에서 잠든 것을 발견했는데, 어, 핸드백이 열려 있고 그 안에 돈이 꽤 들어 있어서, 아시다시피……."

"네, 압니다."

"여자분이 이 번호를 보여주시면서 헨리에게 전화를 해달라고 하셨습니다."

뒤쪽에서 그녀의 목소리가 들린다. "헨리에 전화해요, 헨리에 전화해."

아, 그녀가 헨리 로드를 부르는 약칭.

그래서 차를 몰고 워털루로 가서, 철도 경찰의 사무실을 찾아가니, 거기 그녀가 있다. 허리를 세우고 앉아 눈을 반짝이며, 데려가주기를 기다리고 있다, 데려가줄 것임을 알고. 경찰관

두 명은 정중하고 걱정하는 표정이다. 텅 빈 열차 안에서 술에 취해 코를 골고 있는 늙은 여인들을 돕는 데 이골이 난 게 틀림없다. 그렇다고 그녀가 늙었다는 것은 아니지만. 단지 그녀가 술에 취했을 때는, 그녀를, 갑자기, 술 취한 늙은 여인이라고 생각하게 된다는 것이다.

“어, 돌봐주셔서 정말 감사합니다.”

“오, 전혀 힘들지 않았습니다, 선생님. 새앙쥐처럼 조용하셨죠. 잘 살펴가세요, 마담.”

그녀는 꽤나 위엄 있게, 고맙다는 뜻으로 고개를 끄덕인다. 너는 이 임시 보관 수화물의 팔을 잡고, 자리를 뜬다. 그러나 너의 짜증과 절망은 그녀가 “전혀 힘들지 않았”던 것에 대한 어떤 자부심에 의해 차단되어 버린다. 하지만 그녀가 힘들게 했다면 어땠을까?

결국, 희망보다는 절망 때문에, 너는 사랑의 매를 들기로 한다. 어쨌든 네가 그 개념으로 이해하는 바를 시도하기로 한다. 어떤 것에서도 그녀가 그냥 빠져나가게 놓아두지 않는다. 거짓말을 하면 따지고 든다. 술병이 발견되기만 하면 쏟아버린다. 어떤 병은 뻔한 곳에서 발견되고, 어떤 병은 이상한 곳에서 발견되는데, 아마 술에 취해 감추어두었다가 어디에 두었는지 본인도 잊었을 것이다. 동네의 술을 파는 가게 세 곳에서 출입 금지 조치를 당하게 만든다. 그들 각각에게 돈궤 뒤에 보관할 사진을 주고 그녀에게는 말을 하지 않는다, 구매를 거부당하는 수모가 그녀를 흔들어놓을 것이라고 생각해서. 하지만 실제로 그랬는지 안 그랬는지는 결코 알아내지 못하고, 그녀는 그냥 장애물을 에둘러 더 멀리 진출해 버린다.

사람들 이야기가 들려온다. 어떤 사람들은 그런 일을 너에게 언급하는 것을 조심스러워하고, 어떤 사람들은 그러지 않는다. 한 친구는 버스를 타고 가다 헨리 로드에서 2킬로미터 가까이 떨어진 곳에서, 안에서는 마시지 못하지만 술은 판매하는 상점 바로 옆의 골목길에서 그녀가 새로 산 병을 입으로 들어 올리는 모습을 발견했다. 이 이미지는 깊게 화인을 남겨, 다른 사람의 이야기로부터 너 자신의 사적인 기억으로 변하고 만다. 한 이웃은 네 아주머니가 지난 토요일 밤에 캡 앤드 벨스에서 셰리주를 다섯 잔 연달아 들이켜다가 더 팔지 않겠다는 이야기를 들었다고 전한다. "그분 같은 사람들이 들어가 있을 만한 펍이 아니었어요." 이웃은 걱정스러운 표정으로 덧붙인다. "거기에는 온갖 종류가 다 모이거든." 너는 그 장면을 그려본다, 그녀가 창피해하면서 바에서 첫 주문을 할 때부터 비틀거리며 집으로 걸어올 때까지. 이 또한 네 기억 창고에 들어간다.

너는 그녀의 행동이 그녀에 대한 네 사랑을 파괴하고 있다고 말한다. 너에 대한 그녀의 사랑 이야기는 하지 않는다.

"그럼 나를 떠나야겠네." 그녀가 말한다. 그녀는 얼굴이 불그레하고, 위엄이 있고, 논리적이다.

너는 네가 그렇게 하지 않을 것임을 안다. 문제는, 그녀도 그것을 아느냐 모르느냐다.

너는 그녀에게 편지를 쓴다. 입으로 하는 질책이 아무런 관심도 받지 못하고 그녀의 머리에서 바로 날아가 버린다 해도, 어쩌면 글로 쓴 것은 달라붙을지 모른다. 너는 그녀에게 그런 식으로 계속 가면 틀림없이 뇌에 물이 차서* 죽을 거라고 말한다. 네가 그녀를 위해 더 해줄 게 없다고, 장례식에 가는 것 말고는, 그게 언제일지 몰라도. 너는 편지를 봉투에 넣고 그녀의 이름을 쓴 다음 부엌 테이블에 놓는다. 그녀는 그것을 받았다거나, 열어보았다거나, 읽었다거나 하는 이야기는 절대 하지 않는다. 네 새까만 펜으로 네가 나를 미워하게.

너는 사랑의 매는 그 매를 드는 사람에게도 매질이 될 수 있다는 것을 깨닫는다.

* 장기간의 음주로 뇌손상이 발생하는 베르니케-코르사코프 증후군을 가리킨다.

너는 그녀를 개트윅 공항에 데려가고 있다. 유럽 공동시장 행정관으로 일하고 있는 마사가 그녀를 브뤼셀로 오라고 초대했다. 놀랍게도 수전은 초대를 받아들인다. 너는 그녀가 최대한 편하게 갈 수 있게 해주겠다고 약속한다. 공항까지 태워주고, 체크인하는 걸 쭉 돕겠다. 그녀는 고개를 끄덕이더니, 단도직입적으로 말한다.

"비행기 타기 전에 한잔하는 걸 허락해줘야 할지도 몰라. 벨기에식 용기* 알지?"

너는 더없이 마음이 놓인다. 거의 고무되는 느낌이다.

전날 밤 그녀는 짐을 반쯤 싸고 술에 반쯤 취한다. 너는 잠자리에 든다. 그녀는 계속 짐을 싸고 술을 마신다. 다음 날 아침 그녀는 입에 두 손을 모으고 너에게 온다.

"아무래도 못 갈 것 같아."

너는 아무 말 없이 그녀를 본다.

"이빨을 잃어버렸어. 아무 데서도 보이지를 않아. 정원에 던져버렸는지도 모르겠어."

너는 딱 한 마디만 한다. "2시에는 출발해야 돼." 너는 그녀가 자신의 삶을 계속 파괴하도록 내버려 두기로 결정한다.

* 술김에 내는 용기를 가리키는 네덜란드인의 용기에 빗댄 말. 브뤼셀은 벨기에의 수도.

하지만 어쩌면 네가 대응하지 않은 것—도와주지도 않고 질책하지도 않은 것—이, 이번에는 올바른 접근인 듯하다. 한두 시간 뒤 그녀는 이빨을 넣고 걸어 다니고 있다. 그것을 잃어버렸다든가, 찾았다든가 하는 것에 관해서는 일체 어떤 암시도 없다.

2시에 너는 그녀의 가방을 차 뒷좌석에 싣고, 표와 여권을 다시 한번 확인하고 출발한다. 마지막 순간의 한눈팔기도, 밝은 노란색 세탁 봉투를 찾아 허둥지둥 달려가는 일도 없었다. 그녀는 네 옆에 새앙쥐처럼 조용히 앉아 있다, 철도 경찰관의 말대로.

레드힐에 다가가자 그녀는 고개를 돌려 네가 연인이라기보다는 운전기사이기라도 한 것처럼 어리둥절한 표정으로 점잔빼며 말한다.

"혹시 괜찮으면 우리가 어디로 가는지 말해줄 수 있을까?"

"브뤼셀로 가는 거지. 마사를 만나러."

"오, 나는 그렇게 생각하지 않아. 착오가 있는 게 틀림없어."

"그래서 핸드백 안에 표와 여권이 있는 거잖아." 사실 그것은 네 호주머니 안에 있지만, 그게 이빨 짝이 나는 걸 바라지 않기 때문에.

"하지만 나는 그 아이가 어디 사는지 모르는데."

"공항으로 마중 나올 거야."

잠시 말이 끊긴다.

"그래." 그녀가 말하며 고개를 끄덕인다. "이제 기억이 나는 것 같네."

더 저항은 없다. 너는 마음 한 구석에서는 그녀가 이름과 목적지가 적힌 커다란 판을 목에 두르고 있어야 한다고 생각한다, 전시의 난민처럼. 어쩌면 방독면도 상자에 담아 들고 있어야 할지도.

바에서 너는 그녀에게 셰리주를 더블 스쿠너*로 사주고, 그녀는 무심한 척 세련되게 그것을 홀짝인다. 너는 생각한다, 이만하기 다행이다. 요즘에는 이게 네가 상황에 반응하는 방식이다. 기대를 최저치로 낮추는 것이다.

여행은 결국 잘한 일이 된다. 그녀는 도시 안내를 받고, 너에게 그림 엽서를 몇 장 가져온다. 미스 그럼피는, 그녀는 단언한다, 요즘에는 미스 머치 레스 소**가 되었다, 아마도 그녀를 수행하던 매혹적인 벨기에 남자친구의 영향일 것이다. 그녀의 기억은 평소보다 선명한데, 이것은 그녀가 술을 절제했다는 표시다. 너는 그녀 때문에 행복하다. 그녀가 너보다 다른 사람

* 스쿠너는 셰리주를 마시는 긴 잔이다.

** Much Less So, 훨씬 덜해졌다는 뜻.

들을 위해 더 쉽게 자신의 행동을 정화한다는 게 약간 성질이 나기는 하지만.

하지만, 그녀는 마지막 날 아침에야 딸이 자신을 초대한 이유가 분명해졌다고 이야기해 준다. 그녀는, 미스 그럼피는 어머니가 미스터 고든 매클라우드에게로 돌아가야 한다는 의견이다. 그는 지금 아주 깊이 뉘우치고 있으며, 그녀가 돌아오면 정말로 얌전하게 행동하겠다고 약속하고 있다. 그녀의 딸의 말에 따른, 수전의 말에 따르면.

시간을 아끼기 위해, 감정을 아끼기 위해, 너는 그녀를, 솔직하게, 술꾼이라고 부른다. 문제가 있는 것 같아, 알아 혹시? 어쩌면 내가 제안을 해볼 수도……. 이제 이런 건 하나도 없다. 그래서 어느 날 너는 '익명의 알코올중독자'*를 제안한다, 근처에 지부가 있는지 없는지도 모르면서.

"하느님을 강요하는 자들한텐 안 가." 그녀가 단호하게 대꾸한다.

그녀가 사제를 싫어하고, 선교사를 몹시 못마땅해한다는 것을 고려할 때, 이런 반응은 이해할 수 있는 것이다. 그녀는 AA

* Alcoholics Anonymous. 금주 단체. 약칭이 AA다.

를 다른 나라의 신앙 체계에 간섭하고, 현지의 신의 빛나는 존재에 이질적인 멈칫거림과 절뚝거림이 생겨나게 하는 또 다른 무리의 미국 선교사들이라고 생각하는 것이 틀림없다. 너는 그녀를 탓하지 않는다.

대체로, 너는 하루하루의 위기에만 대처할 수 있을 뿐이다. 이따금씩 너는 미래를 보고, 무시무시한 논리에 근거한 하나의 결말을 발견하곤 한다. 그것은 이런 식이다. 그녀가 늘 술을 마시는 건 아니다. 매일 마시지는 않는다. 술병의 위로 없이 하루 이틀을 보내기도 한다. 하지만 그녀의 기억력은, 음주의 결과, 점점 나빠지고 있다. 따라서 이런 논리가 생긴다. 만일 그녀가 현재의 속도로 자신의 기억력을 계속 파괴한다면, 그녀는 정말로 자신이 알코올중독자라는 사실을 잊어버리는 단계에 이를지도 모른다! 그런 일이 일어날 수 있을까? 그것이 그녀를 치료하는 한 가지 방법일 것이다. 하지만 너는 동시에 생각한다. 차라리 그녀를 ECT*로 박살내고 끝장을 내버릴 수도 있다.

한 가지 문제는 이것이다. 너는, 밑바닥에서는, 알코올중독이 신체적 질병이라고 생각하지 않는다. 그렇다는 이야기를

* 전기 충격 요법.

들었을 수도 있으나, 정말로 그렇게 확신하지는 않는다. 너는 많은 사람들—그 가운데 일부와는 어떤 식으로든 엮이고 싶지 않을지도 모른다—이 수백 년 동안 그것에 관해 생각해 온 것처럼 생각할 수밖에 없다, 그것은 도덕적 질병이라고. 네가 그렇게 생각하는 이유는 그녀도 그렇게 생각하기 때문이다. 그녀는 가장 정신이 맑을 때, 가장 합리적일 때, 가장 상냥할 때, 또 너만큼이나 벌어지고 있는 일에 고통을 겪을 때, 그런 때는 너에게—늘 말해왔듯이—자신이 술꾼이라는 사실이 싫다고, 그 사실에 관해 깊은 수치와 죄책감을 느낀다고 말한다. 그러니까 너는 그녀를 떠나야 한다고, 그녀는 "쓸모가 없으니까". 그녀에게는 도덕적 질병이 있는 것이고, 그래서 병원과 의사는 그녀를 치료할 수 없다. 그들은 다 닳아버린 세대 출신의 결함 있는 인격체를 고칠 수 없다. 그녀는 다시 너에게 자신을 떠나라고 몰아붙인다.

하지만 너는 수전을 떠날 수 없다. 그녀에게서 사랑을 거두어들이는 걸 네가 어떻게 견딜 수 있을까? 네가 그녀를 사랑하지 않는다면 누가 할까? 어쩌면 이보다 심각한 상황인지도 모른다. 너는 단지 그녀를 사랑하는 것이 아니라, 그녀에게 중독된 것일 수도 있다. 그렇다면 이런 아이러니가 어디 있을까?

어느 날 이미지 하나가 네 머릿속에 떠오른다, 너희의 서로에 대한 관계의 이미지다. 너는 헨리 로드의 집 위층 창에 있다. 그녀는 어떻게 된 일인지 창밖으로 나갔고, 너는 그녀를 꽉 붙들고 있다, 두 손목을 잡고 물론. 무게 때문에 그녀를 다시 안으로 끌어올리는 건 불가능하다. 너 자신이 그녀에 의해, 그녀와 함께 밖으로 끌려 나가는 걸 막는 게 네가 할 수 있는 전부다. 어느 시점에서 그녀는 입을 열고 비명을 지르지만, 아무런 소리도 나오지 않는다. 대신 의치상이 빠져나온다. 플라스틱이 바닥에 부딪히며 딸그락거리는 소리를 낸다. 거기에서 오도 가도 못 하고 있다, 너희 둘은, 함께 얽혀 있다. 네 힘이 빠져 그녀가 떨어질 때까지 그러고 있을 것이다.

이것은 비유일 뿐이다—또는 최악의 꿈일 뿐이다. 그럼에도 어떤 비유들은 기억되는 사건보다 뇌에 더 강력하게 자리를 잡는다.

또 다른 이미지, 기억된 사건에 기초한 이미지가 네 마음속으로 들어온다. 너희 둘은 빌리지에 돌아와 있는데, 한창 피어나는 사랑에 파묻혀, 조용히, 그러나 완전히 서로에게 열중해 있다. 그녀는 프린트 드레스를 입고 있으며, 네가 자신을 지켜보고 있다는 것을 알기 때문에—네가 늘 그녀를 지켜보고 있

기 때문에—값싼 소파로 가서, 털썩 주저앉으며, 말한다,

"봐, 케이시 폴! 나는 사라지고 있어! 사라지는 연기를 하고 있어!"

그러자, 한순간, 보고는 있는데, 얼굴, 그리고 다리에서 스타킹을 신은 부분밖에 보이지 않는다.

지금도 그녀는 또 한번의 사라지는 연기를 하는 중이다. 그녀의 몸은 여전히 그대로지만, 안에 있는 것—그녀의 정신, 기억, 마음—은 빠져나가고 있다. 그녀의 기억은 어둠과 허위에 의해 흐려지고, 오직 우화적 꾸밈에 의해서만 그나마 스스로 일관성을 유지한다고 믿을 수 있다. 그녀의 정신은 멍한 무기력과 히스테리에 사로잡힌 변덕 사이에서 동요하고 있다. 하지만 오, 가장 견디기 힘든 것은 그녀의 마음이 하고 있는 사라지는 연기다. 마치, 그녀가 도리깨질을 하는 바람에 우리 모두의 바닥에 있는 진창이 들쑤셔져 버린 것 같다. 그래서 이제 표면으로 올라오는 것은 초점을 잃은 분노, 그리고 공포, 그리고 좌절감, 그리고 가혹함, 그리고 이기심과 불신이다. 그녀가 엄숙한 표정으로, 신중하게 고려한 자신의 의견으로는 자신에게 하는 네 행동이 짐승 같을 뿐 아니라 적극적으로 범죄적이기도 하다, 하고 말할 때, 그녀는 정말로 그게 사실이라고 생각한다. 그녀 본성의 감미로움, 네가 사랑에 빠진 여자의 중심을

이루던, 쉽게 웃음을 터뜨리고 쉽게 신뢰하는 태도는 이제 찾아볼 수 없다.

너는 말하곤 했다—찾아오고 싶어 하는 친구들을 물리칠 때—"오, 수전이 오늘 일진이 나빠. 평소의 수전이 아니야." 친구들이 술에 취한 그녀의 모습을 보게 되면 너는 말하곤 했다. "하지만 지금도 속은 똑같아. 지금도 속은 똑같다고." 네가 이런 이야기를 남들에게 몇 번이나 했던지, 네가 실제로 말하는 상대는 사실 너 자신이면서.

그러다가 네가 그런 말을 더는 믿지 않게 되는 날이 온다. 너는 이제 그녀가 지금도 속은 똑같다고 믿지 않는다. "평소의 수전이 아닌" 것이 그녀의 새로운 자아라고 믿는다. 그녀가, 마침내 또 완전히, 사라지는 연기를 하고 있다고 걱정한다.

하지만 너는 마지막으로 한번 노력하고, 그녀도 한다. 너는 그녀를 병원에 입원시킨다. 네가 바라던 대로 내셔널 템퍼런스 병원*은 아니지만, 종합 여성 병동이다. 입원 수속을 밟는 동안 너는 그녀를 벤치에 앉히고, 다시 한번 상냥하게 어쩌다 여기에 오게 되었는지, 병원에서 그녀를 위해 무엇을 할지, 그

* 전국 절주 동맹(National Temperance League)이 세운 병원.

게 어떤 도움이 될지 이야기한다.

"나도 한번 최선을 다해볼 거야, 케이시 폴." 그녀는 달콤하게 말한다. 너는 그녀의 관자놀이에 키스하고, 매일 찾아오겠다고 약속한다. 그리고 그렇게 한다.

병원에서는 처음에 그녀를 사흘 동안 재운다. 알코올이 몸에서 조용히 빠져나가는 동시에 그녀의 불안한 뇌가 진정되기를 바라는 것이다. 너는 얕은 잠이 든 그녀의 형체 옆에 앉아 이번에는, 틀림없이, 효과가 있을 거라고 생각한다. 이번에는, 그녀가 정식 의료진의 감독 아래 있고, 문제가 분명하게 진술되었으니—그녀도 그것을 회피하지 않고 있다—마침내 '뭔가 이루어질 것이다'. 너는 그녀의 차분한 얼굴을 보며 함께 시간을 보낸 최고의 몇 년을 생각하고, 그때 네가 가졌던 모든 것이 이제 돌아올 거라고 상상한다.

나흘째 되는 날 네가 들어갔을 때 그녀는 여전히 자고 있다. 네가 의사를 만나고 싶다고 말하자 클립보드를 든 스무 살쯤 되어 보이는 인턴이 나타난다. 너는 왜 그녀에게 아직도 진정제를 주느냐고 묻는다.

"오늘 아침에 깨웠지만, 바로 난폭해져서요."

"난폭해져요?"

"네, 간호사들을 폭행했습니다."

너는 그 말을 믿지 않는다. 너는 그에게 다시 말해달라고 요청한다. 그는 그렇게 한다.

"그래서 우리는 다시 환자를 진정시켰습니다. 걱정하지 마세요, 아주 가벼운 진정제예요. 보여드리죠."

그는 약 방울을 살짝 조정한다. 거의 즉시 그녀가 몸을 꿈틀거리기 시작한다. "보이죠?" 그는 다시 떨어지는 양을 조절하여 그녀를 잠들게 한다. 너는 이것이 매우 불길하다고 생각한다. 너는 그녀를 만나본 적도 없는 어린 테크노크라트의 권위에 그녀를 돌보는 일을 양도해 버렸다.

"그쪽은 환자분의……?"

"대자입니다." 너의 대답은 자동적이다. 어쩌면 '조카'라고 말할 수도 있었을 것이고, 또 어쩌면 '하숙인'이라고 말할 수도 있었을 것이며, 그랬다면 적어도 거기에는 정확한 철자가 네 개는 들어갔을 것이다.*

"어, 환자를 깨웠는데 또 그렇게 폭력적으로 나오면 우리는 환자를 정신과에 보낼 수밖에 없습니다."

"정신과에 보내요?" 너는 경악한다. "하지만 이분은 미치지 않았어요. 이분은 알코올중독자예요, 치료가 필요합니다."

* 하숙인을 뜻하는 lodger는 연인을 뜻하는 lover와 철자가 네 개 겹친다.

"다른 환자들도 다 마찬가지입니다. 그리고 환자들한테는 간호사의 관심이 필요하죠. 우리는 간호사가 폭행당하는 걸 놔둘 수가 없어요."

너는 아직도 의사가 한 최초의 주장을 믿지 않는다.

"하지만…… 의사 혼자서 환자를 그냥 정신과로 보낼 수는 없죠."

"맞습니다, 서명이 두 개 필요해요. 하지만 이런 경우에 그것은 요식행위에 불과합니다."

너는 사실 그녀를 안전한 장소에 데려온 것이 아님을 깨닫는다. 예전 같으면 그녀에게 구속복 입히기에 더해 전기 경련 치료 절차를 처방했을 그런 광신자에게 넘겨준 것이다. 수전이라면 이 의사를 '작은 히틀러'라고 불렀을 것이다. 누가 알랴, 어쩌면 이미 그렇게 불렀을지. 너는 한편으로는 그랬기를 바란다.

너는 말한다. "다음에 환자를 깨울 때는 나도 그 자리에 있고 싶은데요. 그게 도움이 될 것 같습니다."

"좋죠." 네가 이미 몹시 싫어하게 된 무뚝뚝한 젊은 남자가 대꾸한다.

하지만—그게 병원이 돌아가는 방식이지만—다음에 네가 갈 때 이 오만한 작은 똥 덩어리는 없고, 다시 보지도 못한다.

대신 여의사가 방울의 양을 조절한다. 천천히, 수전이 깨어난다. 위를 쳐다보고, 네가 보이자 웃음을 짓는다.

"내 평생 어디 있었어?" 그녀가 묻는다. "이 더러운 외박꾼."

의사는 약간 놀라는 반응을 보이지만 너는 수전의 이마에 키스하고, 너희 둘은 단둘이 남게 된다.

"그래서 나를 집에 데려가려고 왔어?"

"아직은 아냐, 달링." 네가 말한다. "한동안은 여기 그대로 있어야 돼. 치료될 때까지."

"하지만 나는 문제가 없는걸. 완벽하게 건강하니까, 당장 집에 데려다달라고 말하고 싶어. 헨리로 데려다줘."

너는 그녀의 두 손목을 잡는다. 아주 세게 쥔다. 의사들이 그녀가 치료되기 전에는 퇴원시켜 주지 않을 거라고 설명한다. 그녀를 이곳에 데려올 때 그녀가 한 약속을 일깨워 준다. 지난번에 병원에서 그녀를 깨웠을 때 그녀가 간호사들을 폭행했다는 이야기를 한다.

"아니, 나는 그렇게 생각하지 않아." 그녀가 매우 거리를 둔, 고상한 태도로 말한다, 네가 뭔가를 잘못 알고 있는 농민이라도 되는 것처럼.

너는 그녀에게 길게 이야기를 하면서, 내일 다시 올 때까지 얌전하게 행동하겠다는 약속을 해달라고 부탁한다. 적어도 그

때까지만이라도. 그녀는 응답하지 않는다. 너는 다그친다. 이윽고 그녀는 약속하지만, 그 말투의 고집스러움은 너에게 너무나 익숙한 것이다.

다음 날, 너는 최악을 예상하며 병동에 다가간다, 다시 진정제를 투여한 상태이거나, 심지어 정신과에 입원한 상태를. 하지만 그녀는 정신을 바짝 차린 모습이고, 혈색도 좋다. 그녀가 인사하는 말투에서 너는 왠지 손님이 된 듯한 느낌을 받는다. 간호사 한 명이 옆을 지나간다.

"여기 하녀들은 겁나게 좋아." 그녀는 말하며 지나가는 인물을 향해 손을 흔든다.

너는 생각한다. 올바른 전술은 무엇일까? 장단을 맞추는 거? 걸고넘어지는 거? 너는 그녀가 꿈 세계에 빠져들게 하면 안 된다고 결정한다.

"하녀가 아니잖아, 수전, 간호사야." 너는 그녀가 '병원'을 '호텔'과 혼동했을지도 모른다고* 생각하는데, 이거야 사실 대단한 언어 능력 저하라고 할 수는 없을 것이다.

"몇 명은 그렇지." 그녀는 동의한다. 그러더니, 네 총기 부족에 실망하며 덧붙인다. "하지만 대부분은 하녀야."

* hospital(병원)과 hotel(호텔)은 비슷하다.

너는 그냥 넘긴다.

"사람들한테 네 얘기를 다 했어." 그녀가 말한다.

너는 가슴이 덜컹 내려앉지만, 그것도 그냥 넘긴다.

다음 날 너는 그녀가 다시 흥분한 것을 본다. 침대에서 나와, 의자에 허리를 꼿꼿이 세우고 앉아 있다. 앞의 쟁반에는 안경 다섯 개와 어떻게 손에 넣었는지 신기한 P.G. 우드하우스의 소설 한 부가 있다.

"그 안경은 다 어디서 난 거야?"

"오." 그녀는 아무렇지도 않게 대꾸한다. "어디서 났는지 모르겠는데. 사람들이 나한테 준 것 같아."

그녀는 그녀의 것이 아닌 게 분명한 안경을 쓰고 책을 아무 데나 펼친다. "이 사람 겁나게 웃겨, 안 그래?"

너는 동의한다. 그녀는 늘 우드하우스를 좋아했고, 너는 이것을 약간 혼란스럽기는 하지만 좋은 신호로 받아들인다. 너는 신문에 난 이야기를 해준다. 에릭에게서 받은 그림 엽서를 언급한다. 헨리 로드는 다 괜찮다고 말한다. 그녀는 빈둥거리며 듣다가 다른 안경을 집어 들고—여전히 그녀의 것은 아니지만—다시 책을 아무 데나 펼친다. 아마 조금 전과 마찬가지로 초점이 맞지 않는 상태에서 보는 듯하다. 그녀가 알려준다.

"겁나게 쓰레기야, 이거, 안 그래?"

심장이 부서질 것 같다, 지금, 여기에서, 바로.

다음 날 그녀는 다시 진정 상태다. 옆 침대의 여자가 너와 잡담을 하다가 "네 할머니"한테 무슨 문제가 있느냐고 묻는다. 너는 그 말이 너무 지겨워 그냥 답해버린다.

"알코올중독이에요."

여자는 혐오스럽다는 표정으로 고개를 돌린다. 너는 그녀가 무슨 생각을 하는지 정확히 안다. 왜 아까운 병상을 술꾼에게 주는가? 나아가서, 여자 술꾼한테? 한 가지 네가 발견한 것은 남성 알코올중독자는 재미있다고 봐주기도 하고, 심지어 가슴 저미는 표정으로 바라보기도 한다는 점이다. 젊은 술꾼은 어느 성이든, 통제에서 벗어나도 관대하게 받아준다. 하지만 여성 알코올중독자, 어리석은 짓을 하지 않을 만큼 나이 든, 어머니, 심지어 할머니가 될 만큼 나이 든 중독자—이들은 하급 중의 하급이다.

다음 날 그녀는 다시 깨어 있지만 네 쪽으로 시선을 돌리는 것을 거부한다. 그래서 너는 그냥 잠시 앉아 있기로 한다. 그녀 앞에 놓인 쟁반을 흘끗 본다. 이번에는, 그녀가 밤 병동 배회에서 다른 환자의 안경을 두 개밖에 손에 넣지 못했다. 그와 더불어, 그녀가 절대 집 안에 두지 않을 타블로이드판 신문.

"정말이지 내 생각에는," 그녀가 마침내 선언한다, "네가 세계 역사상 최악의 범죄자로 기억될 것 같아."

너는 동의하고 싶은 유혹을 느낀다. 왜 아니겠는가?

병원에서는 그녀를 정신과로 보내겠다고 협박하지 않는다—작은 히틀러는 다른, 덜 폭력적인 환자들한테 자신의 흑마법을 부리러 가고 없다. 하지만 병원에서는 그녀를 더 치료할 수 없다고, 휴식이 그녀에게 도움이 좀 되었을 거라고, 이곳은 그녀에게 적합한 곳이 아니고 병상도 부족하다고 말한다. 너는 그들의 관점을 완전히 이해하지만 자문해 본다. 그렇다면 그녀에게 적합한 곳은 어디인가? 이것은 더 폭넓은 질문을 대신하고 있다. 세상에서 그녀의 자리는 어디인가?

너희 둘이 떠날 때, 옆 침대의 여자는 표 나게 너희 둘을 다 무시한다.

그녀의 웃음을 터뜨리는 불경한 태도 밑에, 공포와 혼란이 얼마나 깔려 있는 것인지 네가 깨닫는 데는 몇 년이 걸렸다. 그래서 그녀에게는 네가 그대로, 흔들림 없이 든든하게 자리 잡고 있어야 한다. 너는 이 역할을 기꺼이, 사랑하는 마음으로 떠맡았다. 보증인이 되니 어른이 된 느낌이 든다. 물론 이것은 네가 20대 대부분의 기간 동안 네 세대의 다른 사람들이 일상적으로 누리던 것을 버릴 수밖에 없었다는 뜻이다. 미친 듯이 씹질을 하고 돌아다니기, 히피 여행, 마약, 탈선, 심지어 엄청난 게으름까지. 너는 또 술을 버릴 수밖에 없었다, 하지만 그거야 뭐, 네가 그 물건을 좋게 선전해 주는 사람과 함께 산다고 할 수가 없었으니. 어쨌든 너는 이 가운데 어느 것 때문에도 그녀를 나쁘게 보지 않았다(어쩌면 술 없이 사는 것은 빼고 말해야 할지 모르지만). 또 네가 떠맡고 있는 것을 부당한 짐 취급하지도 않았다. 그것은 그저 너희 관계에 주어진 것일 뿐이었다. 그리고 그것은 네가 나이 들게, 또는 성숙하게 했다, 일반적으로 택하는 경로로 그렇게 된 것은 아니지만.

하지만 너희 둘 사이가 해어지기 시작하면서, 그리고 그녀를 구출하려는 네 모든 시도가 실패하면서, 딱히 피해서 숨었다고 할 수는 없고, 그냥 알아챌 여유가 없었던 사실을 너는 인정하게 된다, 너희 관계의 특정한 역학이 너 자신에게서 공포와 혼란을 촉발하고 있다는 사실. 아마 법대의 네 친구들에게 너는 약간 차분한 편이기는 해도, 붙임성 있고 정신이 말짱한 사람으로 비치겠지만, 너의 표면 아래서 미친 듯이 날뛰는 것은 근거 없는 낙관주의와 타는 듯한 불안의 혼합물이다. 네 내적인 분위기는 그녀의 분위기에 응답하여 밀물과 썰물을 탄다. 다만 그녀의 명랑함은, 엉뚱한 경우에도, 진정한 것으로 너에게 비치지만, 너의 명랑함은 조건적인 것으로 비친다. 현재의 이 작은 행복의 시간이 얼마나 오래 지속될까, 너는 계속 자문하고 있다. 한 달, 일주일, 앞으로 20분? 너는, 물론, 알 수 없다, 그것이 너에게 달린 게 아니기 때문에. 네 존재가 그녀를 진정시키는 효과가 얼마든, 그 효과는 그녀에게서 그 쪽으로 작용하지는 않는다.

너는 절대 그녀가 아이라고 생각하지 않는다, 그녀가 가장 이기적으로 비행을 저지를 때도. 하지만 불안한 부모가 자식의 뒤를 쫓는 것을 지켜보면서—밭장다리로 발걸음을 내디딜 때마다 경악하고, 아이가 '몽롱해지는' 순간이 찾아올 때마다 두려워하고, 그냥 제멋대로 움직이다 사라질까 봐 두려움이 점점 커지고—너 자신이 그런 일을 겪은 적이 있다는 것을 안다. 아이가 갑자기 기분이 바뀌는 것, 행복에 겨운 고양감과 절대적 신뢰에서 분노와 눈물과 버려진 느낌으로 바뀌는 것은 말할 것도 없다. 이 또한 익숙하다. 다만 영혼의 이런 광포하고 변덕스러운 기후 변화가 지금 성숙한 여자의 뇌와 몸을 통과하고 있다는 것이 다를 뿐.

바로 이것이, 최종적으로, 너를 부수고, 너에게 그 집에서 나가라고 말한다. 멀지는 않고, 그냥 여남은 거리를 사이에 둔, 싸구려 방 하나짜리 아파트로. 그녀는 가라고 강권한다, 좋고 나쁜 이유들로. 네가 떠나지 않게 하려면 너를 조금은 놓아주어야만 한다고 느끼기 때문에, 또 기분 내키는 대로 술을 마실 수 있으려면 네가 집에 없어야 하기 때문에. 하지만 사실, 변하는 것은 거의 없다. 너는 여전히 아주 가까이 살고 있다. 그녀는 네가 공부방에 있는 책 한 권도, 너희가 함께 산 자질구레한 물건 하나도, 옷장의 옷 한 벌도 옮기기를 바라지 않는다. 그런 행동을 한다면 그녀는 슬픔의 발작을 일으킬 것이다. 가끔 너는 그 집으로 다시 몰래 들어가 책 한 권을 빼내고, 도둑질을 감추기 위해 다른 책들의 자리를 이리저리 바꾼다. 이따금씩 배신을 위장하기 위해 옥스팜*에서 구한 싸구려 페이퍼백 두어 권을 쑤셔 넣는다.

그렇게 너는 진자같이 오가며 생활한다. 계속 그녀와 아침, 또 저녁을 먹는다—대부분은 네가 음식을 준비한다. 너희는 계속 함께 여행을 다닌다. 에릭에게서 그녀의 음주에 대한 보고를 받는다. 에릭은 그녀를 사랑하는 게 아니라 그냥 좋아하고 걱정을 하는 것이기 때문에, 과거 어느 때의 너보다 의지할 만한 증인이다. 수전은 계속 네 빨래를 하고, 네 가장 좋은 셔츠 몇 벌은 애정 어린 눌은 자국과 함께 돌아온다. 음주 다리미질. 이것이 네가 삶에서 놀라게 된 작은, 그러나 여전히 고통

* 극빈자 구제 기관.

스러운 것들 가운데 하나다.

그러다가, 거의 네가 알아채지도 못하는 사이에, 마지막 단계에 근접한 일이 시작된다. 너는 여전히 그녀를 구하고 싶은 마음이 간절한지 모르지만, 본능 또는 자존심 또는 자기 보호의 어떤 수준에서 그녀의 술에 대한 강한 애착이 이제 더욱 예리하게, 더욱 개인적으로 아프게 치고 들어온다. 너, 너의 도움, 너의 사랑에 대한 거부로서. 사랑이 거부당하는 것을 견딜 수 있는 사람은 거의 없기 때문에 원한이 쌓이고, 이것이 공격성으로 응고되어, 너는 너도 모르는 사이에 "그럼 계속, 자신을 파괴하라고, 그게 네가 원하는 것이라면" 하고 말하게 된다—물론 입 밖으로 소리를 내지는 않고, 너는 누구한테든 노골적으로 잔인하게 구는 일은 하기 힘들기에, 특히 그녀에게는. 그리고 네가 속으로 그런 말을 하는 것을 발견하고 충격을 받는다.

하지만 네가 깨닫지 못한 것은—지금은, 그 모든 것의 열기와 어둠 속에서 깨닫지 못하고, 오직 나중에 가서야 깨닫게 된다—그녀가 네 말을 듣지 않고도, 거기에 동의할 것이라는 점이다. 그녀가 입 밖에 내지 않은 대답은 이런 것이기 때문이다. '그래, 그게 바로 내가 원하는 거야. 나는 정말로 나 자신을 파괴할 거야. 나는 가치 없는 사람이기 때문에. 그러니 너의 선의의 간섭으로 나를 귀찮게 하지 마. 그냥 내가 내 일을 계속하게 해줘.'

너는 법률 지원을 전문으로 하는 사우스 린던의 한 법률사무소에서 일하고 있다. 너는 네가 다루는 범위의 사건들을 즐긴다, 그 대부분의 경우에 문제를 해결할 수 있다는 사실을 즐긴다. 너는 사람들에게 그들이 받아 마땅한 정의를 가져다줄 수 있고, 그럼으로써 그들을 행복하게 해줄 수 있다. 너는 이 일의 역설을 의식하고 있다. 또 다른, 더 장기간의 역설도. 수전을 지탱하려면 일을 해야 하지만, 일을 할수록 수전으로부터 멀어지고, 그녀를 지탱하기 힘들어진다는 것.

너는 또, 수전이 예측한 대로, 여자친구가 생겼다. 첫 전화에 달아날 여자가 아니다. 애너도, 어쩌면 불가피한 일이지만, 법률가다. 너는 그녀에게 수전의 역사 가운데 일부를 이야기해주었다. 그냥 그녀가 "괴짜"라는 말로 넘어가려고 하지 않았다. 너는 두 사람을 소개하고, 둘은 잘 지내는 것 같다. 수전은 너를 당황하게 할 만한 말은 하지 않고, 애너는 영리하게 현실적이다. 그녀는 수전이 먹는 것에 충분히 신경을 쓰지 않는다고 생각하여, 일주일에 한 번씩 제대로 만든 빵, 토마토가 든 봉투, 프렌치 버터 500그램을 들고 들른다. 가끔 초인종을 눌러도 답이 없고, 그러면 선물을 층계에 두고 간다.

어느 날 저녁 집에 왔을 때 전화벨이 울린다. 하숙인 가운데 한 명이다.

"와보는 게 좋을 것 같은데요. 경찰이 왔다 갔습니다. 총을 들고요."

너는 그 말을 애너에게 전하고, 차로 달려간다. 헨리 로드에 가보니 집 밖에 구급차가 있다. 파란 불이 빙글빙글 돌아가고 있고, 차의 문들이 열려 있다. 너는 차를 세우고, 길을 건넌다. 그곳에 그녀가 있다. 휠체어에 앉아 거리를 내다보고 있는데, 이마에는 커다란 반창고가 붙어 있고, 이 때문에 산발한 머리카락이 위로 밀려 올라가 더벅머리 페터*처럼 보인다. 그녀는, 갑작스러운 위기가 저절로 해소되고 나면 종종 그렇듯이, 차분하면서도 약간 재미있어하는 듯한 표정이다. 그녀는 거리, 휠체어를 구급차에 고정하는 구급요원들, 너의 도착을 왕좌에서 굽어보듯 살피고 있다. 너는 구급요원들에게 그녀를 어디로 데려가느냐고 묻고 그들의 차를 따라간다. 네가 응급실에 이르렀을 때 그들은 이미 기초 조사를 하고 있다.

* 19세기 독일 동화에 나오는 인물.

"내가 가장 가까운 친척입니다." 네가 말한다.

"아들인가요?" 그들이 묻는다. 너는 빠른 일처리를 위해, 그렇다고 말할 뻔하지만, 그들은 성이 다르다는 것을 문제 삼을지도 모른다. 그래서, 다시 한번, 너는 그녀의 조카가 된다.

"저 사람은 사실 내 조카가 아니에요." 그녀가 말한다. "이 젊은이에 관해 내가 한두 가지 말씀드릴 수 있는데."

너는 의사를 보며, 얼굴을 약간 찌푸리고 머리를 살짝 움직이며 거짓말을 한다. 수전이 일시적으로 상태가 나빠져 미치광이들 집단에 속하게 되었다는 생각에 공모한다.

"저 사람에게 테니스 클럽에 관해 물어보세요." 그녀가 말한다.

"그 이야기도 할 겁니다, 미시즈 매클라우드. 그렇지만 먼저……."

그렇게 절차는 계속된다. 그들은 그녀를 하룻밤 입원시키고, 아마 검사를 한두 가지 할 것이다. 그냥 쇼크일 수도 있다. 퇴원시킬 준비가 되면 너를 부르겠다. 앞서 구급요원들은 그냥 벤 것이지만, 이마에 난 상처이기 때문에 피가 많이 났다고 말했다. 따라서 한두 바늘 꿰맬 수도 있고, 아닐 수도 있다.

다음 날, 그녀는 퇴원하지만, 여전히 정상적인 기능이 전혀 가능하지 않은 상태다.

"이런 일이 더 일찍 있었어야 했어." 네가 그녀를 주차장으로 데려가는 동안 그녀가 말한다. "모든 게 정말 겁나게 재미있었어."

너는 이런 분위기를 너무나도 잘 안다. 뭔가 관찰하거나, 경험하거나, 발견했는데, 전혀 중요하다고 할 수는 없지만, 극히, 압도적으로, 재미가 있어, 반드시 전달해 주어야 한다.

"우리 먼저 집에 가고, 그런 다음에 이야기해." 너는 병원의 언어에 빠져 있다. 그곳에서는 모든 일이 "우리"의 이름으로 이루어지거나 요청된다.

"그래, 미스터 스포일스포트."*

헨리 로드에서 너는 그녀를 부엌으로 데려가, 앉히고, 설탕을 듬뿍 넣은 차를 타주고 비스킷을 준다. 그녀는 그것들을 무시한다.

"자." 그녀가 입을 연다. "모든 게 아주 매혹적이었어. 정말 재미있었지. 알아, 어젯밤에 총을 든 남자 둘이 집으로 들어왔거든."

"총을 든?"

"그렇다니까. 총을 든. 시작하자마자 말 좀 끊지 마. 어쨌든

* 흥을 깬다는 뜻.

그래, 총을 든 남자 둘. 남자들은 뭔가를 찾아 돌아다니고 있었어. 뭔지 나는 몰랐고."

"강도들이었어?" 너는 그녀가 품고 있는 환상의 기본적인 진실성에 의문을 제기하지 않는 질문만 허용된다는 느낌을 받는다.

"흠, 그럴 수도 있다고 생각했지. 그래서 내가 그 사람들한테 말했어. '금괴는 침대 밑에 있어요.'"

"그거 좀 경솔했던 거 아냐?"

"아니, 나는 그러면 그 사람들을 냄새가 나는 곳으로부터 멀리 보낼 수 있을 거라고* 생각했어. 물론, 그게 어떤 냄새인지 내가 안다는 건 아니지만. 남자들은 아주 정중하고 또 예의 발랐어. 그러니까, 총잡이들치고는 그랬단 거야. 남자들은 나를 귀찮게 할 생각이 없었고, 내가 괜찮다면 그냥 자기들 볼일만 보고 가겠다고 했어."

"하지만 수전한테 총을 쏘지는 않았고?" 너는 이마를 가리킨다. 이제 커다란 거즈 조각으로 장식되어 있다.

"맙소사, 아니지, 그러기에는 너무 정중했어. 하지만 저녁 시간을 보내는 데는 좀 방해가 되어서, 경찰에 연락을 할 수밖에

* 따돌린다는 뜻.

없었지."

"그 사람들이 그걸 막으려고 하지는 않았고?"

"오, 아니야, 그 사람들도 전적으로 찬성했어. 자기들이 원하는 걸 찾는 데 경찰이 도움을 줄 수도 있다는 점에서 나와 의견이 같았지."

"하지만 그게 뭔지는 말해주지 않았고?"

그녀는 너를 무시하고 말을 이어간다.

"하지만 내가 너한테 정말로 하고 싶은 이야기는 그 남자들 몸이 온통 깃털로 덮여 있었다는 거야."

"저런."

"엉덩이에도 깃털이 삐죽삐죽 솟아 있었어. 머리카락에도. 어디에나 다 깃털이었어."

"어떤 총을 갖고 있었는데?"

"아, 그딴 걸 누가 알아?" 그녀는 묵살해 버린다. "그러다 경찰이 왔어. 나는 문을 열어주었고, 경찰이 모든 걸 정리했어."

"총싸움이 있었어?"

"총싸움? 말도 안 되는 소리 하지 마. 영국 경찰은 너무 전문적이라 그런 짓은 하지 않아."

"하지만 체포는 했고?"

"당연하지. 아니면 내가 왜 경찰에 연락을 했다고 생각하는 거야?"

"그런데 머리는 어쩌다 다쳤어?"

"어, 물론 그런 건 기억이 안 나. 내 관점에서 보자면 그게 이 이야기에서 가장 재미없는 부분이야."

"그래도 다 잘 끝났으니 다행이야."

"있잖아, 폴." 그녀가 말한다. "가끔 나는 너한테 정말로 실망해. 아주 즐겁고 아주 매혹적인 일이었는데, 너는 계속 그런 진부한 논평과 진부한 질문만 하다니. 물론 다 잘 끝났지. 모든 게 늘 그렇잖아, 안 그래?"

너는 대답하지 않는다. 결국, 너에게도 네 자존심이 있다. 네 의견으로는, 모든 게 다 잘 끝난다는 생각, 그리고 어떤 것도 절대 그렇게 끝나지 않는다는 생각, 이 두 가지는 똑같이 진부하다.

"그렇게 골내지 마. 내 인생에서 가장 재미있는 스물네 시간으로 꼽을 만하다니까. 사실 모두가—모든 사람이—나한테 아주 잘해줬어."

총잡이들. 경찰, 구급요원들. 병원. 러스키들. 바티칸. 따라서, 세상은 다 괜찮다.

그날 저녁, 피자를 사 들고 와 먹으면서, 나는 애너에게 그

소름 끼치는 삽화挿話를 전부 전해주었다. 나는 이야기했다, 다정하게, 걱정하면서, 거의 재미있어하면서, 완전히는 아니지만. 환상 속의 총잡이들, 진짜 경찰관들, 금괴, 깃털, 구급요원, 병원. 내 성품에 대한 수전의 비난 몇 가지는 생략했다. 그러나 나는 동시에 애너가 내가 예상한 대로 반응하지 않는다는 사실을 의식하고 있었다.

마침내 그녀가 말했다. "다 듣고 보니 공공 자금을 엄청나게 낭비한 것 같네."

"묘한 방식으로 사태를 바라보네."

"그래? 경찰, 총기반—'특수부'—구급차, 병원. 그 모든 게 정신없이 돌아다니며 수전을 두고 법석을 떨었잖아, 단지 수전이 술 마시고 떠들어댄 일을 가지고. 그리고 거기에는 너도 포함되고."

"나? 하숙인이 전화를 해서 집에 무장 경찰이 와 있다고 말하는데 내가 어떻게 하기를 기대하는 거야?"

"네가 달리 어떻게 할 거라고 기대하지 않았어."

"아니, 그럼—"

"우리가 식사를 하러 가거나 영화를 보러 나갈 때, 아니면 휴가를 떠나는데 이미 비행기 시간에 늦어버려 발을 동동 구를 때 네가 달리 어떻게 할 거라고 기대하지 않는 것처럼."

나는 그 이야기를 생각해 보았다. "아니, 나도 내가 그럴 거라고 기대하지 않아. 다르게 행동할 거라고."

우리가 막다른 곳에 이르고 있었다, 나는 그것을 깨달았다. 애초에 내가 애너를 좋아했던 이유 가운데 하나는 그녀가 늘 속에 있는 이야기를 한다는 것이었다. 그러니 여기에는 긍정적인 면만이 아니라 부정적인 면도 있었다. 아마도 모든 성격적 특질이 그러할 것이다.

"이봐." 내가 말했다. "처음 만날 때 우리는 이…… 모든 이야기를 했어." 어떻게 된 일인지, 나는 그 순간에 수전의 이름을 말할 수가 없었다.

"너는 말했지. 나는 들었고. 내가 반드시 동의했던 건 아냐."

"그럼 내가 오해를 한 거네."

"아니야, 폴, 너는 그걸 나에게 완전하게 설명하지 않았어. 어쩌면 앞으로는 저녁 데이트나 연극이나 주말 여행 계획을 적어놓으려고 다이어리를 꺼낼 때 늘 메모를 덧붙여야 할 것 같아. 수전 매클라우드의 알코올 섭취량에 달려 있음."

"그건 정말 부당해."

"부당할지는 모르지만 동시에 공교롭게도 사실이야."

우리는 입을 다물었다. 우리 가운데 어느 한쪽이 이걸 더 밀고 나가기를 원하느냐의 문제였다. 애너가 밀고 나갔다.

"이왕 말이 나왔으니 말인데, 폴, 이 말은 해두는 게 좋겠어. 수전 매클라우드…… 는 사실 나하고 맞는 여자는 아니야."

"알겠어."

"내 말은, 그래도 너를 위해 늘 수전한테 잘해주려고 노력할 거란 뜻이야."

"그래, 뭐, 그건 정말 너그러운 태도지. 이왕 이야기가 나왔으니, 내가 수전한테 내 인생에는 늘 수전을 위한 자리가 있을 거라고 약속했다는 이야기도 해두는 게 좋겠네, 설사 그게 다락방이라 해도."

"폴, 내 인생에는 다락방을 원치 않아." 그러더니 그녀는 그 말을 하고 말았다. "그 안에 미친 여자가 있는 건 더더욱 원치 않아."

나는 마지막 말이 우리 사이에 커져가는 정적을 채우도록 내버려 두었다. 마침내, 틀림없이 너무 깍듯하게 들렸겠지만, 나는 말했다. "수전이 미쳤다고 생각하다니 유감이야."

애너는 자기주장을 철회하지 않았다. 나는 내가 세상에서 수전을 이해하는 유일한 사람이라는 것을 깨달았다. 설사 내가 그 집에서 나왔다 해도 내가 어떻게 그녀를 버릴 수 있겠는가?

애너와 나는 각자의 생각을 상대에게 반쯤 감춘 채, 몇 주 더 이어갔다. 하지만 나는 그녀가 우리 관계를 버렸을 때 놀라지 않았다. 또, 그 시점에 이르러서는 그녀를 탓하지도 않았다.

따라서, 마지막에 이르렀을 때, 너는 사랑의 부드러움과 사랑의 매, 감정과 이성, 진실과 거짓, 약속과 위협, 희망과 자제를 다 시도해 본 뒤였다. 그러니 너는 기계가 아니기에, 한 접근법에서 다른 접근법으로 쉽게 옮겨 가지 못한다. 각각의 전략은 그녀에게만이 아니라 너에게도 감정적 긴장을 수반한다, 어쩌면 더 큰 긴장을. 이따금씩, 가볍게 술에 취한 그녀가 경쾌하게 약을 올리는 기분으로, 현실과 그녀에 대한 너의 걱정을 다 부정할 때면, 너는 어느새 생각하고 있다, 그녀는 장기적으로 보면 자신을 파괴하고 있는지 모르지만, 단기적으로는 너에게 더 큰 피해를 주고 있다고. 무력감, 좌절감에서 나온 분노가 너를 압도한다. 무엇보다 최악은, 이게 정당한 분노라는 것이다. 너는 너 자신의 정당함을 증오한다.

너는 대학에 다닐 때 그녀가 준 도주 자금을 기억한다. 전에는 그것을 사용할 생각을 해본 적이 없다. 하지만, 이제 너는 그것을 다 인출한다, 현금으로. 마블 아치에서 조금만 올라가면 나오는, 에지웨어 로드의 거의 끝에 있는 작고 이름 없는 호텔로 간다. 이곳은 유행을 따르는 비싼 동네가 아니다. 옆에는 작은 레바논 식당이 있다. 그곳에 머무는 닷새 동안 너는 술을 마시지 않는다. 정신이 맑기를 바란다. 너의 분노나 자기 연민이 과장되거나 왜곡되는 것을 바라지 않는다. 네 감정이 무엇이든 있는 그대로이기를 바란다.

근처 전화박스에서 매춘부들의 명함을 잔뜩 떼어낸다. 블루택으로 붙어 있어, 호텔 방의 작은 책상에 쭉 늘어놓기 전에, 명함 뒷면의 그 끈끈한 접착제를 떼어내 굴려 작은 공을 만들어 쓰레기통에 버린다. 의도적으로 천천히 손가락을 움직인다. 그런 다음 페이션스 게임*을 하는 것처럼 이 명함들을 내려놓으면서, '호텔 방문'을 해주는 이 매혹적인 여자들 가운데 누구와 씹을 하고 싶은지 결정한다. 첫 번째 전화를 한다. 여자는, 당연히, 명함의 사진과 전혀 닮지 않았다. 그 점이 눈에 들어오지만, 이의 제기는커녕 아무런 관심도 갖지 않는다. 실망의 잣대에서 보자면 이 정도는 아무것도 아니다. 장소와 거래는 네가 전에 사랑과 섹스는 이럴 것이라고 상상했던 모든 것과 정반대다. 그럼에도, 그냥 그대로 좋다. 효율적이고, 즐길 만하고, 감정에서 자유롭다, 좋다.

벽에는 반 고흐의 「까마귀가 있는 옥수수밭」의 싸구려 복제품이 걸려 있다. 그것을 보는 게 즐겁다. 역시 효율적이고, 이

* 카드 게임의 일종.

류고, 가짜인 즐거움이다. 그러나 이류에도 좋은 점이 있다는 생각이 든다. 아마도 이류는 일류보다 의지할 만할 것이다. 예를 들어, 진짜 반 고흐 앞에 있으면, 기대감에 잔뜩 부풀어 올라, 네가 제대로 반응하는 것인지 아닌지 신경이 예민해질지도 모른다. 하지만 아무도 적어도 너는 호텔 벽의 싸구려 복제품에 자신이 어떻게 반응하는지 관심을 갖지 않는다. 어쩌면 그것이 인생을 사는 방법인지도 모른다. 학창 시절 누군가 인생에서 기대를 낮추면 절대 실망할 일이 없다고 주장하던 기억이 난다. 혹시 거기에 진실이 있는 것은 아닌가 하는 생각이 든다.

욕망이 돌아오자 너는 다른 매춘부를 주문한다. 나중에, 레바논 음식으로 저녁을 먹는다. 텔레비전을 본다. 침대에 누워, 일부러 수전이나 그녀와 관련된 것을 생각하지 않는다. 누군가 네가 어디 있는지, 뭘 하고 있는지 볼 수 있다면 어떻게 심판할 것인지 관심을 두지 않는다. 집요하게, 거의 아무런 실제적 즐거움도 없이, SE15번지로 돌아갈 버스비만 남을 때까지 도주 자금을 계속 쓴다. 너는 너 자신을 책망하지 않는다, 죄책감을 경험하지도 않는다, 지금이나 나중이나. 너는 누구에게도 이 삽화에 관해 이야기하지 않는다. 하지만 덜 느끼는 것에도 좋은 점이 있는 것이 아닌가 하는 생각이 들기 시작한다—네 인생에 처음 있는 일도 아니지만.

셋

그는 가끔 자신에게 인생에 관한 질문을 던져보았다. 행복한 기억과 불행한 기억 가운데 어느 게 더 진실할까? 그는, 결국, 이 질문에는 답할 수 없다고 결론을 내렸다.

그는 수십 년째 작은 공책을 보관해 왔다. 그 안에 사람들이 사랑에 관해 한 말을 적었다. 위대한 소설가, 텔레비전에 나오는 현자, 자조自助를 돕는 스승, 오랜 세월 이어진 출장에서 만난 사람들. 그는 증거를 모았다. 그런 다음, 2년 정도마다 쓴 것을 살피면서 이제 진실이라고 믿지 않는 인용은 다 줄을 그어 지워버렸다. 보통, 이렇게 하면 그에게 겨우 두세 개의 잠정적 진실만 남았다. 잠정적이라고 한 것은, 다음번에, 이 또한 지워버리고, 그 시점에서 유효한 다른 두세 가지만 남길 수도 있기 때문이었다.

며칠 전 그는 브리스틀로 향하는 기차에 타고 있었다. 통로 건너편에서는 어떤 여자가 앞에 《데일리 메일》을 펼치고 있었다. 커다란 사진을 동반한 밝은 표제가 보였다. 여교장, 49세, 와인 여덟 잔 마신 뒤, 감자 칩을 상의 안쪽으로 떨어뜨리고, 학생에게 말했다 "와서 집어." 그런 표제를 본 뒤에, 기사를 읽을 필요가 뭐가 있을까? 또 독자가 그렇게 험악하게 암시된 교훈 외에 다른 교훈을 찾아낼 가능성이 얼마나 될까? 50년 전, 그 신문의 뜨거운 도덕주의가 어떤 이야기, 당시에는 지역 신문인 《애드버타이저 앤드 가제트》에도 나지 않았던 이야기에 적용되었을 경우에 찾아낼 가능성과 비슷할 것이다. 다음 10분 정도 그는 자신의 사례에서 나왔을 만한 표제를 만들어보았다. 새 공*이 왔네, 누구 한 게임 할 사람 없어? 테니스 클럽에 스캔들, 주부(48세)와 장발 학생(19세) 끌어안고 헐떡거리다 추방. 그 밑의 기사는 저절로 쓰일 것이다. "지난주 화끈한 소문이 떠오르면서 잎이 무성한 서리 지역의 레이스 커튼과 월계수 산울타리 뒤로 충격파가 퍼져 나갔다. 소문의 내용은……."

어떤 사람들은, 나이가 들면서, 바닷가에 살겠다고 결심한

* 공을 뜻하는 ball에는 고환이라는 뜻도 있다.

다. 그들은 조수가 다가왔다 물러나고, 해변에 거품이 보글거리고, 저 멀리서 부서지며 달려오는 큰 파도를 지켜보고, 또 아마도, 이 모든 것 너머에서, 시간의 대양에서 밀려오는 파도 소리를 들을 것이며, 거기에서 암시되는 외부의 광대함에서 그들 자신의 작은 삶과 임박한 필멸성에 대한 어떤 위로를 찾는다. 하지만 그는 그 나름의 움직임과 그 나름의 목적지가 있는 다른 액체 쪽이 더 좋았다. 하지만 거기에서 영원한 것은 보지 못했다, 그저 치즈로 변하는 우유뿐. 그는 사물을 보는 거창한 관점을 의심하고, 규정 불가능한 갈망을 경계했다. 그는 매일 현실을 다루는 쪽이 더 좋았다. 동시에 자신의 세계, 자신의 삶이 천천히 오그라들었다는 것을 인정했다. 하지만 그는 이것으로 만족했다.

예를 들어, 그는 아마 죽기 전에 다시 섹스를 할 수 없을 거라고 생각했다. 아마. 도저히. 혹시. 하지만 모든 것을 감안할 때, 없을 거라고 생각했다. 섹스에는 두 사람이 필요했다. 두 사람, 일인칭과 이인칭, 너와 나, 나와 너. 그러나 요즘, 그의 내부에서 일인칭의 시끌벅적함은 잠잠해졌다. 삼인칭으로 자신의 삶을 보고, 또 사는 것 같았다. 그것이 삶을 더 정확하게 평가하게 해주었다, 고 그는 믿었다.

그래서, 그 익숙한 기억의 문제. 그는 기억이 믿을 만하지 못하고 치우쳐 있다는 것을 인정했지만, 어느 쪽으로 치우쳤을까? 낙관 쪽으로? 그게 처음에는 말이 되었다. 사람들은 과거를 기분 좋게 기억했는데, 그렇게 하는 것이 자신의 존재를 정당화해 주었기 때문이다. 자신의 인생이 어떤 승리라고 볼 필요는 없지만—그 자신의 인생은 그런 것이라고 말할 수 없었다—재미있고, 즐길 만하고, 좋은 목적을 추구했다고 자신에게 말할 필요는 있었다. 좋은 목적을 추구했다? 그 말은 약간 인생을 과장하는 것일 수 있었다. 그럼에도 낙관적인 기억은 인생을 떠나는 것을 쉽게 해줄지도 모르고, 소멸의 고통을 완화해 줄지도 몰랐다.

하지만 똑같이 그 반대도 주장할 수 있었다. 기억이 비관 쪽으로 치우쳐 있다면, 돌아보았을 때 모든 게 실제로 그랬던 것보다 검고 황량해 보이고, 이렇게 되면 삶을 떠나는 게 더 쉬워질 수도 있다. 만일, 이제 죽은 지 30년 이상 흐른 그리운 조운처럼, 살아서 이미 지옥에 갔다 왔다면, 진짜 지옥, 또는, 더 그럴듯하게, 영원한 비존재가 무엇이 두려울까? 그의 마음으로 아프가니스탄에 간 영국 군인의 헤드캠*에 포착된 말이 흘

* 머리에 설치하는 카메라.

러들었다—다른 군인이 부상당한 포로를 처형하면서 한 말이었다. "다 끝났어. 이제 이 속세의 번뇌를 벗어,* 이 씹아." 그 병사는 방아쇠를 당기기 전에 그렇게 말했다. 현대 전장에서 셰익스피어를 반쯤 인용하다니 인상적이다, 당시 그는 그렇게 생각했다. 왜 그 말이 머리에 떠올랐을까? 아마 조운의 욕설과 관련이 있었을 것이다. 따라서 그는 삶이 그저 벗어야 할 좆같은 번뇌에 불과하다고 느끼는 것의 긍정적인 면을 생각했다. 그리고 사람들은 그저 씹이었다, 여자가 아니고, 남자들이. 비관적 기억에는 진화적으로 유리한 점도 있을지 몰랐다. 식량 배급 줄에서 다른 사람들에게 자리를 양보하는 것을 꺼리지 않을 수도 있었다. 광야로 떠나버리는 것, 또는 더 큰 선을 위해 과감하게 어떤 산비탈에서 말뚝에 내걸리는 것이 사회적 의무라고 볼 수도 있었다.

하지만 그것은 이론이었고, 이 경우에는 현실적인 문제가 있었다. 그가 보는 바로는, 그의 삶의 마지막 과제 가운데 하나는 그녀를 올바르게 기억하는 것이었다. 이 말은, 정확하게, 매일 매일, 매년, 처음부터 중간을 거쳐 끝까지라는 뜻이 아니었다.

* 셰익스피어의 『햄릿』에 나오는 말.

끝은 끔찍했고, 너무 많은 중간이 시작 위로 쑥 머리를 내밀고 있었다. 아니, 그가 뜻하는 바는 이런 것이었다. 처음 함께했을 때의 그녀를 있는 그대로 기억하고 유지하는 것이, 그들 둘다에게, 마지막 의무라는 것. 그가 여전히 그녀의 순수, 영혼의 순수라고 생각하는 것으로 돌아가 그녀를 기억하는 것. 그런 순수의 얼굴이 훼손되기 전. 그래, 그게 적당한 말이다. 거친 술이라는 낙서를 긁적거려 밑에 있던 것을 지워버린 것이다. 그래서, 원래의 얼굴을 잃어버린 것이다. 그래서 그 이후 그가 그녀를 볼 수 없게 된 것이다. 그녀를 잃기 전, 그녀의 모습을 잃기 전, 그녀가 그 사라사 무명 소파 속으로 사라지기—"봐, 케이시 폴, 나는 사라지는 연기를 하고 있어!"—전에 그녀가 어땠는지 볼 수, 기억할 수 없게 된 것이다. 그가 사랑했던 첫 사람—단 한 사람—의 모습을 잃기 전에 그 사람이 어땠는지를.

물론 그에게는 사진이 있고, 그게 도움이 되었다. 오래전에 잊어버린 어느 숲의 나무줄기에 기댄 채 그를 보고 웃음을 짓고. 뒤로 멀리 덧문이 닫힌 오두막들이 한 줄로 늘어선 텅 빈 넓은 해변에서 바람에 휘말리고. 심지어 가장자리가 녹색인 그 테니스 원피스를 입은 사진도 있었다. 사진은 유용하지만, 어떻게 된 일인지 늘 기억을 해방하기보다는 확인해 주었다.

그는 자신의 마음을 움직여 자꾸 날아가 버리는 그녀를 잡으려 했다. 모든 것이 막혀버리기 전, 그녀의 명랑함, 그녀의 웃음, 그녀의 전복성, 그에 대한 그녀의 사랑을 기억하려 했다. 늘 그녀에게 불리한, 늘 그들에게 불리한 상황에서, 그녀의 씩씩함, 행복을 만들어내려는 그녀의 용감한 시도. 그래, 이것이 그가 좇는 것이었다. 미래에 뭐가 담겨 있을지 알 수 있는 이렇다 할 실마리가 없음에도, 행복한 수전, 낙관적인 수전. 그것이 재능이었고, 그녀의 성격 가운데 행운의 조각이었다. 그 자신은 미래를 보면서 확률을 평가한 뒤 낙관주의와 비관주의 가운데 어느 것이 어울리는 전망인지 결정하는 경향이 있었다. 그는 자신의 기질에 삶을 갖다놓았다. 반면 그녀는 삶에 자신의 기질을 갖다놓았다. 물론, 그것이 더 위험했다. 기쁨은 더 주지만, 안전망을 남기지 않았기 때문이다. 그럼에도, 그는 생각했다, 적어도 그들은 현실성에 지지는 않았다.

이런 모든 것이 있었다. 그리고 또 그녀가 그를 그냥 있는 그대로 받아들이는 방식이 있었다. 아니, 그 이상이었다. 그녀는 그를 있는 그대로 즐겼다. 그리고 그를 믿었다. 그녀는 그를 보았고 그를 의심하지 않았다. 그는 그가 그 자신에게서 뭔가를 이루어낼 거라고, 그의 삶에서 뭔가를 이루어낼 거라고 생각했다. 어떤 의미에서 그는 그렇게 했다, 그들 둘이 예측했을 만한 대로는 아니었지만.

그녀는 말하곤 했다. "귀염둥이들을 죄다 오스틴에 욱여넣고 바다로 드라이브나 가자." 또는 치체스터 성당으로, 또는 스톤헨지로, 또는 중고서점으로, 또는 중심에 천 년 묵은 나무가 있는 숲으로. 또는 공포영화를 보러, 그녀가 아무리 그런 영화가 무서워 정신을 놓을 지경이라 해도. 또는 유원지로, 그곳에서 그들은 범퍼카 놀이터를 쏜살같이 돌고, 솜사탕을 잔뜩 먹고, 코코넛 빼내기 게임에서 점수를 따지 못하고, 숨이 한 모금도 남지 않을 때까지 다양한 놀이기구를 타고 빙빙 돌며 공중으로 날아오르곤 했다. 그는 자신이 이 모든 일을 그때, 그녀와 함께한 것인지 아닌지 잘 몰랐다. 어떤 것들은 아마 그 뒤에, 어떤 것들은 심지어 다른 사람들과 했을 것이다. 하지만 그에게 필요한 것은 그런 종류의 기억, 그녀가 실제로 없었다 해도 그녀를 다시 데려오는 기억이었다.

안전망이 없다—하나의 이미지가 늘 반복되곤 했다, 그녀를 생각할 때마다. 그는 창밖에 있는 그녀의 손목을 잡고 있었다. 안으로 끌어당길 수도 없고 떨어지도록 놓아둘 수도 없었다. 무슨 일인가 일어나기 전에는 둘의 삶이 모두 괴롭기 짝이 없는 정지 상태에 놓여 있었다. 그래서 과연 무슨 일이 일어났던가? 그래, 그는 사람들을 조직하여 그녀의 추락을 막을 만큼 높이 매트리스를 쌓으려고 했다. 또는 소방대에게 추락자용 안전판을 들고 있게 했다. 또는…… 하지만 그들은 공중그네 곡예사들처럼 서로 손목이 단단히 묶여 있었다. 그 혼자 그녀를 붙들고 있는 것이 아니라, 그녀도 그를 붙들고 있었다. 그러다 결국 그는 힘이 빠졌고, 그녀를 놓았다. 그녀의 추락에는 완충장치가 있었지만, 그럼에도 매우 고통스러웠다. 전에 그녀가 말한 적이 있듯이, 그녀는 뼈가 무거웠기 때문이다.

물론, 그의 공책에는 이런 내용도 적혀 있었다. "한 번도 사랑해 본 적이 없는 것보다는 사랑하고 잃어본 것이 낫다." 그것은 그렇게 그 자리에 몇 년을 있었다. 그러다가 그가 줄을 그어 지워버렸다. 그랬다가 다시 적어 넣었다. 그 뒤에 다시 줄을 그어 지웠다. 이제 그에게는 두 항목이 나란히 있다. 하나는 깨끗하게 진실로, 다른 하나는 줄이 그어진 거짓으로.

그는 빌리지의 생활을 돌이켜보면서 그것이 단순한 체계에 기초를 두고 있었던 것으로 기억했다. 각각의 병에는 하나의 치료법이 있었다. 목이 아플 때는 TCP, 벤 데는 데톨, 두통에는 디스프린, 기관지가 안 좋을 때는 빅스. 그 외에 더 큰 일들이 있었지만, 여전히 해결책은 단일했다. 섹스의 치료는 결혼, 사랑의 치료는 결혼, 부정不貞의 치료는 이혼, 불행의 치료는 일, 극도의 불행의 치료는 술, 죽음의 치료는 내세에 대한 허약한 믿음.

사춘기 소년 시절 그는 더 복잡한 것을 갈망했다. 그리고 인생은 그가 그런 것을 발견하는 걸 허락했다. 가끔, 그는 삶의 복잡함은 겪을 만큼 겪어보았다는 느낌이 들었다.

그는 애너와 부딪치고 나서 몇 주 뒤, 세 들어 살던 방을 버리고 헨리 로드로 돌아갔다. 어딘가에서, 그가 그 뒤에 읽은 어떤 소설에서, 그는 이런 문장과 마주쳤다, "그는 자살을 하는 사람처럼 사랑에 빠졌다." 꼭 그렇다고 할 수는 없었지만, 그에게 선택의 여지가 없었다는 의미에서는 통하는 데가 있었다. 그는 수전과 함께 살 수가 없었다. 그렇다고 그녀를 떠나서 별도의 삶을 확립할 수도 없었다. 따라서 다시 그녀와 함께 살러 돌아갔다. 용기였을까 겁이었을까? 아니면 그저 불가피했던 것일까?

그래도 이제는 자신이 다시 굴복하고 있는 삶의 규칙화된 무규칙에는 익숙했다. 그녀는 행복이나 안도가 아니라, 놀라움이 전혀 없는 태평한 태도로 그의 재등장을 맞이했다. 그런 귀환은 언제고 일어날 일이었기 때문이다. 젊은 남자들에게는 비행을 허락해야 하지만, 그렇다고 그들이 결코 떠나지 말았어야 할 곳으로 돌아왔을 때 축하해 주어서는 안 되었기 때문이다. 그는 이런 모순된 반응을 알아챘지만 분개하지 않았다. 분개할 것들의 자로 재보자면, 그것은 정말이지 하찮았다.

그래서—얼마나 오래? 다시 4~5년?—그들은 한 지붕 밑에서 계속 함께 있었고, 좋은 날도 있고 나쁜 주도 있었다. 격분을 삼키고, 이따금씩 분출하면서 점점 사회적으로 고립되어 갔다. 이 모든 것을 이제 그는 재미있다고 느끼지 않았다. 대신 그는 실패자이고 추방당한 자라고 느꼈다. 이 시기에 그는 다른 여자와 결코 가까워지지 않았다. 한두 해가 지난 뒤 에릭은 이 분위기를 더 견딜 수가 없어 이사를 갔다. 꼭대기의 두 방은 간호사들에게 세를 주었다. 뭐, 경찰관은 구할 수가 없었다.

하지만 이 시기 동안 그를 놀라게 한, 그리고 그의 미래의 삶을, 그것이 다가왔을 때, 편하게 해준 한 가지 발견이 있었다. 그의 사무실 관리자가 임신한 사실을 공개했다. 사무실에서는 대신할 사람을 구하려고 광고를 했으나 적합한 사람을 찾을 수가 없었다. 그는 그 일을 자원했다. 그 일이 시간을 하루 종일 잡아먹는 경우는 거의 없었기 때문에, 그는 계속 법적 지원 사건들을 몇 가지 처리했다. 그는 일상적 사무, 일지 정리, 우편물 처리, 청구서 정리—심지어 커피 머신이나 냉수기를 관리하는 평범한 일조차—가 자신에게 조용한 만족감을 준다는 것을 알았다. 한편으로는, 틀림없이, 헨리 로드에서 낮은 수준의 사무를 보는 것 이상의 일에는 적합하지 않은 상태로 출근하는 일이 많았기 때문일 것이다. 하지만 그는 사무실을 운영하는 데서 예상치 못한 기쁨을 맛보기도 했다. 게다가 동료들은 그가 자신들의 삶을 편하게 해주는 것에 솔직하게 고마워했다. 헨리 로드와의 대조는 너무도 분명했다. 그가 없었다면 자신의 삶이 훨씬 고되었을 것이라는 이유로 수전이 그에게 마지막으로 고마워한 게 언제였던가?

사무실 관리자는, 모성애가 주는 짜릿한 놀라움에 관해 수도 없이 설명하면서, 돌아오지 않겠다고 알렸다. 그는 그 일을 전담했다. 그리고 세월이 흐른 뒤에는 이런 실용적인 능력이 그의 탈출 수단임이 드러났다. 그는 법률회사, 자선단체, NGO를 위해 사무실을 관리했으며, 그래서 여행을 할 수 있었고, 필요할 때는 다른 데로 옮길 수 있었다. 그는 아프리카에서, 또 북남 아메리카에서 일했다. 뻔한 일과는 자신에게 존재하는지도 몰랐던 어떤 부분에 만족감을 주었다. 그는 빌리지 테니스 클럽 시절, 나이 든 축에 속하는 회원 일부가 경기를 하던 모습에 충격을 받았던 기억이 났다. 그들은 분명히 유능했지만,

표현력과 창의력이라고는 찾아볼 수 없었다. 그냥 오래전에 죽은 어떤 코치의 지침을 따르기만 하는 것 같았다. 그래, 그때 그들은 그랬다. 그런데 이제는 그가 여느 틀에 박힌 늙은 테니스 클럽 회원처럼 사무실을 운영할 수 있었다—어디에서나, 언제나. 그는 만족감을 혼자만 간직했다. 그리고 세월이 흐르면서 돈이라는 지점도 보게 되었다, 그것이 무엇을 할 수 있는지—또 없는지.

또 한 가지가 있었다. 그것은 그의 자격에 미달하는 일이었다. 그렇다고 그가 그 일을 진지하게 받아들이지 않았다는 것은 아니지만. 그는 진지하게 받아들였다. 그러나, 직업이라는 면에서 보았을 때, 이제 기대를 낮추었기 때문에, 실망하는 경우는 거의 없다는 것을 알게 되었다.

그에게는 그녀가 과거에 어땠는지 돌아보고, 그녀를 탈환할 의무가 있었다. 하지만 그녀에게만 그런 것이 아니었다. 자신에 대한 의무도 있었다. 돌아보고…… 자신을 탈환하는? 무엇으로부터? '그 이후 그의 삶의 난파'로부터? 아니, 그것은 멍청할 정도로 신파적이었다. 그의 삶은 난파한 적이 없었다. 그의 심장, 그래, 그의 심장은 불로 지져진 적이 있었다. 하지만 그는 살 방도를 찾아냈으며, 그 삶을 계속했고, 그것이 그를 여기로 데려왔다. 여기에서, 그는 그 자신을 한때 그랬던 모습으로 볼 의무가 있었다. 이상한 일이다, 젊었을 때는 미래에 아무런 의무가 없는데, 나이가 들면 과거에 의무가 생긴다. 하필이면 자신이 바꿀 수도 없는 것에.

그는 학창 시절, 선생들로부터, 종종 '사랑과 의무 사이의 갈등'이 등장하는 책과 희곡을 읽도록 지도받았던 기억이 났다. 그런 옛날이야기에서 순수하지만 열정적인 사랑은 종종 가족, 교회, 왕, 국가에 대한 의무와 충돌하곤 했다. 어떤 주인공들은 승리하고, 어떤 이들은 패배하고, 어떤 이들은 동시에 그 두 가지를 다 했다. 보통, 비극이 이어졌다. 종교적이고, 가부장적이고, 위계적인 사회에서는 그런 갈등이 계속되고 여전히 작가들에게 주제를 제공한다는 데 의심의 여지가 없었다. 하지만 빌리지에서는? 그의 가족은 교회에 가지 않았다. 위계적인 사회구조도 별로 없었다, 탈퇴시킬 권한이 있는 테니스와 골프 클럽 위원회를 치지 않는다면. 가부장제도 심하지 않았다—어머니가 있을 때는 어림없었다. 가족의 의무를 보자면, 그는 부모를 달랠 의무감을 느끼지 않았다. 사실, 요즘에는 부담이 옮겨 가, 무엇이 되었든 그들의 자식이 할지도 모르는 '인생의 선택'을 받아들이는 것이 부모의 일이 되었다. 미용사 페드로와 그리스 섬으로 달아난다든가, 곧 어머니가 될 교복 입은 여학생을 집에 데려온다든가.

그러나 낡은 교조로부터의 이런 해방은 그 나름의 복잡한 상황을 초래했다. 의무감은 내면화되었다. '사랑'은 그것 자체로 '의무'였다. 너는 '사랑할 의무'가 있었고, 이제 그것이 너의 중심적인 믿음 체계이기 때문에 의무감은 더욱 강해졌다. 또 '사랑' 자체가 많은 '의무'를 수반했다. 그래서, '사랑'은 겉으로는 무게가 없어 보여도 아주 무거울 수 있었고, 강하게 속박할 수 있었으며, '의무'는 예전과 마찬가지로 큰 재앙을 일으킬 수 있었다.

그가 이해하게 된 또 한 가지. 그는, 현대 세계에는, 시간과 장소는 이제 사랑 이야기와 관련이 없다고 상상하고 있었다. 그러나 돌이켜보니, 그것이 자신의 이야기에서 그가 미처 깨닫지 못했을 만큼 큰 역할을 해왔다는 것을 알게 되었다. 그는 오래되고, 지금도 계속되고, 도저히 뿌리 뽑을 수 없는 망상에 굴복하고 있었던 것이다, 어떤 식으로든 연인들은 시간의 밖에 있다는 망상.

지금 그는 잠시 핵심에서 벗어나고 있었다. 핵심은 수전과 그 자신이었다, 그 오랜 세월 전의. 거기에 이르려면 그녀의 수치를 처리해야 했다. 하지만 또, 그는 알았다, 그의 수치도 있었다.

몇 번의 검열에서도 살아남은 그의 공책의 한 기록. "사랑에서는 모든 것이 진실인 동시에 거짓이다. 사랑은 터무니없는 말을 하는 것이 불가능한 한 가지 주제다." 그는 처음 이 말을 발견한 이후로 계속 이 말이 마음에 들었다. 이것이 더 넓은 생각으로 가는 길을 열어주었기 때문이다. 즉 사랑 자체가 절대 터무니없지 않다는 것, 그 참가자들 누구도 그렇지 않다는 것. 한 사회가 강요하려 하는 감정과 행동의 모든 엄격한 정통성에도 불구하고, 사랑은 그것을 미끄러져 지나쳐버린다. 가끔, 농장 마당에서, 있을 법하지 않은 애착의 형태들을 본다—나귀와 사랑에 빠진 거위, 사슬에 묶인 마스티프*의 두 발 사이에서 안전하게 놀고 있는 새끼 고양이. 인간 농장 마당에도 마찬가지로 있을 법하지 않은 애착의 형태들이 존재했다. 하지만 절대, 그 참가자들에게는, 터무니없지 않았다.

* 털이 짧고 덩치가 큰 맹견.

매클라우드 사람들에게 노출된 한 가지 결과는 분노한 남자들에 대한 혐오가 그의 마음에 영구히 자리 잡게 되었다는 점이었다. 아니, 혐오가 아니라, 염증. 권위의 표현, 남성성의 표현인 분노, 신체적 폭력의 서곡인 분노. 그는 그 모든 것을 싫어했다. 분노에는 무시무시한 거짓 미덕이 있었다. 나를 봐라, 분노했다, 감정으로 완전히 꽉 차올라 얼마나 끓어넘치고 있는지 봐라, 내가 정말로 살아 있는 걸 봐라(저기 있는 저 모든 싸늘한 물고기*들과는 달리), 네 머리카락을 움켜쥐고 네 얼굴을 문에 갖다 박음으로써 내가 그걸 증명하는 걸 봐라. 그리고 이제 내가 너 때문에 어떤 행동을 했는지 봐라! 나는 그것에도 분노한다!

그에게 분노는 절대로 그냥 분노가 아닌 것으로 보였다. 사랑은, 대개, 그 자체로, 그냥 사랑이었다. 그래서 어떤 사람들은 달리 감추지 못하고 이제는 둘 사이에 사랑이 없다고, 어쩌면 있었던 적도 없었을 거라고 생각되게끔 행동할 수밖에 없다. 하지만 분노, 특히 독선으로 포장된 경우(어쩌면 모든 분노가 그럴 것이다)의 분노는 다른 것의 표현인 경우가 너무 흔했다, 권태, 경멸, 우월감, 실패감, 증오. 또는 심지어, 여성 특유의

* 냉정한 사람을 가리키는 말.

현실적인 면에 짜증나게 의존하는 것처럼, 겉으로 사소해 보이는 것.

그렇다 해도, 그에게는 상당히 놀라운 일이지만, 그는 마침내 매클라우드를 비워하는 것을 그만두게 되었다. 사실, 그 남자는 죽은 지 오래되었다—물론 죽은 자를 미워하는 것도 얼마든지 가능하고, 사실 합리적인 일이지만. 전에 어느 단계에는, 자신이 죽는 날까지 그 증오를 그대로 안고 살게 될 것이라고 상상했다. 그러나 그렇게 되지는 않았다.

무슨 일이 어떤 순서로 일어났는지는 자신 있게 말할 수 없었다. 어느 시점에, 매클라우드가 은퇴를 했고, 그럼에도 계속 그 큰 집에 살았으며, 식모이자 가정부가 시중을 들었고, 그는 그녀에게 낡은 방식으로 꼼꼼하게 예의를 지켰다. 일주일에 한 번씩은 골프 클럽에 가서 개인적인 원수라도 되는 것처럼 정지해 있는 공을 쳤다. 화가 난 사람처럼 정원 일을 하고, 화가 난 사람처럼 담배를 피우고, 눈알 상자를 켜고 간신히 몸을 침대로 옮길 정신이 남을 때까지 그것을 보며 술을 마셨다. 도둑질하는 미시즈 다이어는 아침에 왔을 때 텅 빈 화면에서 계속 윙윙거리는 소리가 나는 것을 발견하곤 했다.

그러다가, 어느 겨울 아침, 매클라우드는 밖에 나가 캐비지를 내다 심다가 단단한 땅에 쓰러져 몇 시간 동안 눈에 띄지 않고 그대로 방치되었다. 뇌출혈은 최악의 결과를 낳았다. 반신불수에 말은 전혀 하지 못하게 된 그는 이제 간호사의 정기적 방문, 딸들의 한 달에 한 번 정도의 방문, 수전의 더 불규칙한 방문에 의지해 살았다. 오랜 친구인《레이놀즈 뉴스》의 모리스는 이따금씩 들러, 다 알면서도 의학적 조언을 어겨가며 반 남은 위스키 병을 꺼내 일부를 매클라우드의 목 안에 부어주었고, 그러면 친숙한 눈이 그를 마주 보며 껌뻑거리곤 했다. 가정부가 침대보를 둘둘 만 채 바닥에 쓰러져 죽은 그를 발견했을 때, 수전은 이미 오래전에 모든 것을 마사와 클라라에게 위임한 뒤였다. 원치 않는 내용물이 많았던 집은, 부동산 개발업자의 앞잡이였을지도 모르는 수상쩍은 지역민에게 팔렸다.

이런 연속적인 흐름 가운데 어딘가에서 그는 매클라우드를 미워하는 것을 그만두게 되었다. 매클라우드를 용서하지는 않았지만—그는 용서가 증오의 반대라고 생각하지 않았다—부글거리는 반감과 밤 시간에 터져 나오는 분노가 어쩐 일인지 의미가 없어졌다는 사실을 인정하게 되었다. 그러나, 매클라우드가 겪은 모든 수모와 병에도 불구하고, 그에게 동정심을 느끼지는 않았다. 이것을 그는 불가피한 일로 여겼다. 사실 요즘 그는 일어난 대부분의 일을 불가피한 것으로 여기고 있었다.

책임의 문제? 그것은 외부인들이나 운위할 일로 보였다. 겁이 없을 만큼 증거와 지식이 부족한 사람들만이 자신만만하게 이 사람 저 사람에게 이만큼 저만큼 책임을 물을 수 있는 법이었다. 그는, 이렇게 거리가 멀어졌음에도, 스스로 그렇게 하기에는 여전히 너무 깊이 얽혀 있었다. 게다가 그는 또 인생에서 반사실적 조건문을 따라가보기 시작하는 단계에 이르러 있었다. 저것이 아니라 이것이 일어났다면 어떻게 되었을까? 한가한 짓이기는 하지만 빠져나오기 힘들었다(그리고 어쩌면 이것이 책임의 문제가 다가오는 것을 막아주는지도 몰랐다). 예를 들어, 그가 테니스 클럽에 도착했을 때 시간을 주체하기 어렵고—또 거의 의식하지는 못했지만—사랑을 간절히 원하고 있던 열아홉이 아니었다면 어땠을까? 수전이, 종교적 또는 도덕적 관념 때문에, 그가 관심을 가지는 것을 막고, 빈틈없이 혼합복식을 칠 수 있는 전술만 가르쳤다면 어땠을까? 매클라우드가 계속 아내에게 성적 관심을 유지했다면 어땠을까? 이 모든 일이 하나도 일어나지 않았을지도 모른다. 하지만 일어났다는 것을 일단 받아들이고, 그런 뒤에 책임을 물으려 할 경우에는 바로 전사로 들어가게 되는데, 지금 그것은, 그들 세 사례 가운데 둘의 경우에는, 접근이 불가능하게 되어버렸다.

그 감전된 듯한 첫 몇 달은 그의 현재의 질서를 다시 잡고 미래를 규정했다, 지금에 이르기까지. 하지만, 예를 들어, 그와 수전이 서로에게 매력을 느끼지 못했다면 어땠을까? 그들이 위장하기 위해 지어낸 많은 이야기들 가운데 하나가 사실이었다면 어땠을까? 그는 그녀에게 새 안경이 필요해서 차를 태워다주는 젊은 남자였다. 그는 한 딸, 또는 두 딸 모두의 친구였다. 그는 말하자면 고든이 키우는 사람이었다. 이제, 서서히 얻어낸 평온한 상태에서, 그는 실제와는 다른 상황을, 완전히 다른 사실과 감정들을 쉽게 상상할 수 있다는 것을 알게 되었다.

호기심을 느끼고, 그는 이 가지 않았던 길을 따라가보았다. 예를 들어, 그는 매클라우드 영감의 정원 일을 도와주기 시작했다. 수전과 테니스를 칠 뿐 아니라, 골프도 치게 되어, 클럽에서 레슨을 받고 종종 고든—그렇게 불러달라는 요청을 받았다—과 파트너가 되어 페어웨이에 아직 이슬이 반짝일 때 지역 골프 코스의 18홀을 돌았다. 그가 옆에 있으면 왠지 매클라우드 영감은 긴장을 풀었다. 퉁명스러움은 가면에 불과했고, 폴은 그가 골프장의 티에서 조금 더 긴장을 푸는 데 도움을 줄 수 있었다. 폴은 심지어 그에게 (미국 골프 매뉴얼을 넘겨본 뒤에) 그 작고 옴폭옴폭 파인 공을 증오하기보다는 사랑하는 법을 가르쳐주기까지 했다. 그는—케이시 폴은, 이제 수전 외에도 많은 사람들이 그를 그렇게 불렀다—자신이 술을 좀 좋아하는 편이라는 것을 알게 되었다. 조운과는 진, 고든과는 맥주, 수전과는 이따금씩 셰리주 한잔, 물론 모두가 어떤 지점에 이르면 이만하면 됐고 한 잔 더는 너무 많다는 데 동의했지만. 그러다가—이 대안적 삶을 끝까지 따라가, 논리적이라고 할 수는 없지만, 적어도 관습적인 결말에 이르러 본들 뭐 어떠랴—그와 매클라우드의 딸들 가운데 하나가 (그들의 부모가 썼을 만한 표현으로) '서로에게 다정해졌다면' 어땠을까? 마사, 아니면 클라라? 분명히 클라라였을 것이다, 그녀가 수전의 성격적 특질을 더 물려받았으니까. 하지만 이것은 반사실적 조건문이기 때문에, 그는 마사를 선택했다.

즉각적인 결과는 매클라우드 부부가 진짜로 집에 들러 그의 부모와 셰리주를 마셨다는 것이다—그와 마사가 두려워하던 행사였지만, 실제로는 아주 잘 진행되었다. 두 부부는 결코 조화로운 브리지 4인조를 이루지는 못하겠지만, 도무지 화합할 수 없는 것을 모두가 서로 눈감아주기로 하는 데 성 미가엘 교회 목사와 날짜를 잡는 것에 비길 만한 일은 없었다. 그리고—이 반사실적 조건문이 이제 제멋대로 걷잡을 수 없이 흘러가 버렸기 때문에—그는 결혼식 날을 호사스러울 만큼 아름다운 날씨로, 심지어 이중 무지개로 장식하기로 결정했다. 그러다가, 변덕이 생겨, 그는 있어본 적이 없는 여동생을 자신에게 만들어주기로 했다. 부모를 좀 흔들어놓기 위해 그녀를 레즈비언으로 만들었다. 오, 그런데 여동생이 결혼식에 아기를 데려왔다. 결혼식 동안 울지 말아야 할 순간에는 절대 울지 않는 서구 유일의 아기. 뭐 어떠랴?

그는 자신에게 떠오른 이런 이상한 환상을 털어버리기 위해 고개를 저었다. 삶을 바라보는 데는 두 가지 방식이 있었다. 어쨌든, 두 가지 극단적인 관점이 있고, 그 사이에 관점들로 이루어진 연속체가 있다고 할 수 있었다. 한 관점은 모든 인간 행동이 반드시 그것 대신 수행될 수도 있었을 다른 모든 행동을 말살해 버린다고 주장했다. 따라서 인생은 일련의 작고 큰 선택, 자유로운 의지의 표현으로만 이루어지며, 그 결과 개인은 인생이라는 거대한 미시시피강을 칙칙폭폭 떠내려가는 작은 외륜선의 선장과 같았다. 또 한 가지 관점은 모든 일이 불가피하며, 전사의 영향력은 지배적이고, 인간의 삶은 통나무의 돌출부 하나*에 불과한데, 이 통나무 또한 거대한 미시시피를 따라 떠내려가고 있으며, 아무도 통제할 수 없는 물살과 소용돌이와 우연에 끌려가고 시달리고 두들겨 맞고 꿤을 당한다고 주장했다. 폴은 이 둘 가운데 어느 하나일 필요는 없다고 생각

* 보통 꼼짝도 하지 않고 말도 없고 반응도 없는 사람을 가리킬 때 쓰는 말.

했다. 그는 삶—물론 자신의 삶—이 처음에는 불가피성의 지배를 받지만, 나중에는 자유의지를 발휘하면서 살 수 있는 것이라고 생각했다. 그러나 동시에, 나중에 뒤돌아보면서 삶을 재정리하는 것은 늘 자기 입맛에만 맞추게 될 가능성이 높다는 것도 깨달았다.

그는 더 생각을 해보고 나서, 그의 반사실적 조건문 가운데, 마사가 그를 잠재적인 남편감으로 고려라도 하는 것은 도저히 있을 법하지 않은 일이라고 판단했다.

늘 수전 '되돌려 주기'라고 생각하던 일을 그가 후회했을까? 아니. 여기서 적절한 말은 죄책감일지도 모른다. 아니면 그보다 더 예리한 동료인, 가책. 하지만 그 일에도 불가피성이 있었고, 이것이 그 행동에 다른 도덕적 색깔을 입혔다. 그는 도저히 계속할 수는 없다는 것을 알았다. 그녀를 구원할 수 없었고, 따라서 자신을 구원해야 했다. 그렇게 단순한 일이었다.

아니, 물론 그렇지 않았다, 훨씬 복잡한 일이었다. 계속할 수도 있었다, 자신을 속이는 동시에 괴롭히면서. 계속할 수 있었다, 그녀를 진정시키는 동시에 그녀의 정신과 기억이 3분 걸리는 순환 고리를 뱅글뱅글 돌 때도 그녀를 다독이면서. 같은 의자에 두 시간 동안 앉아 있었음에도, 그가 있다는 사실에 새삼 놀라는 것에서 시작하여, 그의 실재하지 않는 부재에 대한 비난을 거쳐, 경악과 공황에 이르는 순환 고리. 그는 그런 경악과 공황을 부드러운 말과 따뜻한 기억으로 진정시키곤 했고, 그녀는 오래전에 술로 그런 기억을 머리에서 깨끗이 비워버렸음에도 동의하는 척하곤 했다. 아니, 그는 계속할 수 있었다, 감정적인 간병인 역할을 하면서, 그녀가 점점 해체되어가는 과정을 지켜보면서. 그러나 그렇게 하려면 그는 마조히스트가 되어야 했을 것이다. 게다가 그 무렵 그는 그의 인생에서 가장 무시무시한 발견을 했다, 이후 그의 모든 관계에 그림자를 드리울 것 같은 발견이었다. 가장 열렬하고 가장 진지한 사랑이라도 정확한 공격을 받으면 연민과 분노의 혼합물로 응고해버릴 수 있다는 깨달음. 그의 사랑은 사라졌다. 쫓겨나 버렸다. 달이 갈수록, 해가 갈수록. 하지만 그가 충격을 받은 것은 사랑을 대체한 감정이 전에 그의 심장에 자리 잡고 있던 사랑만큼이나 격렬하다는 점이었다. 그래서 그의 삶과 그의 심장은 전과 마찬가지로 동요했는데, 다만 이제는 그녀가 그의 심장을 진정시켜 줄 수 없다는 게 다를 뿐이었다. 그리고 이로써, 마침내, 그녀를 되돌려 줄 수밖에 없을 때가 왔다.

그는 마사와 클라라에게 똑같은 편지를 썼다. 감정을 자세히 늘어놓지는 않았다. 그냥 장기간—어쩌면 몇 년간—출장을 가야 하는데 수전을 데려갈 수 없다는 것은 분명하다는 이유만 댔다. 석 달 뒤에 떠날 예정인데, 그들이 적절한 조치를 취하기에 충분한 시간이면 좋겠다. 미래에 언젠가, 그녀를 어떤 요양시설에 들여보내야 하면, 그도 돕기 위해 할 수 있는 일을 하겠다. 하지만 현재로서는 힘이 될 수 있는 입장이 아니다.

대부분은 사실이었다.

해외로 가기 전에 한 군데 들러야만 할 곳이 있었다. 그것을 두려워하고 있었을까, 아니면 고대하고 있었을까? 둘 다였을 것이다, 아마도. 초인종을 눌렀을 때는 5시였다. 이번에는 대위선율을 이루며 요란하게 짖어대는 소리가 아니라 멀리서 단 한 번 짖는 소리가 응답했다. 조운이 문을 열었을 때, 그녀 옆에는 차분하고 늙수그레한 황금색 리트리버가 있었다. 조운의 눈이 완전히 안개로 덮인 것처럼 보이니, 이 개는 안내견이라고 해도 좋겠다, 고 그는 생각했다.

겨울이었다. 조운은 가슴에 담배에 탄 구멍 몇 개가 난 운동복 차림이었으며, 발에는 러시아식 집안용 양말을 신고 그 쿠션을 이용해 개처럼 부드럽게 걸었다. 응접실에는 나무 연기와 담배 연기가 섞여 있었다. 의자는 똑같았는데, 다만 전보다 낡았다. 거기에 앉는 사람들도 똑같았는데, 다만 전보다 나이가 들었다. 시빌이라는 이름에 응답하는 리트리버는 현관까지 왔다 가는 여행에 숨을 헐떡였다.

"왈왈이들은 죄다 내 눈앞에서 죽었어." 조운이 말했다. "절대 개를 기르지 마, 폴. 네 눈앞에서 죽어. 그러다가 마지막으로 하나 길러야 할지 말아야 할지 모르겠는 시점이 와. 길을 나설 때 데리고 나갈 개. 그래서 우리 둘이 있는 거야, 시빌과 내가. 내가 죽어서 시빌의 가슴을 찢어놓거나 시빌이 죽어 내 가슴을 찢어놓겠지. 탐탁지 않은 선택이야, 안 그래? 진은 저기 있어. 갖다 마셔."

그는 그렇게 했다. 그나마 덜 더러운 텀블러를 골랐다.

"그래 어떻게 버티고 있어요, 조운?"

"보다시피. 거의 똑같지, 더 늙고, 더 취해 있고, 더 외롭다는 거 말고는. 너는 어때?"

"나 이제 서른이에요. 몇 년 외국에 갈 거예요. 일 때문에. 수전을 되돌려줬어요."

"보따리처럼? 씨발 좀 늦은 거 아냐, 안 그래? 수전을 가게에 다시 데리고 가 무르겠다고 하기에는?"

"그런 거 아니에요." 그는 술 취한 한 여자에게 왜 술 취한 다른 여자를 떠나는지 설명하기가 좀 어려울 수도 있겠다는 것을 깨달았다.

"그럼 정확히 어떤 건데?"

"이런 거예요. 나는 수전을 구하려고 했는데, 실패했어요. 수전이 술 마시는 걸 막으려고 했는데, 실패했어요. 수전을 탓하진 않아요, 그런 걸 넘어선 일이에요. 예전에 조운이 나한테 한 말이 기억나요—수전이 나보다 더 상처받을 가능성이 높다고. 하지만 나는 이제 더 감당할 수가 없어요. 앞으로 10년은커녕, 앞으로 열흘도 감당할 수가 없어요. 그래서 마사가 수전을 돌보기로 했어요. 클라라는 거부했고, 그래서 놀랐어요. 나는 이야기했어요…… 언젠가 수전을 요양원에 보내야 하게 되면, 내가 도움이 될 수도 있을 거라고. 미래에. 내가 잘돼서 돈을 좀 벌면."

"정말이지 모두 잘도 처리를 해놓았군."

"자기 보호예요, 조운. 더 견딜 수가 없었어요."

"여자친구?" 그녀가 물으며 새 담배에 불을 붙였다.

"나는 그렇게 비정하진 않아요."

"뭐, 남자는 다른 여자를 찾으면 갑자기 정신이 유달리 맑아질 수 있으니까. 나 자신의 머나먼 좆과 씹의 경험을 기억해보자면."

"조운의 일이 잘 풀리지 않은 건 가슴 아파요."

"그런 동정은 50년쯤 늦은 걸세, 젊은이."

"진심이에요." 그가 말했다.

"그런데 마사는 어떻게 대처할 거라고 생각해? 너보다 나을까? 못할까? 비슷할까?"

"모르겠어요. 또 어떤 면에서는 관심 없어요. 관심 없어요, 그렇지 않으면 다시 그 모든 것으로 끌려들어 갈 거예요."

"다시 끌려들어가느냐 마느냐 하는 문제가 아니야. 너는 아직도 그 안에 있으니까."

"무슨 뜻이에요?"

"여전히 그 안에 있다고. 늘 그 안에 있을 거야. 아니, 그 말 그대로는 아니지. 하지만 네 마음에서는 그래. 어떤 것도 끝나지 않아, 그렇게 깊이 들어간 거라면 끝나지 않아. 너는 늘 상처 입은 채 돌아다닐 거야. 그게 유일한 선택지야, 어느 정도 시간이 지난 뒤에는. 상처 입은 채 돌아다니거나, 아니면 죽거나. 동의하지 않아?"

그는 건너다보았지만, 그녀는 그에게 말을 하는 것이 아니었다. 시빌에게 말을 하며, 그녀의 부드러운 머리를 쓰다듬고 있었다. 그는 무슨 말을 해야 할지 몰랐다. 자신이 그녀의 말을 믿는지 안 믿는지 알 수 없었기 때문이다.

"십자말풀이 할 때 아직도 속임수를 써요?"

"이 건방진 조그만 새끼. 하지만 그건 새로운 게 아니잖아,

안 그래?"

그는 그녀에게 웃음을 지었다. 그는 늘 조운을 좋아했다.

"나갈 때 문 닫아. 하루에 몇 번씩 일어나고 싶지 않으니까."

그녀를 안는다든가 하는 짓은 하지 말아야 한다는 걸 알았기 때문에, 그냥 고개를 끄덕이고, 웃음을 짓고, 걸어 나갔다.

"때가 되면 화환 보내." 그녀가 그의 뒤에 대고 소리쳤다.

자신에게 그러라는 건지, 수전에게 그러라는 건지 알 수 없었다. 어쩌면 시빌에게 그러란 건지도 몰랐다. 개가 화환을 받던가? 그 또한 그가 모르는 일이었다.

그가 조운에게 말하지 않았던—또는 말할 수 없었던 것은 사랑이, 어떤 무자비하고, 거의 화학적인 과정에 의해, 연민과 분노로 용해될 수 있다는 무시무시한 발견이었다. 분노는 수전이 아니라, 무엇인지는 몰라도 그녀를 말살한 것을 향하고 있었다. 그렇다 해도, 분노는 분노였다. 그리고 남자 안에 있는 분노는 그에게 혐오를 일으켰다. 그래서 이제, 연민과 분노와 더불어, 그는 자기혐오도 감당해야 했다. 그리고 이것이 그의 수치의 한 부분이었다.

그는 여러 나라에서 일을 했다. 그는 30대였고, 그러다 40대가 되었고, 완벽하게 남 앞에 내놓을 만한 인물(그의 어머니라면 그렇게 표현했을 것이다)이었을 뿐 아니라, 지불 능력이 있고 미치지 않은 것이 분명했다. 이것이면 성적 동반 관계, 사교 생활, 그에게 필요한 일상적 온기를 찾는 데 충분했다—그러다 다음 일자리, 다음 나라, 다음 사교 서클, 새로운 사람들에게 호감을 주며 어울리는 다음 몇 년으로 옮겨 갔다. 그런 사람들 가운데 일부는 훗날 볼 수도 있었고, 일부는 아닐 수도 있었다. 그것이 그가 원하는 것이었다. 더 정확하게 말하자면, 그가 유지할 수 있다고 느끼는 최대한이었다.

어떤 사람들에게는, 그의 삶의 방식이 이기적이고, 심지어 기생적으로 들릴 수도 있었다. 하지만 그는 다른 사람들도 배려했다. 그는 오해를 사지 않으려 했고, 감정적으로 동원할 수 있는 것을 과장하지 않으려 했다. 그는 보석상 진열장에서 뭉그적거리거나, 아기 사진들을 보고 선웃음을 지으면서 입을 다물고 있거나 하지 않았다. 또 정착을 고려해 본다고 주장하지도 않았다, 어떤 사람하고든, 나아가 어떤 나라에든. 그리고—바로 파악하지는 못한 특질이었지만—그가 매력을 느끼는 여자들은 일반적으로…… 어떻게 표현하면 좋을까? 억세고, 독립적이고, 개판으로 망가진 모습은 보여주지 않았다. 자신의 삶이 있고, 그의 견고하지만 일시적인 존재를 즐길 수도 있는, 그가 즐기듯이 똑같이 즐길 수도 있는 여자들. 그가 다음 단계로 옮겨 가도 지나치게 상처받지 않을, 또 자신들이 먼저 차더라도 그에게 지나치게 고통을 주지 않을 여자들.

그는 이런 심리적 규칙, 이런 감정적 전략이 정직하고 사려 깊을 뿐 아니라, 반드시 필요하다고 생각했다. 그는 자신이 동원할 수 있는 것 이상이 있는 척하지도, 그 이상을 주는 척하지도 않았다. 물론, 그가 이처럼 다 펼쳐놓으면, 그것을 순전히 자기중심적인 행동이라고 생각하는 사람들이 있을 수도 있다는 건 알았다. 그는 또 자신의 옮겨 가기 정책—장소에서 장소로, 여자에서 여자로—이 자신의 한계를 인정한다는 점에서 용기가 있는 것인지, 그것을 받아들인다는 점에서 비겁한 것인지 판단할 수가 없었다.

또 그가 살아가기 위해 세운 새로운 이론이 늘 효과를 보지는 못했다. 어떤 여자들은 그에게 정성 어린 선물을 주었고—그것이 그는 무서웠다. 다른 여자들은, 오랜 세월에 걸쳐, 그를 전형적인 영국인, 융통성 없는 인간, 싸늘한 물고기라고 불렀다. 또 비정하고 사람을 조종하는 버릇이 있다고 말했다—그는 관계에 다가가는 방법들, 자신이 아는 방법들 가운데 자신의 방법이 조종과 가장 거리가 멀다고 믿었지만. 그럼에도, 이 때문에 어떤 여자들은 그에게 화를 냈다. 드문 일이기는 하지만 자신의 인생, 전사, 장기간 이어져 온 그의 마음 상태를 설명하려 할 때면, 비난이 가끔은 외려 더 날카로워져, 그가 처음이나 그다음 데이트 때 고백을 했어야 할 전염병이 있는 사람인 양 대하기도 했다.

하지만 그게 관계의 본질이었다, 늘 이런저런 종류의 불균형이 있는 듯하다는 것이다. 또 감정적 전략을 세우는 거야 좋지만, 눈앞에서 땅이 열리고, 몇 초 전까지만 해도 지도에 표시되지도 않았던 골짜기로 방어 부대가 비틀거리며 무너져 내리는 것은 다른 문제였다. 그렇게 마리아, 그 상냥하고 차분한 스페인 여자, 그 여자가 갑자기 자살 위협을 하기 시작했으며, 이것을 원하고, 저것을 원했다. 그러나 그는 그녀의 자식들의—또는 그 누구의 자식이라도—아버지가 되겠다고 제안한 적이 없었다. 또 가톨릭으로 개종할 생각도 없었다, 그렇게 하는 것이 그녀의 죽어간다고 하는 어머니를 기쁘게 해주는 일일지라도.

그다음에는—오해는 민주적으로 분포되어 있기 때문에—킴벌리, 내슈빌 출신의 여자가 있었다. 그녀는 그의 문서화되지 않은 모든 요구를 순식간에 충족해 주었기 때문에—두 번째 데이트에서 그가 웃음을 터뜨리며 침대로 들어가게 한 것에서부터 개방적인 독립성이라는 바로 그 정신을 구현하기까지—조용히 자신의 행운을 자축하는 대신 젠장 정통으로 그녀와 사랑에 빠지는 데까지 갈 뻔했다. 처음에 그녀는 사적인 공간과 "가볍게 살아가는 것"을 언급하여 퇴짜를 놓았다. 그러나 이 때문에 그는 더욱 절박해져 바로 그날 오후에 그녀를 집으로 들어와 살게 했고, 평소에 하던 것과는 완연히 다르게 꽃으로 어떻게 해보려 했으며, 자기도 모르게 다이아몬드 반지가 걸린 진열장을 물끄러미 바라보았고, 심지어 그 완벽한 은신처—가령 어떤 나무 그늘이 드리운 오솔길에 있는 덫 사냥꾼의 낡은 오두막(물론 현대적인 편안한 시설을 완벽하게 갖춘)을 꿈꾸기도 했다. 그는 결혼을 제안했고, 그녀는, "폴, 그렇게 되는 게 아냐" 하고 대답했다. 그가 착란 상태에 있을 때, 그녀는 그의 팔을 두드리며 그가 마리아에게 했던 바로 그런 이야기를 했고, 그는 자기도 모르게 그녀를 이기적이고 사람을 조종하는 버릇이 있으며 싸늘한 물고기이고 전형적인 미국 여자—그게 도대체 무슨 뜻인지, 그녀는 그가 데이트한 첫 미국 여자였는데—라고 비난하고 있었다. 그러자 그녀는 팩스로 그를 차버렸고, 그는 징벌로 술을 마시다 문득 합리성의 지점에 도달하여, 헛웃음을 터뜨렸다. 모든 인간 거래가 부조리하다는 깨달음이 찾아왔고, 그러면서 수도원 생활을 하고 싶은 갑작스러운 욕구를 느꼈다. 동시에 킴벌리가 수녀 옷을 입고 둘이 기쁨에 넘쳐 신성모독적 섹스를 하는 환상에 즐겁게 빠져들었다. 그 순간 그는 멕시코행 이른 아침 비행기표 두 장을 예매했지만, 당연히 늦잠을 잤고, 눈을 떴을 때 자동응답기에 담긴 메시지는 킴벌리가 남긴 것이 아니라 항공사에서 그가 비행기를 놓쳤다고 알려주는 것이었다. 어찌어찌 해서 그는 그날 출근을 했고, 자신의 불행을 희극적으로 이야기해 주었고, 동료들은 웃음을 터뜨렸고, 그 자신도 웃음을 터뜨렸다. 그러자 더 가볍고, 왜곡된 이 허구가 실제로 일어난 일을 빠르게 이어나갔다. 세월이 흐른 뒤 그는 속으로 자신보다 똑똑하게—감정적으로 똑똑하게—군 킴벌리에게 감사했다. 그는 수전과 함께 있으면서 감정교육을 많이 받았다고 상상해 왔다. 하지만 어쩌면 그것은 그녀와 함께 있는 것에 관한 감정교육에 국한되었던 것인지도 몰랐다.

그는 휴가로 집에 있을 때, 또는 이직 사이의 비는 시간에, 술을 마시거나 식사를 하며 남자 친구들과의 관계를 이어나갔는데, 그럴 때면 테이프 빨리 감기를 누른 것처럼 갑자기 동작이 끊기며 빠르게 흘러가는 듯한 느낌이었다. 그들 가운데 일부는 끈질긴 고랑 거주자가 되었으며, 이들이 옛 시절에 관해 가장 감상적으로 추억에 잠겼다. 일부는 이제 두 번째 부인, 의

붓자식과 살고 있었다. 한 명은, 이렇게 세월이 흐른 뒤, 동성애자가 되어, 갑자기 젊은 남자들의 목덜미를 유심히 보기 시작했다. 몇 명에게는, 시간이 아무런 변화를 가져오지 못했다. 얼굴이 불그레하고 턱수염이 허연 버나드는, 한 여자가 그들이 앉은 레스토랑 테이블 옆을 지나가자, 그를 쿡 쑤시고 고갯짓을 하며 아주 큰 소리로 "저거 저거 방뎅이 좀 보소" 하고 말했다. 버나드는 스물다섯에도 똑같은 말을 하곤 했다. 다만 그때는 부정확한 미국 악센트를 사용했다. 어떤 남자들은 상스러움을 정직함으로 착각한다는 사실을 다시금 확인하는 게 도움이 되는 일 같기도 했다. 어떤 남자들은 고지식함을 미덕으로 여기듯이.

이 간헐적으로 보는 친구들은 사귄 햇수가 다양했다. 귀염둥이들 가운데는 오직 에릭만 그의 삶에 남아 있었다. 그들은 필요한 시간 동안 벗 삼기 좋았으며, 그들 사이에 거리가 있다 해도 알코올이 녹여주었다. 하지만 대개 다 그렇듯이—아니, 그의 경우는 대개 그렇듯이—그는 주로 주제넘거나 거슬렸던 말만 기억하는 경향이 있었다.

"여전히 게임 중이야, 응, 폴?"

"발길 닿는 대로 가는 거야, 집착 없이?"

"미스 라이트는 아직 발견하지 못한 거야? 아니, 세뇨리타

리타*라고 해야 하나?"

"언젠가는 정착할 거라고 생각해?"

"너한테 자식이 없다니 안된 일이야. 좋은 아버지가 되었을 텐데."

"너무 늦는 법은 없어. 끝이란 소린 하지 말라고, 오랜 친구."

"그래, 하지만 잊지 마. 꾸역꾸역 나이를 먹어갈수록 정액은 질이 떨어져."

"타오르는 장작불과 무릎 위에 손자가 있는 그 작은 오두막을 갈망하지 않아?"

"먼저 자식이 있어야 손자도 있는 법이지."

"요즘 의학이 얼마나 대단한 일을 할 수 있는지 알면 놀랄걸."

그가 이따금씩 다시 나타나면 일부는 자신의 삶의 현재 모습에 만족스러워했고, 일부는, 부러워하지는 않는다 해도, 약간 불안해했다. 그러다 50대에 그는 완전히 귀국하여 서머싯으로 이사하고, 저축의 일부를 투자했다.

"누가 너한테 치즈라는 생각을 심어준 거야?"

"여생 동안 나쁜 꿈을 꾸게 됐군, 오랜 친구."

* Señorita Rita, Miss Right의 스페인어식 표현으로 적당한 아가씨라는 뜻.

"혹시 귀여운 낙농장 아가씨도 따라오는 거?"

"그런데 저거 저거 방뎅이 좀 보소."

"뭐, 그래도 이제 너를 더 자주 볼 수는 있겠군."

하지만 낙농장 아가씨는 따라오지 않았다. 묘하게도 그는 결국 그의 간헐적인 친구들을 더 자주 보게 되지 않았다. 그렇게 되기를 바라기만 한다면, 서머싯도 발파라이소나 테네시만큼 먼 곳이 될 수 있었다. 어쩌면 그는 그들의 심한 농담을 기억하는 쪽을 택했던 건지도 몰랐다, 그렇게 하는 것이 그들을 가까이 오지 못하게 하는 데 도움이 되었기 때문에, 여성 친구들을 가까이 오지 못하게 했던 것처럼. 물론 이제 일부는 병이 찾아오는 나이가 되어, 스스로 가까이 오지 않고 있지만. 전립선 암, 척추 수술에 관한 전자우편, 또 심장에 약간 문제가 있는데 어쩌면 그리 좋은 소식이 아닐 수도 있다는 전자우편이 왔다. 비타민 알약과 스타틴*을 먹었고, 한편으로는 '월드 서비스'**가 잠 못 이루는 시간에 동무 노릇을 해주었다. 이제 곧, 틀림없이, 장례의 시절이 시작될 것이었다.

그는 한평생 전, 법대 시절 알았던 친구 한 명을 기억했다.

* 콜레스테롤 저하제.

** BBC의 국제방송.

앨런 뭐였다. 관계가 계속 이어지지는 않았다, 이런저런 이유로. 앨런은 수의사가 되려고 훈련을 받으며 7년을 보냈지만, 자격을 갖추자마자 바로 법학으로 옮겼다.

어느 날, 그는 친구에게 왜 첫 직업을 그렇게 갑자기 때려치웠느냐고 물었다. 갑자기 동물이 마음에 들지 않게 되었나? 장차 일을 해야 할 시간이 너무 길기 때문이었나? 아니, 앨런은 말했다, 그런 건 아니다. 그는 늘 수의사가 훌륭하고, 좋은 목적을 추구하는 일자리라고 생각했다, 아픈 가축을 치료하고, 가축이 안전하게 새끼를 낳거나 고통 없이 죽게 해주고, 야외에서 일을 하고, 온갖 사람들을 만나고. 아마 실제로도 그러했을 것이다, 그도 그것을 알았다. 하지만 그가 결국 그 일을 싫어하게 된 것은 일종의 결벽증 때문이었다. 하루에 몇 시간씩 암소의 궁둥이에 팔을 넣고 있게 되면 동물의 유독한 발산물의 냄새를 맡지 않을 수 없다. 그리고 그게 일단 안으로 들어오게 되면, 그것은 불가피하게 밖으로 다시 나가려 할 것이다.

앨런은 거기까지만 이야기했다. 그러나 그는 자연스럽게 앨런이 여자친구와 함께 침대에 있는 모습을 상상했다. 둘 사이에 모든 것이 잘되어가다가, 어느 순간 재앙처럼 축적되어온 암소의 가스가 그에게서 요란하게 뿜어져 나가고, 여자는 침대에서 뛰어나가 옷을 가지러 달려간 뒤 두 번 다시 나타나지 않는다. 아마도 이런 일이 실제로 일어나지는 않았겠지만, 앨런은 자신이 사랑하는 누군가와 함께 있다가 그렇게 될 수도 있다고 생각하면 견딜 수가 없었을 것이다.

앨런은 어떻게 되었을까? 그는 전혀 알지 못했다. 하지만 앨런의 이야기만은 그 이후 그에게 그대로 남아 있었다. 한번 어떤 것들을 겪으면, 안으로 들어온 그들의 존재는 정말이지 절대 사라지지 않았다. 암소의 가스는 밖으로 나오기 마련이었다, 이쪽으로든 저쪽으로든. 그러면 그냥 그 가스가 흩어질 때까지 그 결과를 감당하며 살 수밖에 없었다. 그래, 그것 때문에 한 명 이상의 여자친구가 옷을 가지러 달려갔다, 애너만이 아니었다. 그래, 그럴 때면, 그는 그다지 자제력이 강하다고 할 수 없었으니까.

젊은 시절, 수전을 사랑한다는 자부심으로 뜨거웠던 그는 경쟁심이 강했다, 모든 젊은 남자가 그렇듯이. 내 좆이 네 좆보다 크다, 내 심장이 네 심장보다 크다. 젊은 수컷들은 또 여자친구에게 딸린 것들을 자랑하기도 했고. 반면 그의 자랑은 달랐다. 나의 관계가 너희의 관계보다 얼마나 더 위반적인지 봐라. 그리고 또, 그녀에 대한 나의 감정, 또 나에 대한 그녀의 감정의 강도를 봐라. 그게 중요한 것이었다, 당연히. 감정의 강도가 행복의 수준을 지배한다, 그렇지 않은가? 당시에 그에게는 그것이 지극히 논리적으로 보였다.

전에는 부탄 사람들이 지상에서 가장 행복하다는 이야기가 들리곤 했다. 부탄에는 물질주의가 거의 없고, 친족, 사회, 종교의 존재감이 강했다. 반면 그는 물질주의적 서구에 살았는데, 이곳은 종교가 거의 없고 사회와 가족의 존재감도 상대적으로 약했다. 이것이 그에게 유리한가, 아니면 불리한가?

시간이 흐르면서, 지상에서 가장 행복한 사람들은 덴마크 사람이라는 이야기가 들렸다. 그들이 갖고 있다고 하는 쾌락주의 때문이 아니라, 그들이 표현하는 희망의 수수함 때문이었다. 그들의 야망은 별과 달을 겨냥하는 대신 다음 가로등에 닿는 것에 불과했고, 거기에 이르면 만족했기 때문에 그것으로 더 행복해졌다. 그는 다시 그 여자, 덜 실망할 것 같기 때문에 기대치를 낮추었다고 말한 누군가의 여자친구를 기억했다. 그래서 더 행복한가? 덴마크인으로 사는 것이 그런 것인가?

감정의 강도가 행복의 수준과 상관관계가 있는가 하는 문제에 관해서 그는 자신의 경험 때문에 이제 그렇지 않다고 생각하게 되었다. 차라리 많이 먹을수록 소화도 잘 된다고 말하는 게 나을 것이다. 아니, 차를 빨리 몰수록 빨리 닿을 것이라고. 하지만 벽 쪽으로 차를 몰면 그렇게 되지 않았다. 그는 수전과 함께 모리스 마이너를 타고 나갔다가, 가속페달 케이블이 끊어졌거나, 움직이지 않게 되었거나, 하여간 어떤 식으로든 고장났던 때를 기억했다. 차는 당연히 엄청나게 큰 소리를 내며 그 언덕을 올라가고 있었고, 그러다 마침내 그는 클러치를 풀었다. 그는 두 가지를 동시에 하고 있었다, 공황에 빠지면서 명료하게 생각하기. 그의 인생이 그런 식이었다, 그 시절에는. 요즘은, 늘 명료하게 생각하기만 했다. 하지만 이따금씩, 자신도 모르게 공황이 그리웠다.

그리고 또 한 가지 요인이 있었다, 당신이 부탄인이냐, 덴마크인이냐, 영국인이냐 하는 것이었다. 만일 행복의 통계가 개인적 보고에 의존하는 것이라면, 우리는 어떤 사람이 자신이 주장하는 만큼 행복하다고 어떻게 확신할 수 있겠는가? 그들이 진실을 말하고 있지 않다면 어쩔 것인가? 아니, 우리는 그들이 진실을 말한다고, 또는 적어도 검사 시스템이 거짓말을 참작하고 있다고 가정해야 한다. 따라서 진짜 질문은 그 밑에 있었다. 인류학자와 사회학자들이 조사한 사람들이 믿을 만한 증인이라고 가정한다 해도, '행복한 것'이 정말로 '자신이 행복하다고 보고하는 것'과 같은 것인가? 이 점에서는 이후의 어떤 객관적 분석—예를 들어, 뇌 활동의 분석—도 의미가 없다. 행복하다고 진심으로 말하는 것이 곧 행복한 것이다. 그 지점에서, 문제는 사라진다.

만일 그렇다면, 아마 이 논리는 확장될 수 있을 것이었다. 예를 들어, 한때 행복했다고 말하고 자신이 하는 말을 믿는 것은 곧 실제로 행복했던 것과 같다. 이건 참일 수 있을까? 아니, 이건 틀림없이 허울만 그랬다. 한편, 감정적 기록은 역사책과는 달랐다. 그 진실은 항상 변하고 있었으며, 양립할 수 없을 때도 진실이었다.

예를 들어, 그의 인생 동안 그는 관계에 대한 이야기를 하는 데서 양성兩性의 한 가지 차이에 주목하게 되었다. 남녀가 헤어졌을 때 여자는 "x 사건이 일어날 때까지는 모든 게 좋았는데" 하고 말할 가능성이 높았다. x 사건은 환경이나 장소의 변화일 수도 있고, 아이가 하나 더 생긴 것일 수도 있고, 아주 흔하게, 어떤 판에 박힌—또는 그렇게 판에 박힌 것은 아닌—부정不貞일 수도 있고. 반면 남자는, "안됐지만 처음부터 다 잘못된 거였어" 하고 말할 가능성이 높았다. 그는 서로 맞지 않음, 또는 강제로 한 결혼, 또는 나중에야 드러난, 한쪽이나 양쪽의 비밀을 말하곤 했다. 따라서 여자는 "우리는 그 전까지는 행복했는데" 하고 말하는 반면, 남자는 "우리는 진짜로 행복했던 적이 없어" 하고 말하고 있었다. 그가 처음 이런 어긋남에 주목하게 되었을 때, 그는 그들 가운데 어느 쪽이 진실을 말할 가능성이 높은지 파악하려고 노력했다. 하지만 이제, 인생의 건너편 끝에 이르러, 그는 둘 다 그렇게 하고 있다고 받아들였다. "사랑에서는 모든 것이 진실인 동시에 거짓이다. 사랑은 터무니없는 말을 하는 것이 불가능한 한 가지 주제다."

그는 프로그워스 밸리 아티재널 치즈 회사의 지분 반을 매입했을 때 자신이 일종의 소유자-관리자가 될 거라고 상상했다. 공동-소유자-공동-관리자. 그에게는 책상과 의자가 있었고, 좀 낡은 컴퓨터 터미널이 있었다. 또 개인용 흰 가운도 있었다, 입을 필요는 거의 없었지만. 힐러리가 사무실을 관리했다. 그는 자신이 힐러리를 관리할 거라고 상상했지만, 그녀는 관리할 필요가 없었다. 그는 도와줄 테니 힘을 모으자고 제안했지만, 그가 주로 하는 일은 주위에서 일어나는 사건들을 지켜보고, 웃음을 짓고 있는 것뿐이었다. 힐러리가 휴가를 떠나면 그녀의 책상을 넘겨받는 것이 허용되었다.

그가 회사(인원이 불과 다섯 명이었다)에서 가장 큰 쓸모를 증명한 곳은 농민시장 가판대였다. 상근자를 구하기가 쉽지 않았고, 몇 년 동안 그 일을 해오던 배리는 점점 믿을 만하지 못하게 변해왔다. 그는 요청을 받자 기쁜 마음으로 그 자리를 메웠다. 근처 읍 한 곳으로 차를 몰고 가, 가판대를 세우고, 치즈,

이름표, 시식용 접시, 이쑤시개를 담은 플라스틱 컵을 늘어놓았다. 또 트위드 모자를 쓰고 가죽 앞치마를 둘렀지만, 그런다고 서머싯에서 나고 자란 사람으로 통하지는 못한다는 것을 알고 있었다. 뒤에는 행복한 염소들의 천연색 사진이 담긴 플라스틱 배경이 있었다. 다른 노점상들은 친절했다. 그는 그들에게서 5파운드짜리 두 장을 10파운드짜리 한 장과, 10파운드짜리 두 장을 20파운드짜리 한 장과 바꾸곤 했다. 손님들에게는 치즈의 숙성도와 특징을 설명했다. 이것은 재를 두른 것이고, 이것은 골파, 이것은 으깬 칠리를 두른 것이다. 그는 이 모든 일을 하는 것을 즐겼다. 이 일은 요즘 그에게 필요한 수준의 사회적 상호작용을 제공했다. 명랑하고, 서로 지원해 주고, 내밀한 질문은 하지 않고—가끔 베티 베스트 홈메이드 파이의 베티와 새롱거리곤 했지만. 그러면 시간이 갔다. 아, 그 표현. 갑자기 수전이 조운에 관해 말하던 기억이 났다. "우리 모두 그저 안전한 장소를 찾고 있을 뿐이야. 만일 그런 곳을 찾지 못하면, 그때는 시간을 보내는 방법을 배워야만 해." 그 시절에는 그 말이 절망의 권고처럼 들렸다. 그러나 이제는 정상적이고, 감정적으로 실용적이라는 느낌이 들었다.

어떤 마지막 관계에 대한 기대도 없고, 또 욕망도 없음에도—또는 어쩌면 그렇기 때문에—그는 종종 자기도 모르는 새에 원하고 있는 상태를 공적으로 과시하는 그 모든 현상에 이끌렸다. 개인 광고, '마음이 통하는 이성' 칼럼, 텔레비전의 짝짓기 쇼, 남녀가 식사를 하러 가서, 상대에게 10점 만점의 점수를 매기고, 시튼 젓가락질을 알리거나 고백하고, 그런 다음 키스를 했는지 안 했는지 묻는 질문에 답하는(또는 하지 않는) 신문 특집들. "짧은 형식적 포옹" 또는 "뺨에만"이 흔한 답이었다. 어떤 녀석들은 으스대며 대답하곤 한다, "신사는 절대 그런 이야기 하지 않지요." 세련되게 보이려는 의도였겠지만, 이것은 계급에 대한 존중을 지나치게 드러냈다. "신사"는, 그의 경험에서 보자면, 다른 여느 남성들만큼이나 허세가 심했다. 그럼에도, 그는 따뜻함과 회의적 태도가 섞인 태도로 이 모든 용감하면서도 멈칫거리는 마음 약탈 과정을 따라갔다. 그는 그들이 잘 풀릴지도 모른다는 희망을 품었다, 잘되지 않을 거라고 생각하면서도.

"신사는 절대 그런 이야기 하지 않지요." 뭐, 그게 가끔 사실일 수도 있겠다. 예를 들어, 험프리 아저씨는 술과 시가 냄새를 역겹게 풍기며 수전의 방으로 들어와 '파티 키스'의 시범을 보이더니, 매년 한 번씩(또는 그 이상) 그것을 요구했다. 그는 험프 아저씨가 '이야기'를 하지는 않았을 거라고 생각했다. 하지만 그렇다고 그것이 그를 '신사'로 만들어준 것은 아니었다—정반대였다. 험프 아저씨, 그의 호색적인 행동 때문에 수전은 내세를 믿지 않게 되었다. 그의 행동이 다른 식으로 그녀에게 영향을 주었을까? 답하는 것은 불가능하다, 이렇게 먼 거리에서는. 그래서 그는 오래전에 죽은 그 아저씨를 마음에서 내보내버렸다.

그는 조운을 기억하는 쪽을 더 좋아했다. 그녀를 무엇보다도 테니스 챔피언이 될 가능성이 큰 사람으로서 알았으면, 그다음에는 탈선한 젊은 여자, 그다음에는 첩으로서 알았으면 좋았겠다는 생각을 했다. 그녀를 첩으로 두었다가, 나중에 내친 그 남자는 '신사'였을까? 수전은 그의 이름을 입 밖에 내지 않았고, 지금 알아내는 것은 불가능했다.

그는 조운 생각에 웃음을 지었다. 그는 왈왈이들, 그리고 시빌, 그 늙은 황금색 리트리버를 기억했다. 어느 쪽이 먼저 죽었을까, 조운일까 시빌일까? 꽃을 보내달라고 했지. 하지만 누구에게, 는 결국 밝혀지지 않았다. 개를 들이고 싶은 유혹을 느낄 때마다, 개가 눈앞에서 죽을 거라고 경고하는 조운의 목소리가 들렸다. 그래서 한 번도 개를 들인 적이 없었다. 또 한 번도 십자말풀이를 하거나 진을 마시고 싶은 유혹을 느낀 적이 없었다.

“어린아이야, 바쁜 하루를 보냈구나.”

이것은 귀국 휴가 때 그녀를 찾아가면 그녀가 너에게 종종 부르는 인사 노래다.

하지만 이런 노래가 나올 때도 있다.

손뼉을 쳐라, 여기 찰리가 온다,

손뼉을 쳐라, 놀기 좋아하는 찰리,

손뼉을 쳐라, 여기 지금 찰리가 온다.*

마사는 네 방문에 한 번도 이의를 제기하지 않고, 한 번도 너에게 돈을 요구하지 않아, 계속 너를 놀라게 한다. 그녀는 직접 자기 어머니를 돌보고, 가끔 간호사가 옆에서 거든다. 너는 마사의 남편이 잘나간다는 인상을 받는다…… 무엇을 하든 그 일에서. 그녀가 한 번 말해준 적이 있으니, 다시 물어볼 수는 없는 노릇이다.

* 레스터 영의 노래 「Clap hands, here comes Charlie」.

수전의 정신은 네가 볼 때마다 조금씩 더 흐릿해진다. 단기 기억은 얼마 전에 사라졌고, 장기 기억은 변하기 쉬운, 겹쳐 쓴 흐릿한 양피지로 변했는데, 그녀의 희미해지는 뇌는 거기에서 이따금씩 명료하지만 서로 연결되지 않는 구절들을 골라낸다. 종종 표면에 떠오르는 것은 수십 년 전의 노래와 구호들이다.

서니 짐이 담장 너머 높이 뛰어오른다,
포스가 그를 들어 올리는 식량이다.

아침 식사용 시리얼의 광고 노래—그녀의 어린 시절에 들은 걸까? 자식들의 어린 시절에 들은 걸까? 너의 집에는 포스 대신 위타빅스가 있었다.

그녀는 오래전에 술을 끊었다. 사실은, 술꾼이었다는 사실을 잊어버렸다. 네가 자신의 인생에서 어떤 존재라는 것, 또는 어떤 존재였다는 것은 아는 듯하지만, 자신이 한때 너를 사랑했고, 또 너도 그에 반응하여 그녀를 사랑했다는 것은 알지 못한다. 그녀의 뇌는 너덜너덜하지만, 묘하게도 기분은 안정되어 있다. 공황과 극악한 혼란은 다 쏟아져 나갔다. 네가 도착해도 네가 떠나도 놀라지 않는다. 가끔 비꼬는 태도를 보이고, 남들을 못마땅해하지만, 늘 네가 대수롭지 않은 인간이라는 듯 약간 우월한 위치에 있으려 한다. 너는 이 모든 것이 괴롭고, 네가 지금 얻고 있는 것을 얻어 마땅하다고 믿어야 한다는 유혹에 저항하려 한다.

"저 사람은 더러운 외박꾼이야, 저기 저 사람은." 그녀는 방백으로 간호사에게 털어놓곤 한다. "저 사람에 관해서, 댁의 머리카락이 쭈뼛 솟을 만한 이야기를 해줄 수 있지."

간호사는 너를 건너다보고, 그래서 너는 "어쩔 수 있겠습니까, 너무 슬픈 일이에요, 안 그래요?" 하고 말하듯이 어깨를 으쓱하고 웃음을 지으면서도, 지금도, 심지어 그녀가 이 새로운, 마지막 극한에 이르렀을 때도, 너는 그녀를 배반하고 있다는 것을 깨닫는다. 그녀는, 당연히, 간호사에게 너에 관해 한두 가지 이야기를 해줄 수 있고, 그러면 간호사의 머리카락은 당연히 쭈뼛 설 것이기 때문이다.

그녀가 죽음을 두려워하지 않으며, 유일한 아쉬움은 그다음에 어떻게 되는지 모른다는 것일 뿐이라고 말하던 기억이 난다. 하지만 지금 그녀에게는 과거가 거의 없고 또—말 그대로—미래에 대한 생각은 전혀 없다. 그저 기억의 어떤 해어진 스크린 위에서 유령 놀이를 할 뿐이며, 그것을 그녀는 현재로 여기고 있다.

"너는 다 닳아버린 세대야."

"죽기 전에 흙을 잔뜩 먹을 수밖에 없어."*

"손뼉을 쳐라, 여기 온다…… 서니 짐."

"세계 최악의 범죄자들 가운데 하나."

"내 평생 어디 있었던 거야?"

그래도, 너는 생각한다, 이 파편과 조각들 사이에 그녀의 뭔가가 여전히 남아 있다.

오 이런, 도대체 문제가 뭐일까?
노부인 세 명이 용-암-나무** 안에 갇혔네,
월요일부터 토요일까지 거기 있었네,
《라디오 타임스》를 읽으면서.***

그래, 그녀에게 그 노래를 가르쳐주던 기억이 난다. 그러니까 그녀는 그래도 완전히 다른 사람으로 바뀐 것은 아니다. 너는 그런 일에 관해 들은 적이 있다. 교회의 기둥 격인 인물들이 큰 소리로 욕설을 해대고, 착한 노부인들이 나치가 되고 등등. 하지만 이것은 희미한 위안일 뿐이다. 어쩌면, 그녀가 알아

* 굴욕을 당한다는 뜻.

** la-va-tree. 화장실이라는 뜻의 lavatory를 비튼 말인 듯하다.

*** 전통적인 자장가를 개사한 것.

볼 수 없는 존재가 되는 것, 원래의 인물에서 완전히 빠져나가 버리는 것이 감당하기가 덜 고통스러울 것이다.

한번은—당연히 간호사 앞에서—너한테서 나왔을 수밖에 없는 축구 노래를 긁어 올렸다.

나에게 참새의 날개가 있다면,
나에게 까마귀의 궁둥이가 있다면,
내일 토트넘으로 날아가,
밑에 있는 새끼들한테 똥을 갈겨줄 텐데.

하지만 간호사는, 물론, 나이 들어 착란 상태에 빠진 사람들을 돌보는 과정에서 훨씬 심한 것도 들어봤기 때문에, 그냥 너를 향해 눈썹을 치켜 올리며 묻는다.

"첼시* 팬이에요?"

감당할 수 없게 만드는 것, 그녀와 함께 20분만 있으면 너무 진이 빠지고 우울해져 밖으로 달려 나가 소리를 지르고 싶게 만드는 것, 그것은 이것이다. 그녀는 네 이름을 부르지 못하고, 너에게 어떤 질문을 하거나 네 질문에 답을 전혀 하지 못하면

* 위의 토트넘과 마찬가지로 축구 클럽 이름.

서도, 그러면서도 어떤 수준에서는 네가 있다는 것을 인식하고 거기에 반응한다는 것. 그녀는 네가 씨발 누구인지, 네가 뭘 하는지, 심지어 너의 좆같은 이름도 알지 못하지만, 동시에, 너를 알아보고, 너를 도덕적으로 심판하고, 네가 부족하다고 생각한다. 네가 그 집 밖으로 달려 나가 소리를 지르도록 몰아대는 것이 이것이다. 또 네가 어쩌면 어떤 비슷한 무의식적 수준에서, 네 뇌의 어떤 외딴 곳에서, 여전히 그녀를 사랑하고 있다는 사실을 깨닫게 해주는 것이 이것이다. 이런 자각이 환영할 만한 것이 아니기 때문에, 너는 더 소리를 지르고 싶어진다.

스스로를 괴롭히는 동안, 그의 마음이 기억의 특정한 길을 따르다 종종 도달하게 되는 질문이 있었다. 수전을 되돌려주는 것은 그의 입장에서는 자기 보호의 행동이었다. 그 점에는 의심의 여지가 없었다. 또 그렇게 해야만 한다는 데에도 그의 마음에서는 의심의 여지가 없었다. 하지만 이것을 넘어서, 그것은 용기 있는 행동이었을까, 아니면 비겁한 행동이었을까?

결론을 내릴 수 없다면, 어쩌면 답은—둘 다다.

하지만 그녀는 아주 다양한 방식으로 그의 삶에 자국을 남겼는데, 어떤 것은 좋은 쪽이었고, 어떤 것은 나쁜 쪽이었다.

그녀는 그가 타인에게 더 관대하고 개방적이 되게 했다. 하지만 동시에 더 의심하고 폐쇄적이 되게 했다. 그녀는 그에게 충동적인 태도의 장점을 가르쳤다. 동시에 그 위험도 가르쳤다. 따라서 그는 결국 신중한 관대함과 조심하는 충동적 태도를 갖게 되었다. 20여 년 동안 그의 삶의 방식은 이렇게 하면 충동적이면서 동시에 조심성이 많을 수 있는지 보여주었다. 또 타인에 대한 그의 관대함에도, 베이컨 한 팩처럼, '유효기간' 날짜가 찍혔다.

그들이 그날 조운의 집을 나온 뒤 그녀가 한 말을 그는 늘 기억했다. 대부분의 젊은 남자들, 특히 처음 사랑에 빠진 남자들이 그렇듯이, 그 또한 삶을—그리고 사랑을—승자와 패자의 관점에서 보았다. 그는, 분명히, 승자였다. 조운은 과거에, 그는 가정했다, 패자였다. 아니, 경기에 나서지도 않았다고 보는 쪽이 맞았다. 그러나 수전은 그의 생각을 교정해 주었다. 수전은 모든 사람에게는 자기만의 사랑 이야기가 있다고 지적했다. 그것이 대실패로 끝났다 해도, 흐지부지되었다 해도, 아예 시작도 못 했다 해도, 처음부터 모두 마음속에만 있었다 해도, 그렇다고 해서 그게 진짜에서 멀어지는 것은 아니었다. 그것이 단 하나의 이야기였다.

당시, 그는 그녀의 말에 정신이 번쩍 들었고, 조운에 관한 이야기를 들으면서 그녀를 완전히 다르게 생각하게 되었다. 그러다가, 세월이 흐르면서, 그의 삶이 전개되면서, 신중함과 조심성이 지배하기 시작하면서, 자신이, 조운과 마찬가지로, 자신의 사랑 이야기를 가진 적이 있으며, 어쩌면 다른 이야기는 이제 오지 않을지도 모른다는 것을 깨달았다. 따라서 이제 남녀들이 자신의 이야기에, 그것이 식어버린 뒤에도 오랫동안, 집착하는—많은 경우, 각각 이야기의 서로 다른 부분에—것, 심지어 서로 견딜 수 없다는 생각이 들 지경에 이르도록 집착하는 것을 전보다 잘 이해했다. 나쁜 사랑은 여전히 좋은 사랑의 잔재, 기억을 포함하고 있었다—어딘가, 깊은 곳, 그들 둘 다 더는 파헤치고 싶지 않은 곳에.

그는 자기도 모르게 종종 다른 사람들의 사랑 이야기를 궁금해하게 되었다. 그리고 가끔, 그는 차분하고 위협적이지 않은 존재였기 때문에, 사람들이 그에게 속을 털어놓곤 했다. 주로 그렇게 하는 쪽은 여자였지만, 그것은 놀랄 일은 아니었다. 남자는—그 자신이 훌륭한 예이듯이—더 은밀한 동시에 말로 잘 표현하지 못했다. 기만당한 사람들과 버림받은 사람들의 사랑 이야기는 매번 다시 이야기가 될 때마다 조금씩 진정성이 떨어진다고—그런 이야기는 에일즈베리의 한 뒷골목의 윈스턴 처칠, 파테 뉴스 카메라를 위해 화장을 한 처칠의 등가물이라고—짐작했지만, 설사 그렇다 해도, 그는 여전히 감동을 받았다. 실제로 그는 사랑에서 성공한 이야기보다 버려지고 선택받지 못한 사람들의 삶에 감동을 받았다.

한편으로는, 고랑 거주자들, 땅속으로 더 깊이 굴을 파고 들어가는 사람들, 이해할 수 있는 일이지만, 자신의 내적 자아에 관하여 터놓고 이야기하지 않는 사람들이 있었다. 반대편 극단에는 자신의 모든 인생, 자신의 단 하나의 이야기를, 일련의 토로로든, 아니면 단발성 삽화로든 이야기할 것 같은 사람들이 있었다. 그때 그는 어디에 있었을까? 그는 한심한 칵테일을 파는 해안지대의 바를 볼 수 있었고, 밤의 따뜻한 바람을 느낄 수 있었고, 양철 스피커에서 쿵쿵거리는 백비트를 들을 수 있었다. 그는 세상과 편안한 상태에서, 다른 사람들의 삶이 전개되는 것을 지켜보았다. 아니, 그건 너무 거창한 표현이었다. 그는 젊은이들이 명랑하게 술에 취하고 섹스, 로맨스, 그리고 그 이상의 것에 마음을 기울이는 것을 관찰하고 있었다. 하지만, 젊은이들에게 너그러웠고—심지어 감상적이었고—그들의 희망을 보호하는 입장이었지만, 미신적인 태도 때문에, 목격하지 않는 쪽을 더 좋아하는 한 장면이 있었다. 그냥 그렇게 하는 게 완전히 옳다는 느낌 때문에 삶을 내팽개치는 순간이었다—

예를 들어, 웃음을 짓는 웨이터가 돔의 꼭대기에서 약혼반지가 반짝이는 커다란 망고 셔벗을 가져오고, 눈이 반짝이는 청혼자가 모래에 한쪽 무릎을 꿇고……. 그런 장면에 대한 두려움 때문에 그는 밤에 종종 일찌감치 자리를 뜨곤 했다.

그렇게 그는 바에 앉아, 세 번째 잔을 반쯤 마시고, 머릿속에서 그날 저녁 마지막이라고 정해놓은 담배를 피우고 있을 때, 해변용 반바지 차림에 슬리퍼를 걸친 남자가 옆의 등받이 없는 의자에 올라앉았다.

"한 대 얻어 피울 수 있을까요?"

"얼마든지." 그는 담뱃갑을 밀어준 다음, 겉에 야자나무가 그려진 호텔 종이 성냥도 주었다.

"흡연자들, 우리는 죽어가는 종족이죠, 안 그래요?"

사내는 아마 40대였을 것이고, 그와 비슷한 정도로 가볍게 취해 있었고, 영국인이었고, 온화했고, 뻔뻔스럽지 않았다. 가끔 만나게 되는 그 가짜 친밀함, 둘 사이에 실제보다 공통점이 많을 게 틀림없다고 가정하는 태도 같은 것은 전혀 찾아볼 수 없었다. 그래서 그들은 거기 조용히 앉아 담배를 피우며 시간을 보냈고, 아마도 거짓 잡담이 없는 것에 용기가 났는지 사내는 생각에 잠겨 평탄한 말투로 말했다.

"그 여자는 내 어깨에 새처럼 가볍게 앉아 있고 싶다고 그러더라고요. 나는 그 말이 시처럼 들린다고 생각했습니다. 또, 염병할 눈부시다고, 딱 남자에게 필요한 거라고도. 들러붙는 건 질색이었거든요."

사내는 말을 끊었다. 그럴 때면 폴은 늘 행복한 마음으로 다음 말을 부추겼다.

"하지만 잘되지는 않았나보네요?"

"두 가지 문제가 있었죠." 남자는 숨을 들이쉬더니, 향기가 나는 공기에 대고 연기를 뿜었다. "첫째, 새들은 날아가 버린다, 안 그런가요? 그게 본성에 있는 거죠, 새로서, 안 그래요? 그리고 둘째, 그렇게 하기 전에, 늘 어깨에 똥을 싸지른다."

그 말과 함께 그는 담배를 눌러 끄고, 고개를 꾸벅하더니, 해변을 걸어 부드러운 조수 쪽으로 멀어져갔다.

그가 그 변덕스럽고 감상적인 분위기에 한번 젖었을 때, 그게 다가오는 것을 늘 막으려고는 하지만, 이런 생각이 떠올랐다, 수전의 유명한 뒤집힌 케이크를 하나 만들어보자고. 오랜 세월에 걸쳐 그는 빵 굽는 솜씨를 갖추게 되었으며, 그래서 무엇이 잘못되었던 것인지 파악할 수 있을 것이라고 상상했다. 과일을 너무 많이 넣었거나, 베이킹파우더를 너무 적게 넣었거나, 밀가루를 너무 많이 넣었거나—추측해 본 결과 그게 첫 손에 꼽히는 이유들이었다.

반죽은 역시 주석 그릇 속에 담겨 있을 때부터 성질이 못되고 가망 없어 보였다. 하지만 오븐 문을 열자, 놀랍게도 정확한 높이로 부풀어 있었고, 과일은 균등하게 분포된 것으로 보였고, 냄새는…… 케이크 같았다. 그는 식게 두었다가 조금 잘라 먹어보았다. 훌륭했다. 그것을 먹어도 어떤 특정한 기억은 떠오르지 않았고, 그는 그것에 감사했다. 또 자신이 다른 사람의 잘못은 되풀이할 수 없다는 데에도 감사했다, 오직 자신의 잘못만 되풀이할 뿐.

그는 한 조각을 더 잘랐다가, 갑자기 자신의 동기가 의심스러워져, 나머지는 쓰레기통에 버렸다. 그는 윔블던 중계를 켰고, 야구 모자를 쓴 키가 큰 남자 둘이 경기마다 서로 상대방이 건드리지 못하는 에이스를 넣는 것을 지켜보았다. 그는 케이크를 씹으며 만일 자신이 빌리지로 돌아가 테니스 클럽에 나타나면 무슨 일이 벌어질까 하는 한가한 공상을 했다. 가입 신청을 한다면. 뛰어보게 해달라고 한다면. 비록 고령이기는 하지만. 나쁜 녀석이 돌아왔다. 빌리지의 존 매켄로.* 아니, 그것도 또 하나의 감상적 태도였다. 그를 기억하는 사람은 한 명

* 코트의 악동이라는 별명이 붙은 테니스 선수.

도 남아 있지 않을 것이 틀림없었다. 또는, 이게 더 가능성이 높은 일이었는데, 그곳을 찾아갔을 때 그의 눈에 보이는 것은 단정하고 자그마한 주택단지일 것이었다, 아니, 그는 결코 돌아가지 않을 것이었다. 그는 부모의 집, 또는 매클라우드의 집, 또는 조운의 집이 지금도 그대로 서 있는지 아닌지 철저하게 무관심했다. 이 거리에서는, 그 장소들이 그에게 어떤 감정도 드러내지 않을 터였다. 어쨌든, 그는 자신에게 그렇게 말하고 있었다.

윔블던 두 주간이 끝날 무렵, 아나운서들은 복식경기를 더 보여주었다. 남자, 여자, 혼합. 당연히, 그는 혼합에 가장 관심이 갔다. "가장 취약한 지점은 늘 정가운데야, 케이시 폴." 이제는 그렇지 않았다. 선수들은 아주 몸이 좋고, 발리가 아주 빠르고 견실하고, 라켓의 스위트 스폿*은 머리 크기만 했다. 또 다른 변화는 기사도의 결여였다, 분명히 이 수준에서는. 그가 기억하는 바로는, 예전에는, 남자 선수들이 상대 남자를 상대할 때는 최대한 강하게 때렸지만, 여자와 랠리를 할 때는 힘을 자제하고 각도나 깊이의 변화에 더 의존했다, 가령 슬라이스나 드롭샷을 집어넣는 식으로. 사실, 그것은 기사도를 약간 넘

* 공이 가장 잘 맞는 곳.

어서는 것이었다. 남자가 여자를 힘으로 누르며 공을 때려대는 것을 지켜보는 것은 두말이 필요 없이 따분한 일이었다.

그는 테니스를 치지 않은 지 오래되었다. 사실, 수십 년 되었다. 미국에 살 때, 잠깐 알고 지내던 친구를 통해 골프에 입문했다. 처음에는 이것이 역설적이고 놀라운 일로 느껴졌다. 하지만 고든 매클라우드가 한때 쳤다는 이유만으로 어떤 게임에 편견을 갖는 것은 터무니없는 일이었다. 그는 클럽과 공 사이의 완벽한 접촉의 기쁨, 생크*의 창피함을 알게 되었고, 티에서 그린까지의 전략적 복잡성을 음미하게 되었다. 그럼에도, 페어웨이를 따라 겨냥을 할 때면, 그의 머리에는 클럽을 뒤로 젖히는 동작, 엉덩이와 다리의 사용, 공을 친 뒤에도 팔을 계속 돌리는 동작의 중요성에 관한 코치의 조언으로 머리가 제대로 꽉 차 있음에도, 이따금씩, 마치 속삭임처럼, 정지해 있는 공을 치는 것은 명백히 정정당당하지 못한 일이라는 수전 매클라우드의 달콤하고 웃음 섞인 의견이 들리곤 했다.

고든 매클라우드. 그가 한때 죽이고 싶어 했던 남자, 조운은 빌리지 사람들이 대청을 처바르고 살던 시절 이후로 동네 살

* 공을 잘못 쳐 빗나가는 것.

인은 없었다고 말했지만. 그가 가장 혐오하는 부류의 영국인의 표본. 으스대고, 가부장적이고, 격식을 갖추어 꼼꼼하고. 폭력적이고 통제적인 건 말할 것도 없고. 매클라우드가 어쩐 일인지 그의 성장을 가로막고 있는 듯한 느낌이 들었던 기억이 났다. 아무것도 하지 않으면서도, 그냥 존재하는 것만으로도. "이번 주말에는 귀염둥이를 몇 명이나 마련하는 거지?" 용감하게, 수전은 대답했다. "이번 주말에는 이언과 에릭뿐일 것 같은데. 다른 아이들이 나타나지 않는다면 말이지." 고든 매클라우드의 말은 불 같았다. 그는, 수전과 마찬가지로, 매클라우드의 말에 웃음을 터뜨렸으나, 그 말은 그의 피부를 태웠다.

그리고 그의 평생 계속 메아리치게 되는 말이 나온, 그 다른 사건도 있었다. 드레싱가운 차림의 그 사납고 땅딸막한 사내, 어둠 속에서 눈이 보이지 않는 그 사내는 아래로 굽어보며 그를 을렀고, 그는 공황에 사로잡혀 난간을 꽉 잡았다.

"뭐스키? 뭐스키, 깃털이 화려한 내 친구?"

당시 그는 얼굴이 붉어졌고, 피부가 타는 느낌이었다. 그러나 이것을 넘어서서, 그는 이 사람이 그냥 미친 게 틀림없다고 생각했다. 그러니까, 어떻게든 그와 수전의 사적인 대화를 엿듣기까지 할 만큼 미쳤다는 것이었다. 아내의 침대 밑에 녹음기를 숨겨둔 게 아니라면. 그 생각을 하자 그는 다시 얼굴이 새빨개졌다.

이것이 광기 상태에 이른 악의가 아니라, 전혀 의도하지 않은 것이었고, 그럼에도 불구하고 강력하고 파괴적인 반향을 일으켰다는 사실을 깨닫는 데는 오랜 세월이 걸렸다. 고든 매클라우드는, 아내의 애인이 내는 소리 때문에 침대에서 일어나, 그냥, 그 순간에, 또 아마도 감추어진 동기 같은 것 없이, 수전과 공유하고 있던 사적인 언어에 의존했던 것이다. 공유하고 있던? 그 이상이었다—창조한. 그리고 수전이 나중에 그와의 관계에 가지고 들어온. 무심코. "달링" 하는 말이 나오고, "내 사랑" 하는 말이 나오고, "안 하듯이 키스해줘" 하는 말이 나오고, "뭐스키?" 하는 말이 나오고, "깃털이 화려한 내 친구" 하는 말이 나온다, 그냥 그게 그 순간 떠오르는 말이기 때문에. 그녀의 입장에서도 아무런 감추어진 동기 없이. 그래서 이제 그는 자신을 그렇게 현혹시켰던, 수전의 독특한 어법이 과연 그녀 자신의 것이었는지 의문을 품었다. 어쩌면 오직 "우리는 다 닳아버린 세대야"라는 말뿐이었는지도, 그렇게 자존심이 강한 고든 매클라우드가 자신과 그의 시대의 남자들이 다 닳아버렸다고 믿었을 가능성은 높지 않아 보였기 때문에.

그는 정부가, 마지못해, 에이즈의 존재를 인정했던 시기의 공익광고를 기억했다. 광고에는 두 종류가 있었다, 고 그는 어렴풋이 기억했다. 한 여자가 대여섯 명의 남자와 함께 침대에 있는 사진, 또 한 남자가 대여섯 명의 여자와 함께 침대에 있는 사진. 모두 정어리들처럼 나란히 누워 있었다. 광고 문구는 어떤 새로운 사람과 침대에 들어갈 때, 그것은 그 또는 그녀가 이전에 잠자리를 함께했던 모든 사람과 잠자리에 드는 것과 같다는 점을 지적했다. 정부는 성적으로 옮겨지는 병에 관해 이야기하고 있었다. 하지만 말도 마찬가지였다, 말 또한 성적으로 옮겨질 수 있었다.

그렇게 보자면, 행동도 마찬가지. 다만—묘하게도, 다행스럽게도—행동은 결코 문제를 일으킨 적이 없을 뿐이었다. 그는, 네가 손이나 팔이나 다리나 혀로 그렇게 하는 걸 보니, 너는 x, y, z하고도 그렇게 했을 게 틀림없어, 하는 생각이 떠오른 적이 없었다. 그런 생각이나 이미지 때문에 괴로운 적이 없었고, 그것에 감사했다. 머릿속에 떠오르는 유령 같은 전례前例들이 사람을 미치게 만들 수도 있다는 것을 쉽게 상상할 수 있었기 때문이다. 하지만 고든 매클라우드의 조롱이 처음으로 납득이 간 이후로 그는 아담 또는 이브가, 또는 알 수 없는 누군가가 최초로 다른 애인과 바람을 피운 날 이후로 틀림없이 벌어져왔을 일, 말로 벌어져왔을 일을 의식하게 되었다—가끔은 터무니없을 정도로.

한번은, 이런 발견을 어떤 여자친구에게 언급한 적이 있었다. 마치 당연하고 불가피한 일이고, 그래서 흥미롭다는 듯이 가볍게, 거의 경박하게. 하루 이틀 뒤, 침대에서, 그녀는 놀리듯이 그를 "깃털이 화려한 내 친구"라고 불렀다.

"안 돼!" 그는 소리치며, 즉시 매트리스의 자기 구역으로 물러났다. "너는 나를 그렇게 부르면 안 돼!"

그녀는 그의 격한 태도에 충격을 받았다. 그리고 그 자신도 충격을 받았다. 하지만 그는 늘 수전과 그 자신 사이에만 고유했던 표현을 보호하고 있었다. 다만, 그 전에, 그것은 갓 결혼한 미스터 고든 매클라우드와 그의 희망에 가득차고, 어리둥절했던 아내 사이에만 고유했던 표현이기도 했다.

그래서, 한동안—그러니까, 20년 이상—그는 자기도 모르게 연인들의 언어에 병적으로 민감했다. 우스꽝스러운 일이었다, 물론. 이성적으로는, 이용할 수 있는 어휘가 한정되어 있다는 것, 따라서 같은 단어가 재활용된다 해도, 밤에, 지구 전역에서, 수십억의 사람들이 중고의 표현으로 자신들의 사랑의 유일무이함을 주장한다 해도 문제가 되지 않는다는 것을 알았다. 다만 가끔은 문제가 되었다. 그것은 여기에서도, 다른 곳과 마찬가지로, 전사가 지배하고 있다는 뜻이었다.

그는 빌리지 테니스 코트가 넓게 펴져 나간, 가장 멋진 현대적 상자들로, 또는 어쩌면 더 이윤이 남는 저층 아파트들의 덩어리로 바뀐 모습을 상상했다. 누구라도, 어디에서라도, 주택단지를 보면서 이런 생각을 하는 사람이 있을지 궁금했다, 저걸 다 때려 부수고 멋진 테니스 클럽, 최신의 전천후 코트가 있는 클럽을 지으면 어떨까? 또는 혹시—그래, 내친 김에 제대로 된 구식 잔디 코트도 몇 개 깔면 어떨까, 테니스의 과거를 위해? 하지만 아무도 그렇게 하지 않을 것, 심지어 생각조차 하지 않을 것이었다, 안 그런가? 사물이란, 한번 사라지면, 되돌릴 수가 없다. 이제 그는 그것을 알았다. 한번 날린 주먹은 거두어들일 수 없다. 한번 뱉은 말은 도로 삼킬 수 없다. 아무것도 잃지 않은 듯, 아무 짓도 하지 않은 듯, 아무 말도 하지 않은 듯, 계속 살아갈 수는 있다. 그걸 다 잊었다고 주장할 수도 있다. 하지만 우리의 가장 깊은 핵은 잊지 않는다, 그 일로 인해 우리가 영원히 바뀌어 버렸기 때문에.

여기에 역설이 있었다. 그는 수전과 있을 때 그들의 사랑을 토론하고, 분석하고, 그 형태, 색깔, 무게, 경계를 이해하려고 한 적이 없었다. 그 사랑은 그냥 거기 있었다. 불가피한 사실로서, 흔들 수 없는 주어진 것으로서. 하지만 동시에 그들 둘 다 그것을 토론할 말, 경험, 정신적 장비가 없었던 것 또한 사실이었다. 나중에 30대가 되고 40대가 되면서 그는 점차 감정적 명료함을 얻게 되었다. 하지만 이런 훗날의 관계에서, 그는 그때만큼 깊이 빠졌다는 느낌이 들지 않았고, 토론할 것도 줄었다. 따라서 그의 잠재적 표현 능력이 요구되는 일도 거의 없었다.

그는 몇 년 전에, 여자에 대한 남자의 태도에 공통된 심리를 표현하는 비유가 '구출 환상'이라는 말을 읽은 적이 있었다. 어쩌면 남자들에게서 용감한 기사가 사악한 감시인이 탑에 가둔 예쁜 처녀를 우연히 만나는 동화의 기억이 되살아나는 건지도 몰랐다. 또는 다른 처녀들이—보통 벌거벗고—오로지 겁 없는 전사들의 구조를 기다릴 목적으로 바위에 사슬로 묶여 있는 고전적 신화들. 이 전사들은 대개 근처에서 먼저 제거해야 할 바다뱀이나 용을 발견했다. 현대, 덜 신화적인 시대에는 남자들이 가장 많이 구출 환상을 품는 여자가 메릴린 먼로인 것 같았다. 그는 이런 사회학적 자료를 약간 회의적인 눈으로 바라본 적이 있었다. 그녀를 구출하는 것이 불가피하게 그녀와 잠을 자는 것과 연결되다니 이상했다. 그게 구출이라니. 실제로는, 그가 보기에, 메릴린 먼로를 구출하는 가장 효과적인 방법은 그녀와 자지 않는 것일 텐데.

그는, 열아홉 살 시절, 자신이 수전에게서 구출 환상을 경험했다고 생각하지 않았다. 반대로, 구출 현실을 겪었다. 기사도적 행동을 찾아 소용돌이치며 몰려오는 기사 떼를 끌어들이는 탑의 처녀나 바위에 사슬로 묶인 처녀와는 달리, 그리고 모든 서양 남자가 해방시켜 주는 꿈을 꾸던(자신이 만든 탑에 가두어 두기 위해서일지언정) 메릴린 먼로와도 달리, 수전 매클라우드의 경우에는 기사, 영화 관객, 귀염둥이들이 그녀를 남편에게서 구출할 권리를 먼저 얻으려고 다투며 길게 줄지어 있지 않았다. 그는 자신이 그녀를 구할 수 있다고, 나아가서, 오직 자신만이 그녀를 구할 수 있다고 믿었다. 그것은 환상이 아니었다. 현실성이었으며 잔인한 필연성이었다.

이 먼 거리에 이르자, 그는 깨달았다, 그에게는 이제 수전의 몸에 대한 기억이 없었다. 물론, 그녀의 얼굴, 그리고 그녀의 눈과 입과 우아한 귀, 테니스 원피스를 입었을 때의 모습은 기억했다. 이 모든 것을 확인해 줄 사진도 많았다. 하지만 그녀의 몸에 대한 성적 기억, 그것은 사라져 버렸다. 그녀의 젖가슴, 그 형태, 하강, 단단함 또는 다른 것. 그는 그녀의 다리를 기억할 수가 없었다, 그 형태가 어땠는지, 그녀가 그것을 어떻게 벌렸는지, 그들이 사랑을 나눌 때 그녀가 그 다리로 어떻게 했는지. 그녀가 옷을 벗는 것을 기억할 수 없었다. 마치 여자들이 해변에서 그러는 것처럼 옷을 벗은 것 같았다, 널찍한 수건 밑으로 수많은 새침한 창의성을 드러내며. 하지만 수영복이 아니라 잠옷 차림으로 나타났다. 그들이 늘 불을 끄고 사랑을 나누었던가? 기억나지 않았다. 어쩌면 눈을 많이 감았는지도 모른다.

그녀에게는 코르셋이 있었다, 그것은 기억났다. 그래, 틀림없이 여러 벌. 거기에는—그걸 뭐라고 부르는지—스타킹을 지탱하는 끈이 달려 있었다. 가터, 그거였다. 다리당 몇 개? 둘, 셋? 하지만 그는 그녀가 앞쪽 것만 단다는 것을 알았다. 갑자기 이런 개인적인 엉뚱함이 떠올랐다. 그녀의 브라가 어떤 모양이었는지에 관해서는…… 열아홉에, 그는 속옷 페티시즘이라고는 조금도 없었다, 그녀가 그의 조끼나 바지에 에로틱한 관심이 없었던 것과 마찬가지로. 그는 그 나이에 자신의 바지가 어떤 모양이었는지도 기억나지 않았다. 망사 조끼를 입던 시기가 있었는데, 어떤 이유에서인지 그게 멋지다고 상상했다.

그녀에게는 교태의 분위기가 전혀 없었다, 그것은 확실했다. 살을 보여주어 애를 태우는 연기는 없었다. 그들이 키스를 어떻게 했더라? 그것도 기억나지 않았다. 반면, 나중에는, 애착은 덜하지만, 그의 머릿속에 놀라운 성적 정지 화면으로 남은 몇 순간이 있었다. 어쩌면, 섹스를 잘하게 될수록, 섹스가 더 기억에 남을 만한 일이 되는지도 몰랐다. 또는 어쩌면, 감정이 깊을수록, 섹스의 구체적인 것들은 덜 중요해지는지도 몰랐다. 아니, 이 둘 다 사실이 아니었다. 그는 그저 이상한 일을 설명할 이론을 찾으려 하고 있을 뿐이었다.

그는 그녀가, 느닷없이, 그들이 몇 번 사랑을 나누었다고 말하던 때를 기억했다. 백쉰셋, 또는 그 비슷한 수였다. 당시에는 그 말을 듣고 온갖 생각이 다 들었다. 그도 세고 있어야 했던 걸까? 그가 세지 않는 것이, 또는 세지 않았던 것이 사랑에서 실수한 것일까? 기타 등등. 이제는 생각했다, 백쉰셋, 그 시점까지 그가 절정에 올라갔던 횟수. 하지만 그녀는? 그녀는 오르가슴을 몇 번 느꼈을까? 사실, 한 번이라도 느꼈을까? 쾌감과 친밀감은 있었다, 분명히. 하지만 오르가슴은? 당시에 그는 알지 못했고, 묻지도 않았다. 또 어떻게 물어야 하는지도 몰랐다. 더 진실하게 표현하자면, 물어볼 생각을 한 적도 없었다. 그리고 지금은 너무 늦어버렸다.

그녀가 왜 그걸 세겠다고 마음먹었는지 상상해 보려 했다. 처음에는, 자랑스러움과 세심한 배려 때문이었을 것이다, 평생 겨우 두 번째 연인과 잠자리를 하게 되었으니, 그것도 오랜 가뭄 끝에. 하지만 그 순간 그녀가 번민에 찬 목소리로 소곤거리던 기억이 났다, "지금 당장 날 떠나진 않을 거지, 그렇지, 케이시 폴?" 따라서 어쩌면 횟수 계산은 환호의 문제에서 불안과 낙담의 문제로 바뀌었는지도 모른다. 그가 그녀를 떠날지도 모른다는 두려움, 그녀가 다른 애인을 다시는 갖지 못할지도 모른다는 두려움. 그거였을까? 그는 포기했다. 과거를 검토하는 것, 조운이 기억에 남을 만한 표현으로 "나 자신의 머나먼 좆과 씹의 경험"이라고 부른 것을 추적하는 일을 그만두었다.

어느 날 저녁, 손에 잔을 쥐고, 그는 한가하게 텔레비전에서 브라질 그랑프리 하이라이트를 보고 있었다. '포뮬러 원'의 지루한 금권 정치에는 별 관심이 없었다. 하지만 젊은 남자들이 위험을 무릅쓰는 광경을 구경하는 것은 정말 좋아했다. 그 점에서, 경주는 만족스러웠다. 쏟아진 비 때문에 트랙은 위험했다. 물이 고인 웅덩이 때문에 전 세계 챔피언들조차 수막水膜에 미끄러지며 울타리에 부딪혔다. 경주는 두 번 중단되었고, 자주 안전 차량의 통제를 받았다. 모두 조심해서 운전을 했는데, '레드 불' 팀의 열아홉 살짜리 막스 페르스타펜만이 예외였다. 그는 거의 꼴찌에서 단숨에 3위로 뛰어올랐는데, 그보다 나이 든 사람들이나 잘한다고 여겨지는 사람들이 감히 나서지 못하고 물러섰던 작전을 시도했다. 해설자들은, 이런 기술과 배짱의 과시에 놀라, 설명을 찾으려 했다. 그러자 그 가운데 한 명이 말했다. "모험성은 스물다섯 살쯤 되어야 안정된다고들 하더라고요."

이 발언 때문에 그는 더 꼼꼼하게 주의를 기울였다. 그래, 그는 생각했다. 방심할 수 없는 경주로, 물살 때문에 거의 0으로 떨어진 가시도, 나는 불사신이라고 느끼는데 남들은 소심한 상태, 아직 안정되지 않은 모험성 덕분에 죽어라 나아가는 것. 그래, 그 모든 것을 너무도 잘 기억했다. 그것은 열아홉 살이라고 부르는 것이었다. 그렇게 해서 일부는 사고가 나고 일부는 사고가 나지 않을 것이다. 페르스타펜은 나지 않았다. 어쨌든, 지금까지는. 신경 생리가 그를 온전히 분별력 있는 인간으로 만들어놓기까지 아직 6년이 더 남아 있기는 하지만.

하지만 페르스타펜이 진정한 용기라기보다는 젊은이 특유의 겁 없음을 보여주는 것이라면, 나이에 따른 똑같은 단서가 역으로도 적용되는 걸까? 겁 쪽으로? 물론 그는 평생 그를 쫓아다니는 비겁한 행동을 저질렀을 때 아직 스물다섯에 이르지 않은 나이였다. 그와 에릭은 매클라우드의 집에 묵고 있었는데, 언덕배기에 있는 공원의 유원지에 갔다. 그들은 꼭대기에서부터, 나란히 서서, 이야기를 나누며 내려오고 있었기 때문에, 자신들 쪽으로 올라오는 젊은이 무리를 보지 못했다. 같은 높이에서 마주치자, 한 젊은이가 어깨를 에릭 쪽으로 기울여, 에릭의 몸을 빙글 돌렸다. 그러자 다른 젊은이가 발을 걸었고, 세 번째 젊은이가 장화를 들이밀어 거들었다. 그는 주변 시력이 갑자기 좋아진 것처럼 이 모든 것을 한눈에 보았고—에릭이 땅바닥에 쓰러지기까지 얼마나 걸렸을까? 1초? 2초?—즉시, 본능적으로, 달아났다. 속으로는 계속, '경찰관을 찾아, 경찰관을 찾아' 하고 중얼거렸지만, 그러면서도 그것이 자기가 달아나고 있는 이유가 아님을 알고 있었다. 그는 자신도 두들겨 맞을 것을 두려워하고 있었다. 그의 이성적인 부분은 유원지에서는 경찰관이 눈에 띄는 일이 드물다는 것을 알고 있었다. 그래서 그는 이 쓸모없는 가공의 임무를 띠고 언덕 아래까지 내려갔지만, 사실 어디 가면 도움을 얻을 수 있을지 아무에게도 물어보지 않았다. 이윽고 그는 다시 걸어 올라가며, 자신이 곧 발견할 수도 있는 것을 생각하며 메스꺼움을 느꼈다. 에릭은 서 있었다. 얼굴에 피가 흘렀고, 손으로는 갈비뼈를 더듬고 있었다. 그는 그때 자신의 입에서 나온 말을 이제는 기억할 수 없었는데—자신이 지어낸 거짓 구실을 이야기했는지 안 했는지—어쨌든 둘은 차를 몰고 매클라우드 집으로 돌아왔다. 수전은 데톨을 잔뜩 바른 반창고를 붙여주면서, 멍이 가라앉고 찢어진 데가 아물 때까지 집에 계속 있으라고 강권했다. 에릭은 그렇게 했다. 그때도 나중에도 에릭은 비겁하다고 그를 비난하지 않았고, 왜 사라졌느냐고 묻지도 않았다.

신중하면, 또 운이 좋으면, 용기를 별로 시험받지 않고도—아니, 비겁함이 드러나지 않고도—인생을 통과할 수 있다. 매클라우드가 책방에서 그를 공격했을 때는 매클라우드의 주먹질 세 번에 효과도 없는 한 번으로 응답한 뒤 당연히 달아났다. 황급히 뒷문을 빠져나올 때도 경찰관을 찾으려 하지 않았다. 그는 매클라우드가 성공할 때까지 계속 그를 때리려고 할 만큼 술도 취했고 화도 났다고 계산했는데, 아마 그게 맞았을 것이다. 더 젊고, 몸도 상당히 튼튼했음에도, 접전을 벌였을 때 이길 가능성은 꿈도 꾸지 않았다. 12세 이하, 6스톤 이하의 똑같이 소심한 초등학생을 상대하는 것과는 달랐다.

그리고 또 한번, 최근에. '15 또는 20년 전'이라는 의미에서의 '최근에'. 요즘은 정신, 그리고 시간이 그렇게 움직였다. 영국에 돌아온 지 몇 년 되지 않았을 때였다. 수전을 두어 번 찾아갔지만, 둘 다에게 눈에 띄는 기쁨이나 유익은 생기지 않았다. 그러다 어느 날 저녁 전화벨이 울렸다. 마사 매클라우드였다. 이제—이미 오래전부터—아무개 부인이 되었지만.

"어머니가 일시적으로 정신과에 입원했어요"가 그녀의 첫 마디였다.

"정말 마음 아픈 일이네요."

"어머니는 지금……." 그러면서 지역 병원의 정신건강과 이름을 댔다. 그는 그곳의 평판을 알고 있었다. 한 의사 친구가, 직업적인 건조한 말투로, 그에게 말한 적이 있었다. "거기 들어가려면 정말로 미쳐야 돼."

"네."

"끔찍한 곳이에요. 베들럼* 같은 데예요. 많은 사람들이 비명을 지르고. 그러거나, 아니면 안정제 때문에 좀비가 되어 있거나."

"네." 그는 수전이 어느 범주에 들어가는지 묻지 않았다.

"한번 만나러 가볼래요? 그곳도 볼 겸?"

그는 생각했다. 마사가 나한테 뭔가를 요청하는 것은 사반세기 동안 없었던 일이다. 처음에는 못마땅함 때문에, 그 뒤에는 조용한 우월감 때문에. 물론 그녀는 그에게 늘 정중했다. 인내의 한계에 이른 모양이다, 그는 생각했다. 그래, 그도 예전에 똑같은 처지에 놓인 적이 있었다. 그래서 그 한계라는 것이 얼

* 런던에 있는 베들레헴병원(St. Mary of Bethlehem)의 약칭으로, 정신병원의 대명사다.

마나 가변적인지 알고 있었다. 그래서 그는 그녀의 요청을 생각해 보기로 했다.

"그렇게 할 수도 있지요." 그는 이틀 후에 시내에 올라갈 예정이었다, 공교롭게도. 하지만 그 이야기를 하지는 않을 생각이었다.

"댁을 보는 게 어머니한테 도움이 될 것 같아요. 어머니가 지금 있는 곳에서."

"네."

그는 그 정도로 대화를 마무리했다. 그리고 수화기를 내려놓은 뒤에 생각했다. 나는 그녀를 오랫동안 돌보았다. 최선을 다했다. 실패했다. 그녀를 너에게 넘겼다. 따라서 이제 네 차례다.

하지만 그는 자신의 가차 없는 논리를 스스로 믿지 않았다. 그것은 마치, "경찰관을 찾아, 경찰관을 찾아" 하고 말하는 것과 같았다. 진실은, 그가 그걸 대면할 수 없다는 것이었다. 그는 그녀를, 그녀의 잔재를 보는 것을, 비명을 지르고 있건 좀비가 되어 있건, 비명을 지르고 좀비가 된 사람들 사이에서 보는 것을 감당할 수가 없었다. 그는 자신의 행동을 꼭 필요한 자기보호라고, 또 그가 자신의 머릿속에 갖고 있는 그녀의 모습을 보호하는 행동이라고 생각하려 했다. 하지만 그는 진실을 알고 있었다. 거기 가는 것이 무서웠다.

나이가 들면서 그의 삶은 쾌적한 일상으로 바뀌어, 그를 지탱해 주고 기분을 풀어주되 방해는 하지 않을 만큼의 인간 접촉이 유지되고 있었다. 그는 덜 느끼는 것의 만족을 알고 있었다. 그의 감정생활은 사교 생활로 개조되었다. 행복한 염소들의 천연색 사진 앞에서 가죽 앞치마를 두르고 트위드 모자 차림으로 서게 되면서, 그는 많은 사람들과 고개를 끄덕이고 미소를 짓는 사이가 되었다. 그는 자제와 평정을 소중하게 여겼으며, 어떤 철학을 실행하는 과정보다는 그의 내부의 느린 성장에서 이것을 얻어왔다. 산호와 같은 성장이었다. 산호는 대부분의 날씨에는 바다의 큰 파도를 막아낼 만큼 강했다. 그렇게 강하지 못할 때를 빼면.

이렇게 그의 삶은 주로 관찰과 기억으로 이루어졌다. 나쁜 조합이 아니었다. 그는 60, 70대에 들어서도 계속 30대인 것처럼 행동하는 남자들을 바라보며 혐오감을 느꼈다. 자신보다 나이가 적은 여자들, 이국적 여행, 위험한 스포츠로 이루어진 소용돌이. 요트에서 털이 무성한 두 팔로 바싹 마른 모델을 끌어안고 있는 뚱뚱한 거물들. 실존적 고민과 비아그라로 인한 혼란 때문에 수십 년 함께 살아온 아내를 떠나는 품위 있는 남편들은 말할 것도 없고. 이런 두려움을 가리키는 독일어 표현이 있었다. 그 언어가 전문으로 삼는 콘서티나 철조망* 같은 단어 가운데 하나로, 번역하자면 '문이 닫히는 것에 대한 공황'이었다. 그 자신은 그런 닫힘 때문에 괴롭지 않았다. 그렇다고 닫는 걸 서둘 이유도 알지 못했지만.

그는 지역에서 그를 두고 뭐라고 하는지 알았다. 오, 저 사람은 그냥 혼자 조용히 있는 걸 좋아해. 이 말은 심판이 아니라 그냥 묘사였다. 이것은 영국인이 아직 존중하는 삶의 원리였다. 이것은 단지 사생활에 관한, 영국인의 집—잔돌 붙임으로 마무리한 두 가구 연립이라 해도—은 그의 성이라는 말에 관한 이야기가 아니었다. 그 이상에 관한 이야기였다. 자아에 관한, 그것을 어디에 두느냐, 그리고 만일 본다고 한다면, 누가 그것을 다 보는 것이 허용되느냐에 관한 이야기였다.

그는 아무도 자신의 삶을 진정으로 균형 있게 유지할 수 없다는 것을 알고 있었다, 심지어 그 삶을 차분하게 명상할 때조차도. 그는 한편에서는 자족, 반대편에서는 후회가 늘 끌어당겨, 가끔은 진자운동을 하는 지경에까지 이른다는 것을 알았다. 그는 후회에 마음을 붙이려 했다, 그것이 피해가 덜하기 때

* 아코디언과 비슷하게 생긴 악기 모양으로 감은 철조망.

문에.

하지만 물론 수전을 사랑한 것은 절대 후회하지 않았다. 그가 후회한 것은 자신이 너무 어렸고, 너무 무지했고, 너무 절대주의자였고, 자신이 사랑의 본질이자 작용이라고 상상한 것에 너무 자신만만하다는 점이었다. 그들이 정말로 어떤 '프랑스식' 관계였다면 그에게, 그녀에게, 그들 둘 다에게 나았을까—덜 파멸적이라는 의미에서? 나이 든 여자가 어린 남자에게 사랑의 기술을 가르치고, 그러다가 우아한 눈물을 감추며, 남자를 세상—자신보다 어리고, 결혼하기에 더 적합한 여자들이 있는 세상—에 건네주는 관계였다면? 어쩌면. 하지만 그도 수전도 그렇게 할 만큼 세련되지 못했다. 그는 세련된 감정생활을 전혀 몰랐다. 어쨌든 그에게는 그것이 명사名辭 모순으로 들렸다. 따라서 그것도 후회하지 않았다.

그는 사랑을 정의하려던 초기의 시도를 기억했다, 빌리지에서, 혼자 그의 침대에서. 사랑은, 그는 과감하게 시도해 보았다, 평생에 걸친 찌푸림이 갑자기 아주 활짝 펴지는 것과 같다. 그럭저럭—편두통의 끝 같은 사랑. 아니, 더 형편없는 것—보톡스 같은 사랑. 다른 비유들—사랑은 영혼의 허파가 갑자기 순수한 산소로 가득 차는 듯한 느낌. 아슬아슬하게 합법적인 마약 같은 사랑? 자신이 무슨 말을 하고 있는 것인지 알고 나 있었던 것일까? 몇 년 뒤, 공교롭게도, 친구들 한 무리와 함께 있을 때 흥분한 말단 의사가 합류했다. 자신이 일하던 병원에서 아산화질소*가 든 실린더 하나를 막 '해방시킨' 참이었다. 그들은 풍선 하나씩을 받았고, 실린더로 그것을 부풀린 다음 목에 바싹 갖다 댔다. 그런 다음 최선을 다해 허파를 비우고, 풍선을 입에 갖다 대고, 그 시끄러운 소리와 번쩍 들어 올려지는 느낌을 내부에 풀어놓았고, 그 순간 갑자기, 눈이 깜빡거리게 되는, 뿅 가는 느낌이 쏜살같이 밀려들었다. 하지만 아니, 거기에서는 전혀 사랑이 생각나지 않았다.

그래도, 전문가들은 좀 나았을까? 그는 책상 서랍에서 작은 공책을 꺼냈다. 오랫동안 새로운 것은 적지 않았다. 한번은, 사랑에 대한 좋은 정의를 너무 찾기 힘든 것에 좌절하여 뒤쪽에 온갖 나쁜 정의를 다 베껴 쓰기 시작했다. 사랑은 이거다, 사랑은 저거다, 사랑은 이런 뜻이다, 사랑은 저런 뜻이다. 아주 잘 알려진 공식도 결과적으로는, 그것은 부드러운 장난감이다, 그것은 강아지다, 그것은 뽕뽕 쿠션**이다, 이상의 말을 하지 않았다. 사랑은 절대 미안하다는 말을 할 필요가 없는 것이다(반

* 마취제로 쓰인다.

** 누르면 방귀 소리가 나는 고무주머니.

대로, 종종 바로 그런 일을 한다는 뜻이다). 그다음에는 그 모든 사랑 노래의 그 모든 사랑의 가사가 있었고, 거기에는 작사가, 가수, 밴드의 어질어질한 미망이 담겨 있었다. 가장 달곰씁쓸한 것과 냉소적인 것—늘 너에게 진실할 거야, 달링, 내 방식으로—조차 그에게는 그저 감상적인 반사실적 조건문에 불과하다는 느낌이 들었다. 그래, 그것이 우리에게는 이렇게 나빴지만, 친구, 너한테는 이렇게 나쁠 필요가 없다, 그것이 그런 노래의 암묵적 약속이었다. 따라서 사람들은 공감하면서도 자족감을 느끼며 들을 수 있다.

오랫동안 줄을 그어 지워버리지 않은 기록—진지한 기록—이 있었다. 어디에서 온 것인지는 기억나지 않았다. 애초에 쓴 사람이나 출처는 한 번도 기록한 적이 없었다. 명성에 휘둘리고 싶지 않았기 때문이다. 진실은 혼자서, 아무런 지원 없이 명료하게 서 있어야 하니까. 그 기록은 이런 것이었다. "내 의견으로는, 모든 사랑은, 행복하든 불행하든, 일단 거기에 자신을 완전히 내어주게 되면 진짜 재난이 된다." 그래, 그것은 여기 그대로 남아 있을 자격이 있었다. 그는 "행복하든 불행하든"이라는 적절한 삽입이 마음에 들었다. 하지만 핵심은 이것이었다. "일단 거기에 자신을 완전히 내어주게 되면." 겉보기와는 달리 이것은 비관적이지도 않았고, 달곰씁쓸하지도 않았다. 이것은 사랑의 최대치의 소용돌이에 휘말린 사람이 말한 사랑에 관한 진실이었으며, 여기에는 삶의 슬픔이 모조리 담겨 있는 것 같았다. 그는 다시, 오래전에, 결혼의 비결은 “필요한 대로 살짝 들어갔다 나왔다 해야” 하는 것이라고 말한 친구를 기억했다. 그래, 그도 그렇게 하면 안전을 유지할 수도 있다는 것을 알았다. 하지만 안전은 사랑과는 아무런 관계가 없었다.

삶의 슬픔. 그것은 그가 가끔 생각에 잠기게 되는 또 다른 난제였다. 어느 것이 올바른—또는 더 올바른—공식이었을까. ‘인생은 아름답지만 슬프다’, 아니면 ‘인생은 슬프지만 아름답다’? 둘 가운데 하나는 분명히 진실이지만, 어느 것이라고는 결코 결론을 내릴 수가 없었다.

그래, 사랑은 그에게는 완전한 재난이었다. 그리고 수전에게. 또 조운에게. 그리고—그의 시대 이전으로 거슬러 올라가면—당연히 매클라우드에게도 그랬을 것이다.

그는 줄을 그어 지운 기록 몇 개를 훑어보다가, 공책을 다시 서랍에 집어넣었다. 어쩌면 늘 시간을 낭비한 것인지도 몰랐다. 어쩌면 사랑은 결코 정의로 포착할 수 없을지도 몰랐다. 오로지 딱 이야기로만 포착할 수 있었다.

그리고 에릭의 경우가 있었다. 그의 모든 친구들 가운데 에릭이야말로 진정으로 선한 의도를 가진 사람이었고, 따라서 늘 남들에게도 선한 의도가 있으리라고 생각했다. 그래서 유원지에서 걷어차이는 일을 당한 뒤에도 비난이 없었다. 에릭은 30대 초반에 지방 계획 부서에서 일을 하고, 페리베일에 괜찮은 작은 집도 있었는데, 자기보다 어린 미국 여자와 사귀게 되었다. 애슐리는 그를 사랑한다고 말했다. 늘 그와 함께 있고 싶고 그의 친구들은 절대 만나고 싶지 않은 마음으로 표현되는 사랑이었다. 그리고 애슐리는 그와 자려 하지 않았다. 아니, 어쨌든 지금은 안 되지만, 물론 나중에는. 애슐리는, 보다시피, 신앙이 있었고, 에릭은, 젊은 시절에 그 자신도 종교적이었기 때문에, 그것을 이해하고 높이 평가할 수 있었다. 애슐리는 영국 국교회의 신자가 아니었다. 왜냐하면, 국교회가 끼친 온갖 해악을 보라. 에릭도 그것을 볼 수 있었다. 애슐리는 그가 자신을 사랑하고, 또 세속적 소유에 대한 자신의 경멸에 동의한다면, 그도 틀림없이 그런 믿음에 동참할 것이라고 말했다. 그래서 에릭은, 일시적으로 친구들과 단절했고, 작은 집을 팔려고 내놓았고, 그런 다음에는 판 돈을 볼티모어의 어떤 어처구니없는 교파에 주고, 이 여자와 함께 그곳으로 이사하여 어떤 어처구니없는 종교 이론가, 또는 무당, 또는 사기꾼의 주례로 결혼할 계획을 세웠다. 그렇게 하면 에릭은, 그의 페리베일 집의 대가로, 새로운 아내의 몸에 대한 영원한 점유권을 얻게 될 것이었다. 다행히도, 거의 마지막 순간에, 어떤 생존 본능이 머리를 들어, 에릭은 부동산 중개업자에게 내린 지침을 철회했고, 그 순간 애슐리는 그의 인생에서 영원히 사라졌다.

그것은 에릭에게는 진짜 재난이었다. 그는 타인의 선한 의도에 대한 믿음을 잃었고, 그와 더불어 사랑에 자신을 완전히 내어주는 능력도 잃었다. 그가 수전의 선교사에 대한 의심으로 예방접종을 받았더라면 좋았으련만. 하지만 그것은 에릭의 전사를 이루는 부분은 아니었다.

오래전에 죽은 고든 매클라우드가 여전히 그에게 잔소리를 하다니 이상한 일이었다. 사실, 수전보다 더했다. 그녀는 이제 그의 마음에서 용해되었고, 앞으로도 변함이 없을 것이다, 계속 그에게 고통의 원인이 되기는 하겠지만. 반면 매클라우드는 용해되지 않았다. 그래서 자기도 모르게 그 마지막, 말 못 하는 세월 동안 매클라우드의 머릿속은 어땠을지 상상하게 되었다. 자신을 떠났던 아내, 옆에 있으면 짜증나는 가정부와 간호사, "승강구 아래로,* 친구" 하고 말하며 파자마가 흠뻑 젖을

* 건배라는 뜻.

때까지 병으로 위스키를 붓는 옛 친구 모리스를 눈을 희번덕거리며 바라보면서.

그렇게, 끝이 좋지 못할 것임을 알면서, 매일, 누워 있는 매클라우드가 있었다. 매클라우드는 자신의 삶을 다시 생각하고 있었다. 매클라우드는 처음 수전을 보았던 날을 기억하고 있었다. 어떤 춤추는 장소나 차 파티에서, 대체로 즐겁게 놀고 싶은 젊은 여자들, 그리고 대체로 품위 있는 병역 면제 직업은 갖지 못한 남자들로 가득 찬 곳에서. 그녀는 이 건달이나 암시장 장사꾼들―매클라우드는 질투심 때문에 그들을 모두 그렇게 바꾸어놓았다―과 춤을 추고 있었다. 건실한 자들도 그저 귀염둥이와 귀여운 남자일 뿐이었다. 하지만 그녀는 그들 가운데 누구도 택하지 않았다. 대신 그녀는 춤은 정말 잘 추지만―그가 할 수 있는 거의 유일한 것이었다―평발이나 심장의 두근거림 때문에 군복을 입지 못한 그 얼빠지게 웃는 멍청이를 선택했다. 염병할 이름이 뭐였더라? 제럴드. 제럴드. 그들 둘은 춤을 추었고, 그는, 고든은, 지켜보았다. 그러다가 멍청이는 백혈병으로 죽었다―그럴 거면 죽기 전에 그를 폭격기에 태워 올려 보내서 손이라도 까닥하게 해주는 게 나았을 것이다, 고든의 관점에서 보자면.

수전은 물론 상심했지만―위로할 수 없을 정도였다, 고 사람들은 말했다—그가, 고든이 나서서 자신이, 전쟁 동안에도 전쟁 후에도, 그녀가 의지할 수 있는 그런 사나이라고 선언했다. 그가 보기에 그녀는 딱히 경솔하지는 않지만, 약간—뭐랄까? 무책임하달까? 그런 인상이었다. 아니, 그건 정확하지 않았다. 그녀는 종잡을 수 없었고, 그녀는 그가 말하는 어떤 것—딱히 농담도 아니었는데—에 웃음을 터뜨렸고, 그런 있을 법하지 않은, 사실 건방진 반응 때문에 그는 정통으로 그녀와 사랑에 빠져버렸다. 그는 시간이 지나면 그녀가 그를 사랑하게 될 거라고 확신하기 때문에, 그녀가 지금 어떻게 느끼는가 하는 것은 중요하지 않다고 말했다. 그러자 그녀는, "최선을 다할게요" 하고 대답했다. 그런 뒤에 그들은 그냥 그 안에 자신들을 던져 넣었다, 전쟁 동안 많은 사람들이 그랬듯이. 제단 앞에서 그는 그녀를 돌아보며 물었다, "내 평생 어디 있었어?" 하지만 잘 풀리지 않았다. 함께 있는 것도 효과가 없었고, 섹스도 효과가 없었다, 임신에 성공한 거 외에는. 하지만 그것을 빼면, 어떤 친밀함도 가져다주지 못했다. 그렇게, 그들의 사랑은 재난이 되었다. 하지만 그것이 물론 결혼을 유지하지 않을 이유는 아니었다, 그 시절에는. 계속 좋아할 수는 있었기 때문이다, 그렇지 않은가? 그리고 딸들이 있었다. 그는 오래전부터 아들을 갈망했지만, 수전은 마사와 클라라 뒤에는 더 원하지 않았다. 그래서 그것으로 그들 인생의 그 부분은 끝이 났다. 처음에는 다른 침대, 그 뒤에는, 그가 코를 고는 것을 그녀가 불평하면서, 다른 방. 하지만 계속 좋아했다. 갈수록 약은 올랐지만.

그렇게 그는 복화술로 고든 매클라우드의 이야기를 했다. 그를 여전히 미워하고 있을 때는 결코 할 수 없었던 방식으로. 이렇게 진실에 조금이라도 더 가까이 다가가고 있는 것이었을까?

그는 화가 난 또 한 사람을 기억했다. 빌리지의 줄무늬 횡단보도에서 그에게 경적을 울리고 소리를 지르며 노발대발하던, 붉은 귀에 털이 무성하던 운전자. 대답으로 그는 비아냥거렸다. "아저씨가 나보다 먼저 죽을 거야." 당시 그는 늙은 사람의 기능은 젊은 사람을 질투하는 것이라고 믿었다. 그래서, 이제 그의 차례가 돌아왔으니, 그는 젊은 사람을 질투할까? 그는 그런다고 생각하지 않았다. 그가 그들을 못마땅해하고, 그들에게 충격을 받을까? 가끔은. 하지만 그것은 공정할 따름이었다, 그들의 자업자득, 그의 자업자득. 그는《프라이빗 아이》의 표지로 어머니에게 충격을 주었다. 그런데 어떤 유튜브 영상들을 흐름대로 따라가다 잘못된 사랑을 노래하는 여자에게 이르렀을 때 이번에는 그 자신이 충격을 받고 말았다. 그녀의 제목, 후렴은 '염병할 니미 씨팔 똥구멍'이었다. 그는 성적 행동으로 부모에게 충격을 주었다. 이제 그는 섹스가 정신없이, 마음 없이, 생각 없이 쑤셔 박기만 하는 것으로 제시되는 일이 너무 잦아 충격을 받았다. 하지만 왜 놀랄까? 각 세대는 자신이 섹스를 얼추 올바르게 이해한다고 생각한다. 각각 이전 세대에게는 으스대지만, 이후 세대에는 역겨움을 느낀다. 이것이 정상이었다.

노화, 그리고 필멸성이라는 더 넓은 문제를 이야기하자면, 아니, 그는 문이 닫히는 것에 자신이 공황을 느낀다고 생각하지 않았다. 하지만 어쩌면 경첩이 시끄럽게 삐걱대는 소리를 아직 듣지 못해 그러는 것인지도 몰랐다.

이따금씩, 사람들이 그에게 묻곤 했다, 음흉하게 또는 공감하면서, 왜 한 번도 결혼하지 않았느냐고. 어떤 사람들은 그가 틀림없이, 거기에서, 그때, 했을 거라고 가정하거나 암시했다. 그는 영국식 과묵이나 다양한 이의제기를 활용했고, 그래서 그런 탐문은 거의 어떤 성과도 거두지 못했다. 수전은 언젠가 그가 그 자신의 연기를 하게 될 것이라고 예언했고, 그녀의 말은 옳았다는 것이 증명되었다. 그가 의식하지 못하는 새에 발전해 온 그의 연기는 한 번도—진짜로는, 진정으로는—사랑을 해본 적이 없는 사람을 표현했다.

아주 긴 답과 아주 짧은 답 사이에는 아무것도 없었다. 이것이 문제였다. 긴 답—축약된 형태로—은 물론 그 자신의 전사를 포함할 터였다. 그의 부모, 그들의 성격과 상호작용. 다른 결혼에 대한 그의 관점. 그의 눈에 보인, 가족이 주는 피해. 그가 자신의 집에서 매클라우드의 집으로 탈출한 일과 어떤 마법의 세계에 빠져들었다는 짧은 착각. 그리고 두 번째 환멸. 한 번 물리면, 두 번째는 소심해진다. 두 번 물리면, 영원히 소심해진다. 그래서 그는 그런 생활 방식은 그에게는 맞지 않는다고 믿게 되었다. 그리고 그 이후 그의 생각을 바꿀 어떤 사람도 발견하지 못했다. 물론 로열 페스티벌 홀의 식당에서 수전에게, 그리고 나중에 내슈빌에서 킴벌리에게 청혼한 것은 사실이지만. 여기에는 해설을 위한 괄호 한두 개가 필요할 것이다.

긴 답은 너무 시간을 잡아먹어 해줄 수가 없었다. 짧은 답은 너무 고통스러워 해줄 수가 없었다. 그 대답은 이런 식이었다. 그것은 상심이 무엇인가, 마음이 과연 어떤 식으로 상처를 입는가, 그다음에는 거기에 무엇이 남는가의 문제다.

부모를 기억할 때면 그는 종종 흑백 시절의 오래된 텔레비전 드라마 몇 개 속에 자리 잡은 그들을 그려보았다. 개방형 난로의 양옆에 놓인 등받이가 높은 팔걸이의자에 앉아서. 아버지는 한 손에 파이프를 들고, 다른 손으로 신문을 반반하게 펴고. 어머니는 위험하게 담배 끝에 재를 2센티미터나 매달고 있지만, 늘 그것이 뜨개질거리 위로 떨어지기 몇 초 전에 재떨이를 찾아내고. 그러다가 그의 기억은 그 분홍색 드레싱가운을 입은 어머니로 바뀐다, 늦은 밤에 그를 태우러 와, 경멸하는 표정으로 매클라우드의 집 진입로에 불이 붙은 담배를 던지던. 이윽고 양쪽 모두 분한 마음을 억누른 채, 말없이 집으로 돌아가고.

그는 부모가 하나뿐인 자식 문제를 의논하는 상상을 했다. 그들은 '어디에서 자신들이 잘못된 것인지' 의문을 품었을까? 아니면 그냥 '어디에서 그가 잘못된 것인지'뿐이었을까? 아니면 어떻게 '그가 잘못된 길로 끌려갔을까'였을까? 그는 어머니가, "그 여자 목을 조를 수도 있어" 하고 말하는 상상을 했다. 아버지가 달관한 듯 용서하는 태도를 보이는 상상을 했다. "'우리 사나이'는 잘못한 거 하나 없어, 우리가 기른 것에도. 모험성이 아직 안정되지 않았던 것뿐이야. 데이비드 쿨사드*라

* F1 경주 선수.

면 그렇게 말할 거야." 물론, 그의 부모는 막스 페르스타펜이 브라질 그랑프리에서 위업을 달성하기 오래전에 죽었다. 그리고 그의 아버지는 자동차 경주에 전혀 관심이 없었다. 하지만 어떤 유사한 형태의 면책 사항을 발견할 수도 있었을 것이다.

그리고 이제 그는, 뒤를 돌아보며, 처음 수전을 만나던 시절 자신이 욕을 퍼부었던 바로 그 안전과 둔감에 감사하는 마음이었다. 인생을 경험한 결과 그는 첫 16년 정도를 겪어나갈 때는 근본적으로 피해 최소화가 핵심이라는 믿음을 갖게 되었다. 그리고 부모는 그가 그렇게 하도록 도와주었다. 그래서 이제 일종의 사후 화해가 성립되었다, 비록 이것이 그의 부모에 대한 어떤 다시 쓰기에 기초한 것이라 해도. 더 많은 이해, 그와 더불어, 뒤늦은 통탄.

피해 최소화. 그는 자기도 모르게, 평생 자신을 쫓아다닌 그 지울 수 없는 이미지를 늘 잘못 해석했던 것은 아닌가 하는 의문을 품게 되었다. 위층 창문에서, 수전의 손목을 붙들고 있는 이미지. 어쩌면 실제로 벌어진 일은 그가 힘이 빠져 수전을 떨어뜨린 게 아닐 수도 있었다. 어쩌면 진실은 그녀가 자신의 무게로 그를 밖으로 끌어낸 것일 수도 있었다. 그래서 그도 떨어졌다. 그리고 그 과정에서 통탄할 피해를 입었다.

나는 그녀가 죽기 전에 보러 갔다. 오래되지 않은 일이었다—적어도, 인생에서 시간이 흘러가는 것으로 보자면. 그녀는 누가 거기 있다는 것도 알지 못했다, 그게 나일 수도 있다는 건 말할 것도 없고. 나는 거기 마련된 의자에 앉았다. 미리 그 장면을 그려보면서, 어떤 식으로든 그녀가 나를 알아볼지도 모른다고, 그녀는 평화로워 보일 거라고 기대했다. 이런 희망은 그녀를 위한 것만큼이나 나를 위한 것이기도 했다. 나는 그 사실을 깨달았다.

얼굴은 별로 변하지 않는다, 심지어 극한에 가서도. 하지만 그녀는 평화로워 보이지 않았다, 자고 있었음에도, 또는 의식이 없었음에도, 어느 쪽이든. 이마는 찌푸리고, 아래턱은 약간 튀어나와 있었다. 나는 그녀의 얼굴이 이런 모습을 그려낼 때를 알았다. 여러 번 보았다, 그녀가 뭔가를 고집스럽게 부정할 때, 나에게보다는 자신에게 부정할 때. 그녀는 코로 숨을 쉬고 있었고, 이따금씩 작게 코 고는 소리를 냈다. 입은 꽉 다물고 있었다. 나도 모르게, 수십 년이 지난 지금도 똑같은 의치상을 끼우고 있는지 궁금해졌다.

간호사가 그녀의 머리를 빗겨, 머리카락은 얼굴 양옆으로 곧게 흘러내렸다. 거의 본능적으로, 나는 한 손을 뻗었다. 마지막으로 그녀의 우아한 귀 하나를 드러낼 계획이었다. 하지만 내

손은 멈추었다, 마치 손에 의지가 있는 것처럼. 나는 손을 거두었지만, 나의 동기가 그녀의 프라이버시에 대한 걱정인지, 아니면 깐깐함인지 알 수가 없었다. 감상에 빠지는 것에 대한 두려움인지, 아니면 갑작스러운 고통에 대한 두려움인지. 아마 마지막 것이었을 것이다.

"수전." 나는 조용히 불렀다.

그녀는 반응이 없었다, 계속 이마를 찌푸리고, 고집스럽게 턱을 내밀고 있을 뿐이었다. 뭐, 그건 얼마든지 받아들일 수 있었다. 나는 어떤 메시지를 들고 오지도, 또는 바라고 오지도 않았고, 하물며 어떤 용서를 구하러 오지도 않았다. 사랑의 절대주의absolutism로부터 사랑의 사면absolution으로? 아니, 나는 어떤 사람들이 필수적이라고 생각하는 삶의 아늑한 서사들을 믿지 않는다, 구원과 종결 같은 위안을 주려는 말에 숨이 막히듯이. 죽음이 내가 믿는 유일한 종결이다. 상처는 그 마지막 문이 닫히는 순간까지 계속 벌어져 있을 것이다. 구원에 관해 말하자면, 그건 너무 깔끔하다, 영화 제작자가 먹이는 브롬화물* 이다. 그것을 넘어, 뭔가 너무 거창하다는 느낌이 든다. 인간은 너무 불완전해서 그것을 받을 자격이 없다, 스스로에게 주는

* 예전에는 진정제로 쓰였다.

것은 말할 것도 없고.

나는 그녀에게 작별 키스를 해야 하는 것인지 의문을 품었다. 이 또한 영화제작자의 브롬화물이었다. 그리고, 틀림없이, 그 영화에서는, 그녀는 그것에 응답하여 약간 몸을 꿈틀거리고, 찌푸린 이마가 펴지고, 딕의 긴장이 풀릴 것이다. 그러고 나서 나는 정말로 그녀의 머리카락을 들어 올려 뒤로 넘기고, 섬세하게 나선을 그리는 그녀의 귀에 마지막 "안녕, 수전"이라는 속삭임을 집어넣을 것이다. 그러면 그녀는 몸을 약간 꿈틀거리고, 얼굴에는 희미한 미소가 나타날 것이다. 그러면, 나는 뺨에서 눈물을 닦아내며, 천천히 일어나 그녀를 떠날 것이다.

그런 일은 하나도 일어나지 않았다. 나는 그녀의 옆모습을 보았고, 나의 개인적인 영화의 몇 순간을 돌이켜 생각했다. 녹색 장식 테를 두른 테니스 원피스를 입고 프레스에 라켓을 집어넣는 수전, 텅 빈 해변에서 미소를 짓는 수전, 오스틴의 기어를 바꾸다 요란한 소리가 나자 웃음을 터뜨리는 수전. 하지만 이렇게 몇 분이 흐른 뒤, 나의 마음은 다른 곳을 떠돌기 시작했다. 내 마음을 사랑과 상실에, 재미와 통탄에 묶어둘 수 없었다. 나도 모르게 차에 기름이 얼마나 남았는지, 주차장을 얼마나 빨리 찾을 수 있을지 궁금해하고 있었다. 그러다가 재를 두른 치즈의 매출이 얼마나 내리막길을 겪고 있는지. 그다음에는 그날 저녁 텔레비전에서 뭘 하는지. 이 어느 것에도 죄책감은 느끼지 않았다. 사실, 죄책감은 이제 아마도 끝을 본 것 같다는 생각이 든다. 나의 여생이, 비록 이 모양이지만, 그리고 이후에도 그럴 것이지만, 나를 돌아오라고 부르고 있었다. 그래서 나는 일어서서 마지막으로 한 번 수전을 보았다. 눈에서 눈물은 나오지 않았다. 나오는 길에 접수대에 들러 가장 가까운 주유소가 어디냐고 물었다. 접수대 남자는 매우 친절했다.

옮긴이의 말

이제 일흔 줄에 들어선 줄리언 반스가 내놓은 이 새로운 작품의 원제는 'The Only Story'로, 우리말로는 '단 하나의 이야기' 정도로 이해할 수 있을 듯하다. 본문에 나오는, 각 사람의 삶에는 단 하나의 이야기가 있다는 말에서 뽑은 제목인데, 그 이야기란, 책장을 넘기면 곧 알게 되지만, 사랑 이야기다. 실제로 소설이 시작되면, 노작가는 아마도 작가 본인과 비슷한 나이일 일인칭 화자를 통해 우리를 무려 50여 년 전, 화자가 열아홉 살이던 시절로, 화자의 사랑 이야기, 단 하나의 이야기가 출발하는 시점과 장소로 데려간다.

거기에서 무슨 이야기가 흘러나올까? 반스를 어느 정도 아는 사람이라면, 그리고 이 소설의 앞 몇 장을 읽어본 사람이라면, 우리 앞에 뭔가 단순치 않은 것이 놓여 있다는 느낌을 받을 것이다. 과연 이 작품은 제목 그대로 사랑에 관한 이야기일까? 이렇게 가장 기본적인 전제부터 수상쩍게 바라볼 수밖에 없을 것이다. 물론 이 뻔한 질문에 대한 답은 그렇다, 라는 뻔한 답일 수밖에 없다. 이것을 부정할 수는 없는 노릇이다. 그럼에도 읽어갈수록 자꾸 그것만은 아니라고 말하고 싶어지고, 이 단순한 규정에 이의를 제기하고 싶어지는데, 아마 이 소설의 맨 마지막 지점에 이르면 독자들 다수가 복잡하고 착잡한 심정으로 이것이 정말로 무엇에 관한 이야기인지 여러 번 곱씹어 보게 될 것이다.

그러나 이것이 사랑 이야기 외에 또 무슨 이야기냐, 하고 묻는다면 똑 부러지게 답하는 것 또한 무척 곤란한데, 이런 곤혹스러움을 안겨주는 것이 반스 이야기의 매력이라면 매력이라고 말할 수도 있을 것이다. 마치 처음 보는 연약하고 섬세한 생물, 어떤 이름이 필요하기는 하여 이래도 좋고 저래도 좋은 큰 이름을 달고 있기는 하지만, 누군가 어울리는 이름을 지어주겠다고 작정을 하고 나서서 어떤 이름으로라도 건드리면 어느 한군데가 툭 부러져 버릴 것처럼 모든 이름을 거부하는 생물이 주는 매력. 복잡한 구조의 갈피갈피에 우리의 깊은 곳에 감추어진 것들을 들추어내고 자극하고 환기하는 요소들을 잔뜩 쟁인 이 생물은 자꾸 우리를 자기 안으로 끌어들여, 우리 각각의 이야기를 자기 안에 통합해 내는 마력이 있다. 그래서 우리는 계속 반스의 이야기 안으로 들어가 내 이야기를 돌이키며 그 섬세한 가닥들을 하나하나 들추어보지만, 다시 돌아보면 또 아까와는 왠지 달라 보여 다시 들추게 된다.

이렇게 이 매혹적인 이야기 속을 돌아다니다 보면 어느 순간 문득 깨닫게 되는 것이 있다. 있어야 할 것이 없다는 사실이다. 즉 이 이야기가 복잡하고 섬세해질수록, 그 중심에 자리 잡고 있는 블랙홀, 즉 또 하나의 이야기의 부재不在가 점점 선명하게 드러난다. 이것은 사랑의 이야기이니만큼 두 사람, 두 개의 축이 있는 것이 분명한데, 우리가 들을 수 있는 것은 오직 한 사람의 이야기뿐이며, 또 한 사람의 이야기는 텅 비어 있기 때문이다. 우리는 한 사람의 이야기를 통해 또 한 사람, 정말로 고통스러웠을, 어떤 면에서는 이야기를 하는 사람보다 훨씬 고통스러웠을 또 한 사람의 이야기를 상상해 볼 수밖에 없는데, 마치 그 고통이 너무 커서 언어화될 수 없다는 듯, 부재하는 이야기는 새까만 슬픔처럼 우리의 상상을 빨아들여 가루로 빻아버린다—물론 거기에 슬픔이라는 이름을 붙이는 것도, 이 이야기에 사랑이라는 이름을 붙이는 것만큼이나 허전한 노릇이기는 하지만. 결국 우리가 읽은 이야기는 우리를 죽은 자에게로 안내하는 아주 독특하고 매혹적인 조사弔詞였다고 말할 수도 있겠다. 물론 누구나 알고 있듯이, 죽은 자는 말이 없고.

2023년 10월

정영목

추천의 말

잠을 자듯이, 혹은 꿈을 꾸듯이 우리는 사랑에 빠져든다. 질병처럼 사랑은 경험된다. 몸으로 겪는 일이다. 이 일을 하는 동안에는 머리로 뭔가를 헤아릴 필요가 없다. 그러므로 사랑에 빠진 두 사람에게는 시간도 흐르지 않고 과거도, 미래도 없다. 그러나 그 사랑이 끝나고 나면 어떻게 될까?

줄리언 반스는 평생에 걸쳐 이런 질문에 대답하는 소설을 써왔다. 오래전, 스무 살 이상 차이가 나는 연상의 여인과 위태롭게 사랑한 일을 되돌아보며 그는 사랑과 기억의 상관관계를 탐구한다. 파국에 이른 모든 사랑은 기억으로 바뀐다.

모든 기억은 하나의 이야기다. 우리는 평생에 걸쳐 이 이야기를 다시 쓰면서 자신과 타인을 이해하게 된다는 사실을 줄리언 반스는, 그리고 이 소설은 잘 보여주고 있다.

_김연수(소설가)

반스의 능력이 정점에 이르렀음을 보여준다. 조용히 독자의 사로잡고는 놓아주지 않는다.

_타임스

더없이 훌륭하다. 엄청나게 설득력 있다. 낭만적인 사랑이 어떻게 그 자체의 틀에 갇히게 되는지 명확히 설명한다.

_가디언

감정적으로 예리하고, 심오하게 아름답고, 깊은 만큼이나 익살맞다. 이 작품은 2018년이 우리에게 준 가장 멋들어진 소설로 꼽을 만하다.

_메일 온 선데이

비평가들은 이 작품을 반스의 최고의 소설이라 말하며 감정적으로 예리한 그의 글에 입을 모아 찬사를 보냈다.

_데일리 텔레그래프

우리가 사랑을 위해 무엇을 하고, 어떻게 경험하며, 무엇이 사랑을 무너져 내리게 하는지에 대한 찬란하고 슬픈 시선.

_피플

특별 부록

줄리언 반스가 한국 독자들에게 부치는 조금 긴 주석

소설가의 첫사랑

제 경험이 글에 영향을 줬냐고 묻는다면, 물론입니다. 사랑은 중요한 주제죠. 사랑과 죽음은 작가들에게 큰 주제예요. 절대 사라지지 않고 풀 수 없는 문제입니다. 죽으면 죽음에 대해선 알 수 있겠죠. 하지만 사랑의 신비는 풀 수 없어요. 정의조차 내릴 수 없죠.

좋은 면도 있습니다. 글감이 떨어지진 않을 테니까요. 왼쪽이 있으면 오른쪽이 있듯이 사랑에는 여러 형태가 있죠. 행복만큼이나 고통도 있습니다. 평탄한 사랑보다는 험난한 사랑에 관해 쓰는 게 흥미롭죠. 쓰기도 더 쉬울 거고요. 프랑스 작가 루이 페르디낭 셀린은 사랑은 흰색으로 쓴다고 했어요. 사랑에 관해 쓸 땐 뚜렷한 명암이 안 드러난다는 거죠. 대등하고,

잔잔하고, 평등한 사랑에 대해서는 그 말이 맞죠. 하지만 대부분의 사랑은 그렇지 않아요. 마음이 통하는 것만큼이나 대립하고, 차이를 느끼죠. 안 그러면 재미도 없을 거예요.

저 사람보다 이 사람을 사랑하는 게 더 낫다고 생각한 적은 없어요. 사랑에 빠져들게 되면 선택의 여지가 없죠. 벗어나기 어려워요. 극적이고 비현실적인 일이 일어나지 않는 이상요. 어디에 비교해야 할지 잘 모르겠지만, 예를 들어 성관계할 때 다른 사람을 생각하지 않잖아요. 함께 있는 사람만 생각하죠. 그래야만 하잖아요. 그렇지 않은 사람도 있지만요. 제삼자가 필요한 사람도 있어요. 저는 누군가를 사랑할 때 항상 그 사람만 생각합니다. 경건한 척하고 싶진 않지만 저는 사랑할 때 상대에게 열렬히 빠져들고 집중해요. 그 사람이 누구인지, 어떤 사람인지, 어떤 사람이 될 수 있는지, 어떻게 자기답게 살도록 도울지 생각하죠. 그게 사랑의 한 면이에요. 사랑은 나의 본성을 깨우죠. 나도 몰랐던 내 모습을 봐요. 저도 처음 사랑에 빠졌을 때 그랬죠.

나에게는 사랑에 대한 새로운 정의가 없었다. 사실 사랑이 무엇인지, 거기에 어떤 것들이 포함될 수도 있는지 검토해 보지 않았다. 그냥 나비 키스에서부터 절대주의에 이르기까지 첫사랑의 모든 측면을 그대로 받아들이고 있을 뿐이었다. 다른 아무것도 중요하지 않았다.

_『연애의 기억』에서

제가 사랑을 사용하는 게 아니라 사랑이 그냥 세상에 있는 거예요. 사랑은 세상에서 가장 복잡하고 매혹적인 감정이죠. 책 쓰는 걸 떠나서요. 물론 책을 쓸 때도 그렇지만요. 저는 사랑을 통해 세상을 설명하려고 의도한 적은 없어요. 세상에 이미 있기 때문에 제 책에도 나온 거죠. 감상주의자는 아니지만, 전 사랑이 최악의 고통을 준다고 생각해요. 우리가 경험할 수 있는 가장 힘든 고통이죠.

◆ 2022년에 방영한 EBS 「위대한 수업」 '줄리언 반스: 소설가의 글쓰기' 편의 강연 일부를 편집했습니다.

옮긴이 **정영목**

전문번역가. 현재 이화여대 통역번역대학원 교수로 재직 중이다. 지은 책으로 『소설이 국경을 건너는 방법』 『완전한 번역에서 완전한 언어로』가 있고, 옮긴 책으로 『아버지의 유산』 『미국의 목가』 『에브리맨』 『네메시스』 『달려라, 토끼』 『킬리만자로의 눈』 『제5도살장』 『바다』 『하느님 이 아이를 도우소서』 등이 있다. 『로드』로 제3회 유영번역상을, 『유럽문화사』로 제53회 한국출판문화상(번역 부문)을 수상했다.

연애의 기억

초판 1쇄 발행 2018년 8월 30일
초판 5쇄 발행 2021년 8월 17일
개정판 1쇄 인쇄 2023년 9월 25일
개정판 1쇄 발행 2023년 10월 25일

지은이 줄리언 반스
옮긴이 정영목
펴낸이 김선식

경영총괄 김은영
콘텐츠사업본부장 임보윤
책임편집 박하빈 **디자인** 윤신혜 **책임마케터** 배한진
콘텐츠사업2팀장 김보람 **콘텐츠사업2팀** 박하빈, 이상화, 채윤지, 윤신혜
편집관리팀 조세현, 백설희 **저작권팀** 한승빈, 이슬, 윤제희
마케팅본부장 권장규 **마케팅3팀** 권오권, 배한진
미디어홍보본부장 정명찬 **영상디자인파트** 송현석, 박장미, 김은지, 이소영
브랜드관리팀 안지혜, 오수미, 문윤정, 이예주 **지식교양팀** 이수인, 염아라, 김혜원, 석찬미, 백지은
크리에이티브팀 임유나, 박지수, 변승주, 김화정, 장세진
뉴미디어팀 김민정, 이지은, 홍수경, 서가을 **재무관리팀** 하미선, 윤이경, 김재경, 이보람
인사총무팀 강미숙, 김혜진, 지석배, 황종원 **제작관리팀** 이소현, 최완규, 이지우, 김소영, 김진경, 박예찬
물류관리팀 김형기, 김선진, 한유현, 전태환, 전태연, 양문현, 최창우

펴낸곳 다산북스 **출판등록** 2005년 12월 23일 제313-2005-00277호
주소 경기도 파주시 회동길 490
대표전화 02-702-1724 **팩스** 02-703-2219 **이메일** dasanbooks@dasanbooks.com
홈페이지 www.dasanbooks.com **블로그** blog.naver.com/dasan_books
종이 스마일몬스터 **인쇄·제본** 상지사피앤비 **코팅·후가공** 제이오엘앤피

ISBN 979-11-306-4614-5 04840
979-11-306-4611-4 (전5권)